Im Knaur Verlag sind bereits folgende Weihnachtskrimi-Anthologien erschienen:
Süßer die Schreie nie klingen
Stollen, Schnee und Sensenmann
Türchen, Tod und Tannenbaum
Plätzchen, Punsch und Psychokiller
Kerzen, Killer, Krippenspiel
Makronen, Mistel, Meuchelmord
Lametta, Lichter, Leichenschmaus
Rentier, Raubmord, Rauschgoldengel
Winter, Weihrauch, Wasserleiche
Wichtel, Wunder, Weihnachtsmord
Teelicht, Tatort, Tannenduft

Über die Herausgeberin:
Miriam Gramoschke, Jahrgang 1994, studierte Anglistik/Amerikanistik sowie Allgemeine und Vergleichende Literaturwissenschaft in ihrer Heimatstadt Bochum. Nach einem Auslandssemester in den USA folgte ein Studium im Fach Literaturübersetzen in Düsseldorf. Ihre Leidenschaft für Bücher zog sie schließlich nach München, wo sie als Lektorin in der Verlagsbranche tätig ist.

Miriam Gramoschke (Hg.)

Myrrhe, Mord und Marzipan

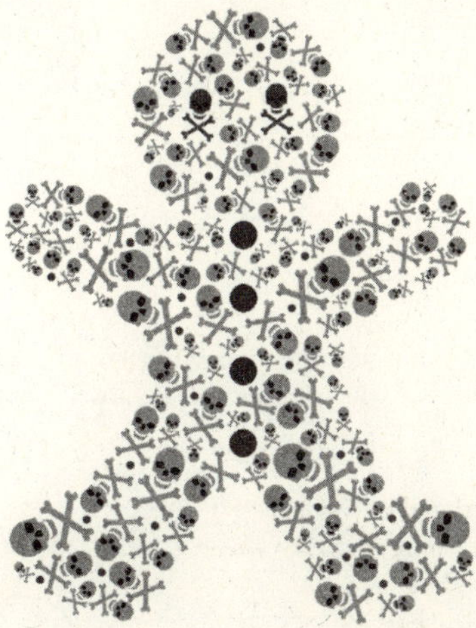

Von Hohwacht bis St. Moritz

KNAUR

Besuchen Sie uns im Internet:
www.droemer-knaur.de

MIX
Papier | Fördert gute Waldnutzung
FSC® C083411

Originalausgabe Oktober 2024

Ein Imprint der Verlagsgruppe
Droemer Knaur GmbH & Co. KG, München

Covergestaltung: ZERO Werbeagentur GmbH, München
Coverabbildung: Composing unter Verwendung von Motiven von Shutterstock.com
Karte: Computerkartographie Carrle
Satz und Layout: Adobe InDesign im Verlag
Druck und Bindung: CPI books GmbH, Leck
ISBN 978-3-426-44994-3

2 4 5 3 1

Inhalt

1 ☠ Eva Völler
Weihnachtsgans mit Beilagen
Frankfurt
13

2 ☠ Florian Schwiecker
Tödliche Weihnachtsengel
Berlin
33

3 ☠ Anne Verhoeven
Winterdunkel –Das Geheimnis unter dem Schnee
Voerde (Niederrhein)
51

4 ☠ Christiane Franke / Cornelia Kuhnert
Advent, Advent, ein Lichtlein brennt
Neuharlingersiel
69

5 ☠ Kästner & Kästner
Der Fluch der Nordstern
Hamburg
85

6 ☠ Sonja Rüther
Heilige Nacht in Hohwacht
Hohwacht
101

7 Achilles
Der Tote unterm Baum
Berlin
119

8 Carine Bernard
Der verschwundene Weihnachtsengel
Ratingen
139

9 Kerstin Rubel
Erleuchtete Weihnachten
Köln
155

10 Gisa Pauly
Schief gewichtelt
Münster
171

11 Iny Lorentz
Eine Leiche zu viel
Ebersberger Forst
185

12 Tilo Eckardt
Eisbad um Mitternacht
St. Moritz
201

13 Eleanor Bardilac
Das gläserne Spiel des Schnees
Bregenz (Bodensee)
213

14 Justine Pust
Hafenliebe
Rostock
229

15 Regine Kölpin
Watt mutt, dat mutt – Weihnachten in Otterndorf
Otterndorf
241

16 Simon Ammer
Weihnachten
Wien
257

17 Christiane Dieckerhoff
Nachtschwirren
Lübbenau/Spreewald
273

18 Markus Heitz
Eisbrand
Homburg
285

19 ☠ Andreas Winkelmann
Schockgefrostet im Himmelreich
Caputh
305

20 ☠ Thomas Kastura
Im Auftrag Ihrer Majestät
Bamberg
323

21 ☠ Katja Bohnet
*Non-Player-Character
Königstein im Taunus / Berlin
343

22 ☠ Steffen Weinert
Das Krohmers
Berlin
363

23 ☠ Marc Hofmann
Brown Sugar
Markgräflerland
381

24 ☠ Su Turhan
Rot wie Blut
München
399

Die Tatorte
N
100 km
Hohwacht
Rostock
Otterndorf
Hamburg
Neu-
harlingersiel
Berlin
Caputh
Münster
Voerde
Lübbenau
Spreewald
Ratingen
Köln
Königstein
im Taunus
Frankfurt
Bamberg
Homburg
Mark-
gräfler-
land
München
Ebersberger
Forst
Wien
Bodensee
Bregenz
St. Moritz

O Tannenbaum, o Tannenbaum,
wie spitz sind deine Nadeln.
An deinem Stamm Geschenke steh'n,
so tödlich und so wunderschön.
O Tannenbaum, o Tannenbaum,
wie spitz sind deine Nadeln.

O Tannenbaum, o Tannenbaum,
den Duft von Tod du überdeckst,
die Äste schief, der Schmuck defekt,
bespritzt mit Blut gen Himmel reckst.
O Tannenbaum, o Tannenbaum,
den Duft von Tod du überdeckst.

O Tannenbaum, o Tannenbaum,
auch du wirst später klein gehackt:
Mit Axt und Messer bist du dran,
Beweis zerstört, Leiche verpackt.
O Tannenbaum, o Tannenbaum,
auch du wirst später klein gehackt.

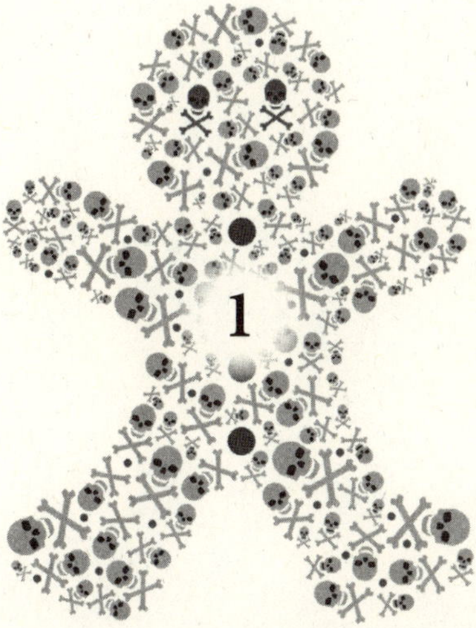

Eva Völler

Weihnachtsgans mit Beilagen

Frankfurt

Über die Autorin:

Geboren und aufgewachsen am Rand des Ruhrgebiets, hat **Eva Völler** sich schon als Kind gern Geschichten ausgedacht. Trotzdem hat sie zuerst als Richterin und später als Rechtsanwältin ihre Brötchen verdient, ehe sie die Robe endgültig an den Nagel hängte und das Schreiben zum Hauptberuf machte. Nach ihren großen SPIEGEL-Bestsellererfolgen mit der *Ruhrpott-Saga* und *Die Dorfschullehrerin* wendet die Autorin sich mit ihrer Dilogie *Helle Tage, dunkle Schuld* und *Alte Taten, neuer Zorn* einem Thema zu, das sie aus menschlicher wie juristischer Sicht schon lange fasziniert: die Verstrickung der Polizei und Justiz in die verbrecherischen Machenschaften des Naziregimes und die Aufarbeitung nach dem Krieg.

Das ist nicht dein Ernst«, ächzt Torsten. Ungläubig starrt er auf den Messergriff, der aus seiner Brust ragt.

Niemand hätte über den Anblick entsetzter sein können als ich. »Oh mein Gott, es tut mir so leid, das wollte ich nicht!«, entfährt es mir. Schockiert beobachte ich, wie Torsten bei dem vergeblichen Versuch, sich an der großen Anrichte festzuklammern, ins Straucheln gerät. Er schafft es gerade noch, rückwärts zum Esstisch zu torkeln und sich dort auf einen der sechs Stühle fallen zu lassen – echte Thonet-Freischwinger, die ein kleines Vermögen gekostet haben. Die Armlehnen halten Torsten an Ort und Stelle, er bleibt sitzen, als hätte er soeben zum Essen Platz genommen. Um das Messer herum breitet sich ein Blutfleck aus. Ich bin wie gelähmt und kann es einfach nicht glauben. Torsten starrt mich röchelnd an. Er starrt und röchelt. Dann hört er auf zu röcheln. Genau genommen hört er auch auf zu atmen. Weil er ganz plötzlich tot ist.

Offenbar habe ich gerade meinen Mann umgebracht.

Ich habe das Telefon in der Hand und überlege voller Panik, alles auf irgendwelche Einbrecher zu schieben. Wurde nicht erst letzte Woche ein Ehepaar im Westend überfallen? Von den Gangstern gefesselt, verletzt, ausgeraubt. Bargeld, Juwelen, Uhren, alles weg, ein Schaden von mehreren Hunderttausend Euro.

Ich muss einfach nur was Passendes aussagen, so was wie: Hätte Torsten doch bloß ohne Gegenwehr seine Rolex und seine Brieftasche herausgerückt!

Lieber Himmel, ob mir das irgendwer abkauft? Und was, wenn nicht? Dann hilft die Wahrheit mir auch nicht weiter. Mal ehrlich, würden Sie einer Frau glauben, die behauptet, sie hätte ihrem Mann ganz ohne böse Absicht ein Messer in die Brust gestoßen?

Ich starre das Telefon an, als könnte es beißen. Will ich wirklich ins Gefängnis? Oder doch lieber noch ein bisschen nachdenken? Dann wird mir die Entscheidung abgenommen, denn an der Wohnungstür klingelt es Sturm. Ich lege das Telefon weg und gehe nachschauen, wer da ist.

Durch den Türspion sehe ich Isolde Schröder, unsere betagte Etagennachbarin. Sie ist völlig aufgelöst. Ihr sonst so sorgfältig frisiertes silberweißes Haar hängt zerrauft herab, und in ihrem Gesicht spiegelt sich helle Aufregung. Hat sie etwa was mitgekriegt? Nein, unmöglich. Die pompöse Gründerzeitvilla hat dicke Wände, das Haus ist alles andere als hellhörig. Trotzdem, sicher ist sicher. Ich mache nur einen Spaltbreit auf und lasse die Türkette, wo sie ist.

»Was ist los, Isolde?«

»Vera, ich weiß nicht weiter! Ich muss ganz dringend zur Bank, aber mein Wagen springt nicht an! Ein Taxi braucht sicher zehn Minuten, bis es da ist, und die Bank macht doch gleich zu! Könntest du …?« Ihr flehender Blick spricht Bände, und mir will auf die Schnelle keine plausible Ausrede einfallen. Dann denke ich, dass es vielleicht ganz gut ist, für eine Weile aus dem Haus zu kommen. Mit dem toten Torsten in der Nähe kann ich keinen klaren Gedanken fassen. Ich brauche Abstand. Und eine Strategie. Vielleicht fällt mir unterwegs eine ein.

An der Stelle muss ich ein bisschen ausholen, um die Sache mit dem Messer zu erklären. Nicht, dass Sie denken, ich hätte es in Tötungsabsicht aus der Schublade genommen, während Torsten arg- und wehrlos neben mir an der Anrichte stand. (Das wäre nämlich Heimtücke, also ein Mordmerkmal.) Nein, ich hatte das große Tranchiermesser schon in der Hand, um damit die Weihnachtsgans zu zerteilen – das mache ich immer *vor* dem Braten, weil es die Garzeit verringert. Und Torsten war mir auf die Pelle gerückt, um mich zu piesacken, auf seine spezielle Art. Indem er mir klarmachte, dass ich nichts ohne ihn bin. Dass alles nur sein Verdienst ist. Die Eigentumswohnung am Holzhausenpark, der Porsche Cayenne SUV und die Aktienpakete, und dass ich mit vierundfünfzig zu alt bin, um beruflich noch irgendwas zu reißen. Dass unser Leben nur im Team funktioniert. Team Torsten, verstanden? Und wieso! das! nicht! in! meinen! dämlichen! Schädel! reingeht?!, unterstrichen mit einem Klopfen seiner Fingerknöchel gegen meine Stirn.

Da ist es passiert. Quasi aus einem Reflex heraus. Mehr oder weniger unbeabsichtigt. Fahrlässig, wenn überhaupt. Allerhöchstens im Affekt. Aber auf gar keinen Fall mit Mordvorsatz (siehe oben). Bloß – wer würde diese Version schlucken? Isolde garantiert nicht. Auf Torsten lässt sie nichts kommen. Sie ist einer seiner größten Fans.

Hier muss ich *noch* weiter ausholen, weil Sie sich bestimmt fragen, wie jemand ein Fan von Torsten sein kann. Von einem tyrannisch veranlagten, selbstherrlichen, zu Übergewicht neigenden Mittfünfziger, der aus Prinzip niemanden grüßt, nicht mal die freundliche alte Nachbarin, mit der man schon fast sechs Jahre lang im selben Haus wohnt. Die Antwort ist simpel: Isolde liest für ihr Leben gern Krimis, und Torsten schreibt welche. Eine Krimi-Reihe, um genau zu sein. Damit hat er, zumindest in der Buchbranche, eine gewisse Popularität erworben. Und eine beachtliche Stammleserschaft, zu der auch Isolde gehört.

Die Reihe besteht aus mittlerweile sieben Bänden, doch erst der vierte Band hat die Bestsellerlisten erobert. Sogar das Feuilleton nimmt seit diesem Durchbruch von den Krimis Notiz, in den Besprechungen ist von unerwartetem Tiefgang, gesellschaftlicher Relevanz und vielschichtigen Figuren die Rede, es sei ein Quantensprung gegenüber den ersten drei Romanen der Reihe.

Solche Vergleiche machten Torsten fuchsteufelswild, sicherlich nicht ganz zu Unrecht. Denn es existiert ein streng gehütetes Geheimnis, das nur wir beide kannten: Die letzten vier Bände habe *ich* geschrieben.

Ich chauffiere Isolde mit dem Porsche zu ihrer Hausbank und sitze wie ein Zombie am Steuer. Sie erzählt irgendwas, aber ich bin tief in Gedanken versunken und schnappe nur Fetzen auf: dass sie Geld für ihre Tochter Beate abheben will, die in der Bredouille steckt. Was mich nicht wundert, Beate steckt dauernd in irgendwelchen Bredouillen, meist haben sie mit Männern zu tun, die sie ausnehmen wie eine Weihnachtsgans, nur um sie dann sitzen zu lassen.

Beim Stichwort *Weihnachtsgans* bin ich im Geiste sofort wieder bei Torsten und dem Messer in seiner Brust. Ich rekapituliere, dass die Klinge direkt ins Herz gegangen sein muss, sonst wäre er nicht so schnell gestorben. Mit Verletzungen aller Art, von Stich- über Schuss- bis Schlagverletzungen, kenne ich mich aus, das bringt die Recherche für Krimis mit sich. Als Autor muss man Bescheid wissen. Auch über Spuren am Tatort. Spuren sind bei Mordermittlungen das A und O, das fängt bei Fingerabdrücken an und hört bei Fasern und Blutspritzern noch lange nicht auf. Und im Moment besagen alle Spuren in unserer Wohnung definitiv, dass *ich* Torsten erstochen habe. Anders sähe es nur aus, wenn ich das Messer entsorge. Dann wäre die Tatwaffe weg und alles wieder offen.

Und so entwerfe ich während der Fahrt zu Isoldes Bank ein Szenario für meine fiktive Aussage. Zwei Täter, maskiert und behandschuht, mit Messern bewaffnet, osteuropäischer Akzent. Ja, das würde gehen.

Moment – osteuropäisch? Was für ein hässliches Klischee! Warum nicht etwas Globaleres, zum Beispiel ein asiatischer Akzent? Das erweitert den infrage kommenden Täter-Kulturkreis locker auf mehrere Milliarden Menschen.

Es hat nur den Nachteil, dass es mich in zusätzliche Erklärungsnot bringt. Ich höre schon die bohrenden Fragen auf dem Polizeirevier.

»Was genau haben die Täter gesagt, und in welchem Tonfall? Und was für ein asiatischer Akzent soll das gewesen sein? Urdu, Hindi, Mandarin, Japanisch oder einer von den tausend anderen? Wie haben die Täter sich bewegt, wie groß waren sie, was hatten sie an?«

Am Ende würde ich mich winden wie ein Wurm am Angelhaken. Besser, es käme gar nicht erst so weit.

Damit gehe ich gedanklich dazu über, die Leiche verschwinden zu lassen.

Es ist schon dunkel. Im Hintergrund ragt die erleuchtete Skyline des Frankfurter Bankenviertels auf. Die Straßen sind weihnachtlich geschmückt, in den Bistros wird Glühwein ausgeschenkt, und die Schaufenster sind mit glitzerndem Adventskram dekoriert. Noch ein Tag bis Heiligabend, aber keine Spur von stiller Nacht – in den Läden herrscht lebhafter Andrang. Wie immer kaufen die Leute noch Last-Minute-Geschenke. Was mich angeht, so habe ich – ebenfalls wie immer – schon alles beisammen. Ein Parfüm für meine Schwester, eins für meine Tante. Einen Bildband für meinen Onkel. Und für Torsten teuren französischen Wein und einen edlen Schal. Bei Lesungen drapiert er sich gern einen Kaschmirschal um die Schultern und hat ein Glas *Chablis Premier Cru* neben sich stehen.

Plötzlich habe ich einen Kloß im Hals. Torsten wird sich nie wieder einen Schal um die Schultern legen, nie wieder Wein trinken! Unvermittelt packt mich mein Gewissen. Es gab eine Zeit, da haben wir uns geliebt! Nur kurz, aber dennoch. Wie konnte es bloß zu dieser schaurigen Bluttat kommen? Welch dunklen seelischen Abgründen ist diese jähe Bereitschaft zu töten entsprungen?

Bei der Bank angekommen, eilt Isolde aus dem Wagen und bleibt ein paar Minuten weg, während derer ich mich genauer mit den Möglichkeiten einer Leichenbeseitigung auseinandersetze. Die Probleme liegen auf der Hand – Torsten ist mindestens hundert Kilo schwer, und ich bin eine zierliche Person, die nur etwas mehr als halb so viel wiegt. Ihn einfach in einen Teppich zu rollen und über der Schulter zum SUV zu schleppen, scheidet schon mal aus. In der Villa gibt es zwar einen Fahrstuhl, sodass der Weg vom dritten Stock runter zu den Parkplätzen im Hinterhof theoretisch zu bewältigen wäre, aber wenn, dann höchstens in mehreren Etappen. Und schon stehe ich vor dem nächsten Problem: Mit dem Tranchiermesser lässt sich zwar eine Gans in Portionen zerlegen, nicht jedoch ein ausgewachsener Mann von Torstens Format.

Was mir ins Gedächtnis ruft, dass irgendwo in unserem Kellerraum noch eine Säge liegen muss. Damit haben wir früher immer die Weihnachtsbäume zurechtgesägt, passend für den Christbaumständer.

An der Stelle schweifen meine Gedanken abermals ab. Wann haben wir eigentlich aufgehört, Weihnachtsbäume aufzustellen? Den letzten hatten wir, glaube ich, im Jahr vor Torstens Schreibblockade. Damals brachte er keine Zeile mehr zustande, monatelang, und schließlich flehte er mich an, den Staffelstab zu übernehmen – so nannte er es.

Tatsächlich war Not am Mann, er hatte schon einen Vorschuss vom Verlag eingesackt, und von dem Geld war nicht mehr viel da. Unsere Ehe steckte in einer Krise, es war eine Gelegenheit, an der Beziehung zu arbeiten. Guten Willen zu zeigen. Gemeinsam den Karren aus dem Dreck zu ziehen.

Für mich war es keine große Sache, schließlich kannte ich Torstens Texte bis ins Kleinste, weil ich sie schon die ganze Zeit redigiert hatte. Außerdem liegt mir das Schreiben im Blut. Als gelernte Reporterin hatte ich viele Jahre lang nichts anderes gemacht.

Seine Ghostwriterin zu sein, war anfangs gar nicht übel. Die Krimis machten mir Spaß, und nach den zuvor mäßigen Erfolgen rollte plötzlich der Rubel. Wir konnten uns auf einmal alles Mögliche leisten, inklusive einer traumhaften Altbauwohnung in begehrter Frankfurter Lage, mit Deckenstuck, herrlichem Eichenparkett und einem offenen, für unfassbar viel Geld durchdesignten Wohn-Essbereich. Auch wenn ich mich nur heimlich im Glanz von Torstens wachsendem Ruhm sonnen konnte, war es ein befriedigendes Gefühl.

Bis ich merkte, dass Torsten felsenfest davon überzeugt war, selbst der Schöpfer dieser neuen, besseren Werke zu sein, schließlich basierten sie auf seinen ureigensten Konzepten. Wobei Letztere kaum mehr waren als Brocken, die er mir hinwarf, etwa: »Das Opfer soll aus der Modebranche kommen, und der Täter soll ein heimlicher Stalker sein, der nach außen hin ganz seriös im Finanzsektor arbeitet.« Oder: »In meinem nächsten Buch soll mal die Kungelei bei der Stadtplanung aufs Korn genommen werden, mit mafiösen Strukturen, die bis ins Bankenwesen reichen.«

Dass solche Fragmente sich nicht von allein in 400-Seiten-Romane verwandeln, spielte für Torsten keine Rolle. In seinen Augen war ich eine Art Schreibmaschine, die lediglich Fleißarbeit verrichtete und seine Handlungsideen in Worte goss. Mit absehbaren Folgen: Unsere Ehe bestand seit Jahren bloß noch auf dem

Papier. Torsten hatte wechselnde Affären, und ich die Nase voll. Von Torsten und vom Ghostwriting. Ich wollte die Scheidung und von allem die Hälfte, auch von den Tantiemen, die der Verlag regelmäßig ausschüttet. *Vor allem* von den Tantiemen. Das habe ich ihm vor den Latz geknallt, mehrmals, zuletzt mit äußerstem Nachdruck. Woraufhin die Sache mit dem Tranchiermesser passiert ist.

Und schon bin ich wieder bei meinem Problem. Säge oder nicht Säge?

Isolde kommt aus der Bank und steigt zu mir in den Porsche. In der Hand hält sie einen Umschlag.

Sie ist immer noch komplett durch den Wind, ich sehe, wie ihre Finger zittern, während sie auf ihrem Handy herumtippt und eine Nachricht versendet. »Gott sei Dank«, sagt sie anschließend zu mir. »Es hat geklappt!«

»Was denn?«, frage ich.

»Der Staatsanwalt hat mir geraten, denen bei der Bank zu sagen, dass ich das Geld für einen Autokauf brauche. Sonst würden sie es vielleicht auf die Schnelle nicht hergeben, weil es ja so viel auf einmal ist. Wegen irgendwelcher Vorschriften, keine Ahnung. Aber egal, ich hab den Vorschlag des Staatsanwalts befolgt, und es hat funktioniert.«

»Welcher Staatsanwalt?«, will ich wissen. Mir schwant Übles.

»Der, mit dem ich telefoniert habe. Wegen Beate. Ich hab ihr gerade geschrieben, dass ich jetzt das Geld habe und wieder auf dem Heimweg bin.« Isoldes Handy summt, eine Nachricht geht ein. »Oh, gut! Sie schicken gleich einen Polizeibeamten in Zivil vorbei, um es abzuholen!«

»Was soll denn das für eine Notlage sein, in der Beate sich befindet?«, erkundige ich mich alarmiert.

»Sie hat jemanden überfahren«, bricht es aus Isolde heraus.

»Man hat sie verhaftet, jetzt ist sie im Gefängnis. Und da muss sie über die Festtage bleiben. Außer, wir bezahlen eine Kaution.« Sie hält den Umschlag hoch. »Fünfzehntausend Euro. So viel müssen wir als Sicherheit hinterlegen, damit sie freikommt!«

Mir schießt durch den Kopf, was sich mit fünfzehntausend Euro in bar alles anstellen lässt. Habe ich soeben noch – alternativ zum Zersägen – die Anschaffung einer Zinkwanne nebst ein paar Kanistern Salzsäure erwogen, überlege ich jetzt spontan, spurlos zu verschwinden. Heute noch. Am besten in ein Land ohne Auslieferungsabkommen.

Aber das verwerfe ich sofort. Torsten umzubringen ist eine Sache. Einer lieben alten Dame ihr Geld wegzunehmen, eine andere. Auch wenn ich weiß, dass Isolde als Witwe eines betuchten Zahnarztes schwer bei Kasse ist und die fünfzehntausend verschmerzen kann – auf dieses Niveau werde ich nicht herabsinken!

»Isolde, du bist reingelegt worden«, erkläre ich ihr. »Beate hat niemanden überfahren, und der angebliche Staatsanwalt ist ein Betrüger. Die wollen dir bloß das Geld abluchsen. Man nennt so was Enkeltrick, hast du vielleicht schon mal gehört.«

Der Mund steht ihr offen. »Was? Aber … Beate hatte mir doch eine Nachricht geschrieben! Schau selbst!«

Ich halte gerade an einer roten Ampel, und Isolde zeigt mir ihr Handy. Ein älteres Modell mit Kordel, es hängt um ihren Hals wie ein Schmuckstück. Wir schreiben uns manchmal WhatsApp-Nachrichten, sie kommt für ihre fünfundachtzig Jahre erstaunlich gut damit zurecht.

»Hallo Mama«, lese ich. »Mein Handy ist kaputt. Ich habe eine neue Nummer. Bitte ruf mich an. Es ist sehr dringend!« Mitfühlend sehe ich Isolde an. »Und dann hast du die Nummer angerufen?«

Isolde nickt, immer noch ganz fassungslos. »Beate war wirklich am Telefon!« Sie besinnt sich. »Ich hätte jedenfalls *schwören* können, dass sie es war! Ich hab sie gefragt: Beate, was ist denn los? Und da fing sie an, fürchterlich zu weinen, ich konnte sie kaum verstehen. Als Nächstes hatte ich diesen Staatsanwalt dran, der mir alles erklärt hat. Das mit dem Unfall und der Kaution und so weiter, und dass es schnell gehen muss, weil sonst das Kautionsbüro über Weihnachten zumacht. Da bin ich gleich los.«

Und weil Isoldes angejahrte Limousine nicht ansprang, suchte sie Hilfe bei mir, ihrer Etagennachbarin, die zufällig gerade ihren Mann um die Ecke gebracht hatte.

Ungläubig schüttle ich den Kopf. Was für eine schräge Wendung! Im Roman würde mir das Lektorat dergleichen nicht durchgehen lassen. Dramaturgisch viel zu absurd. Was mal wieder beweist, dass die abgefahrensten Dinge nur im wirklichen Leben passieren.

»Also ist Beate gar nicht im Gefängnis?«, fragt Isolde.

»Hundertprozentig nicht. Das ist alles nur Fake.«

Sie ist zuerst erleichtert, dann entrüstet. »Die sollen mich kennenlernen!« Erneut tippt sie auf ihrem Handy herum. »Verflixt, wo ist diese Notruftaste, wenn man sie mal braucht? Ah, da!« Sie hat auf laut gestellt, ich höre ein Freizeichen, dann geht jemand von der Notrufzentrale dran.

»Ich möchte ein Verbrechen melden!«, ruft Isolde aufgeregt. »Kommen Sie schnell!« Sie nennt unsere Adresse und erklärt alles. Die Männerstimme in der Leitung befiehlt ihr, Ruhe zu bewahren und den Betrüger nicht in die Wohnung zu lassen, man werde sofort eine Polizeistreife schicken.

Mir ist bei dem Wort *Verbrechen* der Schreck in die Glieder gefahren, aber richtig nervös werde ich erst, als Isolde mich fragt, ob sie vorsichtshalber mit zu mir kommen könne. Sie sorgt sich, dass die falsche Polizei schneller da ist als die echte. Womöglich lungert der Betrüger ja schon im Treppenhaus herum und wartet darauf, dass sie mit dem Geld heimkommt! Ob ich etwa den schlimmen Überfall im Westend vergessen hätte, den von letzter Woche, bei dem dieses Ehepaar um sein Hab und Gut gebracht wurde?

»Bei dir und Torsten würde ich mich sicher fühlen«, sagt sie.

Ich denke fieberhaft nach, während ich auf den Hinterhof der Villa einbiege und den Wagen parke. »Isolde, ich habe eine bessere Idee«, sage ich. »Du solltest *mir* das Geld geben.«

»Wirklich?« Sie furcht die Stirn. »Aber warum?«

»Na, um dich zu schützen. Und um den Täter zu schnappen. Willst du den etwa ungeschoren davonkommen lassen?«

Das verneint sie energisch, und dann erläutere ich ihr auf dem Weg zum Aufzug, was ich vorhabe.

»Ich nehme das Geld an mich, und wenn der Betrüger bei dir vor der Tür steht, schickst du ihn auf direktem Wege rüber zu mir.«

»Aber mit welcher Begründung?«

»Mit der Wahrheit. Dass du mir den Umschlag zur Aufbewahrung mitgegeben hast. Aus Angst, zwischenzeitlich ausgeraubt zu werden, so wie das Ehepaar im Westend letzte Woche. Dass ich an deiner Stelle den Umschlag zur Abholung bereithalte.« Wir steigen in den Fahrstuhl, und ich überlege, wie man das Ganze dramaturgisch abrunden könnte. »Vorsorglich solltest du dem Betrüger weismachen, dass du mir verschwiegen hast, was in dem Umschlag drin ist, um mich nicht in Versuchung zu führen. So kommt er gar nicht auf die Idee, dass es sich um eine Falle handelt. Sobald er bei mir ist, halte ich ihn hin, bis die Polizei kommt.«

Isolde ist sichtlich angetan von der Idee und reicht mir den Umschlag. »Torsten ist ja zum Glück auch noch da! Dieser Bär von einem Mann! Ein wahrer Fels in der Brandung!«

»Ja«, sage ich lahm.

Isolde setzt noch eins drauf. »Er ist so klug und furchtlos. Sein Charakter spricht aus jeder Zeile seiner wunderbaren Romane.«

Verschämt fügt sie hinzu: »Weißt du, seine drei ersten Bücher fand ich eher … na ja, durchschnittlich. Aber dann! *Morde in Mainhattan,* das war so spannend und mitreißend! Und dieser sympathische Ermittler Kurt! Dem würde ich mein Leben anvertrauen!«

»Toll«, sage ich, nicht sicher, ob ich mich geschmeichelt oder verzweifelt fühlen soll.

Aber wenigstens habe ich jetzt einen Plan.

Ich stehe am Esstisch und meide Torstens starren, toten Blick. Würgend und mit abgewandtem Gesicht habe ich ihm soeben das Messer aus der Brust gezogen. Die Klinge ist voller Blut, aber da muss ich jetzt durch.

Das klappt nie!, denke ich ein ums andere Mal. Doch mir bleibt keine Wahl. Wem will ich was vormachen? Ich bin nicht der Typ für Säge und Salzsäure, seelische Abgründe hin oder her. Ganz abgesehen davon, dass ich nach der Beseitigung der Leiche das größte Problem noch vor mir hätte, nämlich dem Rest der Welt Torstens plötzliches Verschwinden zu erklären.

Es gibt eine winzig kleine Chance, alles auf andere Art hinzubiegen, und die will ich nutzen.

Der Umschlag liegt vor mir auf dem Tisch. Bereit zur Übergabe. Denn ich habe keineswegs vor, den Betrüger hinzuhalten. Ich will ihn nur ganz kurz in den Flur bitten, dann soll er das Geld nehmen und verschwinden. Den Schaden werde ich Isolde ersetzen. Sobald ich einen Erbschein habe und an das Wertpapierdepot drankomme, das auf Torstens Namen läuft und auf dem er massenweise Tantiemen gebunkert hat.

Da klingelt es, und ich springe auf. Mit dem Messer in der Hand eile ich zur Wohnungstür und schaue durch den Spion. Draußen steht ein durchschnittlich großer, durchschnittlich angezogener Mann mittleren Alters. Unmöglich zu sagen, ob er zu den Guten oder den Bösen gehört. Es könnte ein Beamter von der angekündigten Streife sein oder der Betrüger. Je nachdem, wer es schneller zum Holzhausenpark geschafft hat.

Ich öffne die Tür, lasse aber die Kette vorgelegt. »Ja, bitte?«

»Guten Abend«, kommt es förmlich zurück. »Frau Schröder hat Ihnen einen Umschlag zur Aufbewahrung übergeben, den ich abholen möchte.«

Ein Polizist hätte sich ausgewiesen. Es muss der Betrüger sein. Trotzdem vergewissere ich mich. »Für Isoldes Tochter Beate?«

»Ganz recht.«

Unauffällig atme ich durch. Es ist der Betrüger. Der im Übrigen ein einwandfreies Hochdeutsch spricht, vielleicht mit einem ganz leichten Frankfurter Akzent. Ich hake die Sicherheitskette aus und mache die Tür richtig auf. »Kommen Sie kurz rein, ich hab den Umschlag drinnen liegen.« Um das blutige Messer in meiner Hand zu erklären, füge ich hinzu: »Ich bereite gerade den Weihnachtsbraten vor.«

Es scheint ihn nicht zu interessieren. Er folgt mir in den Wohnungsflur, wo ich nach zwei Schritten über meine Handtasche stolpere, die wie zufällig vor der Garderobe auf dem Boden herumliegt. Dabei lasse ich das Messer fallen, direkt vor seine Füße. Er bückt sich automatisch und hebt es auf, womit der Zweck der ganzen Aktion auch schon erfüllt ist: Seine Fingerabdrücke sind nun auf dem Messergriff.

Jetzt muss ich nur noch dafür sorgen, dass er wieder geht. Und zwar schleunigst, sonst hyperventiliere ich. Länger machen meine Nerven das nicht mehr mit. Mein Herz rattert so laut, dass ich kaum meine eigene Stimme hören kann.

»Warten Sie hier, ich hole rasch das Geld.«

Schwerer Fehler, wir merken es beide gleichzeitig. Vom Inhalt des Umschlags weiß ich doch angeblich gar nichts!

»Ich hab nur ganz kurz reingeschaut«, platze ich heraus, um

den Lapsus zu kaschieren. »Aber ich hab alles drin gelassen, ehrlich!«

Damit mache ich es nur schlimmer. Er hat immer noch das Messer in der Hand und folgt mir, während ich vor ihm zurückweiche. Rechts und links sind Zimmertüren, aber in meiner Panik verpasse ich sie und lande am Ende des Flurs vor dem Durchgang, der zu unserem großen Wohn-Esszimmer führt.

Und dort sieht der Betrüger, ehe ich es verhindern kann, Torstens Leichnam am Tisch sitzen.

»Ist der Kerl tot?«, fragt er verblüfft.

»Äh – nein«, behaupte ich. »Das ist ein … Rollenspiel.«

Der Betrüger lässt sich nicht für dumm verkaufen. Er schaut sich das blutbeschmierte Messer in seiner Hand an und stellt Zusammenhänge her.

»Du hast deinen Alten abgestochen und willst es mir anhängen!«, blafft er mich an.

»Ich weiß gar nicht, wovon Sie reden!« Ich will es empört klingen lassen, aber es hört sich an wie das Fiepen einer Maus.

Auf einmal sieht der Betrüger überhaupt nicht mehr durchschnittlich aus. Sein Gesicht hat sich in eine teuflische Fratze verwandelt. »Du hast ja keine Ahnung, mit wem du dich da anlegen willst, du verrückte Schlampe!«

Er stürzt sich auf mich, und ich flüchte japsend um den Esstisch herum, während der Betrüger mir nachsetzt. Zweimal rennen wir um den Tisch, ich vorneweg und er hinterher. Aber dann stolpere ich, diesmal wirklich, und der Betrüger packt mich, direkt neben dem Freischwinger, in dem Torsten sitzt, und schleudert mich brutal auf den Tisch. Ich liege rücklings da, und sofort ist er über mir. In der nächsten Sekunde holt er mit dem Tranchiermesser aus und will es mir in die Kehle rammen. Ich schreie wie am Spieß und wehre den Angriff instinktiv mit dem Unterarm ab. Die scharfe Klinge geht glatt durch Haut und Muskeln, ich spüre, wie sie am Knochen entlangschabt. Er reißt das Messer heraus. In meiner Todesangst ergreife ich mit der freien Hand den Umschlag und halte ihn wie einen Schutzschild vor mich, nur eine Millisekunde, bevor er das nächste Mal zustößt. Der Umschlag bremst die Wucht des Stichs, aber die Spitze des Tranchiermessers dringt durch und verletzt mich am Hals. Ich merke, wie die Haut aufplatzt und Blut herausrinnt. Der Betrüger drückt meinen Arm und den Umschlag beiseite. Diesmal hebt er das Messer weit über seinen Kopf, um richtig Schwung zu nehmen.

Da ertönt ein ohrenbetäubender Knall, und auf der Stirn des Betrügers erscheint ein dunkles Loch, es sieht aus wie ein grausiges drittes Auge. Das Messer fällt auf mich herab, die Spitze verfehlt mein Gesicht nur knapp. Federnd bleibt es in der Tischplatte stecken, ungefähr zwei Zentimeter neben meiner Schläfe. Eilige Schritte kommen näher, und ich höre, wie ein Mann hinter mir einen Fluch ausstößt, es klingt nach *Verdammt noch mal, das war knapp!*

Wie in Zeitlupe nehme ich noch wahr, dass der Betrüger zu Boden sackt, dann wird alles um mich herum schwarz.

Als ich wieder zu mir komme, wimmelt es in der Wohnung von Polizei und Sanitätern. Mein Unterarm ist dick verbunden, und am Hals spüre ich eine Kompresse. Ich liege auf einer Trage, in meiner Armbeuge steckt eine Kanüle, und im Hintergrund verlautbart Isolde mit tränenerstickter Stimme, dass Torsten in selbstloser Zivilcourage sein Leben für sie geopfert habe. Bei diesen Worten fängt sie an zu weinen.

»Bitte sagen Sie mir, dass wenigstens Vera durchkommt!«, ruft sie schluchzend aus.

Jemand versichert Isolde, dass ich bald wieder wie neu sein werde, der Blutverlust sei nicht besonders gravierend. Ich bin mindestens so erleichtert wie sie.

Gerade werde ich von zwei Johannitern zum Aufzug gerollt, als neben meiner Trage ein Mann auftaucht. Er ist Ende fünfzig, hochgewachsen und durchtrainiert.

»Ah, Sie sind wieder bei Bewusstsein«, sagt er.

An seiner sonoren Stimme erkenne ich, dass es derselbe ist, der vorhin geflucht hat. Ich ziehe daraus den Schluss, dass er von der Polizei ist und den Betrüger erschossen hat.

»Kurt Krüger«, stellt mein Retter sich vor. »Kripo Frankfurt.«

»Ich bin Vera«, krächze ich, weil mir nichts Besseres einfällt. Dass der Ermittler meiner Krimireihe zufälligerweise ebenfalls Kurt heißt, wäre ganz sicher kein passender Konversationsbeitrag. Zumal es ja gar nicht meine Reihe ist, sondern die von Torsten. Der jetzt tot ist. Damit ist auch Kurt – der Krimi-Kurt – gestorben, und die Fortsetzung der Reihe ebenfalls. Irgendwie ein bisschen traurig, aber ich hatte es ja so gewollt.

Kurt Krüger räuspert sich. »Es tut mir leid, Ihnen das sagen zu müssen, aber Ihr Mann hat es nicht geschafft. Für ihn kam jede Hilfe zu spät.«

»Ich hab's eben schon gehört«, flüstere ich. »Das ist nur meine Schuld. Es war so leichtsinnig von mir! Ich hätte diesen Verbrecher nicht reinlassen dürfen! Mir war nicht klar, wozu er fähig ist!«

»Nach dem Kerl haben wir schon lange gefahndet. Nicht nur wegen zahlreicher Betrügereien. Er war an etlichen Raubüberfällen beteiligt, unter anderem letzte Woche im Westend. Außerdem steht er im Verdacht, einen seiner Komplizen umgebracht zu haben.«

»Das ist ja … furchtbar!«, bringe ich matt hervor. Ich muss mich zwingen, besser auf meine Worte zu achten. Beinahe hätte ich *fantastisch* gesagt. »Danke, dass Sie mich gerettet haben«, füge ich hinzu, und das meine ich mit sehr viel mehr Inbrunst, als Kurt Krüger ahnen kann.

»Das ist mein Job«, wehrt er ab.

Die Sanitäter rollen mich in den Fahrstuhl. Das Gestell mit der Trage passt nur knapp hinein, Kurt Krüger muss draußen bleiben.

»Ich komme in den nächsten Tagen noch mal zu Ihnen, ich brauche ja Ihre Aussage«, teilt er mir durch die offene Fahrstuhltür mit, und dabei fange ich seinen Blick auf. Ich suche darin nach Zweifeln. Einem Hauch von Skepsis, vielleicht sogar Misstrauen. Aber da ist nichts. Oder doch?

Dann schließt sich die Tür des Aufzugs. Mir entweicht ein zittriger Seufzer. Scheint so, als wäre es vorbei. Zumindest fürs Erste.

In den nächsten Tagen, hat er gesagt. Genug Zeit, um meine Aussage einzustudieren. Mich gegen mögliche Fangfragen zu wappnen. Dieser Kurt Krüger ist ein erfahrener Kriminalist, der hat sicher schon viele festgenagelt. Besonders Frauen. Mit seinen breiten Schultern und den durchdringend hellen Augen strahlt er eine bezwingend männliche Attraktivität aus.

Ich werde auf alles vorbereitet sein.

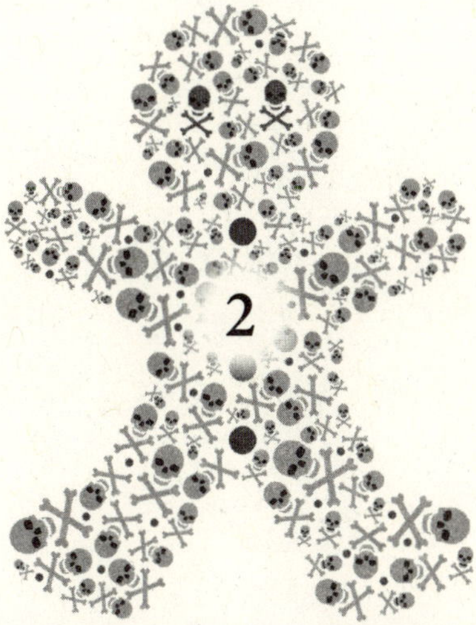

Florian Schwiecker

Tödliche Weihnachtsengel

Berlin

Über den Autor:

Florian Schwiecker ist 1972 in Kiel geboren und hat viele Jahre in Berlin als Strafverteidiger gearbeitet. Während seiner Tätigkeit für ein internationales Wirtschaftsunternehmen in den USA entstand die Idee zu seinem ersten Thriller *Verraten*. Seit 2021 schreibt er gemeinsam mit Michael Tsokos die Justizkrimireihe um den Strafverteidiger Rocco Eberhardt und den Rechtsmediziner Doktor Justus Jarmer, deren Bände allesamt in den Top 4 der SPIEGEL-Bestsellerliste landeten. Außerdem empfiehlt Florian Schwiecker regelmäßig Krimis in seiner Kolumne auf freundin.de.

Die in dieser Anthologie enthaltene Kurzgeschichte kann als unabhängiger Teil der Krimireihe *Eberhardt & Jarmer ermitteln* gelesen werden.

1. Kapitel

**Berlin-Charlottenburg, Fürstenplatz,
Freitag, 6. Dezember (Nikolaus), 14.10 Uhr**

Er hat sie umgebracht«, schrie ihn das junge Mädchen mit weit aufgerissenen Augen an. »Kommen Sie! Nun kommen Sie schon. Sie müssen helfen!« Ihre Stimme überschlug sich, und sie zerrte am Ärmel seiner Uniformjacke.

Normalerweise hätte Plachutta sich das nicht gefallen lassen und ihr erst mal die Leviten gelesen. So ging das ja nicht. Er war Kontaktbereichsbeamter für diesen Teil des Bezirks. Im Rang eines Polizeioberkommissars. Da erwartete er schon etwas mehr Respekt. Doch gerade als er dazu ansetzen wollte, ihr die Grundzüge guten Benehmens zu erklären, zog sie mit einer derartigen Kraft an seiner Jacke, dass er nicht anders konnte, als ihr zu folgen, wenn er nicht stolpern wollte. Wenige Meter später bogen sie um die Ecke des Häuserblocks, als sie stehen blieb.

»Er, da vorne«, rief sie und zeigte mit dem Finger auf die Mitte des Fürstenplatzes auf der anderen Straßenseite. Plachutta hielt für einen Moment inne. Die Szene, die sich vor seinen Augen abspielte, erinnerte ihn eher an einen Katastrophenfilm, als dass sie in Berlins beschauliches Westend passte. Er schüttelte den Kopf und kniff die Augen zusammen. Passierte das gerade wirklich? In der Mitte des Platzes standen etwa zwanzig Teenager. Wenigstens fünf von ihnen schienen sich zu übergeben und wurden dabei von den anderen gestützt. Doch das war nicht das Schlimmste. Was ihm wirklich die Nackenhaare aufstellte, war der junge

Mann, der über einen auf dem Boden liegenden Körper gebeugt eine Herzdruckmassage ausführte.

»Verdammte Naht«, rief Plachutta und rannte, so schnell es ihm seine neunundfünfzig Jahre und die vom Streifendienst geplagten Knochen erlaubten, auf den jungen Mann zu.

»Was um alles in der Welt ist hier los?«, rief er.

»Sie atmet nicht mehr«, schnaufte der junge Mann außer Atem, ohne allerdings für eine Sekunde die Massage zu unterbrechen. »Und sie hat das Bewusstsein verloren.«

Plachutta nickte und blickte auf das Mädchen. Ihr Gesicht war blass, ihre Augen nach oben gedreht.

Ohne zu zögern, griff er nach seinem Diensthandy und rief die Zentrale an, ehe er sich wieder an den jungen Mann wandte.

»Soll ich übernehmen?«

Der schüttelte den Kopf, unaufhörlich weiter um das Leben des Mädchens kämpfend. »Es geht noch.«

Plachutta nickte und hörte im nächsten Moment, wie sich zahlreiche Sirenen von allen Seiten dem Platz näherten.

Als sich kurze Zeit später die Rettungscrews um die Jugendlichen kümmerte, wandte er sich wieder an das Mädchen, das ihn hergeholt hatte. Er musste verstehen, was hier passiert war. Das Mädchen schaute ihn erschüttert an, Tränen liefen über ihre Wangen.

»So, und du erzählst mir jetzt noch mal, was hier genau los ist.«

»Er war's«, rief sie und zeigte mit dem Finger auf den jungen Mann, der nur wenige Momente zuvor mit aller Kraft um das Leben des Mädchens auf dem Boden gekämpft hatte. »Er hat sie vergiftet. Mit den Schokoengeln.«

2. Kapitel

Berlin-Charlottenburg, Kanzlei-Eberhardt, Fasanenstraße 72, Dienstag, 10. Dezember, 18.45 Uhr

»Und, was liegt an?«, fragte Tobias »Tobi« Baumann seinen besten Freund, Rechtsanwalt Rocco Eberhardt, und ließ sich in einen der bequemen Stühle an dem langen gläsernen Besprechungstisch fallen. Rocco hatte ihn vor einer guten Stunde angerufen, als er gerade dabei war, die ersten Weihnachtseinkäufe zu erledigen. Rocco meinte, er hätte einen Auftrag für ihn. Die beiden kannten sich seit ihrer Schulzeit, und seit Tobi sich nach einer kurzen Karriere bei der Polizei als Privatdetektiv selbstständig gemacht hatte, erledigte er immer wieder Aufträge für ihn.

»Was anliegt?«, nahm Rocco den Ball auf. »Ein Fall, bei dem nichts so richtig zu stimmen scheint.« Er reichte Tobi ein kaltes Bier und setzte sich zu ihm an den Besprechungstisch, der die gesamte linke Hälfte des großen Büros in dem hochherrschaftlichen Altbau einnahm. Dann griff er nach einem der Schokoengel, der auf dem bunten Weihnachtsteller voller Süßigkeiten, Lebkuchen und Gebäck lag.

»Geht das noch ein bisschen genauer?«

»Klar«, sagte Rocco. »Ich habe heute ein Mandat angenommen. Achtzehnjähriger Junge. Angeblich soll er eine Reihe von Teenagern mit Schokolade vergiftet haben. Mit Schokoengeln wie diesem hier, um genau zu sein.«

»Okay«, sagte Tobi und schaute seinen Freund überrascht an. Der Fall passte so gar nicht zu Rocco, der sich als einer von Berlins bekanntesten Strafverteidigern ansonsten nur um die ganz großen Fälle kümmerte.

»Und was ist da dran?«

Rocco schob Tobi eine beige Akte über den Tisch.

»Sieht so aus, als wäre er es tatsächlich gewesen. Fünfzehn Schülerinnen und Schüler sagen mehr oder weniger das Gleiche aus. Er hat am Nikolaustag nach der Schule am Fürstenplatz Schokoengel verteilt. Wie sich später herausgestellt hat, war die Schokolade mit Pestiziden vergiftet. Zum Glück mussten sich die meisten, die davon gegessen hatten, nur übergeben.«

Tobi griff nach der Akte und blätterte sie durch.

»Oha«, sagte er. »Ein Mädchen scheint es aber etwas heftiger erwischt zu haben.«

Rocco nickte. »Und genau das ist auch das Problem. Lilly, 14 Jahre, aus der 8. Klasse, hatte eine allergische Reaktion und wäre beinahe daran gestorben.«

»Allergische Reaktion auf Pestizide?«, fragte Tobi.

Rocco nickte. »Wenn die Konzentration hoch genug ist, kriegst du Magen-Darm-Beschwerden, oder es kann eben auch zu allergischen Reaktionen kommen.«

»Und was ist das dann aus strafrechtlicher Sicht? Versuchter Totschlag?«

»Kann schon sein. Wenn nicht sogar versuchter Mord. Hängt ja am Ende davon ab, was der Typ vorhatte.«

»Und wie genau kann ich dir jetzt helfen? Sieht ja alles einigermaßen eindeutig aus.«

»Stimmt. Spricht alles gegen ihn. Und um ehrlich zu sein, macht er auch nicht gerade den Eindruck, als könnte oder wollte er das entkräften. Ich hab ihn heute in Moabit besucht. Er steht kurz vor dem Abitur, ist also volljährig und sitzt in U-Haft. Hat mich allerdings fast nur angeschwiegen. Das Einzige, was er meinte, war, dass er ja eh keine Chance hätte.«

Tobi zog die Augenbrauen hoch.

»Glaubst du, dass er schuldig ist?«

Rocco schien kurz nachzudenken. Dann nickte er.

»Und warum um alles in der Welt verteidigst du den Jungen dann?«

»Ganz einfach«, erwiderte Rocco. »Weil er Klaras Patensohn ist.«

3. Kapitel

Berlin-Charlottenburg, Starbucks am Kurfürstendamm, Mittwoch, 11. Dezember, 9.32 Uhr

Tobi war die Zeugenaussagen jetzt schon zum dritten Mal durchgegangen. Die Sache schien eindeutig. Felix Schmitt, der Patensohn von Roccos Bürochefin Klara Schubert, hatte am Nikolaustag nach der Schule auf einem nah gelegenen Platz mit Pestiziden vergiftete Schokoengel verteilt. Der Ort war strategisch gut gewählt, um maximalen Schaden anzurichten, weil ein guter Teil der Schüler des Gymnasiums auf dem Nachhauseweg direkt an ihm vorbeikommen mussten.

Was Tobi sich allerdings zunächst nicht erklären konnte – mal ganz abgesehen davon, was Felix mit dieser Aktion bezwecken wollte –, war, warum die Schülerinnen Schokoengel von ihm angenommen hatten. Das lernte doch jedes Kindergartenkind. *Nimm keine Süßigkeiten von Fremden an.* Die Antwort auf diese Frage fand Tobi dann aber in der Aussage von Lukas Drombusch, einem Schüler der 12. Klasse. Er hatte nicht nur ausgesagt, dass Felix Schokoengel verteilt hatte, sondern dass er sich darüber kein bisschen gewundert hatte. Schließlich sei Felix ja nicht umsonst von der Schule geflogen. Da passte so eine bescheuerte Aktion ja perfekt ins Bild. Vollkommen irre. Hätte um ein Haar jemanden umgebracht. Felix sei schon immer ein Idiot gewesen.

Die Schülerinnen und Schüler kannten Felix also von der Schule.

Und offensichtlich vertrauten sie ihm genug, dass sie Schokolade von ihm annahmen.

Der nächste Punkt, den Tobi sich nicht erklären konnte, war die Aussage des Kontaktbereichsbeamten, kurz KOB. Er hatte angegeben, dass Felix dem Mädchen mit dem allergischen Schock das Leben gerettet hatte. Sie hatte einen Herzstillstand erlitten und er eine Herzdruckmassage ausgeführt. Professionell genug, dass die Rettungskräfte sie nicht nur wiederbeleben konnten, sondern sie aller Voraussicht nach auch keine Folgeschäden davontragen würde.

Warum um alles in der Welt vergiftet er das Mädchen erst, nur um danach alles dafür zu tun, ihr das Leben zu retten. Das ergab überhaupt keinen Sinn.

Tobi klappte die Akte zu und dachte nach. Er war jetzt knapp vierzig Jahre alt und ermittelte seit mehr als zwanzig Jahren in Strafverfahren. In der ganzen Zeit hatte er vieles gesehen und vieles gehört. Und er hatte einen Instinkt dafür entwickelt, wenn irgendetwas nicht stimmte. Eine Art »Bullshit-Sensor«. Und genau dieser »Bullshit-Sensor« schlug hier aus. Aus irgendeinem Grund wurde er das Gefühl nicht los, dass die Sache in Wahrheit ganz anders war, als sie sich darstellte. Und wenn das stimmte, dann war hier alles möglich. Sogar, dass Felix komplett unschuldig war, auch wenn alles gegen ihn sprach. Klara Schubert hatte ihn heute Morgen angerufen. Sie hatte ihm mehr als eindrücklich gesagt, dass das Ganze ein Irrtum sein musste. Felix sei ein guter Junge. Na klar, ein bisschen crazy, aber nicht böse. Er würde nie jemand anderem etwas zuleide tun. Dafür würde sie ihre Hand ins Feuer legen. Sie hatte ihn gebeten, ja geradezu angefleht, der Sache auf den Grund zu gehen.

Tobi schaute auf die Datumsanzeige seiner Uhr. Noch dreizehn Tage bis Weihnachten. Wenn Klara recht hatte, hatte er nur noch wenig Zeit, dafür zu sorgen, dass Felix Weihnachten bei seiner

Familie verbringen würde. Und wenn sie sich täuschte und er schuldig war, hatte er es mehr als verdient, zum heiligen Fest gesiebte Luft zu atmen.

4. Kapitel

Berlin-Charlottenburg, 11. Dezember, 14.40 Uhr, vor dem Gymnasium

Um das Rätsel zu lösen, musste Tobi noch einmal selbst mit den Zeugen sprechen. Dann würde er ein klareres Bild davon bekommen, was wirklich geschehen war. Die Protokolle in der Ermittlungsakte gaben einfach zu wenig her.

Als Erstes hatte er Polizeioberkommissar Plachutta, den KOB, der als Erster am Tatort eingetroffen war, befragt. Dabei kam ihm seine Verbindung zur Polizei zugute. Er hatte kurzerhand einen Kumpel von damals angerufen, der den Dienstplan von Plachutta gecheckt und telefonisch mit ihm geteilt hatte. Plachutta drehte heute, wie an nahezu jedem Tag, seine Runden durchs Westend. Der Polizeioberkommissar war hilfsbereit und schilderte Tobi noch mal genau, was er wusste. Dass Felix die Giftengel verteilt hatte, schien festzustehen. Plachutta selbst war zwar erst später dazugekommen, aber die Aussagen der Schüler am Tatort waren eindeutig.

»Hat echte Scheiße gebaut, so wie es aussieht«, meinte er, ehe er hinzufügte: »Allerdings hat er dann das Mädel noch gerettet. Keine Ahnung, ob der überhaupt verstanden hat, was er da angerichtet hat.«

Tobi nickte und bedankte sich. Als Nächstes wollte er mit den Schülern sprechen. Allerdings war ihm bewusst, dass das etwas heikel werden konnte, denn Minderjährige auf der Straße abzufangen, war in vielfacher Hinsicht keine gute Idee. Deshalb beschloss er, sich auf die beiden zu konzentrieren, die bereits volljährig waren. Lukas Drombusch und Hannah Wahl. Anhand der Namen hatte er ihre Social-Media-Profile gefunden und wusste, wie sie aussahen. Tobi wartete vor dem Eingang der Schule, als er Lukas mit drei anderen Jungs über den Hof schlendern sah. Er war größer, als Tobi das von den Fotos erwartet hatte. Etwa einen Meter neunzig, mit mittellangen blonden Haaren. Vom Stil her war er lässig, aber teuer gekleidet. Kommt wohl aus gutem Hause, dachte Tobi, als er ihn direkt am Tor abpasste.

»Hey Lukas. Warte mal. Ich würde dich gerne kurz sprechen.«

Lukas hielt inne, musterte Tobi abschätzend von oben bis unten und schüttelte den Kopf.

»Wüsste nicht, wieso ich mit dir sprechen sollte.«

»Nicht in dem Ton, mein Lieber«, sagte Tobi. »Kann mich nicht erinnern, dir das Du angeboten zu haben. Ich ermittle in dem Fall gegen Felix Schmitt.«

»Aber ich habe Ihren Kollegen doch schon alles gesagt«, erwiderte Lukas, der Tobi aufgrund der Ansage offensichtlich für einen Polizisten hielt. Tobi, der kein Interesse hatte, das Missverständnis aufzuklären, nickte nur.

»Stimmt, aber ich habe da noch ein paar Fragen. So läuft das halt.«

Lukas schien sich vor seinen Kumpels nicht die Blöße geben zu wollen und spielte weiter den coolen Typen.

»Gut. Von mir aus. Aber nicht so lange, ich hab noch was vor.« An seine Freunde gewandt, sagte er: »Geht schon mal vor, ich komme gleich nach.«

»Also«, begann Tobi. »Laut deiner Aussage hast du erzählt, dass es dich nicht gewundert hat, dass Felix vergiftete Schokoladenengel verteilt hat. Wie genau hast du das gemeint?«

»Echt jetzt?«, sagte Lukas und schüttelte den Kopf. Er schien wieder Oberwasser zu gewinnen, und Tobi fragte sich, ob er mit einer anderen Frage gerechnet hatte.

»Der Typ ist einfach voll der Arsch. Erst fliegt er von der Schule, weil er geklaut hat. Und dann rächt er sich auch noch dafür und vergiftet unschuldige Teenager. Was für ein Wichser.«

»Geklaut hat er?«, hakte Tobi nach. »Was denn?«

»Zwei Tablets. Aus dem Lehrerzimmer. iPads.«

»Echt?«

»Ja, echt. Ist aber sofort aufgeflogen. War dumm genug, die in seinem Spind zu verstecken. So ein Depp.«

Lukas schaute jetzt demonstrativ auf seine Uhr.

»Sonst noch was?«, fragte er.

»Nein, danke, reicht schon.«

»Super. Dann hoffe ich mal, dass der Penner bald einsitzt. Am besten für immer«, sagte er und eilte seinen Freunden hinterher.

Tobi dachte noch über Lukas' Aussagen nach, denn irgendetwas war ihm gerade komisch vorgekommen, als die andere Schülerin, mit der er sprechen wollte, um die Ecke bog. Hannah Wahl steuerte direkt auf ihn zu.

»Hey, sind Sie von der Polizei?«, fragte sie, und Tobi überlegte für einen Moment, ob er sein Glück weiter strapazieren konnte. Solange sie ihn für einen offiziellen Ermittler hielt, würde sie vielleicht eher mit ihm reden.

»Warum fragst du?«, erwiderte er deshalb und ließ die Antwort offen.

»Na ja, ich habe gerade gesehen, dass Sie mit Lukas gesprochen haben, und da dachte ich, dass es vielleicht um die Sache mit Felix geht.«

»Stimmt, ich habe ihn wegen Felix befragt. Da waren ein paar Punkte in seiner Aussage, die mich noch interessiert haben.«

»Bestimmt hat er Felix wieder in die Scheiße gezogen, oder? Er konnte ihn noch nie leiden.«

Neugierig horchte Tobi auf.

»Wie genau meinst du das?«

»Na ja, ist ja ein offenes Geheimnis, dass Lukas die Hasskappe aufhat, seit Felix ihm die Freundin ausgespannt hat. Dabei konnte er gar nichts dafür. Celia wollte sich eh von Lukas trennen. Konnte sein arrogantes Gehabe einfach nicht mehr ertragen. Aber Lukas hat Felix die komplette Schuld dafür gegeben.«

Tobi nickte. »Und was genau bedeutet das?«

»Na ja, er hat ihn schlechtgemacht, wo er nur konnte. Wollte ihm immer an den Karren fahren.«

»Und Felix?«

»Na ja, das war das Verrückte daran. Er hat sich irgendwie nicht dagegen gewehrt. Passte gar nicht zu ihm. Wie auch immer. Ich wollte nur, dass Sie das wissen. Meiner Meinung nach ist Felix kein schlechter Kerl.«

Interessant, dachte Tobi. Scheint so, als wenn Felix und Lukas da was am Laufen hatten. Er bedankte sich bei Hannah und lief zurück zu seinem Auto. Er musste mit Rocco sprechen. Er hatte da so eine Vermutung. Und wenn sie stimmte, dann mussten sie schnell handeln.

5. Kapitel

**Berlin-Moabit, Kriminalgericht, Turmstraße 91,
Montag, 23. Dezember, 10.03 Uhr**

Dass sie so kurz vor Weihnachten einen Haftprüfungstermin bekommen hatten, war weniger bloßem Glück zu verdanken als vielmehr Roccos persönlichem Einsatz. Er hatte seine Freundin, Oberstaatsanwältin Claudia Spatzierer, gebeten, ein gutes Wort beim Haftrichter einzulegen. Claudia war davon erst gar nicht begeistert, aber als sie hörte, dass es dabei um Klara Schuberts Patensohn ging, warf sie alle Bedenken über Bord und machte das Unmögliche möglich.

Tatsächlich war die Haftprüfung auch die einzige Chance, so kurzfristig dafür zu sorgen, dass Felix aus der U-Haft kommen würde, denn mit einem Hauptverhandlungstermin war im Falle einer Anklage – und danach sah es hier aus – in keinem Fall vor Februar oder März zu rechnen. Und damit hätten Tobi und Rocco ihr Ziel, dass Felix Weihnachten zu Hause feiern konnte, weit verfehlt.

Allerdings war das größte Problem gar nicht der Termin, sondern Felix selbst. Denn obwohl Tobi mit seiner Vermutung ins Schwarze getroffen hatte, musste Rocco all seine Überredungskünste aufbringen, ihn von ihrem Plan zu überzeugen. Schließlich hatte Felix sich aber darauf eingelassen, zugestimmt und ihm dann auch die ganze Geschichte erzählt.

»So, dann woll'n wer ma sehen, wat wir hier haben«, sagte der Ermittlungsrichter mit breitem Berliner Dialekt, wie man ihn nur noch selten hörte, und blickte über seine Lesebrille hinweg direkt zu Rocco und Felix, der neben ihm am Tisch der Verteidigung Platz genommen hatte.

»Herr Schmitt. Ihr Verteidiger hat mir jesagt, dass Sie jerne Weihnachten zu Hause verbringen möchten.«

Felix nickte schüchtern.

»Also wenn ick ehrlich bin«, fuhr der Richter fort und nahm jetzt Rocco ins Visier, »bin ick da nicht besonders überzeugt, dass det klappen könnte. Die Sachlage scheint mir doch recht eindeutig zu sein.«

Der Richter blätterte durch die Akte, ehe er zu seiner Protokollführerin sagte: »Aber, wir alle wissen ja, dass vor Jericht und auf hoher See dann und wann auch noch Wunder jeschehen. Und heute sogar mit Zeugen. Na, wenn det nichts Besonderes is', dann weeß ick ooch nich'. Na, dann woll'n wa ihn doch mal hören, den Zeugen.«

Der Richter nickte dem Wachtmeister zu. Der öffnete die Tür und rief laut über den Flur: »Lukas Drombusch, bitte.«

Keine zehn Sekunden später betrat Lukas den Gerichtssaal. Sein Ausdruck hätte selbstbewusster nicht sein können, und mit offener Verachtung schaute er zu Felix, der merklich zusammenzuckte.

»Schönen juten Tag, Herr Drombusch«, begann der Richter und belehrte Lukas über seine Rechte und Pflichten als Zeuge, ehe er ihn zu den Geschehnissen am Tattag befragte. Lukas gab mehr oder weniger genau das wieder, was in der Akte stand, und nachdem der Richter mit seinen Fragen am Ende der Befragung angekommen war, verzichtete der gelangweilte Vertreter der Staatanwaltschaft auf weitere Fragen, sodass Rocco an der Reihe war.

Entgegen seiner üblichen Strategie, Zeugen, die nach seiner Einschätzung logen, erst in Sicherheit zu wiegen und dann aufs Glatteis zu führen, entschied er sich bei Lukas, gleich aufs Ganze zu gehen. Er wollte ihm erst gar keine Zeit geben, sich auf ihn einzustellen.

»Herr Drombusch«, begann Rocco deshalb ganz direkt. »Ich will offen sein, ich verstehe einige Punkte in Ihrer Aussage nicht ganz.«

Überrascht blickte der Richter auf diese Eröffnung hin Rocco an, hielt sich aber mit Kommentaren vorerst zurück.

Lukas Drombusch schien sich hingegen davon nicht irritieren zu lassen, sondern lächelte Rocco frech an.

»Am 6. Dezember, an dem Tag, als mein Mandant die Schokoengel verteilt hat, waren Sie doch am Fürstenplatz, oder?«

»Ja, war ich. Da gehen wir oft hin, wenn wir 'ne Freistunde haben oder so.«

»Das hat mir Felix auch erzählt«, nickte Rocco. »Nur wundert mich, dass Sie an diesem Tag da waren. Denn ausweislich Ihres Stundenplans hatten Sie an diesem Tag überhaupt keinen Unterricht. Die einzigen beiden Stunden, die Sie an diesem Tag gehabt hätten, zwei Stunden Latein, sind nämlich ausgefallen. Und selbst wenn die stattgefunden hätten, wären sie schon um kurz vor zehn zu Ende gewesen. Warum also, frage ich mich, waren Sie dann gegen zwei Uhr am Fürstenplatz?«

Für einen Moment schien Lukas nachzudenken, ehe er mit einem wissenden Lächeln antwortete: »Ich hatte mich mit ein paar Freunden zum Lernen verabredet. Wir schreiben ja bald Abi, und da wollen wir natürlich gut vorbereitet sein.«

»Und das würden diese Freunde auch bestätigen, wenn wir sie jetzt anrufen würden?«, bluffte Rocco, dem klar war, dass der Richter das auf keinen Fall zulassen würde.

»Äh, ähm, ja, natürlich würden sie das«, stotterte Lukas. Sein Selbstbewusstsein schien sich langsam in Luft aufzulösen.

»Auch wenn der Richter sie belehren würde, dass auf eidliche Falschaussage wenigstens ein Jahr Freiheitsstrafe steht?«, hakte Rocco nach und fing sich einen Blick vom Richter ein, der klarstellte, dass seine Geduld an ihre Grenzen stieß.

»Ich weiß nicht«, stotterte Lukas weiter. »Ja, vermutlich schon.«

»Okay, dann habe ich eine andere Frage. Sie hatten meinem Ermittler, Herrn Baumann, vor Kurzem vor der Schule erzählt, dass mein Mandant zu Recht von der Schule geflogen sei, weil er ja zwei Tablets geklaut hatte, die noch dazu in seinem Spind gefunden wurden.«

Jetzt hellte sich Lukas' Miene wieder auf.

»Ja, ganz genau. So war es. Zwei iPads.«

»Und wenn ich Ihnen jetzt sage, dass mein Mandant gar keinen Zugang zu seinem Spind hatte, weil er tatsächlich die Nummer verschlampt hatte und diese am Tag vor dem Diebstahl der Tablets beim Betreiber der Spinde neu beantragt hat, was würden Sie dann sagen?«

»Dann würde ich sagen, dass er sich vielleicht ein Alibi verschaffen wollte und sich für besonders schlau hielt«, erwiderte Lukas gereizt. Er schien langsam aus der Ruhe zu geraten. Doch noch bevor er etwas hinzufügen konnte, mischte sich der Richter ein.

»Herr Rechtsanwalt Eberhardt. Ich frage mich jerade, worauf Sie wohl mit Ihren Fragen hinauswollen. Det hört sich ja ganz so an, als wenn Sie den Zeugen hier ins Kreuzverhör jenommen haben. Wir sind hier ja nicht in 'nem amerikanischen Krimi, also bitte ich Sie, sich ein bisschen zu mäßigen. Is' ja nich' so, dass der Zeuge hier auf der Anklagebank sitzt, oder?«

»Noch nicht«, erwiderte Rocco trocken und beschloss, jetzt alles auf eine Karte zu setzen. Er wandte sich wieder an Lukas, dem zwischenzeitlich die Farbe aus dem Gesicht gewichen war.

»Herr Drombusch. Ich glaube Ihnen kein Wort. Tatsächlich bin ich fest davon überzeugt, dass Sie hinter dem Ganzen stecken. Ich glaube, Sie sind genauso dafür verantwortlich, dass meinem Mandanten der Diebstahl der Tablets angelastet wurde, wie für die mit Blausäure vergifteten Schokoengel.«

»Wieso Blausäure«, prustete Lukas unüberlegt los. »Das waren doch Pestizide aus der Gärtnerei.«

»Ach so«, erwiderte Rocco trocken, und auf seinem Gesicht zeichnete sich ein Lächeln ab. Lukas war tatsächlich in die Falle getappt. »Und woher wissen Sie das so genau?«

»Na, das, das, also das …«, versuchte er zu erklären, merkte aber im selben Moment, dass er sich gerade selbst ein Ei gelegt hatte.

Auch dem Richter war das nicht entgangen. Mit dem Mittelfinger schob er die Brille auf seiner Nase nach oben und blickte den

Staatsanwalt, der sich im selben Moment aufrecht in seinem Stuhl hinsetzte, herausfordernd an.

»Na, det scheint jetzt ja doch noch mal janz interessant zu werden.«

6. Kapitel

Berlin-Moabit, Kriminalgericht, Turmstraße 91, Montag, 23. Dezember, 11.57 Uhr

Keine Stunde später standen Rocco, Tobias, Klara, Felix und seine Freundin Celia vor dem Eingangsportal des altehrwürdigen Gerichtsgebäudes.

»Kann mir jetzt bitte jemand noch mal erzählen, wie Sie das wieder hinbekommen haben?«, fragte Klara Schubert und blickte Rocco mit einem breiten Lächeln herausfordernd an.

»Ich glaube, das kann Felix am besten selber erklären«, erwiderte Rocco.

Der blickte erst zu Celia und dann zu seiner Patentante.

»Im Prinzip ist die Sache ganz einfach«, begann er. »Nachdem Celia und ich zusammengekommen sind, wollte Lukas sich an mir rächen. Also hat er die Tablets in meinem Spind versteckt und dafür gesorgt, dass die da entdeckt wurden. Keine Ahnung, wie er das geschafft hat. Weil ich alles abgestritten habe und dann in der Befragung auch ziemlich ausfallend geworden bin, bin ich schließlich von der Schule geflogen. Ich hatte damals schon die Vermutung, dass Lukas dahintersteckte, und als ich ihn damit konfrontierte, hat er mir gedroht, dass ich schön meine Klappe halten soll. Wenn ich das nicht machen würde, würde er Bilder von Celia auf Instagram veröffentlichen. Er hat mir die Bilder gezeigt, und ich wollte auf keinen Fall, dass die jemand sieht. Die hat der Arsch heimlich von ihr aufgenommen. Na ja, ich hab dann meine Klappe gehalten.«

Klara schüttelte den Kopf.

»Und wie ist es zu den Schokoengeln gekommen?«, fragte sie.

»Eine Woche später rief Lukas mich an und entschuldigte sich. Das Ganze täte ihm leid, und er würde auf keinen Fall die Bilder teilen. Er sei einfach eifersüchtig und wütend gewesen und hatte sich rächen wollen. Das war scheiße, und er wollte das wiedergutmachen. Und er wollte mir auch helfen, dass ich wieder auf die Schule darf. Er meinte, ich könnte ja irgendwas machen, was cool wäre. Und dann würde er mir auch mit den Tablets helfen.«

»Und was genau hat er damit gemeint?«

»Na ja, er hat gesagt, wenn ich am Nikolaustag Engel verteile, dann wäre das ja ein gutes Zeichen. Und dann würde die Schule das vielleicht auch anerkennen, und ich könnte noch mal mit dem Direktor reden.«

»Und das hast du geglaubt?«, fragte Klara und schüttelte den Kopf. »Das ist doch totaler Quatsch.«

»Das weiß ich jetzt auch«, erwiderte Felix. »Aber damals machte das irgendwie Sinn für mich. Ich wollte auf jeden Fall wieder auf die Schule. Ich war so kurz vor dem Abi. Und irgendwie habe ich Lukas das alles abgenommen.«

Klara überlegte kurz. Dann nahm sie Felix in den Arm.

»Ist ja auch egal«, sagte sie. »Das Einzige, was zählt, ist, dass die Sache jetzt aufgeklärt wurde. Nur darauf kommt es an. Und zur Feier des Tages spendiere ich jetzt eine Runde Glühwein auf dem Weihnachtsmarkt.«

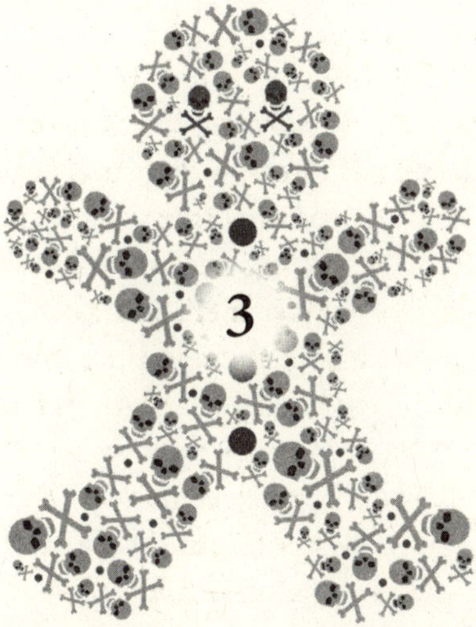

Anne Verhoeven

Winterdunkel
Das Geheimnis unter dem Schnee

Voerde (Niederrhein)

Über die Autorin:

Anne Verhoeven, aufgewachsen am Niederrhein, studierte in Düsseldorf und Uppsala Germanistik und Linguistik. Danach arbeitete sie im Lektorat verschiedener Verlage und ist heute als freie Autorin tätig. Wenn sie nicht gerade Krimis und Thriller schreibt, treibt sie Sport und unternimmt mit ihrem Mann Abenteuerurlaube. Besonders häufig zieht es sie dabei in die Wälder Skandinaviens.

Am Mittag des 21. Dezember fiel in Voerde der erste Schnee des Jahres. Nach einem eher warmen November und Dezember sah es ganz danach aus, als würde das beschauliche Städtchen am Niederrhein mit weißen Weihnachten beglückt werden.

Der elfjährige Jonas hatte seinen Papa zu einer Schneeballschlacht im Vorgarten überredet und schleuderte ihm gerade einen nassen Schneeklumpen gegen den Rücken, als seine Mama mit dem Familienkombi auf die vereiste Auffahrt bog. Sie kam von ihrer Schicht im Baumarkt, der letzten vor Weihnachten. Im Kofferraum hatte sie Schaufeln, Campinggas und Konserven vom Supermarkt. Papa lud ein paar Teile auf seine Arme.

»Habt ihr die Nachrichten gehört? Es gibt eine Unwetterwarnung des Deutschen Wetterdiensts. Anscheinend kommt da ein Schneesturm auf uns zu«, verkündete Mama auf dem Weg ins Haus.

Jonas freute sich. »Es gibt Schnee an Weihnachten!«, schrie er im Flur seiner älteren Schwester Lea entgegen, die trotz seiner Lautstärke nicht von ihrem Smartphone aufschaute. Er fläzte sich im Wohnzimmer mit seiner Nintendo Switch auf die Couch, während Papa den Einkauf ablud und dann neugierig einen Nachrichtensender einschaltete. Mama verschwand währenddessen in den Keller, um etwas an der Photovoltaikanlage umzustellen.

Jonas spielte zwar Super Mario, lauschte aber heimlich auf die Erwachsenenthemen im Fernsehen. Es ging um das Wetter und um den Krieg. Seine Mutter schimpfte oft auf die Politiker, die seit Jahren nichts taten, die das Land zugunsten der Wirtschaft abhängig gemacht hatten, weil ihnen die nächste Wahl wichtiger war als die bedrohliche Lage, in die sie ihr Land brachten. Mama wollte den Ausbau der Bundeswehr, aber viele wollten genau das nicht. Jonas fand, dass die Erwachsenen sich einigen mussten, wie er sich auch mit seiner Schwester einigen musste, wenn sie stritten. Als er von seiner Switch aufsah, schneite es viel heftiger als zuvor, und bis zum Abendessen lagen zwanzig Zentimeter Neuschnee.

* * *

Die Reflexion des Schnees schimmerte hell durch die Rollos im Elternschlafzimmer. Simon wälzte sich quer durch das Bett, unwillig, die warme Decke zurückzulassen. Doch seine Frau war bereits aufgestanden, und er folgte ihr bald nach unten in die Küche. Beim Blick aus dem Fenster staunte er darüber, dass man die Nachbarautos unter der halbmeterhohen Schneedecke kaum erkennen konnte. So viel weißes Zeug waren sie am Niederrhein nicht gewohnt.

»Es schneit jetzt seit über zwölf Stunden, und da wird noch mehr kommen«, prognostizierte Kathrin.

»Es wird schon nicht so schlimm werden«, entgegnete er, jedoch mit einem flauen Gefühl, und küsste sie liebevoll.

In diesem Moment kam Jonas in die Küche gerannt, ließ den Adventskalender links liegen, düste bis zum Fenster durch und stellte sich auf die Zehenspitzen. »Noch mehr Schnee!«

Beim Frühstück bettelte er, draußen spielen zu dürfen, doch sie waren an diesem vierten Advent zum Mittagessen bei Simons Eltern eingeladen. Nach dem Frühstück befreite Simon daher die Auffahrt von dem schweren Pappschnee und zog gemeinsam mit Kathrin zum ersten Mal die Schneeketten auf die Reifen.

Während Simon wenig später am Auto auf seine Familie wartete, tauchte Herr Müller neben ihm am Zaun auf, sah sich um und meinte: »So viel Schnee hatten wir Jahre nicht mehr.«

»Ja, da hilft nur Vorräte ranschaffen und schaufeln«, entgegnete Simon.

Herr Müller nickte. »Wenn man eine Schaufel hat. Ich habe keine.«

Simon musterte seinen Nachbarn und hielt ihm die neue Schaufel hin, die Kathrin gestern aus dem Baumarkt mitgebracht hatte.

»Stellen Sie sie einfach an unsere Haustür, wenn Sie fertig sind.«

»Danke.« Herr Müller nickte und machte sich an die Arbeit.

»Steigt ein«, bat Kathrin die Kinder unterdessen.

Kurz darauf lenkte Kathrin den Wagen auf die schneebedeckte Straße, auf der sich schon zwei Autos festgefahren hatten. Die Leute schoben und drückten sich gegenseitig zurück auf die Fahrbahn. Dank der Schneeketten hatte Kathrin aber kaum Probleme, den Wagen in der Spur zu halten. Sie rollten auf die nächstgrößere Straße zu, wo schwere Räumfahrzeuge ihre Arbeit verrichteten. Während Lea schweigend hinter Simon saß und mit Kopfhörern in den Ohren aus dem Fenster starrte, beobachtete Jonas gefesselt, wie die großen Maschinen den Schnee an die Straßenränder schoben, wo er sich zu weißgrauen Bergen auftürmte.

Ab der Hauptstraße kam der Verkehr fast zum Erliegen, weil überall festgefahrene Fahrzeuge im Weg standen. Manche rutschten oder schlingerten gefährlich nah an ihnen vorbei. Während sie unerträglich langsam vorankamen, drehte Simon das Radio auf, um die Verkehrs- und Wettermeldungen zu verfolgen.

Als sie endlich bei der Tankstelle auf die B8 fuhren, lehnte sich Jonas staunend nach vorn zwischen die Vordersitze, denn vor ihnen bogen sich die Äste der Bäume unter der schweren Last tief herunter und bildeten einen weißen Tunnel, der die Straße umhüllte.

Simon tauschte einen beunruhigten Blick mit Kathrin, doch umkehren war hier keine Option. Also schlichen sie hinter den anderen Autos her, die sich unter dem weißen Vorhang wegduckten, während Lea auf der Rückbank genervt wegen eines Wackelkontakts in ihrem Kopfhörer aufstöhnte. Simon drehte die Verkehrsnachrichten lauter.

An der nächsten großen Kreuzung steckten die Autos auch in allen anderen Richtungen im Schneetreiben fest.

Simon musterte seine Frau. »Wir fahren besser zurück. Wir haben in anderthalb Stunden keine drei Kilometer geschafft.«

Kathrin nickte. »Ich tanke auf dem Rückweg. Sagst du deinen Eltern ab?«

Als sie nach weiteren anderthalb Stunden endlich zu Hause ankamen, sprang Jonas mit voller Blase aus dem Auto und rannte mit Kathrins Schlüssel ins Haus. Simon öffnete unterdessen die Beifahrertür, und der Wind blies ihm dicke Schneeflocken ins Gesicht. Mit einem Fuß schon im Schnee und der rechten Hand am Türhebel, hielt er einen Moment inne, um eine graue Wolkenarmee am Himmel zu beobachten, die auf ihn zudrang und weiteren Schneefall androhte. Er stieg aus, ließ die Tür einschnappen und erfasste einen abschätzigen Blick von Herrn Müller, der noch immer dabei war, sein Grundstück freizuräumen.

* * *

Zwei Tage später, am Weihnachtsmorgen, wurde Jonas früh wach. Er flitzte noch im Dunkeln die Treppe hinunter, um den mit Lichterketten, Kugeln und Strohsternen geschmückten Tannenbaum zu bewundern. Geschenke gab es noch keine, und das Licht im Haus blieb genauso duster wie die Straßenlaternen draußen, die von dicken Schneebergen umfangen wurden.

Als Jonas' Eltern kurze Zeit später aufstanden, schaltete Mama das Haus in den Eigenversorgungsmodus. Jonas durfte trotzdem nur wenig Licht machen. Er musste das Ladekabel seiner Switch abgeben und Lea das von ihrem Smartphone.

»Geht jetzt echt gar nichts mehr?«, fragte Lea, während sie genervt versuchte, Netz oder Internet zu bekommen. Jonas öffnete unterdessen das letzte Türchen seines Adventskalenders.

Das Stromnetz war komplett zusammengebrochen, weshalb Mama das restliche Wasser aus den Wasserleitungen in Kanister füllte. Im Radio hörten sie abwechselnd Weihnachtslieder und Nachrichten, die verkündeten, dass der Stromausfall die ganze Region betraf, weil Schneelast und Vereisungen mehrere Strommasten zum Einsturz gebracht hatten.

»Gehst du gleich mal nach Frau Krause sehen?«, bat Mama Papa, und der nickte gutmütig. Die alte Nachbarin ging auf Krücken und lebte allein. »Ihr Hausnotruf funktioniert ohne Strom nicht. Nimm ihr ein Walkie-Talkie mit, dann kann sie uns im Notfall anfunken.«

Also ging Papa am Vormittag zu der alten Frau. Jonas durfte helfen, den Kamin anzufeuern, aber nach draußen durfte er nicht, weil es zu sehr stürmte. Er konnte kaum die andere Straßenseite sehen.

Die Bescherung fand in diesem Jahr vor dem knisternden Kaminfeuer statt. Papa spielte auf der Gitarre Weihnachtslieder. Danach packte Jonas ein neues Spiel für die Switch und die heiß ersehnte Erweiterung für sein Lieblingsbrettspiel *Die Legenden von Andor* aus, während seine Schwester Bluetooth-Kopfhörer bekam.

Jonas fand es gar nicht schlimm, dass der Stromausfall weiter andauerte, denn dadurch konnte er seine Eltern und seine gelangweilte Schwester zu einer gemeinsamen Partie *Andor* überreden, während der sie genüsslich Marzipanbrot und Weihnachtsplätzchen naschten.

Am nächsten Morgen war das Haus weiter abgekühlt, aber im Kamin flackerte ein wärmendes Feuer, über dem sich Lea ein Stockbrot röstete. Jonas ging zu Papa und lugte neben ihm aus dem Küchenfenster. Das Technische Hilfswerk holte alte Menschen aus ihren Häusern, doch ihre Nachbarin Frau Krause nahm nur eine Thermosflasche und eine Decke entgegen. Der Truck vom THW hatte mit seinen dicken Schneeketten Spuren hinterlassen. Normalerweise wurde der Schnee hier schnell matschig und braun, aber heute lag er noch immer glänzend weiß über der ruhigen Straße.

»Können wir rausgehen? Können wir einen Spaziergang machen?«, bat Jonas, der es nicht erwarten konnte, sich endlich in diesem wunderschönen Schnee zu wälzen.

* * *

Die Strahlen der tief stehenden Sonne wurden von den Schneebergen reflektiert, als Simon am frühen Nachmittag mit seiner Familie die Straße entlangstapfte. An diesem ersten Weihnachtstag nutzten viele die kleine Pause zwischen den Sturmfronten. Die Nachbarn beratschlagten sich und begutachteten die Sturmschäden an ihren Häusern. Viele Straßen waren zumindest eine Spur breit geräumt worden, doch hier gab es nur einen schmalen Weg für Fußgänger, der in den meterhohen Schnee gegraben war.

»Wie ein riesiges Maislabyrinth aus Schnee«, meinte Jonas.

Als sie sich dem Ortskern von Voerde näherten, hörten sie Laster und Bagger. Nahe dem Kreisverkehr, der nur noch mit viel Fantasie zu erkennen war, entdeckte Simon die eingeschlagene Scheibe eines Schmuckgeschäfts, vor der ein Absperrband der Polizei flatterte. Auch die Tür des Penny-Markts war kaputt. Simon tauschte alarmierte Blicke mit seiner Frau. Offenbar hatten einige den Stromausfall genutzt, um sich zu bereichern.

Mit dem Drang, nach Hause zurückzukehren, schlugen sie den Heimweg ein. Dort angekommen, bemerkte Simon im Wohnzimmer, dass die Terrassentür von außen beschädigt war.

»Jemand hat versucht, hier einzubrechen«, stellte er fest.

Kathrins Blick verdüsterte sich.

* * *

Es stürmte heftig. Die Rollos klapperten laut, und gegen zwei Uhr nachts wurden Jonas und Lea von Papa nach unten geholt, damit sie alle gemeinsam im Wohnzimmer schlafen konnten, wo es wegen des Kamins noch am wärmsten war.

Am nächsten Morgen hörten Mama und Papa die Nachrichten, die warnten, dass der Sturm weiter andauern sollte. Papa ging deshalb gegen Nachmittag zu Frau Krause und lud sie für ein warmes Essen zu ihnen ein.

Jonas mochte Frau Krause nicht. Sie war steinalt und redete komisch und nie über etwas Spannendes. Aber er sah ein, dass man sich gegenseitig helfen musste und dass Frau Krause ihre Hilfe brauchte. Als sie sich schließlich mit Papa im Wohnzimmer unterhielt, fand sich Jonas damit ab, dass heute keine Zeit für ein Spiel bleiben würde.

Während Mama über einem Gaskocher in der Küche einen Eintopf zubereitete, klopfte es an der Haustür. Papa ließ Jonas mit Frau Krause im Wohnzimmer zurück, doch aus dem Flur hörten sie bald Stimmen.

»Ich geh mal gucken«, meinte Jonas, der bereits zur Haustür spähte und den verfroren aussehenden Herrn Müller erkannte. Während er Papa bat, hereingelassen zu werden, kam Lea die Treppe herunter und legte einen Arm um Jonas.

Inzwischen gab Papa den Bitten ihres Nachbarn nach.

Herr Müller zog die nassen Schuhe aus und ging mit einer Flasche Wein in der Hand zu Frau Krause ins Wohnzimmer. Auf dem Weg sah er sich skeptisch um. Dann setzte er sich zu der alten Frau und begann ein Gespräch über den Sturm. Jonas und seine Schwester schlichen zögerlich zu den Gästen und waren froh, als ihr Vater sie kurz darauf zum Essen holte.

* * *

Die Stimmung beim Abendessen war steif, obwohl Simon versuchte, ein nettes Gespräch mit seinen Nachbarn zu führen. Frau Krause bedankte sich mehrfach für die warme Mahlzeit.

»Sie sind also völlig autark?«, fragte Herr Müller.

»Halbwegs«, antwortete Kathrin. »Photovoltaik ist im Winter nicht sehr ergiebig. Wir leben von den Reserven.«

Simon deutete auf den Kamin. »Zum Heizen verbrauchen wir keinen Strom, wir leben auf Sparflamme.«

»Ich habe Prepper ja immer für Spinner gehalten«, meinte Herr Müller. Sein Blick wanderte dabei im Raum umher, streifte die Kinder.

»Und nun sitzen Sie im warmen Haus einer Familie, die sich gegen Katastrophen abgesichert hat«, sagte Frau Krause.

»Haben Sie den Keller voll mit Lebensmitteln und Ausrüstung?«, fragte Herr Müller etwas zu interessiert.

Simon räusperte sich unbehaglich, bevor er antwortete: »Jeder hat doch einen kleinen Lebensmittelvorrat im Haus, oder? Aber ich denke, wenn's ums Überleben geht, zählen die Fähigkeiten mehr als das, was man sich zusammensammelt.«

Als alle ihre Suppenteller geleert hatten, wollte Kathrin abräumen, doch Herr Müller fragte nach einem Nachschlag.

»Ja, sicher«, lenkte sie nach kurzem Zögern ein und brachte ihm einen zweiten, nicht allzu vollen Teller. Schließlich wollten sie auch morgen noch davon essen.

Während Herr Müller seinen Eintopf spachtelte, bat Kathrin Lea, ihr beim Abwasch zu helfen. Lea folgte ihrer Mutter ausnahmsweise widerspruchslos in die Küche. Indessen ließ sich Herr Müller am Tisch den Eintopf schmecken und hielt an den heiklen Themen fest.

»Ihre Frau ist ja ganz schön im Krisenmodus«, lachte er an Simon gewandt.

Simon schob seine Schultern nach hinten. »Zu Recht bei einem flächendeckenden Stromausfall.«

»Hat sie sich dafür diese Muckis antrainiert?« Herr Müller klang abfällig. »Sie hat ja dickere Oberarme als ich.«

Simon versuchte, sich seine Verärgerung nicht anmerken zu lassen. »Ich bin stolz auf meine Frau. Sie ist stark und selbstständig.«

Herr Müller nickte mit hochgezogenen Augenbrauen. »Ja, klar doch, das ist toll.« Er klang fast sarkastisch.

Frau Krause stellte krachend ihr Wasserglas ab. »Ich finde es ganz ausgezeichnet, wenn eine Frau derart unabhängig ist. Dafür habe ich in den 70ern demonstriert. Sie kann schießen und kämpfen, für sich selbst sorgen. Damit ist sie ein hervorragendes Vorbild für ihre Kinder.«

»Sie kann schießen? Haben Sie etwa auch Waffen im Haus? Sie haben doch Kinder. Als überzeugter Pazifist bin ich strikt gegen Waffen.«

Simon schluckte, statt diese Fragen zu beantworten.

Frau Krause dagegen hatte dazu einiges loszuwerden: »Man muss zur Selbstverteidigung in der Lage sein, damit man erst gar nicht angegriffen wird. Vorsicht ist besser als Nachsicht, sag ich immer. Sich überfallen zu lassen, hat jedenfalls noch niemandem geholfen.«

Simon räusperte sich. »Jeder hat seine Meinung. Leben und leben lassen«, sagte er, überrascht, wie sich dieses Gespräch in wenigen Minuten entwickelt hatte.

Herr Müller aber schien noch nicht genug zu haben. »Ich hätte nicht gedacht, dass ausgerechnet Sie die gefährlichste Familie in unserer Straße sind.«

»Ich glaube, wir machen hier besser einen Cut«, versuchte Simon, die ganze Diskussion zu beenden. »Wir haben keine Waffen im Haus und werden niemandem etwas tun. Wir versuchen einfach nur, unabhängig zu sein.«

Herr Müller nickte, ohne die Miene zu verziehen, und fummelte am Verschluss des Rotweins herum, den er selbst mitgebracht hatte. »Gläser?«

Simon biss sich auf die Lippe, bevor er sagte: »Ich denke nicht, dass wir in dieser Situation Alkohol trinken sollten.«

»Seien Sie kein Spielverderber, wir haben doch sowieso nichts anderes zu tun.«

Frau Krause und Simon tauschten einen einvernehmlichen Blick und sagten zeitgleich: »Wir lassen das besser.«

Doch Herr Müller hatte die Flasche inzwischen geöffnet und zuckte mit den Achseln. »Wenn sonst niemand will.« Er setzte die Flasche an und trank einige Schlucke.

Um abzulenken, ergriff Frau Krause Jonas' neues Spiel und las die Anleitung auf der Rückseite der Verpackung. »Hast du das bekommen?«

Jonas nickte stolz. »Die Erweiterung. Das Grundspiel habe ich schon seit meinem Geburtstag.«

Frau Krause lächelte. »Toll, dass man das als Team spielt.«

Herr Müller räusperte sich laut und sah Simon eindringlich an. »Würde Ihre Frau mit ihrem Bizeps jemandem die Kehle zudrücken, wenn es nötig wäre?«

Simon zog erstaunt die Augenbrauen hoch, während er im Augenwinkel den erschrockenen Gesichtsausdruck seines Sohnes wahrnahm. Sein Nachbar überschritt eindeutig zu viele Grenzen. Er musste ihn loswerden, wusste aber noch nicht, wie.

Also atmete er tief durch und sagte: »Eine wichtige Regel der

Selbstverteidigung lautet: Wenn du einen Kampf vermeiden kannst, dann tust du das. Es geht um Gewaltprävention.«

Herr Müller schob den Unterkiefer vor. »Wer Ausrüstung und Fähigkeiten hat, wird sie auch einsetzen«, schnaubte er, und Simon erinnerte sich plötzlich an die Einbruchspuren an der Terrassentür. Er sah Herrn Müller durchdringend an. Konnte er versucht haben, sich Zutritt zu seinem Haus zu verschaffen? Simons Blick streifte den seines Sohnes. Er musste jetzt handeln.

»Es wird spät. Die Kinder gehen gleich ins Bett.«

Er wollte höflich bleiben, die Situation behutsam beenden.

»Schmeißen Sie mich raus?«, fragte Herr Müller provokativ.

Simon seufzte. »Ich bitte Sie zu gehen.«

Er stand auf und schaute Herrn Müller erwartungsvoll an. Der gab nach, stand ebenfalls auf.

»Und bitte bringen Sie mir bei Gelegenheit die geliehene Schaufel zurück«, bat Simon, während er Herrn Müller in den Flur begleitete.

Kathrin kam aus der Küche.

»Ich hoffe, es hat Ihnen bei uns gefallen«, sagte sie nichts ahnend, um Sekunden später Simons Gesicht zu mustern. Der presste die Lippen aufeinander, während Herr Müller langsam seine Schnürsenkel band. Als er endlich seine Jacke überzog, wandte er sich noch einmal an Simon.

»Sie sollten wissen, dass das Konsequenzen haben wird, wenn Sie mich jetzt in mein kaltes Haus zurückschicken.«

Lea tauchte hinter ihrer Mutter auf und musterte den Nachbarn mit einer Mischung aus Neugierde und Ekel.

Simon atmete schwer. »Es tut mir leid, aber Sie halten sich nicht an meine Bitten, trinken Alkohol und sprechen von Gewalt. Das geht so nicht.«

Herr Müller lachte abfällig. »Und Sie halten sich für besonders scharfsinnig. Aber das sind Sie nicht.«

Simon seufzte. »Lassen Sie's einfach gut sein, bitte. Wir kommen da offenbar nicht auf einen Nenner.«

»Verschwörungstheoretiker«, grunzte Herr Müller.

Simon hörte, dass jetzt auch Frau Krause mit Jonas in den Flur kam. Sie schickte ihn und Lea nach oben, und seine Kinder hörten auf die alte Frau.

»Sie durften sich hier aufwärmen und etwas Warmes essen. Bitte fangen Sie jetzt keinen Streit an«, versuchte auch Kathrin zu deeskalieren.

Herr Müller trat einen Schritt auf sie zu und starrte zu ihr hinab. »Sie haben mir gar nichts zu sagen.«

»Bitte verlassen Sie jetzt unser Haus.« Simons Ton wurde schärfer, doch Herr Müller schien nicht lockerlassen zu wollen.

Er wedelte mit der offenen Weinflasche in seiner Hand herum, während er polterte: »Ich werde allen erzählen, dass Sie mit Waffen herumhantieren und mich in größter Not vor die Tür setzen.«

Kathrin hob die Stimme etwas. »Machen Sie das und lassen Sie sich vom THW helfen. Aber jetzt gehen Sie bitte.«

Noch immer stand Herr Müller dicht vor ihr, die Brust rausgestreckt, den Kopf vorgeschoben, der Blick stechend mit hochgerissenen Augenlidern. Kathrin wich keinen Millimeter zurück.

Simon versuchte weiter zu schlichten. »Wir beruhigen uns jetzt mal wieder.« Er schob sich vorsichtig zwischen seine Frau und den Nachbarn, wobei er die Hände zwischen Deeskalation und Einsatzbereitschaft in die Höhe hob.

Herr Müller lehnte sich drohend weiter nach vorn, sodass sich die Nasenspitzen der beiden Männer fast berührten.

»Das reicht jetzt aber«, meinte Frau Krause hinter Simon. »Gehen Sie doch einfach, Herr Müller, es ist schlimm genug, dass wir in diesem Schneesturm stecken und keinen Strom haben.«

Herr Müller knurrte, statt sich zu beruhigen, und wollte Simons Hände wegschlagen. Dabei fiel die Rotweinflasche scheppernd zu Boden. Das Glas zerbrach, die Splitter stoben in alle Richtungen, und der restliche Inhalt ergoss sich blutrot über den Teppich.

Alle hielten überrascht inne.

»Was war das?«, rief Lea unsicher von oben.

»Nur eine zerbrochene Flasche. Bleibt oben. Geht in Leas Zimmer«, rief Kathrin durch den Flur, dann starrte sie Herrn Müller an. »Sie gehen jetzt wirklich besser«, sagte sie eindringlich und deutete zur Tür.

Er machte einen kleinen Schritt zurück, aus der Pfütze heraus. Kathrin klappte den Teppich zusammen und zog ihn an die Seite, sodass sich Splitter und Rotwein nicht weiter im Flur verteilten. Als sie wieder aufschaute, stierte Herr Müller sie feindselig an.

»Sie können mich nicht zurückschicken«, sagte er bedrohlich leise.

Obwohl es Simon und Kathrin schwerfiel, blieben sie hart, auch zum Schutz ihrer Kinder. Kathrin schüttelte leicht den Kopf, woraufhin Herr Müller zum Angriff ansetzte. Simon überraschte mit einer schnellen Reaktion. Er drückte die Arme des Mannes nach unten und schob ihn Richtung Haustür.

»Beruhigen Sie sich, und gehen Sie jetzt.«

Kathrin hatte schon zur Tür gelangt und öffnete diese einen Spalt, als sich Herr Müller aus dem Griff ihres Mannes befreite. Er rangelte mit Simon, der ihm sein ganzes Körpergewicht entgegensetzte. Kathrin wollte ihm gerade helfen, als Herr Müller Simon unerwartet durch den schmalen Flur dicht an Frau Krause vorbeischob. Die alte Frau torkelte zurück und fing sich gerade so an der Wand ab. Herr Müller ging Simon währenddessen brüllend an die Gurgel. Sie rangelten, und Simon befreite sich aus dem Griff, indem er Herrn Müller von sich wegschubste.

Wie in Zeitlupe sah er seinen Nachbarn ins Straucheln geraten, während er sich selbst an den Hals fasste und um Atem rang. Herr

Müller taumelte, stolperte und fiel rücklings die Treppe hinunter. Es polterte laut und krachte einige Sekunden, bis er im Kellergeschoss aufschlug und eine betäubende Stille einsetzte.

Simon, Kathrin und Frau Krause sahen sich schockiert an. Keiner sagte etwas. Sie wagten kaum zu atmen, und auch von unten kam kein Laut mehr.

Aus dem oberen Geschoss hörten sie Lea fragen, ob sie runterkommen konnten.

»Ihr bleibt oben. Geht zusammen in dein Zimmer«, sagte Kathrin mit fester Stimme, dann leiser: »Ich sehe nach.«

Simon löste sich aus seiner Starre. »Ich komme mit.«

Als sie kurz darauf wieder hochkamen, wartete Frau Krause auf ihre Krücken gestützt im Flur.

Kathrin berichtete leise: »Er ist wahrscheinlich tot.«

»Die Rettung kommt heute nicht«, meinte Frau Krause. »Wenn er jetzt nicht tot ist, wird er es in ein paar Stunden sein.«

»Und was machen wir jetzt?«, fragte Simon panisch. Er hatte einen Menschen getötet. Nicht absichtlich, aber er hatte es getan.

»Ohne Strom funktionieren die Sendemasten nicht. Wir können keine Hilfe rufen«, flüsterte seine Frau, während sie trotzdem versuchte, mit ihrem Handy Netz zu bekommen.

Simons Stimme zitterte, als er vorschlug: »Was ist mit Funk? Können wir nicht versuchen, die Feuerwache anzufunken?«

Kathrin nickte leicht. Sie holte das Funkgerät aus dem Wohnzimmer und versuchte es, doch es rauschte nur. »Vielleicht liegt's am Sturm.«

»Es war Notwehr. Er hat es provoziert«, sagte Frau Krause kalt. »Lasst es wie einen Unfall aussehen. Bringt ihn zu seiner Kellertreppe, als wäre er da angetrunken ausgerutscht. Ich werde das Geheimnis mit ins Grab nehmen. Dauert ja nicht mehr lange.«

»Das können wir nicht machen«, flüsterte Simon.

Frau Krause nickte, um ihre folgenden Worte zu bekräftigen. »Doch. Bevor Sie wegen so einem Spinner noch im Gefängnis landen. Bei diesem Sturm wird Sie niemand sehen, die halbe Nachbarschaft ist in der Notunterkunft.«

Kathrin krempelte ihre Ärmel hoch. »Ich kümmere mich darum.«

Sie ging in die Küche, um sich mit dicken Putzhandschuhen, einer Schürze und weiteren Schutzmaßnahmen auszustatten.

* * *

Als Jonas und Lea eine Weile später wieder nach unten durften, lag Herr Müller bereits am unteren Absatz seiner eigenen Kellertreppe im Schnee, wo ihn die Schneeflocken sanft einhüllten und gefrieren ließen.

Erst am nächsten Tag ließ der Sturm nach, die Nachbarn beseitigten die Schäden und schaufelten Schnee. Bis Silvester wurden die Strommasten repariert, und ein Großteil der Schneemassen und Eispanzer schmolz bis Neujahr. Herrn Müllers tiefgefrorene Leiche wurde erst am dritten Januar entdeckt. Die Polizei hatte mit besonders vielen Delikten zu tun und ging in diesem Fall von einem Unfall aus. Ein Sturz die vereiste Kellertreppe hinunter erklärte seine Verletzungen. Die Lage der Leiche ließ aufgrund des darunter geschmolzenen Schnees offenbar auch keine anderen offensichtlichen Schlüsse auf den Unfallhergang zu.

Der Störsender, den Herr Müller in seiner Garage installiert hatte und dessen Abschaltung ihm vielleicht das Leben hätte retten können, wurde nie entdeckt. Ingrid Krause schwieg wie ein Grab. Allerdings kam sie ab sofort einmal im Monat zum gemeinsamen Abendessen und für eine Partie *Die Legenden von Andor* vorbei. Jonas kam dabei auf seine Kosten, aber Simon konnte sich selten gut auf das Spiel konzentrieren.

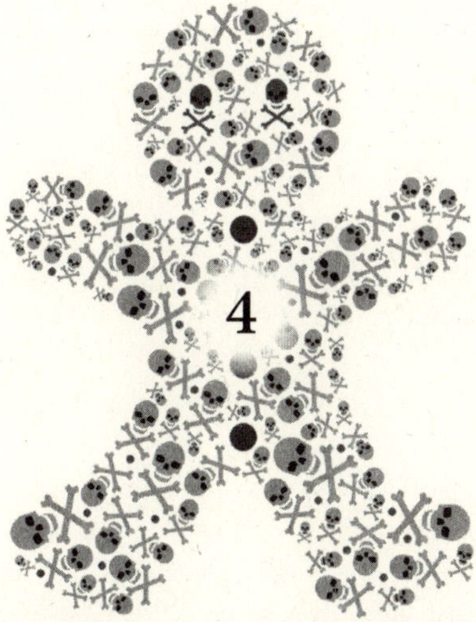

Christiane Franke / Cornelia Kuhnert

Advent, Advent, ein Lichtlein brennt

Neuharlingersiel

Über die Autorinnen:

Christiane Franke lebt gern an der Nordsee, wo ihre bislang 26 Romane und ein Teil ihrer kriminellen Kurzgeschichten spielen. Mit ihren Büchern stürmt sie nicht nur die regionalen Bestsellerlisten, die heitere Neuharlingersieler Krimireihe, die sie gemeinsam mit Cornelia Kuhnert schreibt, erobert sich regelmäßig Plätze auf der SPIEGEL-Bestsellerliste. Gemeinsam schreiben sie auch die 50er-Jahre-Reihe *Frisch ermittelt,* in der eine Heißmangelbetreiberin die Hauptrolle spielt. Alleine schreibt sie die erfolgreiche Serie um die beiden Wilhelmshavener Kommissarinnen Oda Wagner und Christine Cordes, und im Goya-Verlag erschien 2021 der Roman *Endlich wieder Meer,* den die Autorin auch selbst als Hörbuch eingesprochen hat. Alle Rowohlt-Romane sowie ein Teil der Emons-Reihe sind ebenfalls als Hörbuch erhältlich. Mehr unter www.christianefranke.de

Cornelia Kuhnert lebt und schreibt in der Nähe von Hannover. Sie war nach dem Geschichts- und Deutschstudium Lehrerin an verschiedenen Schulen. Seit einigen Jahren arbeitet sie freiberuflich als Autorin von Kriminalromanen und Kurzkrimis aus dem niedersächsischen Kleinstadtmilieu und hat das Krimifest Hannover zusammen mit anderen mörderischen Schwestern zum Laufen gebracht und mehrere Jahre organisiert. Im Emons Verlag hat sie in drei 111-Orte-Bänden Superlative und geheime Schätze ihrer Heimatstadt Hannover in Szene gesetzt. Seit 2014 hat sie ihre mörderischen Ermittlungen nach Ostfriesland verlegt. Zusammen mit Christiane Franke schreibt sie die erfolgreiche Kultserie um Henner, Rosa und Rudi und die 50er-Jahre-Reihe *Frisch ermittelt* im Rowohlt Verlag. Mehr Infos unter: www.corneliakuhnert.de
Und: www.kuestenkrimi.de

In den letzten Tagen war es knackig kalt in Ostfriesland, die Bäume sind mit einem weißen Eispanzer überzogen. In der gemütlichen Wohnküche des Steffens-Hofs bollert der Kachelofen, und es ist kuschelig warm. Ein Adventskranz aus Fichtenzweigen steht auf der Küchenanrichte, die erste Kerze brennt, als Henner Steffens hereinkommt. Auf seinen Haaren glitzern tauende Schneeflocken. Henner ist der einzige Sohn von neun Kindern und zum Leidwesen seiner betagten Eltern mit Anfang vierzig immer noch unverheiratet.

»Moin!« Er drückt seiner Mutter einen Kuss auf die Wange. »Das riecht mal wieder verdammt gut.«

»Ist mein Glühweinbraten«, sagt seine Mutter zufrieden. »Setz dich, ist alles fertig.«

Henner nimmt neben Adelheid, seiner ältesten Schwester, und seinem Schwager Sacky Platz. Clara, die Drittälteste, stellt die Platte mit dem Fleisch auf den Tisch.

»Nun langt man ordentlich zu, der Braten soll ja nicht kalt werden«, ermuntert Mudder Steffens ihre Familie. Das lässt sich Henner nicht zweimal sagen.

Nur das Klappern des Bestecks ist zu hören, während draußen dicke Schneeflocken fallen. »Wie schön«, freut sich Adelheid, »pünktlich zum ersten Advent kommt der Winter.«

»Hätt er sich auch noch Zeit mit lassen können«, knurrt der alte Steffens. »In drei Wochen wäre es immer noch rechtzeitig für weiße Weihnachten gewesen. Jetzt geht die elende Schneeschieberei wieder los.«

»Ach Vaddern«, widerspricht Adelheid. »Die Kinder freuen sich doch darüber, und die Weihnachtsbeleuchtung wirkt viel schöner, wenn die Lichter im Schnee glitzern.«

»Stimmt«, pflichtet Clara ihr bei. »Gestern Abend bin ich bei Otto Jansen vorbeigekommen. Der hat schon wieder richtig losgelegt. Im Vorgarten stehen die beleuchteten Elche, und der Weihnachtsmann klettert an der Hauswand hoch. Das gesamte Dach ist ein funkelnder Lichterteppich.«

»Mir gefällt das auch«, sagt Adelheid. »Habt ihr die neuen Eiszapfen gesehen, die entlang der Dachrinne scheinbar herabrieseln? Die hat er heute Morgen angebracht. Auf den Schornstein will er auch etwas bauen, aber das soll eine Überraschung für sein Nikolaus-Event werden. Da hat er wieder zum Umtrunk vor sein Haus eingeladen. Ich bin schon ganz gespannt, was er sich dieses Jahr ausgedacht hat.«

Vadder Steffens schüttelt den Kopf. »Otto hat sie doch nicht mehr alle. So ein Aufwand Jahr für Jahr.«

»Immerhin war der NDR letztes Jahr deswegen extra mit einem Filmteam hier«, meint Adelheid.

»Aber was das an Strom kostet«, wirft Claras Mann ein. »Da möchte ich nicht neben dem Stromzähler stehen. Nachhaltig ist was anderes.«

»Aber schön ist Ottos Illumination trotzdem«, widerspricht Adelheid und wirft Henner einen vorwurfsvollen Blick zu. »Apropos: Du hast hier auf dem Hof die Weihnachtsbeleuchtung noch nicht angeschlossen.«

Henner zuckt mit den Schultern. Genau wie sein Vater steht auch er nicht so auf Weihnachtsdeko. Im Unterschied zu Muddern.

»War so viel zu tun die letzten beiden Wochen. Du glaubst gar nicht, was die Leute jetzt schon alles an Weihnachtsgeschenken bestellt haben. Ich komm kaum mit der Auslieferung hinterher.« Henner ist nämlich der Postbote der Gegend. Eigentlich hätte er den Hof seiner Eltern übernehmen sollen, aber als festgestellt wurde, dass er hochgradig allergisch auf Tierhaare reagiert, musste er diesen seit Generationen vorgegebenen Berufsweg aufgeben.

»Dann macht das doch direkt nach dem Mittagessen«, schlägt Adelheid mit Bestimmtheit vor. »Am ersten Advent muss die Beleuchtung brennen. Das ist ein ungeschriebenes Gesetz.«

»Nach dem Essen mach ich Mittagsschlaf«, widerspricht Vaddern. »Das ist *mein* ungeschriebenes Gesetz.«

Adelheid blickt ihren Mann an. »Sacky, dann hilfst du Henner. Auf dem Campingplatz ist sowieso nicht viel los.«

Sacky will schon protestieren, aber Adelheid lässt ihn nicht zu Wort kommen. »Keine Widerrede.«

In den nächsten Tagen schneit es weiter, alles ist winterlich verzaubert. An den Straßenrändern wachsen die Schneeberge, dicke Schneemützen sitzen auf den Dächern. Auch das heruntergezogene Dach des Steffens-Hofs wird von einer Lichterkette verziert, ein beleuchtetes Rentier bewacht den Eingang.

Obwohl Henner keine große Lust hat, zu Otto Jansens Nikolaus-Party zu gehen, hat er sich dem Druck seiner Schwestern gebeugt. Aber mehr als eine rote Weihnachtsmann-Mütze setzt er nicht auf. Er ist schließlich kein Hampelmann.

Seine Obermieterin Rosa hingegen kommt als weiß-goldener Rauschgoldengel die Treppe hinuntergeschwebt, als sie sich zur vereinbarten Uhrzeit treffen. Die goldenen Flügel trägt sie allerdings unter dem Arm, damit würde sie nicht durch die Tür passen.

Schon von Weitem sehen sie das hell erleuchtete Haus. Davor und auf dem Gehweg haben sich bereits jede Menge verkleidete Nikoläuse und Weihnachtsengel eingefunden. Beim Näherkommen erkennen sie, dass manche wie Henner nur rote Mützen tragen, andere Rentiergeweihe aus Plüsch oder rote Plastikgeweihe mit blinkenden Lampen. Doch es ist seltsam still, wo sonst Weihnachtsmusik aus großen Lautsprechern dröhnt. Das scheint allen sonderbar vorzukommen, es ist nur leises Stimmengemurmel zu hören.

»Wo bleibt Otto nur?«

»Was ist denn mit Glühwein? Der Tisch war doch sonst immer direkt unter dem Küchenfenster aufgebaut.«

»Gibt es keine Kekse?«

»Ich denke, auf dem Schornstein soll eine Überraschung sein. Ich seh aber keine.«

Henner will schon wieder umdrehen. »Vielleicht hat Otto dieses Jahr keine Lust auf das Nikolaus-Fest«, sagt er zu Rosa. »Immerhin haben er und seine Frau gerade richtig Zoff. Kann ich verstehen, dass ihm da nicht nach Feiern zumute ist.«

»Nee. Da stimmt was nicht. Lass uns nachsehen.« Rosa schiebt sich durch das Gartentor nach vorne, die Engelsflügel immer noch unter dem Arm, so ein Gedränge, wie hier herrscht. Henner schiebt sich hinterher. »Wo ist denn der Hausherr?«, fragt Rosa einen Nikolaus mit langem weißen Bart, der ebenso ratlos wie alle anderen herumsteht.

»Keine Ahnung«, brummt der.

»Vielleicht macht er es diesmal ganz spannend und veranstaltet eine Art Suchspiel mit uns. Bestimmt wartet er zusammen mit seiner Frau hinter dem Haus darauf, dass wir ihn suchen kommen«, tippt Rosa ins Blaue. »Für seinen schrägen Humor ist Otto ja bekannt.«

»Das glaub ich nicht«, sagt ein anderer Nikolaus, den Henner an der Stimme als seinen Schwager Sacky erkennt. »Eva Jansen hab ich gestern mit einem Rollkoffer zum Bus stapfen sehen.«

»Das ist wirklich eigenartig.« Rosa zieht die Nase kraus und wendet sich an Henner. »Hilf mir mal, die Flügel umzuschnallen. Ich brauch jetzt die Hände frei, und ablegen mag ich die Dinger nicht, sonst trampelt noch irgendwer drauf rum.« Nachdem die

Flügel auf Rosas Rücken befestigt sind, bahnt sie sich einen Weg zur Haustür und klingelt Sturm.

Keine Reaktion. Kein Licht, das im Haus angeht, keine Geräusche, nichts.

Suchend blickt sie sich um, aber Henner tut so, als bemerke er es nicht. Er hatte ohnehin keine Lust auf die Veranstaltung. Es reicht ihm, bei diesem Winterwetter den ganzen Tag mit dem Fahrrad unterwegs zu sein und Post auszutragen. Abends dann noch freiwillig in der Kälte zu stehen, macht er nur um des lieben Friedens willen.

»Henner, komm mit, wir gehen ums Haus.«

Widerwillig folgt Henner ihr durch den hohen Schnee. Der Garten des Hauses ist hell erleuchtet. Wie eine Bühne wird alles von Aberhundert kleinen Lichtern illuminiert. Auch blinkende Rentiere, Sterne und Tannenbäume sind über den Garten verteilt. Automatisch kneift Henner die Augen zusammen. Verdammt, ist das grell.

»Guck mal«, ruft Rosa und deutet auf die Terrasse, auf der eine deutliche Erhebung unter der dicken Schneedecke erkennbar ist.

Sie wirft Henner einen vielsagenden Blick zu.

»Das ist ein aufgeblasener Nikolaus.«

»Den mein ich nicht. Daneben, sieh mal genauer hin.«

Henner verdreht die Augen. Rosa sieht überall Gespenster und vermutet ständig Verbrechen. »Es könnte eine Teppichrolle sein, die Otto auf der Terrasse abgelegt hat.«

Rosa blickt ihn skeptisch an. »Siehst du nicht die Schuhspitze?« Ohne Henner weiter zu beachten, geht sie auf die schneebedeckte Erhebung zu, bückt sich und schiebt mit den behandschuhten Händen ein wenig Schnee beiseite.

Einen Moment verharrt sie reglos, dann hebt sie den Kopf. »Ruf Rudi an. Das ist kein Teppich. Das ist Otto Jansen.«

Eine halbe Stunde später sind alle Nikoläuse und Engel nach Hause geschickt worden, und Rudi Bakker, Dorfpolizist und Henners bester Freund, steht neben ihnen auf der Terrasse. Den Schnee haben sie mittlerweile von Otto Jansens Körper gefegt. Unter den Nikoläusen war auch Doktor Fritzen, der gerade ohne Zögern Otto Jansens Tod bestätigt. Der Arzt vermutet einen Genickbruch, es könnte aber auch Tod durch Erfrieren nach einem noch behandelbaren Genickbruch gewesen sein. Nun warten sie auf den Bestatter. Rosa friert, die Lippen sind schon kälteblau.

»Es scheint, als ob Otto mitsamt der Leiter umgefallen ist.« Rudi steckt seinen Notizblock wieder ein. »Tragisch, dass Eva nicht da war. Vielleicht hätte er gerettet werden können, wenn sie den Sturz mitbekommen hätte.«

Rosa seufzt laut. »Oder die beiden haben sich gestritten, es kam zu dem Unfall, sie hat ihre Sachen gepackt und ist abgehauen.«

Henner sieht sie entgeistert an. »Du glaubst doch nicht, sie hätte ihn einfach so seinem Schicksal überlassen! Immerhin sind die beiden seit Ewigkeiten verheiratet.«

»Du hast doch selbst gesagt, dass sie ordentlich Krach hatten.«

Der Bestatter kommt, und wenig später bleibt nur die menschengroße, schneefreie Fläche auf der lichtbeschienenen Terrasse als Hinweis, dass hier ein Mensch gestorben ist.

Henner schüttelt sich. »Lasst uns noch ins Dattein gehen«, schlägt er vor. »Adelheid und Sacky sind auch dahin gegangen.«

Ihm ist jetzt nach einem ordentlichen Grog in der gemütlichen Hafenkneipe.

Das Dattein ist knüppeldickevoll. Adelheid und ein paar andere haben auf den Strohballen vor der Kneipe Platz genommen, Heizpilze sorgen für eine angenehme Wärme. Es wird wild herumspekuliert.

»Was meinen Sie, Doktor Fritzen«, fragt Adelheid, ihren Becher Glühwein mit beiden Händen umfassend, »kann es sein, dass Otto einen Herzinfarkt erlitten hat und deshalb von der Leiter gefallen ist?«

»Es kann alles Mögliche gewesen sein«, sagt der Arzt. »Die genaue Todesursache wird dann ja bei der Obduktion festgestellt.« Er hat seinen Grog schon fast ausgetrunken.

»Ich kann mir nicht vorstellen, dass Eva den Sturz mitbekommen und nichts unternommen hat«, überlegt Adelheid laut. »So was ist doch unmenschlich. Und eigentlich ist sie wirklich nett.«

»Jansen hat sie aber ganz schön drangsaliert«, sagt Doktor Fritzen. »Ich hab das zwar meistens nur am Wochenende mitgekriegt, aber da sind vor allem in letzter Zeit ordentlich die Fetzen geflogen. Die haben sich gegenseitig angebrüllt, da habe ich lieber die Fenster geschlossen, weil es mir peinlich war, Zeuge ihrer Streitigkeiten zu sein.«

Obwohl Henner sich ansonsten zurückhält, was die Menschen betrifft, denen er Post bringt, nickt er. Er hat auch das eine oder andere Mal in Eva Jansens verheulte Augen geblickt, wenn er ein Päckchen abgeben musste.

»Könnte es ein getarnter Mord gewesen sein?«, fragt Rosa. Ihre Vorliebe zu Krimis bricht offensichtlich wieder durch. »Rudi, hast du dir die Leiter nicht genau angeschaut? Vielleicht hat jemand sie manipuliert.«

Rudi schweigt betreten.

»Hast du oder hast du nicht?«

»Das kann ich morgen früh immer noch machen«, wehrt Rudi ab. »Dann ist es heller.«

»Hell genug ist es auf Jansens Terrasse«, widerspricht Rosa. »Taghell sogar, das ganze Licht ist so grell, da muss man ja beinahe eine Sonnenbrille aufsetzen.« Sie nimmt noch einen Schluck Glühwein und stellt den Becher auf dem Strohballen in der Mitte ab. »Los, komm, Rudi. Wir nehmen uns die Leiter jetzt gleich vor.«

»Ich komme mit.« Auch Doktor Fritzen steht auf. »Bei der Gelegenheit sollten wir die Stecker ziehen, damit die Beleuchtung erlischt. Ist ja geschmacklos, das Haus so hell zu lassen, wenn der Besitzer so tragisch ums Leben gekommen ist.«

Adelheid nickt. »Gute Idee. Wir bleiben aber hier und trinken noch einen, Henner, oder?«

Am nächsten Morgen ist Henner später dran als sonst, den Wecker hat er glatt überhört. Er hätte wohl lieber auf den dritten Grog verzichten sollen. Kaum öffnet er seine Wohnungstür, steht Rosa vor ihm.

»Moin, Henner! Gut, dass du noch nicht unterwegs bist.«

Er zuckt gottergeben mit den Schultern. Frühmorgens hat er noch keine Lust auf irgendwelche kriminalistischen Überlegungen, selbst nach dem ersten starken Tee kommt er nur langsam in die Puschen.

»Du glaubst nicht, was Rudi und ich gestern noch entdeckt haben.«

Sie wird es ihm gleich erzählen. Da braucht er gar nicht nachzufragen.

»Bei der Leiter war die dritte Sprosse von oben angesägt, und die ist wohl unter Jansens Gewicht gebrochen, als er mit dem riesigen Luft-Nikolaus zum Schornstein hochklettern wollte.«

»Angesägt?« Ungläubig schüttelt er den Kopf.

»Da biste platt, oder? Das war kein Unfall.«

»Wer könnte das denn gemacht haben?«

»Wir tappen noch im Dunkeln. Rudi hat jedenfalls rumtelefoniert und schließlich Jansens Frau bei ihrer Tochter in Carolinensiel erreicht. Die ist gestern Abend wohl noch zurückgekommen. Ich wäre ja gern dabeigeblieben, als Rudi mit ihr gesprochen hat, aber das wollte er nicht.« Rosa zieht einen Flunsch.

»Muss eben alles seine Richtigkeit haben bei der Polizeiarbeit.« Henner tippt sich an seine Postmütze. »Ich muss dann mal. Der Dienst ruft.«

Wie so oft in den letzten Wochen führt die Postrunde Henner auch heute zu Otto Jansens Haus. Kaum hat er geklingelt, öffnet Eva Jansen die Haustür. Sie ist blass und hat wieder rot verquollene Augen. »Moin, Eva. Mein Beileid.«

»Danke.« Sie atmet tief ein und greift nach dem Paket, das Henner in der Hand hält. »Wahrscheinlich sind das noch ein paar Lichterketten für Otto.«

»Jo.«

»Kommissar Bakker hat mich gestern Abend allen Ernstes gefragt, ob ich die Leiter angesägt habe. Keine Ahnung, wie der darauf kommt. Otto war mein Mann! Ich hab ihn geliebt. Natürlich hab ich mich gerade in Zeiten wie diesen, wo die Energiepreise explodieren, darüber aufgeregt, dass die Stromrechnung durch seinen Weihnachtsfimmel ins Unermessliche steigt, aber ich schicke ihn doch deswegen nicht in den Tod. Außerdem hab ich Ottos Werkzeug noch nie in der Hand gehabt. Die Gartenarbeit war sein Ding, ich hab mich um die Sachen gekümmert, die im Haus anfallen. Ich fand es direkt unverschämt, als Herr Bakker in der Garage nach der Säge gesucht und sie mitgenommen hat.«

Was soll Henner dazu sagen. Besser nichts. Also hält er lieber den Mund.

»Die Polizei sollte sich lieber mal um unseren Nachbarn kümmern. Wenn jemand einen richtigen Rochus auf Otto hatte, dann er. Der beschwert sich seit Jahr und Tag über die helle Weihnachtsbeleuchtung und die Musik. Erst vor ein paar Tagen haben die beiden sich mal wieder lautstark über den Zaun hinweg angeschrien. Das hat garantiert die halbe Nachbarschaft mitgekriegt. Dieser Armleuchter behauptet, er müsse nachts ins Wohnzimmer ausweichen, weil es durch die vielen Lichter in seinem Schlafzimmer taghell ist. Otto hat darüber nur gelacht und gemeint, der soll sich einfach vernünftige Rollläden anbringen lassen. Weihnachten sei nun mal die Zeit der Lichter.« Das Telefon klingelt. »Entschuldige mich bitte, das wird der Bestatter sein.«

Schon hat sie die Tür zugeschlagen. Mit einem unguten Gefühl macht Henner kehrt und geht zu seinem E-Trike zurück, das noch gut mit Briefen und Paketen beladen ist.

Was für ein Schiet. Bald werden alle möglichen Verdächtigungen in Neuharlingersiel kursieren. Und wer weiß, was es mit dieser angesägten Leitersprosse tatsächlich auf sich hat.

Henners Posttasche ist schon ziemlich leer, als er vor der Praxis von Doktor Fritzen hält. Er hat ein »Einschreiben Rückschein« dabei und bringt es direkt hinein.

»Moin, ich bräuchte eine Unterschrift.«

»Moment«, sagt die junge Frau am Empfangstresen und tippt auf der Tastatur des Computers herum. Auf dem Sideboard an der Wand hinter ihrem Stuhl steht ein Tablett mit belegten Brötchen. Augenblicklich knurrt sein Magen. Außer dem Tee heute Morgen hat er nur einen Keks gegessen, für ein ordentliches Frühstück war keine Zeit.

»Ihr lasst es euch aber gut gehen.« Henner schielt auf die Brötchen.

»Die hat unser Chef ausgegeben, der ist heut so was von gut gelaunt, das haben wir seit Wochen nicht gehabt. Der ist wie ausgewechselt. Das wurde aber auch Zeit. In den letzten Tagen war es manchmal mit ihm nicht auszuhalten.« Sie greift lächelnd nach dem Schein für das Einschreiben.

Auch wenn schon später Vormittag ist, legt Henner einen Stopp beim Bäcker ein. Sein Magen knurrt, er braucht dringend etwas zwischen die Kiemen. Zu seiner Freude steht auch Rudi am Tresen und bekommt gerade eine Tasse Kaffee gereicht.

»Moin, Rudi«, sagt er zu seinem Kumpel und an die Verkäuferin gewandt: »Für mich bitte auch einen Kaffee und zwei halbe Käsebrötchen.«

Rudi trägt die Kaffeetasse zu dem Bistrotisch, ein Teller mit einer Apfeltasche steht schon dort.

»Gibt es was Neues wegen der Säge?«, fragt Henner und beißt in sein halbes Brötchen.

»Woher weißt du davon?«

»Rosa hat mich heute Morgen abgepasst. Du kennst sie ja.«

»War ja klar«, murmelt Rudi und trinkt einen Schluck Kaffee. »Ich geh jetzt gleich noch einmal zu Frau Jansen und schaue nach, ob es irgendwo eine zweite Säge gibt. Auf der, die ich gestern mitgenommen habe, waren nur Otto Jansens Fingerabdrücke, und vom Sägeblatt her passt es nicht zu den Spuren an der Leiter.«

»Hab schon gehört, dass du die Jansen verdächtigst.«

»Auch von Rosa?«

»Nein, von ihr selbst. Ich hab ihr vorhin ein Paket gebracht. Die ist stinksauer, weil du ihr das zutraust.«

Rudi dreht seine Tasse in der Hand. »Wohl fühl ich mich dabei auch nicht. Aber sie und ihr Mann hatten Streit. Sie hat das Haus gegen Mittag verlassen und ist mit dem Bus weggefahren. Wenn wir den laut Obduktionsbefund mutmaßlichen Todeszeitpunkt berücksichtigen, hat sie kein vernünftiges Alibi.«

»Kann man das denn trotz der Temperaturen und dem Schnee feststellen?«

»Die Rechtsmediziner sind doch Experten. Die haben nicht zum ersten Mal einen Kältetoten. Also muss ich bei Jansens noch mal nach dem eigentlichen Werkzeug suchen. Vielleicht hat sie die richtige Säge irgendwo versteckt.«

»Ich glaub nicht, dass sie das war«, meint Henner. »Hat sie dir von dem Ärger zwischen ihrem Mann und dem Nachbarn erzählt?«

»Nö, was soll denn da gewesen sein?«

»Die hatten sich wieder ordentlich wegen der Weihnachtsbeleuchtung in der Wolle. Grad vor ein paar Tagen war es angeblich richtig heftig. Und als ich vorhin Post in seine Praxis gebracht habe, war die Stimmung dort extrem gut, weil der Chef heute bestens gelaunt ist.«

»Mordverdacht wegen guter Laune. Findest du das nicht ziemlich weit hergeholt?« Rudi stellt die Tasse ab und blickt Henner an, als käme ihm gerade ein Geistesblitz. »Weißt du was, ich glaube, es wäre gut, wenn du mich zu Frau Jansen begleitest. Vier Augen sehen mehr als zwei.«

»Auf meiner Runde liegt das zwar nicht, aber klar. Ich komme mit.« Wenn Rudi um Hilfe bittet, gibt es für ihn kein Zögern.

Eva Jansen ist alles andere als begeistert, als sie ihnen wenig später die Tür öffnet.

»Sie schon wieder«, sagt sie, mustert Rudi missbilligend und fragt Henner verwundert: »Gibt es noch mehr Pakete für Otto?«

»Nein«, antwortet Rudi für ihn. »Es geht um die angesägte Leiter. Haben Sie noch weitere Sägen als die, die ich gestern mitgenommen habe?«

»Keine Ahnung. Ich hab doch gesagt, ich habe mich nie um die Gartengeräte gekümmert.«

»In Ordnung, dürfte ich dann schauen, ob es weitere Sägen in Ihrem Haus, dem Keller oder der Garage gibt?«

»Haben Sie einen Durchsuchungsbeschluss?«

»Brauche ich einen?«, gibt Rudi zurück.

Eva Jansen schluckt. »Nein. Ich habe nichts zu verbergen.«

»Gut. Herr Steffens leistet mir Diensthilfe. Dann geht es schneller.«

Diensthilfe. Ein schönes Wort. So nett hat Rudi die Unterstützung durch Rosa und ihn bei seinen polizeilichen Ermittlungen noch nie ausgedrückt.

»Na, dann schau'n Sie in Ruhe nach.«

Rudi und Henner suchen gründlich alle Räume ab, entdecken jedoch nur eine verrostete Säge in der hintersten Ecke der Garage, die aber schon seit Jahren nicht mehr benutzt wurde.

»Das war wohl nix«, sagt Rudi, und Henner ist nicht sicher, ob sein Kumpel enttäuscht ist, als er sich von Eva Jansen verabschiedet und sich noch einmal für die Unannehmlichkeiten entschuldigt.

»Kann man nichts machen, aber niemand kann uns vorwerfen, wir wären nicht gründlich gewesen«, sagt Rudi, als sie vor der Tür stehen.

»Und was ist mit dem Nachbarn? Willst du da nicht auch mal nachfragen? Immerhin hat Frau Jansen gesagt, die hätten sich heftig gestritten.« Wie aufs Kommando kommt Doktor Fritzen pfeifend um die Ecke.

»Moin, die Herren«, grüßt er. »Was treiben Sie denn noch hier?«

»Otto Jansens Tod war kein Unfall«, erklärt Rudi. »Wir ermitteln.«

»Kein Unfall?«, fragt der seit Langem verwitwete Arzt.

»Nein. Und uns ist zu Ohren gekommen, dass Sie und der Tote sich kräftig gestritten haben. Und nicht nur einmal«, sagt Rudi. »Deswegen würde ich mir gerne auch Ihre Garage und Ihr Werkzeug ansehen.«

Doktor Fritzen stutzt einen Moment, dann deutet er mit einem jovialen Nicken zum Garagentor. »Bitte sehr. Schauen Sie nach. *Ich* habe nichts zu verbergen.« Er zieht das große Tor auf.

In der Garage stehen zwei Fahrräder, einige Kisten mit Wasser- und Bierflaschen und ein großer Stapel alter Zeitungen. In der Ecke befindet sich eine Werkbank, die völlig zugestellt ist. Henner entdeckt eine Fuchsschwanzsäge hinter einem Beutel Kartoffeln. Er blickt über die Schulter. »Guck mal«, sagt er zu Rudi.

Mit wenigen Schritten steht sein Kumpel neben ihm, zieht sich blitzschnell Einmalhandschuhe über und hält die Säge hoch. »Was haben wir denn hier?«

Doktor Fritzen starrt erst die Säge an und schaut dann zur Nachbargarage hinüber. »Das … das kann nicht sein. Die hab ich doch …«

Rudi will gerade etwas sagen, als Eva Jansen plötzlich vor ihnen steht. Ihre Augen sprühen Funken. »Na, Herr Kommissar, sind Sie fündig geworden?« Ihre ganze Körperhaltung ist eine Kampfansage.

»In der Tat«, sagt Rudi verdattert. »Wir haben zumindest eine Säge gefunden, und die Reaktion von Doktor Fritzen lässt darauf schließen, dass das das Werkzeug ist, mit dem die Leiter angesägt wurde.«

»Ich wusste es doch! Du wolltest mir die Sache in die Schuhe schieben, du Lump!«

»Wie kommen Sie darauf?«, fragt Rudi verblüfft.

»Als ich gestern von meiner Tochter aus Carolinensiel heimgekommen bin, war ich in der Garage, um mir noch Mineralwasser zu holen. Da lag die Säge auf Ottos Werkbank. Einfach so. Otto ist ein Ordnungsfanatiker, der hat immer alles ordentlich weggepackt. Und ich hatte von der Polizei ja telefonisch erfahren, dass er diesen tödlichen Leiterunfall hatte. Da brauchte ich lediglich eins und eins zusammenzuzählen. Deine unbändige Wut auf Otto, die du an seiner Weihnachtsbeleuchtung festgemacht hast. Aber darum ging es dir gar nicht. Du hast es mir nachgetragen, dass ich unsere Affäre vor drei Jahren beendet habe, statt Otto zu verlassen. Und dann wolltest du mir die Sache in die Schuhe schieben. Du bist ein Schwein.«

»Eva …« Doktor Fritzen hebt unglücklich die Schultern.

»Fahr zur Hölle, Richard.« Mit diesen Worten dreht Eva Jansen sich um und geht davon.

Für einen Moment schweigen alle drei Männer. Dann wirft Rudi Henner einen verschwörerischen Blick zu. »Danke, Kumpel.«

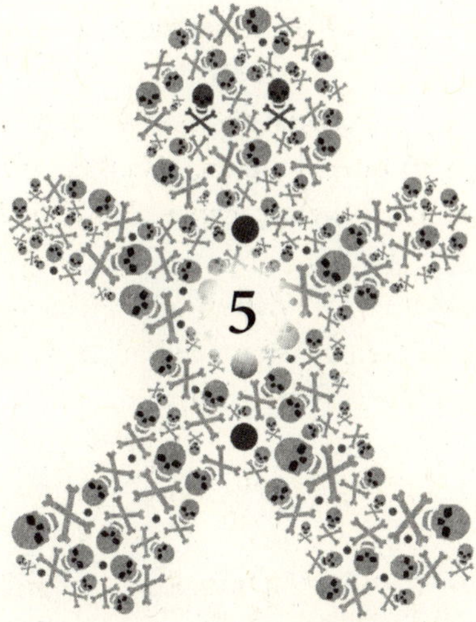

Kästner & Kästner

Der Fluch der Nordstern

Hamburg

Über die Autoren:

Angélique Kästner wurde 1966 in Hamburg geboren. Nach ihrem Studium der Psychologie arbeitete sie in der Psychiatrie, bevor sie sich 2005 als promovierte Psychotherapeutin mit eigener Praxis selbstständig machte. Bei ihrer ehrenamtlichen Arbeit im Kriseninterventionsteam des DRK lernte sie ihren heutigen Ehemann Andreas Kästner kennen.
Andreas Kästner, 1963 in Wismar geboren und in Rostock aufgewachsen, lebt seit seiner Ausbürgerung aus der ehemaligen DDR im Juni 1989 in Hamburg. Er fuhr in der DDR zur See und arbeitete von 1992 bis November 2023 als Hauptkommissar der Wasserschutzpolizei im Hamburger Hafen. Seine Erlebnisse und detaillierten Insiderkenntnisse fließen in die Serie *Tatort Hafen* ein. Mehr Informationen auf www.kaestner-krimi.de

Die in dieser Anthologie enthaltene Kurzgeschichte kann als unabhängiger Teil der Krimireihe *Tatort Hafen* gelesen werden.

»Warum übernimmt nicht Revier 1 den Einsatz? Sitzen die unterm Tannenbaum und wichteln, oder was?«, fragte Quetsche und ließ keinen Zweifel daran aufkommen, dass er die nächtliche Streifenfahrt mit dem Boot als eine Zumutung empfand. Er wollte sich, in der Nacht vor Heiligabend, die gute Weihnachtsstimmung nicht von einer leblosen Person, die im Steendiekkanal trieb, verderben lassen.

Seit Tagen fielen die Temperaturen in die Minusgrade, und Hamburg bibberte. Mit der eisigen Kälte war der Schnee gekommen, und das erste weiße Weihnachten seit Jahren beglückte Jung und Alt. Auf der zugefrorenen Alster liefen juchzende Kinder Schlittschuh, und an den Glühweinständen wankten die dazugehörigen Väter mit glasigen Augen. Dem Fest der Liebe stand nichts mehr im Weg.

Hauptkommissar Tom Bendixen hatte als Dienstgruppenleiter des Wasserschutzpolizeikommissariats 2, kurz WSPK 2 genannt, entschieden, dass sie den Kollegen vom WSPK 1 aushalfen, da deren Boote alle im Hafen unterwegs und mit Aufgaben gebunden waren. Im Gegensatz zu seinem Partner für diese Nacht war er froh, die Nachtschicht mit einem Einsatz verkürzen zu können. Angeblich trieb bei Finkenwerder ein Weihnachtsmann kopfüber im Kanal. Vermutlich nur ein Weihnachtsscherz, aber Feuerwehr und ein Notarzt waren auf dem Weg zum Einsatzort und warteten auf das Eintreffen der Wasserschutzpolizei.

»Was macht ihr denn an den Weihnachtstagen? Kommt die ganze Familie?«, fragte Tom und steuerte das Streifenboot die Norderelbe Richtung Finkenwerder. Sein Kollege Tilo »Quetsche« Andersen war ein Familienmensch und hatte nicht nur zwei eigene Kinder, sondern auch drei Brüder, die ebenfalls mit reichlich Nachwuchs anrückten.

»Oh ja, es wird großartig. Unsere Frauen kochen und backen seit Tagen, und es duftet im Haus wie in einer Weihnachtsbäckerei. Ich werde mich dumm und glücklich essen, mit den Kindern einen Schneemann bauen und Schlitten fahren. Endlich gibt es mal wieder weiße Weihnachten in Hamburg, und stell dir vor, mein Kleinster kennt noch keinen Schnee.«

Tom sah aus dem Kajütenfenster der WS 23, dem leichten Streifenboot. Soeben ließen sie den Elbstrand steuerbord liegen, doch in der Dunkelheit sah man nichts von dem Schnee, der Hamburg in friedliche Stille hüllte. Wenn Tom an die Weihnachtstage dachte, war er genervt. Er würde seine Weihnachten wie jedes Jahr auf der Autobahn verbringen. Zuerst fuhr er mit seiner Frau Lisa an Heiligabend ihre Mutter besuchen, am ersten Weihnachtstag waren seine Eltern dran, und am zweiten Weihnachtstag traf sich Lisas Großfamilie bei ihrem Bruder. Er wäre am liebsten zu Hause geblieben, um unterm Tannenbaum lecker zu essen, zu lesen, zu schlafen. Stattdessen …

»Hey, pass auf, da vorn ist es, nimm Fahrt raus!«, unterbrach Quetsche seine Träumereien, bevor Tom an der Kanaleinfahrt vorbei war.

Sie bogen von der Norderelbe in den Steendiekkanal bei Finkenwerder ein. Den langen Ponton entlang lagen Sportboote, Barkassen und zwei Binnenschiffe, deren schneebedeckte Aufbauten durch unzählige Lichterketten erleuchtet waren, und plötzlich wechselte Quetsches Lustlosigkeit zu guter Laune.

»Na, hier wäre ich auch als Weihnachtsmann aufgekreuzt. Das sieht wirklich festlich aus!«

Tom steuerte in langsamer Fahrt an dem ersten Binnenschiff vorbei. Es hatte keine Ladung mehr an Bord und wartete hier entweder auf den nächsten Auftrag oder nahm sich über Weihnachten eine kleine Auszeit. Die Binnenschiffer hatten es schwer. Ein Schiff, das nicht fuhr, verdiente kein Geld, und obendrein gab es zu wenig Liegeplätze für die bis zu einhundertvierzig Meter langen Schiffe. Die *Nordstern,* die sie gerade passierten, war ein eher kleineres Schiff von fünfzig oder sechzig Metern Länge. An Bord war offensichtlich eine Weihnachtsparty in vollem Gange, denn Gelächter konkurrierte mit lauter Musik von Mariah Carey: *All I Want for Christmas Is You.*

»Da war wohl nichts mehr zu machen«, Quetsche zeigte mit der Hand voraus auf eine kleine Menschenansammlung von Rettungssanitätern und Feuerwehrleuten, die auf dem schmalen Steg standen und so gar nicht in das friedliche Bild der weißen Winterlandschaft passen wollten. »Sie haben das Laken drüber gedeckt«, murmelte er.

War der vermeintliche Weihnachtsscherz doch eine Leichensache? Tom seufzte. Nicht nur die Temperaturen, auch die Vorstellung, an Heiligabend eine Todesnachricht an eine Familie zu überbringen, ließ ihn frösteln.

Er bugsierte das Streifenboot hinter die *Nordstern* sachte an den Anleger, stellte den Motor ab und das Blaulicht aus. *All I want for Christimas is you.* Sie waren damit sicher nicht gemeint.

»Was habt ihr für uns?«, fragte er, als er vor den Rettungskräften stand. Die Männer grüßten wortlos und traten von einem Fuß auf den anderen. Klar, die frostigen Temperaturen luden nicht zum Plauschen ein.

Ein Feuerwehrmann hob das Laken an, und Tom sah direkt in das verlebte Gesicht des Weihnachtsmanns. Sein langer weißer Vollbart war zur Seite gerutscht und vom Wasser nass und schmutzig, und entgegen Toms Erwartungen, war der Körper des Manns mager und abgezerrt statt kugelrund. Er kniete sich zu der Leiche, um sie genauer zu betrachten. Der Tote musste um die siebzig sein, seine Wangen eingefallen und runzelig. Am linken Ohr trug er einen goldenen Ohrring. Tom erkannte die Buchstaben JK.

»Sieht komisch aus, ist mir auch schon aufgefallen!«, murmelte der Feuerwehrkollege.

»Das ist eine traditionelle Seemanns-Creole. Früher sagte man, die Ohrringe müssten im Todesfall genug Geld einbringen, damit der Matrose ein christliches Begräbnis bekäme.«

»Der Mann trieb in Bauchlage im Kanal«, antwortete der Feuerwehrmann und ging nicht weiter auf das alte Brauchtum ein. »Unsere Wiederbelebungsmaßnahmen waren erfolglos, er lag schon etwas länger im Wasser.« Er deutete auf die Hände des Toten. »Die Haut ist leicht aufgequollen. Verletzungen oder Hinweise auf Fremdeinwirkung hat der Notarzt nicht gefunden. Soll der Rettungswagen ihn ins Institut für Rechtsmedizin bringen?«

Tom nickte, erhob sich und sah in die Runde, während Quetsche mit dem Absperrband den Steg sicherte. »Gibt es Hinweise auf die Identität des Toten?«

Der Feuerwehrmann nickte und senkte seine Stimme. »Einer von den anderen Weihnachtsmännern, der, der dahinten vor der *Nordstern* steht, meinte, es sei der Tscheche!«

»Andere Weihnachtsmänner?«

»Tja, davon laufen hier einige rum!«

»Und was bedeutet *der Tscheche?*«

»Das ist euer Job«, er grinste. »Frohe Weihnachten!«

Für einen Moment stand Tom reglos neben dem toten Nikolaus und überlegte, was hier passiert sein mochte. Dann schoben ihn die Rettungssanitäter beiseite, um den Toten auf die Bahre zu heben und zum Rettungswagen zu schieben. In wenigen Minuten würde er mit Quetsche allein am Tatort zurückbleiben. Ein Ort, an dem ein Mann in der Nacht vor Heiligabend tot aus dem Wasser gefischt worden war.

Der zweite Weihnachtsmann näherte sich langsam. Tom lächelte ihm vage zu, um ihn zu ermuntern, und winkte ihn heran.

»Das ist Pavel.« Der Mann nickte Richtung des Binnenschiffs. »Er lebt auf der *Nordstern*. Wir feiern gerade in den Heiligabend rein. Ist eine kleine Tradition, das machen wir jedes Jahr, und Pavel … Pavel kümmert sich um alles … hat sich um alles gekümmert.«

»Und wer sind Sie?«

Der Mann nannte heiser seinen Namen: Heinrich, der Kapitän der *Nordstern*. Er sprach langsam, als ob er sich konzentrieren musste. Tom konnte seine Alkoholfahne deutlich riechen.

»Wir liegen eine Nacht hier, morgen Mittag geht es mit einer Ladung Baustoffe die Elbe hoch nach Tschechien. Über Dresden weiter nach Prag. Ach, wir wollten doch nur Weihnachten feiern!« Er zog sich müde die rote Zipfelmütze vom Kopf.

»Wer feiert auf Ihrem Schiff?«

»Freunde und Kollegen, der Hafenmeister, ein paar Werftarbeiter … Ich habe Pavel gesucht, weil er jetzt dran ist … dran gewesen wäre. Er spielte um Mitternacht auf seinem Akkordeon. Er sang uns jedes Jahr in die Weihnachtsfeiertage.«

Daraus würde nun nichts mehr werden. Quetsche stellte sich zu ihnen und fragte, ob die Gäste bereits über Pavels Ableben Bescheid wüssten?

Der Skipper schüttelte den Kopf, dabei schwankte er bedenklich.

Auch das noch. Auf sie käme die undankbare Aufgabe zu, die Weihnachtsfeier zu beenden und den Gästen das heilige Fest zu vermiesen.

»Wie hieß denn Pavel mit Nachnamen?«, fragte Quetsche und kramte sein Notizbuch hervor, um sich die Angaben aufzuschreiben.

»Na, Pavel. Den Nachnamen … den, also … wer braucht schon

Nachnamen?« Er zuckte mit den Schultern und erzählte, wie Pavel einfach zu *dem Tschechen* geworden war. Vor über dreißig Jahren hatte ihn das Leben in den Hamburger Hafen verschlagen, und dort war er auf den damaligen Kapitän der *Nordstern* getroffen, der gut ein paar helfende Hände gebrauchen konnte. Später, als das Geld dann immer knapper wurde, war der Tscheche geblieben. Gegen Kost und Logis, ein paar Mark und später Euro. Der Tscheche brauchte nicht viel, er trug seinen größten Schatz im Herzen. Pavel war ein guter Mensch gewesen, ein Zuhörer, dessen Geduld am Ende eines langen Abends immer dazu geführt hatte, dass man ihm seine Sorgen anvertraute und glaubte, in Pavels sanften Augen die Antworten auf die Probleme der Welt zu finden. Er hatte hart gearbeitet, leise getrunken, war ohne Frauengeschichten ausgekommen und so zuverlässig wie ein Schweizer Uhrwerk gewesen.

»Ich müsste dann mal in Pavels Kammer, nach seinem Pass suchen und die Party … also, die ist erst mal beendet. Sorgen Sie dafür, dass Ihre Gäste an Bord bleiben, bis wir ihre Personalien aufgenommen haben.«

Der Skipper wurde blass und fragte stotternd, ob das denn nötig sei.

Tom nickte und ließ seinen Blick über die *Nordstern* wandern. Das Deck war mit Lichterketten übersät, eine Nordmanntanne stand neben dem Aufgang im engen Gangbord und war ganz in Rot und Silber geschmückt. Wie mochte es erst unter Deck aussehen?

»Gehen Sie voraus und stellen Sie bitte die Musik ab.«

Es war beklemmend, in die Weihnachtsidylle einzudringen, aber Tom blieb nichts anderes übrig, als dem unsicher torkelnden Skipper unter Deck zu folgen. Drinnen standen die Gäste mit einem vollen Glas oder einem Teller in der Hand fröhlich plaudernd in der Kombüse und dem engen Gang zum Aufenthaltsraum. Einige prosteten Tom und Quetsche gut gelaunt zu, hielten sie vielleicht für eine Weihnachtsüberraschung. Andere tuschelten nervös hinter ihrem Rücken. Das ganze Schiff war festlich mit Tannen- und Mistelzweigen und Christbaumkugeln geschmückt. Dazu gesellte sich der Duft von mit Nelken gespickten Orangen und Glühwein. Viel Glühwein.

Die Musik erstarb, und Quetsche übernahm die traurige Aufgabe.

»Meine Damen und Herren, es tut uns sehr leid, Ihre Party beenden zu müssen, aber …« Er wurde von ersten Buh-Rufen unterbrochen. »Aber … es hat einen ungeklärten Todesfall gegeben, und ich muss Sie bitten, sich für eine kurze Befragung bereitzuhalten.«

Die bedrückende Stille quittierte Tom mit einem Seufzer. Sie konnten auch nichts dafür. Kapitän Heinrich führte ihn weiter in das Schiff hinein, zu einer der hinteren Kammern.

»Wann haben Sie Pavel denn das letzte Mal gesehen?«, fragte Tom, als er sich in der Kammer umsah. Darin gab es nur ein schmales Bett und einen winzigen Sekretär, auf dem haufenweise Papiere lagen. Daneben standen ein Papierkorb, zwei Krücken, ein Seesack, ein Akkordeon, und auf dem Stuhl hing ein dunkelblauer Troyer, der typische Seemannspullover. Alles unauffällig, karg und irgendwie traurig. Tom entdeckte kein Buch, keine Fotos, keinen Laptop oder ein Handy, ja nicht einmal eine Uhr. Es roch muffig und abgestanden. Das Bullauge schien länger nicht geöffnet worden zu sein.

Der Skipper ließ sich auf das schmale Bett sinken und stützte seinen Kopf in beide Hände.

»Pavel hat alles dekoriert und das Essen abgeholt. Er hat mit uns gefeiert, gesungen und getrunken«, nuschelte er. »Es ist mir erst vor ein, zwei Stunden aufgefallen, dass ich ihn nicht finden konnte. Aber ich habe mir nichts dabei gedacht.« Der Mann biss sich nervös auf die Lippe.

»Was war Pavel denn für einer?«, fragte Tom und nahm ein paar der Papiere vom Sekretär auf.

»Ach, Pavel war eine treue Seele. Er gehörte zur *Nordstern* wie der Motor. Er wurde quasi von Skipper zu Skipper weitervererbt. Das Schiff gehört der *Beering Flussschiff GmbH,* und bei jedem Crewwechsel blieb Pavel die Konstante. Er hatte ja auch kein anderes Zuhause mehr. Keine Familie, keine Ehefrau, keine Kinder. Er hat nie viel Aufhebens um sich gemacht, aber ich glaube, er war ein Heimkind. Sicher bin ich nicht. Pavel hat nicht viel erzählt, wissen Sie?«

Tom grunzte, um den Kapitän am Reden zu halten, während er gleichzeitig zuhörte und in den Papieren las.

»Pavel war ein Segen für das Schiff, sein Heim war die *Nordstern.* Er ist selten an Land gegangen. Ich glaube, er hatte Angst vor den Menschenmassen und der neuen Gesellschaft da draußen. Er brauchte ja nicht viel, bekam sein Essen an Bord und hat nie Urlaub oder so was gemacht.«

»Auch nicht an den Feiertagen? Weihnachten, Ostern, irgendwann?«

Kapitän Heinrich schüttelte den Kopf. »Weihnachten an Bord. Ostern und Pfingsten an Bord. Er lebte den Rhythmus des Schiffes und passte sich der Crew an. Er verstand sich mit jedem gut, er war wie eine Art Seelsorger an Bord. Pavel war … eben Pavel.«

»Sie mochten ihn?«

Er nickte traurig.

»Hat Pavel sich verändert in der letzten Zeit? Ist irgendetwas Ungewöhnliches passiert?«

Heinrich drückte die Schultern durch und biss weiter auf der Unterlippe herum.

»Der Tscheche war ein wenig komisch in letzter Zeit. Er hat sich viel zu viel mit der Legende um die *Nordstern* beschäftigt und war davon nicht mehr abzubringen. Er hatte sich richtig darin verbissen!« Der Schiffsführer schüttelte den Kopf, als könne er es noch immer nicht glauben, was da in den Tschechen gefahren war. »Dabei hat Pavel die tollsten Seemannsgeschichten erzählt, die Sie sich vorstellen können. Er war ein großer Geschichtenerzähler. Aber plötzlich hat er sie für bare Münze genommen.«

»Was denn für eine Legende?«

»Ach, Tünkram. Pavel hat erzählt, er hätte alte Dokumente gefunden, die besagen, dass die *Nordstern* von einem Fluch heimgesucht wurde, der auf ein längst vergessenes Opfer und den Schmerz eines Kapitäns zurückgeht.« Er wies vage und mit zitternder Hand auf den kleinen Sekretär. »Hat nächtelang dagesessen und sich in die Papiere vergraben.«

Tom schob die Zettel auseinander und begann unweigerlich weiterzulesen, als er die ersten Worte entzifferte … *Nur das Opfer wird die Nordstern von ihrem Fluch befreien. Erst, wenn das Kind gesühnt ist …*

»Meinen Sie das hier?«, fragte er.

Der Skipper nickte, und Tom las die Geschichte über die Jungfernfahrt der *Nordstern.* Das Schiff war voll beladen, auf dem Weg den Main-Donau-Kanal von Bamberg aufwärtsgefahren. Ein für die Jahreszeit ungewöhnlicher Nebel führte eines Nachts zur Katastrophe. Die vierjährige Tochter des Kapitäns kletterte über die Reling und versank im Kanal. Die Mutter sprang hinterher, um das Kind zu retten, doch beide ertranken, bevor der Kapitän sie in dem Nebel finden konnte. Der von Kummer gepeinigte Vater und Kapitän der *Nordstern* verwünschte in seinem Schmerz das Schiff und sprang seinen Lieben hinterher in den sicheren Tod! Das Schiff trieb herrenlos auf dem Kanal und galt seither als mit einem Fluch belegt.

»Pavel behauptete, die Geschichte sei von Generation zu Generation unter den Seefahrern weitergegeben worden. Die *Nordstern* sei einst ein stolzes Frachtschiff gewesen. Na ja, Sie sehen ja selbst, so richtig stolz kann die nie gewesen sein.« Er kicherte und schlug sich die Hand vor den Mund, als ihm klar wurde, wie unangemessen seine Aussage war. »Die *Nordstern* hat nicht mehr lange, die wird abgewrackt, dann hätte er eh runtergemusst vom Schiff.«

»Eh?«

»Na ja, ich brauche für die letzten Fahrten Hilfe. Nur Pavel war ja keine Hilfe mehr.« Er zeigte auf die Krücken. »Beide Hüften und … das Herz … also die Reederei hat noch jemanden eingestellt, und Pavel … Pavel sollte sich nach einer anderen Bleibe umsehen.«

»Sie wollten ihn rausschmeißen? Nach all den Jahren? Wo hätte er denn hinsollen?«

Der Skipper zuckte mit den Schultern.

Tom schüttelte fassungslos den Kopf. Der Mohr hat seine Schuldigkeit getan, der Mohr kann gehen. Er nahm die Papiere wieder hoch und las.

Wenn er das auf die Schnelle richtig verstand, besagte die Legende, dass der Kapitän der *Nordstern* schwor, dass die *Nordstern* erst dann zur Ruhe kommen würde, wenn seine Tochter und Ehefrau gesühnt seien. Bald nach der Jungfernfahrt häuften sich unerklärliche Unglücke an Bord, und Matrosen mieden das Schiff. Schlechtes Wetter folgte dem Schiff auf Schritt und Tritt, und immer wieder ging Fracht verloren. Weder die Seelen der Verstorbenen noch das Schiff konnten Frieden finden, solange die Opfer nicht gerächt wären. Kapitän für Kapitän hätte die *Nordstern* verschlissen, niemand war lange geblieben.

»Glauben Sie an diese Legende? Wie lange sind Sie Kapitän an Bord der *Nordstern?*«

»Zwei Jahre. Mein Vorgänger ist bei einem Manöver von einer verrutschenden Schiffsladung erschlagen worden.«

»Und davor?«

Der Schiffsführer sah ihn lange an. »Dessen Vorgänger war auch nur ein Jahr an Bord. Er hatte Krebs oder einen Herzinfarkt. Ich weiß nicht mehr. War erst Anfang vierzig und …«

»Bis wann haben Sie Pavel Zeit gegeben, die *Nordstern* zu verlassen?«

Stille.

Tom drehte sich um.

»Bis morgen.« Die Stimme des Schiffsführers war kaum zu verstehen. »Die Reederei konnte ja schlecht darauf warten, dass er an Altersschwäche stirbt.«

»Heiligabend? Das ist doch nicht Ihr Ernst? Das ist doch … Sie können ihm an Weihnachten nicht sein Zuhause wegnehmen!«

Der Skipper unterbrach ihn. »Ist nicht meine Schuld, dass der Neue schon da ist. Er feiert heute mit uns rein und wollte gleich an Bord bleiben. Ich dachte, Pavel könnte vielleicht zur Seemannsmission gehen?«

Und doch war Pavel noch hier, dachte Tom. Er hatte nichts zusammengeräumt oder gepackt. Wie hätte er heute Nacht oder morgen das Schiff verlassen sollen? Oder wollte er das Schiff gar nicht verlassen?

»Was, wenn Pavel nicht gegangen wäre?« Tom drehte sich zu dem Skipper um. »Wenn er nicht gewusst hatte, wohin? Was hätten Sie mit ihm gemacht?«

»Ni… Nichts«, stotterte der Schiffsführer und erbleichte. »Wollen Sie etwa andeuten, dass ich ihn ins Wasser geschubst habe?«

»Das wäre doch eine schnelle Lösung für Ihre Probleme, oder?«

»Das ist nicht wahr. Ich bin doch auch bloß ein armer Skipper und muss sehen, wo ich bleibe. Ich war den ganzen Abend in der Kombüse bei der Party, das können Ihnen alle bestätigen!«

Tom bückte sich mit der rechten Hand nach dem Seesack, um den Pass zu suchen. In der linken Hand hielt er die Papiere mit der Geschichte der *Nordstern*.

»Wie bricht man den Fluch?«

»Welchen Fluch … ach so … ja«, erwiderte der Skipper mit einem Hicksen. »Die Legende sagt, *die Nordstern* muss ein Opfer bringen, jemand muss sich freiwillig in die Fluten stürzen, um die Familie zu sühnen und …« Er brach ab, als sei ihm gerade erst klar geworden, was das bedeuten könnte.

»Hm. Und wie krank war Pavel? Könnte er aus freien Stücken ins Wasser gesprungen sein?« Tom wedelte mit den Papieren. »Um mit einer letzten guten Tat den Fluch der *Nordstern* zu beenden?«

Der Skipper sah ihn entgeistert an und murmelte vor sich hin.

»Wie bitte?«

»Auf jedem Schiff, das schwimmt und schwabbelt, gibts irgendeinen, der dämlich sabbelt! Das Schiff hat nicht mehr lange, da muss man doch den blöden Fluch nicht beenden.«

Tom ließ ihm diese Unverschämtheit durchgehen. »Das würde aber zu dem Pavel passen, den Sie mir geschildert haben, oder?«

In diesem Moment fand Tom, was er die ganze Zeit über gesucht hatte. Den Pass des Tschechen. Der Tscheche, der in Bratislava geboren, also ein Slowake war, und Jozef Kovac hieß. Irgendwann war aus dem Geschichtenerzähler Jozef ein Pavel geworden, der alles über die Leute um sich herum wusste, nur wussten die Menschen nichts über ihn! Niemand hatte sich für sein Leben interessiert.

Die Traurigkeit schnürte Tom den Hals zu.

Als sein Handy klingelte, atmete er erst zweimal tief durch, bevor er auf das Display blickte. Die Nummer gehörte dem LKA.

»Hey, hier ist der Dauerdienst. Du hast die Einsatzleitung in der Leichensache im Steendiekkanal?«

Ja, eine Leichensache. Aber doch viel mehr als das. Es handelte sich um Pavel.

»Jozef Kovac. Ich hab den Pass gefunden.«

»Ähm, ja, gut. Also ich wollte dir nur Bescheid sagen, dass wir nicht zum Kanal rausfahren. Wenn du uns deinen Bericht schickst, reicht das aus.«

»Ihr untersucht den Vorfall nicht?« Tom war irritiert. Was war da los?

»Haben wir schon. Der Mann hatte einen Alkoholpromillewert von 2,9. Er hatte zwei kaputte Hüften, und sowohl der Schlitz seiner Weihnachtsmannhose als auch die Jeans darunter waren offen.«

Der Mann leierte die Informationen herunter, als sei damit alles gesagt, nur verstand Tom kein Wort.

»Was willst du mir damit sagen?«

»Keine Fremdeinwirkung. Der Mann ist beim Pinkeln über Bord gegangen. Kennst du doch! Das Wasser ist eiskalt – plötzliche Atemlähmung.«

Tom verschlug es die Sprache. Natürlich kannte er die traurigen Unfälle, die immer wieder Männern und vor allem Touristen an den Landungsbrücken zum Verhängnis wurden. Volltrunken wollten sie sich schnell erleichtern, schwankten unter dem Alkoholeinfluss, hatten nichts zum Festhalten und kippten in die eisigen Fluten. Aber Pavel? Pavel war ein alter Hase. Wäre er trotz seines Promillewertes nicht ins Wasser gefallen, wenn seine Hüften in Ordnung gewesen wären? Oder er kein Weihnachtsmannkostüm getragen hätte? Was für ein Schicksal.

»Kannst den Fall abschließen. Frohe Weihnachten!«

Der Mann vom Kriminaldauerdienst hatte aufgelegt, bevor Tom etwas erwidern konnte. Der Schiffsführer, der noch immer auf dem Bett saß, hatte alles mitgehört und grummelte leise vor sich hin. »Dieser dumme, dumme Kerl …«

»Dann liegt wohl doch ein Fluch auf der *Nordstern* …«, flüsterte Tom und wandte sich zum Gehen.

Quetsche saß in der Kombüse und schrieb in sein Notizbuch.

Als er hochsah, brauchte Tom nichts zu sagen, die Traurigkeit stand ihm wohl ins Gesicht geschrieben, denn der Kollege klappte das Büchlein zu, stand auf und folgte ihm wortlos den Gangbord entlang.

Als Tom von Bord ging und sich noch einmal umdrehte, erstrahlte die *Nordstern* nach wie vor in festlichem Licht, und doch kam es Tom so vor, als läge ein Schatten über dem Schiff.

Er schüttelte den Kopf, seufzte und freute sich plötzlich auf seine Familie. Auf alle. Wo immer sie wohnten. Wie weit er auch fahren musste. Immerhin hatte er noch eine Familie.

All I want for Christmas is you.

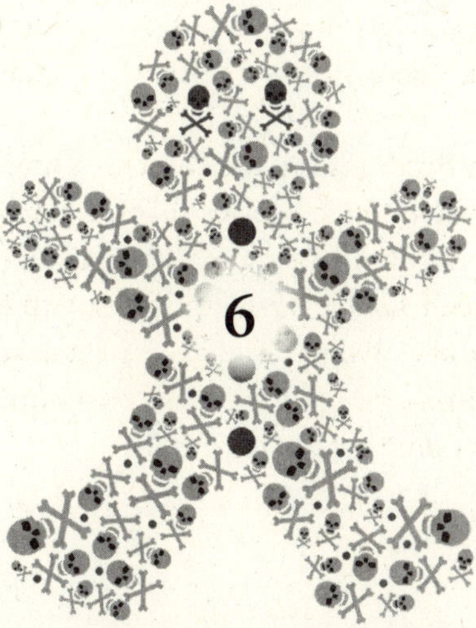

Sonja Rüther

Heilige Nacht in Hohwacht

Hohwacht

Über die Autorin:

Sonja Rüther, 1975 in Hamburg geboren, schreibt am liebsten Spannung und Fantastik. Unter dem Pseudonym Poppy Lamour veröffentlicht sie zudem erotische Liebesromane. 2011 eröffnete sie den Ideenreich-Kreativhof in Reindorf, wo sie regelmäßig zusammen mit anderen Autorinnen und Autoren Workshops und Kurse für professionelles Schreiben anbietet.

Der Strand war wie ausgestorben. Starker Wind raute die See auf, der Regen wurde durch die kräftigen Böen regelrecht an Land geschleudert, und Anna stand direkt am Wasser, als müsste sie alldem trotzen. Sie, die einsame Frau, die diesen Heiligabend allein in einem Ferienhaus verbrachte.

Hier in Hohwacht hatte sie sich immer wohlgefühlt, wenn sie in ihrer Jugend die Großeltern über die Ferien besuchen durfte. Sie dachte an das Wellenbad, das direkt neben dem Meer irgendwie keinen Sinn ergab, an diese Fahrrad-Wagen, die man sich leihen konnte, um dann nebeneinandersitzend durch den Ort zu radeln. Mit ihrer Oma war sie stundenlang den Strand abgelaufen, um Donnerkeile, Bernstein und versteinerte Seeigel zu suchen. Und ihr Opa hatte jeden vermeintlichen Bernstein getestet, um sicherzustellen, dass sie keine Phosphorbrocken eingesammelt hatte. Das Haus ihrer Großeltern gab es nicht mehr. Es wurde abgerissen, der große, von Monstermücken besetzte Garten zubetoniert, und nun stand dort ein protziges Gebäude mit Eigentumswohnungen. Nichts aus ihrer Erinnerung hatte überlebt. Nun war Anna einundvierzig Jahre alt, ihre Taschen blieben leer, weil es keine Schätze mehr zu finden gab, und ihre Jacke war nicht wasserdicht. Fluchend drehte sie sich um und stapfte durch den steinigen Sand zurück. »Wer billig kauft, kauft zweimal«, wiederholte sie den Leitspruch ihrer Oma. Diese Jacke gab ihr recht.

Hinter dem seichten Deich wurde es etwas leiser. Die weite Wiesenlandschaft, die durchquert werden musste, um zu den Häusern und Straßen zu gelangen, wirkte selbst im Unwetter malerisch. Große, graue Wolkenberge jagten darüber hinweg. Die robusten Pflanzen neigten sich im Wind, ließen an sich zerren, als würden sie über den Versuch, sie auszureißen, lachen. Anna würde mitlachen, wenn sie nicht bereits entwurzelt worden wäre. Entfernt von dem Mann, der ihr ewige Treue geschworen hatte. Jeder verstand seine Entscheidung, weil sie zu viele Überstunden gemacht und ihn mit den Kindern ständig allein gelassen hatte. Er war als Hausmann der Held, sie war die eiskalte Egoistin, die für ihre Selbstverwirklichung gegen sämtliche Naturgesetze weiblicher Genetik verstieß – jeden verdammten Tag, an dem sie in ihrer Kanzlei saß und anderen Menschen zu ihrem Recht verhalf. Wäre er der Anwalt und Ernährer der Familie gewesen, hätte man sie ebenfalls angefeindet, weil sie nicht darüber klagen sollte, einem so wichtigen Mann den Rücken freizuhalten. Sie hatte die klassische Rollenverteilung für einen alten, verstaubten Witz gehalten, den man heute nicht mehr erzählte, bis sie schwanger geworden war. Anscheinend glaubte ein Großteil der Gesellschaft noch immer, dass die Kaspereien wie eigene Interessen und Jobs vorbei wären, sobald man mit der Nachgeburt auch den Verstand ausgeschieden hätte.

Die ersten Monate, die sie sich Elternzeit genommen hatte, waren das grauenvollste Erlebnis ihres Lebens gewesen. Nicht wegen Lea. Die kleine Zaubermaus war ein großes Geschenk. Sondern wegen all ihrer Mitmenschen, die einer gestandenen Anwältin interessante Gesprächsinhalte absprachen, sie belächelten oder ungefragt kritisierten. Anna wurde für Dinge kritisiert, bei denen sie nicht mal wusste, dass mehrere Meinungen damit verbunden waren. Ob man stillte, wie man stillte, wie lange das so gehen sollte und wie kurz es mindestens sein müsse. Es ging um die Babykleidung, die Schnuller, den Umgang mit der Kleinen, wenn sie weinte, oder den mangelnden Umgang mit ihr, wenn Anna sie nicht fortwährend bespaßte. Niemand fand es lustig, wenn Anna sagte, es müsse zur Geburt ein kostenloses Rotweinabo geben, oder ob man schreiende Kinder bei eBay verkaufen könne. Als dann Klemens die Haupterziehungsaufgabe übernommen hatte, erlebte

Anna dieselben Menschen, die sie wie einen unfähigen Niemand behandelt hatten, als hilfsbereite, lobende Meute, die den liebenden Vater anhimmelte. Also war Anna gern wieder arbeiten gegangen, weil sie in der Kanzlei endlich wieder eine respektierte Frau war, die mit ihren Kollegen darüber reden konnte, wie anstrengend es sei, abends nach Hause zu kommen.

Irgendwann gab es Reibereien mit Klemens, weil sie zu einem Fremdkörper in ihrem Zuhause geworden war. Egal was ihre Tochter hatte, Klemens kannte die Lösung. Er war dabei, als sie ihre ersten Worte sagte, die ersten Schritte machte, wenn sie Trost oder Publikum brauchte. Die beiden waren ein super Team, das Anna mit ihrer Arbeit finanzierte. Also rauften Klemens und Anna sich zusammen, Anna brachte neun Monate später Justus zur Welt, pumpte diesmal in den ersten Monaten ab, damit Klemens direkt als Vollzeitpapa weitermachen konnte, und arbeitete noch mehr.

Nun, Jahre später, gehörten ihm Weihnachten und Ostern, sämtliche Ferien und Feiertage, während Anna alle zwei Wochen ein vorpubertäres Mädchen und einen Wirbelwind vor die Tür gesetzt bekam, die Annas schlechtes Gewissen gnadenlos ausnutzten.

Mit diesen Gedanken folgte sie dem Trampelpfad. Bald würde die Dämmerung einsetzen, dann wäre es, als würde der Abend diesem verschlafenen Nest ein Kissen aufs Gesicht drücken.

In der Saison war hier einiges los, aber heute, an Heiligabend, wuselten die Einheimischen in ihren Häusern, reicherten die Gemütlichkeit der warmen Stube mit den Gerüchen der Festtagsspeisen an und dekorierten Kerzenschein auf ihre lächelnden Gesichter.

Auf Anna warteten eine Tiefkühlpizza und mindestens eine Flasche Wein. Die Erwartung, irgendwas zu fühlen, was man Weihnachten fühlen sollte, stellte sich seit jeher als falsch heraus.

Anscheinend fehlte ihr das Gen, das für Besinnlichkeit, Wertschätzung des Beisammenseins und überbordende Liebe zuständig war. Elf Jahre lang hatte sie sich als Mutter antrainieren müssen, die richtigen Floskeln zur richtigen Zeit zu platzieren, ergriffen zu wirken, wenn man dem Klischee nach emotional werden müsste, und Interesse zu heucheln, wenn keines da war. Kein Paar, das sie kannte, nahm sich die Zeit, Traditionen und Rituale auf den Prüfstand zu stellen, um zu sehen, ob sie diese tatsächlich übernehmen wollten. Gerade, wenn es um Weihnachten ging, bekamen alle Schnappatmung, wenn Anna betonte, wie sehr sie Plätzchenbacken und kitschige Dekoration hasste.

Als sie sich der Hütte näherte, zog sie den Schlüssel aus der Tasche. Aus dem Augenwinkel sah sie einen Schatten, der sich hinter ihrem Auto aufrichtete und auf sie zubewegte. Ehe Anna sich richtig umdrehen konnte, wurde sie brutal gegen die Haustür gepresst.

»Aufschließen!«, forderte der Fremde. »Mach hin!«

Der Mann lockerte seinen Griff etwas, hielt jedoch ihre Jacke im Nacken so gepackt, dass sie sich nicht aus seinem Griff winden konnte.

Anna tat, was er verlangte, dann drängte er sie in die Hütte und entriss ihr den Schlüssel.

»Bleib ganz ruhig, dann passiert dir nichts«, raunte er in ihr Ohr und drängte sie den Flur entlang ins Wohnzimmer.

»Was wollen Sie?«, fragte sie mehr wütend als ängstlich.

»Scheiße, wo ist denn alles?« Er schaltete das Licht ein, weil auch ohne das Unwetter gartenseitig durch den dichten Wald wenig Helligkeit im Haus ankam. Neben Anna blitzte ein Messer auf, das er ihr so gegen den Arm drückte, dass diese dämliche, wasserdurchlässige Regenjacke ein Loch bekam. So ein Messer hätte sie gern in ihrer Küche gehabt, denn ihre durchschnitten ohne Kraftaufwand überhaupt nichts.

»Kann ich eventuell helfen? Was suchen Sie denn?«

Unwirsch zog er an ihrer Jacke und drückte Anna auf einen Stuhl, dann zog er Kabelbinder aus seiner Tasche, legte sie ihr um ihre Handgelenke und verband sie mit den Streben der Rückenlehne. Anschließend trat er einen Schritt zurück und drückte sich beide Handballen gegen die Schläfen.

Ein Kerl in ihrem Alter, stellte Anna fest, in einen schwarzen Wollmantel gehüllt, von dem Wasser auf das Parkett tropfte. Matsch wurde von seinen Schuhen in die Fugen gedrückt. Dämliche Details, die sie die Kaution kosten würden. Diese Situation war wie ihr gesamtes Leben: Sie wusste, dass sie jetzt Angst haben müsste oder in Panik geraten sollte, aber sie fühlte es einfach nicht.

Er ging zur Fensterbank hinüber und rammte das Messer ins Holz, um sich dann daneben abzustützen und hinauszusehen. Leider gab es auf dieser Seite keine weiteren Häuser oder Wanderwege. Es war unwahrscheinlich, dass jemand zu ihnen hineinsah und die Polizei rufen würde.

»Bist du allein hier?«, fragte er mit dunkler, unheilvoller Stimme.

»Ja.« Anna hatte nicht mal Lust, ihm etwas anderes zu verkaufen, sie war einfach nur genervt und frustriert, während ihr Verstand ihr wiederholt das adäquate Verhaltensprotokoll für Gefahrensituationen vorbetete. Angst, Weinen, Flehen. Nichts davon kam ihr sinnvoll vor.

Er drehte sich um und kratzte sich durch den kurzen Vollbart. »Hast du Geld?«

»Mehr als du, wie es aussieht«, provozierte sie ihn. »Hast du gedacht, du findest hier einen dämlichen Tannenbaum und darunter teure Geschenke?«

Mit verengten Augen sah er sie an und ballte die Hände zu Fäusten.

»Du wirst schon mit mir zu einem Geldautomaten fahren müssen, wenn du was haben willst. Hier findest du keine Geschenke, kein Bargeld, und ich trage nicht mal Schmuck.« Anna hatte die Schnauze voll. »Du Loser hast dich für nichts und wieder nichts strafbar gemacht. Soll ich dir sagen, was dich für Einbruch und Nötigung erwartet? Dann noch die Bedrohung mit einem Messer … Ich schätze, die Staatsanwaltschaft wird mir als Anwältin hundertprozentig zutrauen, dein Gewaltpotenzial richtig einzuschätzen, das bringt dich länger hinter Gitter, als du denkst.«

Ansatzlos hetzte der Mann auf sie zu, holte aus und schmetterte ihr die Faust ins Gesicht. Durch die Wucht kippte der Stuhl zur Seite, und Anna prallte auf dem harten Boden auf. Ihre Sicht verschwamm, und ein unangenehmes Piepen untermalte das Chaos in ihrem Kopf, in dem wie in einer Schneekugel alles durcheinandergeraten war.

Der Mann kniete sich neben sie und strich ihr über die Wange. »Die Staatsanwaltschaft ist nicht hier. Niemand ist hier. Nicht mal deine Familie.« Er legte den Kopf schief und sah auf sie hinab. »Wie traurig. Vor Monaten gebucht, nicht wahr? Ideal für Familien, die Weihnachten in besinnlicher Stille feiern wollen – hätte das hier deine Ehe retten sollen? Warum bucht man sonst so eine Scheiße, statt dort zu feiern, wo man lebt?«

Langsam kam Anna wieder richtig zu sich. Sie war irritiert von dem Gefühlsgemisch in ihrer Brust. War das Angst? Aufregung? Noch nie war sie geschlagen worden. Ihr Jochbein pochte, und sie merkte, wie das Gewebe darüber anschwoll.

»Jetzt verstehen wir uns«, sagte der Mann, packte ihren Kragen und richtete den Stuhl mit ihr zusammen wieder auf. »Anwältin also.« Er trat von ihr zurück und musterte sie. »Ich kenne einige von euch, aber ich würde nie eine Frau als Rechtsbeistand nehmen.«

Anna bewegte den Kiefer, der einmal laut knackte, dann war er wieder frei. »Warum? Weil du denkst, Männer wären besser in diesem Job?« Der Kerl hatte ja keine Ahnung, was für ein Reizthema das für sie war.

Lachend ging er in die Küche, und einige Schranktüren klapperten. »Scheiße, nein. Männer dominieren die Kiste, aber Frauen … oh Mann, Frauen würden die Welt unterwerfen, wenn man sie lassen würde. Perfide, kleine Miststücke, die wissen, wo es wehtut.« Er kam mit einer Weinflasche zurück, schraubte den Deckel ab und schnippte ihn zur Seite. »Aber man lässt euch nicht, deshalb würde ich nie eine Frau nehmen. Du kämpfst nicht nur fürs Recht deiner Klienten, sondern auch darum, ernst genommen zu werden. Fuck, ich bin doch nicht dein scheiß Pferd, auf dem du in den Krieg reiten kannst.«

Mit gerümpfter Nase sah sie zur Seite, weil er recht hatte. Ja, sie war erfolgreich und richtig gut in ihrem Job, aber es hatte sie enorm viel Energie gekostet, respektiert zu werden. »Wow, klingt, als könntest du Frauen echt nicht leiden«, sagte sie und drehte somit seine Aussage in eine persönliche Richtung. Er trank einen Zug, dann kam er wieder auf sie zu und setzte ihr die Flasche an den Mund. Widerwillig nahm sie ebenfalls ein paar Schlucke, wobei ein Großteil auf ihrer Jacke landete.

Mit einem Fuß angelte er nach einem Stuhl und zog ihn vor sie. So dicht, dass sie die Beine spreizen musste, als er sich hinsetzte und seine Knie rücksichtslos zwischen ihre drückte. »Ich kann Frauen wie dich nicht leiden. Die Menschheit funktioniert nicht mit Gleichberechtigung. Der ganze Bullshit von Arbeitsteilung und Selbstverwirklichung. Fakt ist, dass die Gesellschaft nicht so am Arsch war, als Männer und Frauen ihre Plätze noch kannten. Da wusste jeder, was er zu tun hatte.«

Anna sah ihn an und wartete auf die Pointe, weil diese dämliche Rede ein Witz sein musste. Dieser Kerl war meilenweit vom Bild eines ehrbaren Familienoberhaupts entfernt. »Darüber regst du dich auf?«, fragte sie, als nichts mehr kam. »Sag bloß, deine Mami ist vom bösen Feminismus infiziert worden und trägt ihrem Sohnemann nicht mehr den Arsch hinterher. Ja? Ist es das? Musst du deine Wäsche jetzt selbst waschen?«

Er sah sie mit ernstem Blick an und stellte die Flasche beiseite.

Anna zuckte zusammen, als er seine Pranken auf ihre Schenkel legte. Sie war noch nie gern von Fremden angefasst worden.

»Ich könnte dir hier und jetzt zeigen, wo dein Platz ist«, sagte er verheißungsvoll und schob die Hände mit festem Druck höher.

»Oh ja, das könntest du«, erwiderte sie selbstsicher. Er war nicht der erste Kerl, der versuchte, sie auf nötigende Weise einzuschüchtern. »Weil die Androhung von sexueller Gewalt so ziemlich das Männlichste ist, das du außer deinem Schwanz auspacken kannst. Denkst du, ich heule, wenn du das tust? Ich hatte in meinem Leben schon einigen schlechten Sex, auf eine Nummer mehr kommt es da nicht an.« Dann brachte sie sogar ein überhebliches Grinsen auf. »Oh, warte, vielleicht gefällt es mir sogar, weil so eine Stockholm-Syndrom-Nummer draus wird?«

»Das ist kein anerkannter Fachbegriff«, sagte er missmutig und griff wieder zur Flasche. Offensichtlich war er unentschlossen und genauso frustriert wie sie.

»Ist es nicht?«

Er lehnte sich zurück und trank. »Nein, ist es nicht. Jeder weiß, was damit gemeint ist, aber in der Diagnostik wird er nicht verwendet. Ich bin aktiver Faktenchecker bei Wikipedia, da lernt man eine Menge.«

Anna stieß schnaubend den Atem aus. »Das klingt nach Arzt in der Google-Klinik. Kein Wunder, dass du keine Kohle hast, wenn du deine Zeit im Internet vergeudest.«

Er zog die Schultern an und sah an ihr hinab. »Und was hast du davon, einen arschvoll Kohle zu machen? Wir sitzen hier beide ohne Familie, trinken denselben Wein …«

»Den ich bezahlt habe.«

Er verdrehte die Augen, nickte aber. »Ändert ja nichts, du musst ihn teilen, ob du willst oder nicht.«

»Fürs Teilen müsstest du mir mehr davon abgeben«, sagte sie und verzog den Mund zu einem halben Lächeln.

Er kam der Aufforderung nach, indem er ein Taschenmesser hervorholte und ihren linken Arm befreite. »Keine Sperenzien, sonst binde ich dich so am Stuhl fest, dass deine Hände absterben.«

Sie nahm die Flasche entgegen und berührte dabei seine Finger.

Sein Blick ruhte kurz auf ihren Händen, dann gab er die Flasche frei. »Hast du was zu essen?«, fragte er und stand wieder auf.

»Ich wollte mir eine Pizza machen.«

Wieder ging er in die Küche, dann war die Kühlschranktür zu hören. Anna nutzte die Gelegenheit, stand auf und hob den Stuhl an, um zur Fensterbank zu schleichen und das Messer aus dem Holz zu ziehen.

»Eine Pizza zu Weihnachten?«, rief er ihr mit einer deutlichen Wertung in der Stimme entgegen.

»Warum nicht?« Leise schlich sie zurück und rammte die Klinge unter dem Tisch zwischen Platte und Stützrahmen, danach nahm sie ihre alte Position wieder ein und umfasste die Flasche, als habe sie sich kein Stück bewegt.

Er kam zurück und blieb im Türrahmen stehen. In der Hand hielt er einen Löffel, von dem er Schokocreme leckte.

Angewidert verzog sie das Gesicht. »Der Aufstrich stand hier schon, als ich angereist bin.«

Er sah sie herausfordernd an, streckte die Zunge weit heraus und leckte den Rest genüsslich ab. »Für dich muss alles neu und unberührt sein. Lieber wegwerfen als aufbrauchen. Menschen wie dich werde ich nie verstehen.«

Sie setzte die Flasche nach einer zuprostenden Geste an und trank etwas mehr, damit seine Aufmerksamkeit auf den Alkohol gelenkt wurde. Er kam zurück und legte den Löffel auf den Tisch, um ihr den Wein wieder abzunehmen.

»In Hamburg essen sie Kartoffelsalat und Würstchen an Heiligabend. Findest du das besser als Pizza?«, fragte sie, damit das Gespräch weiterging. Je mehr er sagte, desto besser konnte sie ihn einschätzen, um einen Ausweg zu finden.

Beiläufig wischte er sich mit einem Ärmel über den Mund und schlenderte zum Fenster zurück. Nervös sah sie zu der Stelle, wo das Messer gesteckt hatte. Wenn ihm auffiel, dass es fehlte, musste sie schnell reagieren, aber er stellte die Flasche über der Kerbe ab und sah nach draußen.

»Bei uns gab es Puter zu Weihnachten. Das war immer meine Aufgabe. Ich habe den Vogel vorbereitet, gestopft und so lange mit dem eigenen Saft übergossen, bis er durchgegart war und die Haut ganz knusprig wurde.« Seinem Gesichtsausdruck nach verband er schöne Erinnerungen damit. Das melancholische Lächeln ließ ihn sympathischer wirken, weil deutlich wurde, dass er nicht immer ein Krimineller gewesen war. Allerdings war Anna nicht so gut in ihrem Job, weil sie sich von so was um den kleinen Finger wickeln ließ. Sie interessierten nur Fakten und wie man sie im Sinne der Klienten verdrehen konnte.

»Was ist mit deiner Familie geschehen?«

Er drehte den Kopf etwas zu ihr, und seine Augen wurden ganz leer. »Meine Frau ist mit einem anderen zusammen und hat die Kinder mitgenommen. Sie leben jetzt in seinem großen Haus mit tollem Pool im Garten, bekommen teure Geschenke, die ich mir nicht leisten kann …«

»Verstehe.« Anna bewegte sich, damit er sie ansah. »Dann bist du hergekommen, um unsere Geschenke zu klauen und direkt zu deinen Kindern zu bringen? Wolltest du dem neuen Kerl eins damit auswischen, wenn du mit einem Smartphone und einer Spielekonsole vor der Tür stehst?«

Er rieb sich über die Augen, nahm die Flasche und kam zu ihr zurück. »Ja, das war der Plan. Sie sollten mich einmal so richtig glücklich ansehen, weil ich ihnen etwas bieten kann. Aber jetzt … jetzt habe ich gar nichts.«

Resigniert ließ er sich auf den Stuhl fallen und leerte die Flasche.

»Das ist nicht wahr«, sagte Anna mitfühlend und legte ihre Hand auf sein Knie. »Ich weiß, wie das ist. Durch die Überstunden und Geschäftsreisen sind Geschenke oftmals das Einzige, was ich meinen Kindern geben kann. Keine Ahnung, wie es mir ginge, wenn ich nicht mal das tun könnte.«

Sein Blick ruhte auf ihrer Hand. Lange, als müsste er erst verarbeiten, dass ihr Daumen über den Stoff strich und diese Geste tatsächlich mitfühlend gemeint war. Schließlich hob er den Blick und sah ihr in die Augen. »Na ja, das Leben ist nicht fair«, wiegelte er ab.

Kopfschüttelnd gab sie ihm recht. »Nein, das ist es wirklich nicht. Wie wäre es, wenn wir zum Bankautomaten fahren und ich dir das Geld gebe, das du brauchst, um ihnen etwas richtig Beeindruckendes zu schenken? Die Hälfte meines Vermögens bekommt eh mein Mann, da kratzt es mich nicht, wenn ein paar Tausend fehlen.«

Nachdenklich kaute er auf seiner Unterlippe, doch dann lehnte er ab und setzte sich mit verschränkten Armen gerade hin. »Alle Läden haben geschlossen. Soll ich den Kleinen Kohle schenken? Damit können die nichts anfangen.«

»Schön«, sagte sie und ließ sich resigniert zurückfallen, als teilte sie seinen Frust. »Dann haben wir es beide verkackt. Mein Mann ist mit den Kindern bei seinen Eltern. Die sind wie Fallbeispiele aus dem Handbuch *Eine perfekt harmonische Familie.*

Ernsthaft, die kotzen mich so richtig an, mit ihren beschissenen makellosen Keksen, der hübschen Außenbeleuchtung und all dem Dekozeug, das Klemens als Kind gebastelt hat. Die haben echt alles aufbewahrt und holen es Jahr für Jahr aus dem Keller, als wäre es der Heilige Gral.«

Der Kerl lachte, nahm die Flasche und tauschte sie gegen eine volle in der Küche aus. »Ich heize mal den Ofen vor«, rief er.

Anna musste schmunzeln, weil immer alle behaupteten, Gefühle könne man nicht über den Verstand regeln. Der Kerl, der gerade in der Küche hantierte, war der beste Beweis, dass es doch ging. Vielleicht konnte man die eigenen Gefühle über den Kopf schwer regulieren, aber die anderer Personen waren leicht zu manipulieren. Wie es sich wohl anfühlte, wenn man ein emotionaler Mensch war? Als er zurückkam, hatte er zusätzlich zwei Gläser dabei. Er stellte sie auf dem Tisch ab und schenkte sie voll.

»Wie heißt du eigentlich?«, fragte sie ihn. »Ich bin Anna.«

Er setzte sich wieder, und sein Knie lag an ihrem Bein. »Bastian.«

Mit einem Lächeln nahm sie ihr Glas und hielt es ihm zum Anstoßen hin. »Na dann, frohe Weihnachten, Bastian. Trinken wir auf all jene, die diesen beschissenen Zirkus nicht mehr mitmachen.«

»Halleluja«, sagte er und ließ sein Glas an ihres klingen. Dann betrachtete er sie einen Moment. »Ich habe dich falsch eingeschätzt«, gab er zu. »Ich dachte, du wärst auch nur so eine Zicke mit Kohle, aber eigentlich bist du ganz okay.«

Anna berührte ihre Wange, die noch immer schmerzte, als habe er sie komplett zerschmettert. Irgendwie mochte sie den Schmerz, weil er ihr etwas Lebendigkeit schenkte. »Halb so wild.« Sie leckte sich über die Lippen und sah an ihm hinab. »Mein Mann diskutiert immer alles aus. Manchmal wünschte ich, er würde wenigstens mal mit der Faust auf den Tisch hauen. Verstehst du, was ich meine?« Ihrer Einschätzung nach hatte seine Frau ihn verlassen, weil er jähzornig war. Jemand, der in seiner Wut Dinge zerstörte, sie vielleicht sogar geschlagen hatte, und sich hinterher lang und breit entschuldigte. Sie schüttelte den Kopf, dann nahm sie noch einen Schluck und stellte das Glas wieder weg.

»Also ist er ein Weichei?«, mutmaßte er.

»Na ja, Hausmann, Vollzeitvater, muss ich mehr sagen? Er hat nicht mal widersprochen, als ich sagte, er müsse zu Hause bleiben.« Als Verfechter der guten alten Rollenverteilung müsste Bastian so was verachten. »Wenn ich ehrlich sein soll, hat es mich angemacht, von dir brutal überfallen zu werden. Was stimmt nicht mit mir?« So, wie er jetzt gerade drauf war, rechnete sie nicht mit einer impulsiven Reaktion. Freundschaftliche Nähe kam auf, weil sie beide aussprechen konnten, was sonst nicht gesagt werden durfte.

»Das liegt sicher am Druck«, half er aus. »In der BDSM-Szene soll es nicht selten sein, dass beruflich erfolgreiche Menschen, die viel Verantwortung tragen, darauf stehen, im sexuellen Kontext dominiert zu werden.«

Nun sah sie ihm tief in die Augen und leckte sich über die Unterlippe. »Hast du diese Fakten ebenso gecheckt?«

Nervös rieb er sich über den Mund. »Nein, das war … aus Interesse. Bei mir ist es andersherum, ich steh drauf, wenn ich mal das Sagen habe.«

Sein Blick wanderte zum Kabelbinder, der noch ihr rechtes Handgelenk mit dem Stuhl verband.

Anna rutschte etwas vor und strich nun über sein Bein weit hinauf. »Warum lässt du die Fessel nicht, wo sie ist?« Sie stand auf, zog den Stuhl neben ihn und setzte sich auf seinen Schoß. Überrumpelt sah er zu ihr auf. Wenn er dem Gesagten entsprechen wollte, musste er nun die Führung übernehmen, ihr die Kleidung vom Leib reißen und ihr Befehle geben, aber ihre forsche Art schüchterte ihn wie erwartet total ein. Sie wusste nun alles über ihn, was sie brauchte, um die Kontrolle zu übernehmen.

Einhändig öffnete sie ihre Jacke und zog den linken Arm aus dem Ärmel. Die weiße Bluse klebte feucht an ihrem Körper. Geschickt öffnete sie die Knöpfe, ließ ihn dabei zusehen, wie sie den Stoff beiseiteschob, dann presste sie sein Gesicht in ihr Dekolleté und lehnte sich zurück. Mit kreisenden Bewegungen ihres Beckens stellte sie sicher, dass das Verlangen siegte. Er leckte über ihre Haut, während sie die Hand fortnahm und unter dem Tisch nach dem Messer tastete. Er umfasste sie fest mit beiden Armen, tastete nach dem Verschluss des BHs und erstarrte, als sie mit der Klinge gegen seinen Hals drückte. Seine Augen weiteten sich. Wann immer er nervös schluckte, schnitt die scharfe Schneide mehr in seine Haut. Dieses gute Stück würde sie auf jeden Fall behalten.

»Weißt du, wie man es nennt, wenn die Entführer Sympathien für ihre Opfer entwickeln?«

Stockend und ängstlich schöpfte er Atem. Wie erbärmlich er war. Drang gewaltsam in ihr Haus ein, schlug sie nieder, und dann glaubte er allen Ernstes, sie würde es ihm mit Sex danken?

»*Lima-Syndrom.* Das ist sicher auch kein anerkannter Fachbegriff, und wohl auch nicht so populär, aber das wirst du wohl nicht mehr checken können.«

Zu spät bemerkte sie, dass er die Flasche ergriff. Sie zog die Klinge gerade noch durch seinen Hals, als das Glas brachial ihren Kopf traf. Gemeinsam stürzten sie mit dem Stuhl um, ihr Handgelenk knackte zwischen den Möbelstücken, und heißes Blut floss schwallartig pulsierend über sie, bis Bastians Bewegungen gänzlich erstarben.

* * *

»Na, da haben Sie sich ja ein ganz schönes Veilchen eingefangen«, sagte die Vermieterin, die Anna zur Schlüsselübergabe durchs Haus führen musste, da ein paar Schäden einer Regulierung bedurften.

»Es ist mir auch äußerst peinlich, so viel getrunken zu haben. Ich habe versucht, das Blut mit Bleiche vom Parkett zu bekommen, aber ich fürchte, ich habe es nur schlimmer gemacht.« Zur Verdeutlichung, wo das Blut hergekommen war, fasste sie sich an den Kopf.

Die alte Frau nickte verständnisvoll. »Ja, Kopfwunden können eine ganz schöne Sauerei machen. Das ganze Haus müsste mal renoviert werden, aber ich bin zu alt dafür. Den Schaden können wir über die Versicherung abwickeln, machen Sie sich darüber keine Gedanken.«

»Wie wäre es, wenn Sie mir die Hütte verkaufen? Ich würde das mit meiner Familie gern hinbekommen, und mir scheint, dieser beschauliche Ort ist perfekt dafür, all den Stress zu Hause zu lassen und hier eine schöne Zeit zu verbringen.«

Offensichtlich nicht abgeneigt, dachte die Frau darüber nach. »Aber es ist nicht ganz billig. Schon wegen der Lage …«

Anna sah zum Garten hinaus, wo die Leiche notdürftig verscharrt lag. Zum Glück hatte es die gesamten Feiertage bei unangenehmen zwölf Grad geregnet, sodass sie mit viel Geduld einhändig ein Grab hatte ausheben können. »Ich bin mir sicher, dass wir uns da einig werden«, sagte sie, ging zum Fenster und strich mit einem Finger über die Kerbe.

»Es wäre in der Tat schön, Sie dauerhaft als Nachbarin hier begrüßen zu können …«

Die Frau sagte noch viel mehr. Nannte all die kleinen Vorzüge von Hohwacht, dem Leben an der Küste und wie schnell man größere Städte erreichen konnte, aber Anna hörte gar nicht mehr richtig zu. All so was bedeutete ihr nicht so viel, ebenso wenig, wie ihre Familie es tat oder all das andere, auf das andere Menschen so viel Wert legten. Sie sah nur einen großen, abgeschiedenen Garten. Einen Friedhof für Männer, die niemand je vermissen würde. Und sie dachte an ihren Job, in dem sie so vielen von ihnen begegnete. Endlich hatte sie einen Ausgleich für sich gefunden, einen, der ihr die Freude an Weihnachten zurückbrachte.

Die Vermieterin stellte sich stolz neben sie und sah ebenfalls hinaus. »Ja, so wie Sie gerade habe ich damals auch geschaut, als wir zum ersten Mal hier waren. Ist gut, ich verkaufe es Ihnen.«

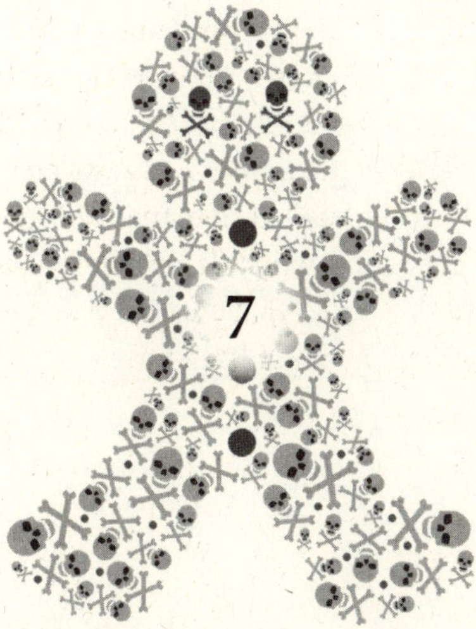

Achilles

Der Tote unterm Baum

Berlin

Über die Autoren:

Dr. Hajo Schumacher, geboren 1964, hat beim SPIEGEL gearbeitet und war Chefredakteur von MAX. Er ist Journalist, TV-Moderator und Autor zahlreicher Sachbücher, darunter die Bestseller *Restlaufzeit* und *Solange du deine Füße auf meinen Tisch legst*. Unter dem Pseudonym Achim Achilles hat er bereits mit den *Achilles' Versen* bei SPIEGEL ONLINE und zahlreichen Laufbüchern viele Läufer*innen erreicht.
Michael Meisheit – Jahrgang 1972 – hat Drehbuch studiert. Seit 1997 hat er knapp vierhundert Folgen der *Lindenstraße* geschrieben, mehr als tausend entwickelt und zehn Jahre lang als Chefautor die Endlosserie maßgeblich geprägt. *Nur der Tod ist schneller* ist ihr erster gemeinsamer Krimi.

Die in dieser Anthologie enthaltene Kurzgeschichte kann als unabhängiger Teil der Krimireihe *Laufende Ermittlungen* gelesen werden.

Sie … Ja, Sie!«

Das Krächzen kommt aus der Buchsbaumhecke.

»Sind Sie nicht dieser berühmte Kommissar?«

Peer hätte die ältere Dame mit der Krähenstimme gern ignoriert. Aber *berühmt* zieht bei ihm. Vor allem in Verbindung mit *Kommissar*. Bisher hat ihm nur die Lauferei Berühmtheit eingebracht, eher bescheidene allerdings.

»Peer Pedes«, stellt er sich über die akkurat gestutzte Hecke vor. »Aber gerade nicht im Dienst. Sondern im Training.«

Darauf hätte die gute Frau auch von allein kommen können. Denn Peer trägt das winterliche Läuferkleid: Shorts über Leggings, drei Lagen Laufshirts, dünne Handschuhe und natürlich eine rote Zipfelmütze, so wie es sich gehört für einen Teilnehmer am Berliner Nikolauslauf.

»Dieser Schuft hat meine Rosenbeete zertrampelt.«

Die Frau zeigt hinter sich. Sie stemmt die Hände in ihre Hüften, so wie Peers Mutter, wenn sie empört ist. Die Sorte Dame, wie man sie in der Sechsten im KaDeWe trifft, Feinkostabteilung. Sie trägt trotzig ihren leicht struppigen Pelzkragen, eine Handtasche, wie sie zuhauf in Vintage-Läden verstauben, und Ziegenlederhandschuhe, so dünn, dass sie auch für Trainingsläufe taugen. Ihre Ausdrucksweise ist allerdings nicht sehr damenhaft: »So ein Arschloch! Schauen Sie sich das an!«

Peer wollte eigentlich nur sein Carsharing-Auto in der Zehlendorfer Nebenstraße abstellen, am äußersten Rand des Geschäftsgebiets. Vier Straßen weiter startet der Nikolauslauf, ein Traditionswettbewerb, aber längst nicht so altmodisch wie dieses Westberliner Fossil. *Von Zitzewitz* steht an dem gusseisernen Briefkasten neben dem gusseisernen Eingangstürchen. Peer lugt über das blickdichte Immergrün der Hecke in den Vorgarten.

»Meine schönen Rosen«, jammert Frau von Zitzewitz.

Rosen? Peer sieht nur Gestrüpp unter Erdhaufen und Tannenzweigen, bedeckt von der feinen Schicht frischen Schnees, den die Nacht gebracht hat. Eine Trampelspur zieht sich durch den Puderzucker. Das Sohlenprofil weist eindeutig auf Laufschuhe hin. Offenkundig hat da jemand auf dem Weg zum Nikolauslauf im Vorgarten der Dame seine Stressblase entleert. Typisch Läufer.

»In was für Zeiten leben wir eigentlich? Nimmt denn niemand mehr Rücksicht?«

Armes Deutschland, denkt Peer.

»Armes Deutschland«, klagt Frau von Zitzewitz. »Früher hätte die Polizei mit solchen Strolchen kurzen Prozess gemacht.«

Peer atmet tief durch. Früher hat er sich hingebungsvoll gestritten mit Menschen, die jeden zweiten Satz mit »Früher …« anfangen. Aber seit er ein berühmter Kommissar ist, übt er sich in Gelassenheit und betrachtet eine Wutbürgerin aus der Zitzewitz-Klasse als Trainingspartnerin.

»Ich fürchte, das fällt nicht in den Aufgabenbereich des LKA.«

Erwartungsgemäß folgt ihr Kopfschütteln, jetzt über Peer, begleitet von einigem grundsätzlichen Gezeter. Peer nickt zum Abschied; er will sich zum Start Richtung Schlachtensee verdrücken. Doch als er am Anwesen derer von Zitzewitz vorbeispäht, entdeckt er eine fürchterlich vertraute Gestalt. Kollege Koslowski aus der ersten Mordkommission tummelt sich auf der Terrasse der rückseitig Garten an Garten angrenzenden Villa. Wobei »Villa« nicht ganz zutrifft. »Weihnachtshölle« wäre deutlich passender. Das Haus ist derart mit Lichterketten umwickelt, dass Warnschilder angebracht wären: Vorsicht, dieses Haus kann epileptische Anfälle auslösen. Dazu vier, nein, sechs, ach was, acht blinkende Rentiere, übers Dach gepeitscht von einem puffrot leuchtenden Fettwanst, dem glitzernde Geschenkkartons vom Schlitten zu purzeln scheinen. Das kann Jesus nicht gewollt haben. Im verstörenden Lichtspektakel schlüpft der Kollege soeben in den weißen Ganzkörperanzug. Koslowski betrachtet schweigend das Weihnachtsinferno. Offenbar eine Tatortbegehung. Mit zwei Gärten zwischen ihnen bemerkt Koslowski Peer nicht. Immerhin bleibt ihm das Duell mit seinem ewigen Konkurrenten beim Nikolauslauf erspart. Die Erste hat heute Bereitschaft und Koslowski einen Fall. Doch Peer bleibt noch ein wenig Zeit bis zum Startschuss.

Der Uniformierte an der Terrassentür mustert erst Peers Nikolausmütze und dann seinen Dienstausweis: Peer Pedes, Kriminalkommissar. Genau wie Koslowski und die Kollegen, die sich im Wohnzimmer der Villa versammelt haben. Nussbaumesstisch mit zehn Lederstühlen, Couchlandschaft in der Arbeitgeberversion, im Regal das typische Bildungsbürgerbuchprogramm, aufgelockert von Sebastian Fitzek und Juli Zeh. Das bürgerliche Dekor versinkt allerdings in einem Glitzergewitter von gleich drei Weihnachtsbäumen. Früher war mehr Lametta? Von wegen.

Eher unweihnachtlich ragen durch die Flügeltür aus dem Eingangsbereich zwei Füße in karierten Pantoffeln, die offenbar dem Herrn des Hauses gehören, einem Grauhaarigen in roter Cordhose mit Bundfalte, peinlichem Elchpullover und nur einem intakten Auge. Im anderen steckt eine Christbaumspitze aus massivem Messing, so tief, dass auf der Blutlache unter seinem Kopf helle Inseln von Hirnmasse schwimmen. Frohes Fest.

»Ach nee, Kollege Pedes. Zertrampeln Sie mir nicht wieder den Tatort!«

Koslowski, der in seinem weißen Einweganzug einen angenehmen Kontrast zum überbordenden Gold, Rot und Glitzer bietet, hat sich auf leisen Überziehern genähert.

»Ich bin zufällig hier, der Nikolauslauf ist ja gleich in der Nachbarschaft. Dachte, ich könnte helfen. Zehn Augen sehen mehr als acht.«

Im selben Moment fällt Peer auf, dass das Zählen von Augen hier gerade vielleicht nicht so angebracht sein könnte.

»Wir kommen klar. Danke.«

Koslowski baut sich vor Peer auf, um ihm den Blick auf das Opfer zu nehmen, wo Herzog von der Spurensicherung den Griff der Christbaumspitze auf Fingerabdrücke untersucht. Auf dem Boden liegt die Verpackung der Mordwaffe. Das Opfer hat sie selbst mit zum Gemetzel gebracht. Wahrscheinlich stolz darauf, dass die neueste Ergänzung für sein Inferno so herrlich spitz ist. Aus dem Flur tönt ein Schluchzen.

»Die Ehefrau?«, fragt Peer.

Widerwillen bei Koslowski. Doch irgendwann hatten sie sich geschworen, kollegialer miteinander umzugehen. Und es ist ja auch bald Weihnachten.

»Sie war oben im Haus, als sie unten einen Streit gehört hat. Als sie runterkam, lag ihr Wolfgang schon tot unterm blinkenden Baum.«

»Die Dekoration allein wäre ein Mordmotiv.«

Ein Hauch von Schmunzeln bei Koslowski.

»Noch nicht lange her«, stellt Peer mehr fest, als dass er fragt.

»Vierzig Minuten.«

Schnelle Truppe, die Erste.

»Keine Fingerabdrücke«, meldet Herzog vom geölten italienischen Parkett. »Vermutlich Handschuhe.«

Mit weitem Armschwung komplimentiert Koslowski seinen Rivalen Richtung Terrassentür.

»Wie Sie sehen, haben wir zu tun.«

»Im Vorgarten der Nachbarin wurden die Rosenbeete zertrampelt. Vielleicht war da jemand auf der Flucht.«

»Schauen wir uns an.«

»Laufschuhspuren. Am Ende trifft man den Täter gleich beim Rennen.«

»Nur weil Sie einmal einen Mörder beim Rennen gefangen haben, wird nicht jedes Mal ein Killer mitlaufen. Ich muss dann jetzt mal …«

Koslowski deutet hinter sich, Richtung milchig roter Lache. Peer versteht. Er verlässt die Weihnachtshölle.

Auf dem schmalen Plattenweg, der neben den beiden Häusern die Straßen verbindet, schaut sich Peer genauer um. Zwischen den Rhododendren blinkt ein Rudel Weihnachtselfen. Ein Jägerzaun markiert die Grenze zum Garten des Opfers, hüfthoch allenfalls. Umso leichter ist es, von dem Weg über den Zaun in den Garten zu klettern. Und umgekehrt. Dazu passt eine weitere Spur im Schnee. Die Sohlenabdrücke scheinen identisch zu sein mit denen in den Rosenbeeten fünfzig Meter weiter. Der Läufer! Der Mörder? Peer zückt sein Handy und bewahrt alle verdächtigen Abdrücke vor möglichem Tauwetter. Keine Spur von der Gräfin. Zu gern hätte er Frau von Zitzewitz mitgeteilt, dass der berühmte Kommissar sich jetzt doch ihres Falles annimmt.

Peng! Start.

Peer war gerade noch rechtzeitig für einen kurzen Plausch mit dem humpelnden Leander da. Seit Peers altem Laufkumpel aufgrund übermäßigen Knorpelverschleißes ein künstliches Kniegelenk implantiert wurde, hat Leander sich auf die Organisation von Laufwettbewerben verlegt und stolziert nun als Rennleiter umher. So hat Peer erfahren, dass niemand seine Teilnahme kurzfristig abgesagt hat.

Der Nikolauslauf ist ein Spaßwettbewerb, wenn es so was für Läufer und Läuferinnen überhaupt gibt. Wer läuft, versteht keinen Spaß. Anfänger wackeln eine Runde um den Schlachtensee, gut fünf Kilometer. Peer absolviert natürlich das Maximum von vier Runden, Halbmarathon-Distanz, aber in Wirklichkeit viel mehr, weil Slalom gefordert ist. Langsame Läufer, Walker mit ihren albernen Prügeln sowie Spaziergänger mit Schlittenkindern, Hunden und deren Leinen bilden eine flexible Wand ekliger Hindernisse. Ein Trainingslauf also, um im Winter die Form zu halten und Marzipanhüften abzubauen. Auch wenn Peer wahrscheinlich der Schnellste im Feld ist, ordnet er sich ganz hinten ein. Er plant ein tückisches Spiel. Denn während der Normaloläufer immer langsamer wird, wird Peer kontinuierlich beschleunigen. Auf der letzten Runde fliegt er dann lässig an all den Gurken vorbei. Außerdem wird der Verdächtige zwangsläufig vor ihm laufen und dabei seine Spuren hinterlassen. Denn ja, Peer geht davon aus, dass der Wildpinkler/Mordverdächtige sich unter den Läufern befindet.

Während Peer als Letzter über die Zeitmessmatte trabt, zeigt Leander ihm den gereckten Daumen: Alle Transponder, mit denen die Laufzeit gemessen wird, haben die Startlinie überquert. Zweihundertdreiundzwanzig Männer sind laut Leander ins Rennen gegangen. Die sechsundachtzig Läuferinnen fallen als Verdächtige aus. Nicht, dass Peer einer Frau den beherzten Stoß mit einer Christbaumspitze nicht zutrauen würde. Nein, es ist die Schuhgröße. Peer taxiert den Abdruck auf etwa 46, eher selten bei den Sportkameradinnen.

Was bei den Spuren im Garten noch auffiel, war die Tiefe der Abdrücke. Peer mit seinen gut siebzig Kilogramm hatte seinen rechten Fuß direkt neben eine der Spuren im Rosenbeet gestellt. Sein Abdruck aber war deutlich weniger tief. Die laufenden Ermittlungen konzentrieren sich also auf einen kräftigen Kerl.

Nach wenigen Hundert Metern hat Peer den ersten Verdächtigen eingeholt, einen gemütlichen Bierbauch, der sich einen Rauschebart angeklebt hat. Peer grüßt von Nikolaus zu Nikolaus und rennt zügig weiter. Der Moppel trägt keine Laufschuhe, sondern rutschige Fake-Designerpuschen, die viel Ähnlichkeit mit Koslowski haben: kein Profil.

Kommissar Pedes hat die verdächtigen Abdrücke penibel analysiert und vier Auffälligkeiten entdeckt. Erstens: offenbar kein Schuh von einer der großen Marken. Denn die pressen ihr Logo meistens auch unter die Sohle. Zweitens: ein professioneller Winterlaufschuh mit ausgeprägtem Zackenprofil für besseren Halt in widrigem Geläuf. Drittens: Die Zacken sind auf der hinteren Außenseite abgelaufen, was auf einen Hackenläufer mit O-Bein-Neigung hindeutet, was dummerweise auf siebzig Prozent aller Laufenden zutrifft. Viertens: kein nagelneues Modell, wofür neben der abgelaufenen Außenseite auch ein Riss im vorderen Sohlenbereich des linken Schuhs spricht. Alleinstellungsmerkmal.

Zieht man alle kleinen Männer, alle großen Marken, die Frauen und Vorfußläufer ab, reduziert sich die Gruppe der potenziellen Täter rapide. Die ersten zwanzig, dreißig Überholten dienen Peer als Stichprobe: Etwa jeder Zehnte passt ins Täterprofil. Bleiben zwei Dutzend Verdächtige. Und ein Problem: Auf dem Weg rund um den See ist der Schnee längst weggetrampelt. Für Matsch ist es wiederum zu kalt. Wo noch Schneereste liegen, haben sich die Spuren vielfach überlagert. Für aussagekräftige Abdrücke muss Peer die Zielperson durch den tieferen Schnee am Wegrand locken. Freiwillig tritt dort kaum jemand auf. Alle suchen die Ideallinie oder haben Angst um ihr teures Schuhwerk.

»Ey, pass doch mal auf!«

»’tschuldigung, ’tschuldigung!«

Wahrscheinlich vermuten die ersten Läufer bei Peer eine Überdosis Eierlikör. Denn er rempelt, drängelt und schneidet rücksichtslos wie ein brunftiger Keiler durchs Feld. Immerhin tapsen die meisten Gerempelten für zwei, drei Schritte durch den Schnee am Wegesrand, was neben einer rapide wachsenden Unbeliebtheit auch zahllose Extrarunden für Peer zur Folge hat. Er muss den gewonnenen Abdruck ja noch analysieren.

»Bist du okay?«, fragt ihn eine junge Frau mit Ohrenwärmern.

»Ja, ja, alles gut.«

Peer hat bereits das halbe Feld durchgeschubst – ohne Treffer. Der Verdächtige läuft, wenn überhaupt, weiter vorne. Hoffentlich hat sich Peers rüpeliger Laufstil noch nicht bis zur Spitze vorgesprochen. Die Streckenposten beäugen ihn bereits kritisch.

Gut, dass Peer für einen Moment im Kreis von Frauen läuft. Da benimmt er sich natürlich. Peer genießt das Knirschen der Schritte am lang gezogenen Seeufer, die nur von leisem Hecheln gebrochene Stille, das zarte Knacken der Eisschollen, die entspannende Sauberkeit, die die eisigen Äste mit ihren weißen Blättern in einer ziemlich schmuddeligen Stadt verheißen. Peer läuft durch Wolken seines eigenen Atems. Wie erholsam, mal niemanden rempeln und nicht dauernd im Stop-and-go-Modus laufen zu müssen. Aber der Spitzenmörder wartet nicht, schon gar nicht auf laufende Ermittler. Peer atmet tief und fliegt vorbei an seinen Kurzzeit-Begleiterinnen.

Am Wendepunkt der ersten Runde, kurz vor den Dixi-Klos, hat Peer die nächste Gruppe gestellt. Aus dem Pulk ist eine Kette geworden. Profiler Peer hat einen weiteren Hünen mit unbekanntem Schuhmodell ins Auge gefasst. Eindeutig Hackenläufer mit O-Bein-Tendenz. Peer hängt sich an seine Fersen. Zur Spurensicherung muss der Mann mit dem Fleece-Stirnband an den Wegesrand gedrängt werden, wo noch Schnee liegt. Wieso läuft der Kerl so verbissen in der Mitte?

»Na, zum ersten Mal dabei? Hab dich hier noch nie gesehen.«

Peers Small Talk klingt nach billiger Anmache.

»Nee.«

Angestrengter Atem, starrer Blick nach vorn, klarer Fall von Kommunikationsverweigerung.

»Ich war bestimmt schon zehnmal dabei«, plaudert Peer. »Immer wieder schön, die Stille, die Winterlandschaft.«

Unauffällig zieht Peer leicht nach links. Bis zum Schnee ist es noch ein guter Meter.

»Still ruht der See«, blubbert Peer, während er seinen Arm einen ausladenden Kreis Richtung Ufer machen lässt.

Verstört flüchtet der Mann an den Wegrand. Nur noch zehn Zentimeter. Peer klebt sich wie ein Terrier an seine Seite, um jedes Ausweichen zu verhindern.

»Und hinterher ist ja auch immer gesellige Runde. Kommst du noch mit in die Fischerhütte?«

So müssen sich Frauen im Club fühlen.

»Äh, nee … lass mal … echt nicht.«

Immerhin stapft er ein paar Schritte durch den Schnee, bevor er panisch die Flucht nach vorn antritt. Peer lässt ihn ziehen, macht kehrt und begutachtet den Abdruck. Mist. Wieder eine Niete. Peer hat einen weiteren Unschuldigen verstört.

Bis zum Abschluss der ersten Runde hat Peer weitere drei Unschuldige in den Schnee getrieben. Dreißig, vierzig Läufer wetzen noch vor ihm, darunter vielleicht drei, die nach Peers Theorie infrage kommen. Zweifel nagen. Hat Koslowski vielleicht doch recht? Wer sagt eigentlich, dass an einem herrlichen Wintersonntag nicht auch ganz normale Jogger in Zehlendorf unterwegs sind, die nie die Absicht hatten, am Nikolauslauf teilzunehmen? Ist der Verdächtige nur eine Runde gelaufen? Oder auf halber Strecke ausgestiegen, ganz nah an der S-Bahn-Station, und hat sich längst in ein Land ohne Auslieferungsabkommen abgesetzt, während Peer seinen Ruf per Schlingerkurs ruiniert?

»Peer, das geht so nicht.«

Zu Beginn der zweiten Runde humpelt plötzlich Kniepatient Leander für ein paar Meter neben Peer her.

»Wolltest du nicht diskret ermitteln? Was ermittelst du überhaupt?«

Peer hat Leander vor dem Start mit ein paar bedeutsam klingenden Begriffen beeindruckt, Gefahr im Verzug, verdeckte Ermittlungen, so was, in Wirklichkeit aber vor allem keine Lust gehabt, am Ende als Volldepp dazustehen. Worauf er nun zielstrebig zuläuft.

»Ich kann dazu leider nichts sagen.«

Geheimnisvoll geben. Leander im Glauben lassen, dass der berühmte Kommissar einer ganz großen Sache auf der Spur ist, beim Nikolauslauf. Und nicht nur einem Wildpinkler oder schlicht einem Hirngespinst.

»Okay, aber … bitte dräng niemanden mehr ins Unterholz.«

Ins Unterholz, das findet Peer nun wirklich übertrieben. Nur weil einer der Verdächtigen auf der Flucht vor Peer ein paar Äste übersehen hat. Deswegen die Kopfwunde. Woher weiß Leander überhaupt schon von dem kleinen Zwischenfall? Peers Opfer müssten allesamt hinter ihm laufen. Wahrscheinlich hat einer der steif gefrorenen Streckenposten gepetzt.

»Keine weiteren Kollateralschäden«, verspricht Peer und lässt Humpel-Leander stehen.

Vielleicht ist es gar nicht schlecht, wenn Peer der Ruf des Psycholäufers vorauseilt. Auffallend viele Teilnehmer riskieren immer wieder einen Schulterblick, als fürchteten sie einen tückischen Angriff von hinten. Psycho-Peer – kein schlechter Kampfname. Dem Respekt ist es schließlich egal, woher er stammt. Über zwei, drei Kilometer überholt Peer nur kleine Läufer, solche, die Adidas, Brooks oder Nike tragen oder auf deutlich zu kleinen Füßen unterwegs sind. An der Spitze versammeln sich die teuren

Schuhe. Dafür ist das Tempo entsprechend. Zum ersten Mal stößt Peer in den vertrauten Bereich der schnellen, flachen Wettkampfatmung vor. Zweihundert Meter ohne jeden Kontrahenten – führt er etwa schon?

Endlich, kurz vor der Kehre, entdeckt er doch noch einen Mitläufer, baumlang, in zeitlos schickem, eng anliegendem Schwarz. Sauberer Stil, flottes Tempo, eben einer, der laufen kann. Eigentlich jemand, den Peer kennen müsste. Und einer, der die Ferse zuerst aufsetzt. Die Schuhe? Irgendeine Freakmarke, wahrscheinlich Kalifornien oder Asien. Hat Peer noch nie gesehen. Ebenfalls schwarz, und gut eingelaufen. Passt perfekt ins Profil. Vielleicht der letzte Kandidat. Peer beschleunigt. Noch zehn, zwölf Meter, da blickt der Kerl sich um. Dunkle Augen unter buschigen Brauen starren Peer an. Er erhöht das Tempo, nicht schlagartig, sondern behutsam, aber stetig, wie einer, der genau weiß, was im Finale zu tun ist. Er hält sein Tempo exakt so hoch, dass Peer den Abstand kaum verringern kann. Der Drecksack. Doch das höhere Tempo führt zu höheren Fersen. Was Peer zu sehen glaubt, verleiht ihm Flügel. Das Sohlenmuster könnte tatsächlich passen. Vielleicht rennt der Typ nicht nur schnell, weil er gewinnen will.

Jetzt den Turbo einschalten. Die Oberschenkel brennen. Mit weiten Sätzen holt Peer auf. Der Verdächtige kann nicht mehr zulegen. Peer rennt jetzt Schulter an Schulter mit dem potenziellen Mörder. Startnummer Hundertzwölf. Er schenkt Peer keinen Blick, sondern starrt stur nach vorne. Ein zähes Biest. Für Small Talk fehlt Peer die Luft. Was soll man auch sagen? Also Vollkontakt. Peer drückt seine Schulter an die von Hundertzwölf. Doch der Kerl ist wirklich fit und außerdem locker zwanzig Kilogramm massiger als Peer. Grimmig keuchend hält er dem Druck des Kommissars stand. Hundertzwölf stemmt sich gegen das Stemmen, und so laufen sie über zwanzig, dreißig Meter japsend Schulter an Schulter. Der Streckenposten an den Dixi-Klos tippt hektisch in sein Smartphone. Peer spürt, dass er den Richtigen bedrängt. Er gewinnt die Oberhand und schiebt den Verdächtigen aus der Ideallinie an den Wegrand.

»Was soll die Scheiße?«, brüllt sein Opfer plötzlich, stapft durch den frischen Schnee und gibt noch einmal Gas.

Peer lässt ihn ziehen, denn Hundertzwölf hat einen guten Abdruck hinterlassen. Peer ist zurückgeeilt, geht nun keuchend in die Hocke und erkennt sofort: Profil, Riss, Bingo! Das ist der Spitzenkiller. Nichts wie hinterher.

Hundertzwölf hat gut hundert Meter Vorsprung, aber Peer den zweiten Atem des laufenden Ermittlers. Dummerweise hat sich Hundertzwölf in eine Gruppe Schleicher geschoben, die nur mittraben, um überrundet zu werden, totes Holz, dessen Kernkompetenz darin besteht, im Weg zu sein. Hundertzwölf taucht ab im Pulk der abgekämpften Teletubbies. Peer holt auf. Ist es an der Zeit? Es ist an der Zeit!

»Halt! Stehen bleiben, Polizei!«

Mit letzter Kraft wenden die Läufer in der Zombiegruppe den Kopf und starren Peer aus leeren Augen an. Die wenigen mit Restsauerstoff im Hirn bilden eine Art Rettungsgasse. Hundertzwölf ragt wie ein Baum aus dem Moor. Er blickt sich ebenfalls um und macht den Scheibenwischer. So richtig schuldbewusst wirkt er nicht. Na warte, Sportsfreund, du wirst lernen, dem berühmten Kommissar Respekt zu erweisen. Peer sprintet jetzt, leicht, schnell und schön, ein dramatischer Kontrast zu den Trampeltieren ringsum. Hundertzwölf gibt sich nicht geschlagen und zwingt sich erneut in den Fluchtmodus. Doch hundert Kilogramm sind nicht beliebig von null auf hundert zu prügeln; irgendwann ist der Tank leer. Da kommt auch schon Peer angeflogen und setzt zu einem technisch einwandfreien Tackling an. Kopf runter, das Kinn möglichst außen neben ein Knie drücken und mit beiden Armen die Beine des Opfers fest zusammenhalten. Ein bisschen Schul-Rugby hat ja doch was für sich. Sie landen gemeinsam auf dem harten Waldboden, kullern durchs Unterholz, über Wurzeln und Äste, autsch, autsch, und bleiben erst auf dem kleinen Badestrand knapp vor den ersten Eisschollen liegen.

Während Peer leicht benommen nach seiner Marke sucht, schüttelt Hundertzwölf sich wie ein nasser Bernhardiner: »Sag mal, was stimmt mit dir nicht?«

»Peer Pedes, LKA.«

»Was?«

Noch immer außer Atem, zerzaust, mit geeisten Blättern, Schnee und Frostboden paniert, starren sich beide an, Hundertzwölf gleichermaßen wütend wie verwirrt. Stumm kauen die Teletubbies an ihren Energieriegeln, als erwarten sie, dass die Raufbolde schon bald die nächste Runde ihrer Seeschlacht zum Besten geben. Ein Streckenposten naht, hektisch in sein Handy stammelnd. Endlich hat Peer zwischen den Zwiebelschichten seinen Dienstausweis gefunden. Hundertzwölf mustert die Plastikkarte und schüttelt ungläubig den Kopf.

»Ihr Name?«

»Andreas Wichmann.«

»Auf welchem Weg sind Sie vorhin zum Lauf gekommen, Herr Wichmann?«, fragt Peer, während er sich aufrappelt und vorsichtig in seinen Körper spürt. Die linke Hüfte hat einen heftigen Stoß abbekommen; Peer spürt, wie das Hämatom mit jeder Sekunde wächst. Wichmann scheint unversehrt, aber er bleibt verdattert auf dem kalten Boden hocken. Die Wut ist gewichen, er sieht eher unsicher aus.

»Ähm, ich … keine Ahnung, wie die Straßen heißen. Aus Richtung Mexikoplatz.«

»Sind Sie an einem Haus mit auffallend üppiger Weihnachtsdekoration vorbeigekommen?«

Wichmanns Augen blinken plötzlich wie die Elfen in den Rhododendren.

»Ja, mit diesem riesigen Schlitten auf dem Dach. Ziemlich cool, was?«

Der Kerl scheint sich für derlei Weihnachtsinferno ernsthaft begeistern zu können. Damit scheidet das Motiv Leuchtschmuckhass schon mal aus.

»Ist Ihnen rund um das Haus irgendetwas aufgefallen?«

Wichmann guckt wie Rudolf das Rentier.

»Nein«, sagt er viel zu schnell. »Nein, gar nichts.«

Er steht auf, klopft sich den Schnee von der schwarzen Stretchmontur, hüpft plötzlich und schlägt sich die Arme rhythmisch um den Oberkörper. Klassische Übersprungshandlung, das verrät schon der schuldgeplagte Blick. Peer weiß: Der Mann hat etwas zu verbergen.

»Wo genau sind Sie entlanggegangen?«

»Na, da war ein Weg neben den Häusern.«

»Und den haben Sie nicht verlassen?«

»Nein!«

Glatte Lüge. Peer blickt Hundertzwölf durchdringend an.

»Und wie kommen dann die Abdrücke Ihrer Schuhe in den nächsten Vorgarten?«

Bämm!

Wichmann hüpft nicht mehr. Er sackt zusammen. Der magische Moment, ja, die Daseinsberechtigung aller Ermittelnden schlechthin. Der Täter weiß, dass es vorbei ist. Jetzt keinen weiteren Druck ausüben, sondern geduldig die Stille ihre unbarmherzige Arbeit verrichten lassen.

»Okay, es tut mir leid. Ich … ich wollte nicht, dass sie mich sieht.«

»Wer?«

»Die Verrückte!«

»Wer?«

»Na, die alte Frau. Um die geht's doch, oder? Die hat gezetert und geschimpft wie eine wild gewordene Krähe. Ich war mir sicher, die ist aus der Psychiatrie weggelaufen oder sonst wie gemeingefährlich … keine Ahnung. Wenn ich da geholfen hätte, das hätte doch ewig gedauert, und ich wäre zu spät zum Start gekommen. Es tut mir leid.«

Jetzt ist Peer verwirrt. Nach einem Geständnis klingt das nicht. Wovon redet der Mann? Meint er Frau von Zitzewitz?

»Könnten Sie vielleicht etwas präziser werden«, bittet Peer mit anschwellendem Bibbern. Sein Schweiß hat langsam den Gefrierpunkt erreicht.

»Na, diese ältere Dame. Schwarzer Mantel, Lederhandschuhe und teure Handtasche.«

»Und wie kommen Sie auf Psychiatrie?«

»Na, das Blut.«

Blut? Peer ist vollends irritiert.

»Die Frau hatte Blutspritzer im Gesicht, einmal quer rüber. Wie an Halloween. Sah echt fies aus. Und dazu dieses irre Gestammel, wie rücksichtslos die Menschen seien, alle. *Alle*. Hat sie immer wieder geschrien. Ich weiß, ich hätte ihr helfen sollen. Aber sie machte gar nicht den Eindruck, als ob sie verletzt sei … Ist sie okay? Kriegen Sie mich jetzt wegen unterlassener Hilfeleistung dran?«

Da staunen nicht nur die Teletubbies.

»Kommissar Pedes, das ist aber eine Überraschung.«

Frau von Zitzewitz schenkt Peer ein Gräfinnenlächeln, als sie die Tür zu ihrer Villa öffnet. Der Butler hat offenbar frei. Sie trägt ein cremefarbenes Cocktail-Kostüm, Dior oder Chanel, wie Peer vermutet, allerdings aus jener Zeit, als Audrey Hepburn den Führerschein machte. Nach zahllosen Besuchen in der Schnellreinigung ist der Stoff hier und da etwas blank gewetzt. Die feine Linie aus roten Punkten wurde noch nicht weggereinigt.

»Ja, Frau von Zitzewitz, entschuldigen Sie die Störung. Aber ich habe gute Nachrichten: Der Kerl, der Ihre Rosenbeete zertrampelt hat, ist gefasst.«

»Wirklich?«

Fünf Minuten später hockt Peer auf einer gusseisernen Bank auf der Terrasse der Villa und fröstelt schon wieder, obgleich ihm die Gastgeberin fürsorglich eine Kamelhaardecke untergelegt hat. Trotz Kälte hat er darauf bestanden, dass sie sich mit Blick auf das Weihnachtsinferno unterhalten. Frau von Zitzewitz reicht Kaffee im Rosenthal-Service.

»Danke, sehr nett von Ihnen.«

»Sehr gerne, Herr Kommissar.«

Peer hat bereits von seiner Jagd auf den Rosentrampler berichtet und zum Beweis ein Handy-Foto gezeigt, das er von dem reuigen Sünder machen durfte, bevor er ihn der Rennleitung übergeben hat. Frau von Zitzewitz hat den unerwarteten Triumph von Recht und Ordnung mit Genugtuung zur Kenntnis genommen. Langsam wird die alte Dame zutraulich. Mit klammen Fingern nimmt Peer noch einen Schluck und deutet mit der Tasse Richtung Lichtermeer, das trotz des tragischen Todes mit ungerührter Heiterkeit weiterblinkt.

»Was Ihr Nachbar da aufbietet, ist aber wirklich eine Zumutung, oder?«

Schlagartig verdüstert sich ihre Miene. Die Krähenstimme ist zurück.

»Eine Unverschämtheit. Seit drei Jahren wird mir dieses geschmacklose Schauspiel zugemutet. Rund um die Uhr das Blinken und Funkeln. Wir sind hier nicht auf dem Alexanderplatz.«

»Haben Sie sich denn bei Ihrem Nachbarn mal beschwert?«

»Ich rede doch nicht mit so einem taktlosen Rüpel.«

Klassischer Fall von Watzlawick: Die Frau frisst seit drei Jahren den Ärger in sich hinein. Und der Nachbar ahnt nicht mal, was im Haus nebenan los ist.

»Jedes Jahr wird es schlimmer. Und gestern kam dann diese Monstrosität dazu.«

Sie deutet auf den Schlitten auf dem Dach.

»Der ist neu?«

Sie nickt mit eisenhartem Blick.

»Ich habe kein Auge zugemacht. Das Ding blinkt direkt in mein Schlafzimmer.«

Sie schüttelt den Kopf, den Tränen nah. Peer weiß nun auch, was der Affektauslöser war.

»Aber heute sind Sie dann endlich mal rübergegangen und haben ihm die Meinung gesagt?«

»Das war überfällig«, zischt Frau von Zitzewitz.

Peer nickt mitfühlend.

»Kann es sein, dass das Gespräch ein wenig aus dem Ruder gelaufen ist?«

Sie hält seinem Blick stand. Schließlich nickt sie.

»Wie geht es ihm?«, fragt sie.

Peer wundert sich einmal mehr über die Macht der Verdrängung. Und die ungeahnten Kräfte einer alten Dame, wenn die Wut sie packt.

»Er hat es nicht überlebt.«

Ein Zucken im rechten Auge. Dann blickt sie zu Boden.

»Das wollte ich nicht«, flüstert sie.

»Ich weiß«, sagt Peer.

Schweigend trinkt er den letzten Schluck Kaffee, eiskalt. Aber feinste Röstung. Wahrscheinlich KaDeWe.

Gegenüber öffnet sich die Terrassentür. Koslowski atmet durch und schält sich aus dem Einmalanzug. Frau von Zitzewitz starrt verloren auf das Rosengestrüpp, das im Sommer prächtig blühen wird. Peer winkt hinüber zu Koslowski, der legt die Stirn in Falten. Warum hockt der Kollege draußen in der Eiseskälte? Peer nickt dezent Richtung Frau von Zitzewitz, dann zu Wolfgangs Weihnachtswohnzimmer und deutet mit dem Zeigefinger in sein rechtes Auge.

Koslowski kapiert sofort, wenn auch widerwillig. Er zückt sein Handy, umgehend vibriert es in Peers Laufjacke.

»Nicht Ihr Ernst!«

»Sie hat es gerade gestanden.«

»Nein!«

Peer ist aufgestanden, entfernt sich ein paar Schritte von Frau von Zitzewitz.

»Ich hab einen Zeugen. Und DNA auf dem Jackett der Dame.«

»Motiv?«

»Weihnachtsterror.«

»Pedes, Pedes. Manchmal sind Sie ja ein ganz Gewiefter!«

So etwas wie Anerkennung in der Stimme. Peer ist ausnahmsweise ganz der Meinung seines Kollegen. Und deswegen ist auch nicht Koslowski, sondern Peer der berühmte Kommissar.

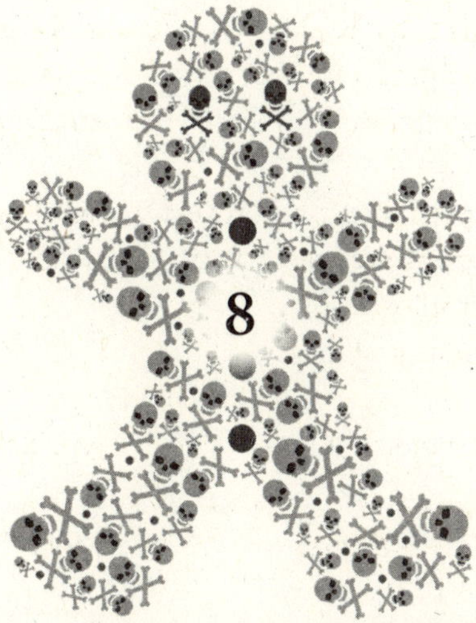

Carine Bernard

Der verschwundene Weihnachtsengel

Ratingen

Über die Autorin:

Carine Bernard wurde 1964 in Niederösterreich geboren und lebt in der Lüneburger Heide. Sie liebt das Reisen und erkundet Land und Leute am liebsten entlang kleiner Nebenstraßen mit dem Campingbus. Die Provence mit ihren malerischen Dörfern und der vorzüglichen Küche ist dabei schon seit Jahren ihr liebstes Ziel.

Die Tage vor Weihnachten sind die dunkelsten des Jahres, dachte Pfarrer Brauneis. Deshalb auch die vielen Lichterketten an den Häusern, um die Finsternis auszusperren. Weil niemand das sehen will, was wirklich dunkel ist.

Der Pfarrer schüttelte den Kopf über seine Gedanken, während er durch das hintere Törchen den Friedhof betrat. Es musste an der Jahreszeit liegen, denn eigentlich vertraute er doch im Großen und Ganzen auf seinen Herrgott, dass am Ende alles gut werden würde. Auch wenn er manchmal ein wenig nachhelfen musste.

Es war früh am Morgen, noch düster zwischen den Grabsteinen abseits des Weges. Unwillkürlich schritt er schneller aus. Doch halt – was war das? Die Silhouette, die er ein Stück voraus erahnte, gehörte eindeutig nicht hierher. Zögernd trat er näher.

Ein dunkel gekleideter Mann lag bäuchlings auf dem Weg, der Mantel verrutscht und aufgebauscht. Brauneis fasste ihn an der Schulter: rauer Filz, ein wenig feucht vom Morgentau. Ein Stöhnen – immerhin war noch Leben in ihm. Ein alter Mann mit einer Platzwunde auf der Stirn, Blut, das ihm in die Augen rann. »Wo bin ich? Was ist passiert?«

»Sie sind gestürzt«, sagte der Pfarrer. »Können Sie aufstehen?«

Der Mann kam hoch in eine halb sitzende Position, schwankte, zitterte am ganzen Leib. Brauneis hatte sein Telefon schon in der Hand und wählte die 112. »Ganz ruhig. Hilfe ist unterwegs.«

Der Alte sah sich um, als nähme er jetzt erst wahr, wo er sich befand. »Da war ein Mann.« Seine Hände fuhren an seine Brust, er hustete. »Eine Zuckerstange. Eine rot-weiße Zuckerstange. Er hat mich … geschlagen?«

Der Pfarrer starrte ihn verblüfft an. »Er hat Sie mit einer Zuckerstange geschlagen?«

Der Alte war offensichtlich verwirrt. Sie befanden sich am Gießkannenbrunnen, direkt neben dem kleinen Sockel, auf dem der steinerne Trog stand, und scheinbar war er bei seinem Sturz mit dem Kopf gegen die Kante geschlagen. Von wegen Zuckerstange.

Jetzt erst erkannte Brauneis, wen er vor sich hatte. Es war Viktor Wunstorf, früher ein treues Mitglied seiner Gemeinde. Der Blick des Pfarrers huschte zu einem Grabstein in der Nähe – Barbara Wunstorf hatten sie hier vor gut einem Jahr beerdigt. Und seither, wurde ihm bewusst, hatte er Wunstorf nicht mehr gesehen. Er verfluchte sich im Stillen. Es war seine Aufgabe, nachzuhorchen, ob jemand Beistand brauchte. Hier hatte er es nicht getan.

Aus einiger Entfernung war der Ton eines Martinshorns zu vernehmen. Er stand auf und legte dem alten Mann die Hand auf die Schulter. »Bleiben Sie sitzen. Ich bin gleich wieder da.« Dann ging er dem Krankenwagen entgegen.

Am nächsten Tag machte sich Pfarrer Brauneis auf zum Krankenhaus. Wiedergutmachen konnte er nicht, was er in den letzten Monaten versäumt hatte, doch nun fühlte er sich verantwortlich für den alten Mann.

Viktor Wunstorf sah heute deutlich besser aus. Sein Gesicht hatte wieder Farbe, ein Pflaster klebte auf seiner Stirn. Und er war nicht allein. Ein groß gewachsener Polizist war bei ihm, der sich beim Eintreten des Pfarrers erhob.

»Oberwachtmeister Blum«, stellte er sich vor. »Gut, dass Sie kommen, Herr Pfarrer. Ich hätte Sie sonst heute noch aufgesucht.«

»Die Polizei?« Brauneis war erstaunt. »Ich dachte, es war ein Unfall?«

»Herr Wunstorf hat mehrfach gesagt, er sei niedergeschlagen worden. Deshalb hat uns der Fahrer des Krankenwagens informiert.«

»Die Zuckerstange.« Der Pfarrer schüttelte den Kopf. »Ich dachte, er war verwirrt nach dem Sturz.«

»Da war ein Mann«, ließ sich Wunstorf vernehmen. »Ich stolpere doch nicht einfach so. Ich bin noch gut zu Fuß.«

»Natürlich, Herr Wunstorf.« Blum wechselte einen Blick mit Brauneis. »Würden Sie uns einfach erzählen, was passiert ist?«

Der Pfarrer zog sich einen Stuhl heran.

»Ich wollte das Grab meiner Frau besuchen«, begann der alte Mann. »Wissen Sie, ich rede ja ständig mit ihr. Aber wenn ich an ihrem Grab bin … Ich glaube, da hört sie mir auch zu.«

Brauneis nickte. Ein Anker war wichtig. Ob der nun in einer Kirche war, vor einem Bild oder an einem Grabstein mit dem Namen eines geliebten Menschen darauf, darüber stand niemandem ein Urteil zu.

»Meistens bringe ich ihr etwas mit. Gerade jetzt, zu Weihnachten. Vor zwei Wochen war es ein Porzellanengel, den habe ich vor Jahren mal für sie gekauft. Sie liebte solche Dinge, wissen Sie. Und letzte Woche war der auf einmal nicht mehr da. Gestohlen, von einem Grab. So etwas macht man doch nicht.« Er schnaufte empört. »Aber ich hatte großes Glück. Ein paar Tage später war ich auf dem Weihnachtsmarkt, und da stand ein junger Mann, der verkaufte allen möglichen Kitsch und Tand. Und der hatte genau so einen Engel. Ich habe mich so gefreut! Natürlich habe ich ihn gekauft und ihn ihr gleich am nächsten Tag gebracht. Es ist ein wirklich schöner Engel, ganz in Grün und Gold.« Angestrengt holte er Atem. »Doch stellen Sie sich vor, gestern Morgen war er schon wieder weg. Ich bin dann auch gar nicht lange geblieben. Wollte gleich zum Weihnachtsmarkt und schauen, ob der junge Mann noch so einen hat. Aber als ich mich umdrehte, war auf einmal ein Mann hinter mir, und alles, woran ich mich erinnern kann, ist etwas rot-weiß Gestreiftes. Wie eine Zuckerstange.«

»Können Sie den Mann beschreiben?«, fragte Blum.

Der alte Mann schüttelte den Kopf. »Es war doch noch dunkel. Ich habe nur dieses rot-weiße Ding gesehen, an das kann ich mich genau erinnern.« Er verzog das Gesicht. »Ich weiß schon, dass das keine Zuckerstange war. Aber es sah genau so aus. Rot und weiß.«

Blum sah den Pfarrer an. »Haben Sie jemanden gesehen?«

»Nein.« Brauneis schüttelte den Kopf. »Da war niemand. Aber ich bin durch den hinteren Eingang gekommen. Wenn jemand vorne raus ist, hätte ich ihn vermutlich nicht bemerkt.«

»Das ist schade.« Blum stand auf.

Der Pfarrer erhob sich ebenfalls und senkte die Stimme. »Glauben Sie wirklich, dass da jemand war?« Er sah zu dem alten Mann hinüber, dessen Augen inzwischen geschlossen waren.

»Wir hatten in letzter Zeit vermehrt Anzeigen von Diebstählen auf Friedhöfen«, antwortete Blum ebenso leise. »Dieser Engel ist kein Einzelfall, sogar Blumenschmuck wird gestohlen. Es kann also sein, dass Herr Wunstorf wirklich einen Dieb überrascht hat.«

»Hier, bei uns, in Ratingen?«

Blum nickte ernst. »Wir vermuten eine organisierte Bande, die das Diebesgut dann auf Flohmärkten oder bei eBay verkauft.«

»Verstehe.« In Wahrheit verstand Brauneis gar nichts. Wie konnte man nur die Ruhe der Toten auf diese Weise stören?

Blum verabschiedete sich, und Brauneis blieb unschlüssig stehen.

In diesem Moment flog schwungvoll die Tür auf, Herr Wunstorf riss erschrocken die Augen auf. Ein Mann betrat das Zimmer. Er wirkte energisch, mochte um die fünfzig sein, trug einen kurzen Mantel und Straßenschuhe, die nicht so recht zu dem Schmuddelwetter passen wollten.

»Vater! Was machst du für Sachen?« Der Besucher küsste den alten Mann auf die Wange. Und mit einem Blick auf den Pfarrer: »Geht es dir so schlecht, dass du geistlichen Beistand brauchst?«

Viktor Wunstorf schien angesichts von so viel Energie noch kleiner zu werden. »Grüß dich, Karl.«

Der Sohn zog sich den Stuhl heran, von dem Oberwachtmeister Blum gerade aufgestanden war. »Ich habe draußen den Polizisten getroffen«, begann er. »Du glaubst, du wärst niedergeschlagen worden?«

Der Alte nickte schwach. »Da war ein Mann.« Seine Hände flatterten. »Er hat mich geschlagen!«

»Deine Platzwunde kommt nicht von einem Schlag.« Der Tonfall ließ keinen Widerspruch zu. »Ich habe vorhin mit dem Arzt telefoniert. Du bist gestürzt und mit dem Kopf gegen eine Kante geknallt. Das kommt davon, dass du immer allein unterwegs bist.« Erneut ein Blick zum Pfarrer. Die Bitte um Schützenhilfe? »Ich habe heute Morgen mit Haus Salem telefoniert. Zufälligerweise ist gerade ein Platz frei geworden. Ein schönes Zimmer, wo jemand ein Auge auf dich hat.«

Wunstorf schüttelte den Kopf. »Ich will nicht ins Heim.« Mit überraschender Vehemenz. »Ich komme doch zurecht.«

Der Sohn legte in einer Geste der Sorge die Hand auf die Schulter des Vaters. »Stell dir vor, das wäre zu Hause passiert. Du hättest da tagelang gelegen, bis man dich …«

»Unsinn«, unterbrach ihn der alte Mann. »Jeden Tag kommt jemand, der mir Essen bringt.«

»Die stellen dir das Essen nur vor die Tür. Wer weiß, wann es jemandem auffällt, wenn du hilflos drinnen liegst.«

»Ich will das nicht.« Wunstorfs Stimme war fest. »Ich will in meinem Haus bleiben. All meine Sachen und die deiner Mutter …«

»Mutter ist tot«, unterbrach ihn sein Sohn. »Sie liegt auf dem Friedhof, und all die Dinge, die du aufbewahrst, braucht sie nicht mehr.«

»Aber ich brauche sie.« Der alte Mann sah den Sohn flehentlich an. »Das sind Erinnerungen. Ich habe doch sonst nichts mehr.«

Der Sohn wischte die Worte mit einer Handbewegung weg. Und irgendwie hatte er sogar recht: Wunstorf war deutlich über achtzig, er sollte wirklich nicht alleine leben. Aber Brauneis kannte auch die Zimmer im Altenheim: zweckmäßig und eher unpersönlich. Und die Erinnerungen eines ganzen Lebens – der Vernunft geopfert. Kein Wunder, dass es den Leuten im Heim oft schlechter ging als zuvor.

»Du könntest sofort einziehen«, fuhr der Sohn fort. »Ich kümmere mich um alles. Du wirst sehen, das wird sehr schön.«

»Nein.« Der alte Mann versuchte, sich im Bett aufzurichten. Der Sohn hatte die Hand noch immer auf seiner Schulter und drückte ihn zurück. »Sei vernünftig, Vater. Du kommst allein nicht mehr zurecht. Und wenn wir das Haus verkaufen …«

»Darum also geht es dir. Kannst du nicht warten, bis ich unter der Erde bin?«

»Du wolltest keinen Pflegedienst. Aber nun brauchst du Hilfe, sieh das doch ein. Das Haus …«

»Kommt nicht infrage.« Der alte Mann drehte den Kopf zur Seite und schloss die Augen. Die Wunde auf seiner Stirn hatte wieder zu bluten begonnen. »Und jetzt geh. Ich bin müde und habe Kopfschmerzen.«

Der Pfarrer stand auf. »Ihr Vater braucht Ruhe. Es ist nicht gut, so eine Entscheidung überstürzt zu treffen.«

»Überstürzt.« Der Sohn erhob sich ebenfalls. »Seit dem Tod meiner Mutter liege ich ihm in den Ohren, dass wir uns um eine Betreuung kümmern müssen. Aber er will keine fremden Menschen, die zu ihm ins Haus kommen. Und weg will er auch nicht. Sie haben es ja gehört.« Er hob hilflos die Schultern. »Ich will doch nur das Beste.«

Brauneis nickte. Natürlich wollte der Mann das. Nur ob das auch das Beste für seinen Vater war?

Am nächsten Tag hatte der Pfarrer etwas in der Stadt zu erledigen und fand sich auf einmal zwischen den Buden des Weihnachtsmarktes wieder. Wie immer waren die größten Stände die für Glühwein und Bratwurst, die Kunsthandwerker logierten in kleinen Hütten ein wenig abseits des Gedränges um die dampfenden Becher. Ganz am Rand entdeckte Brauneis einen Verkaufsstand, der Figuren und Figürchen aus Keramik feilbot: Herzen, Hunde, Katzen, Vögelchen und Engel, manche bunt bemalt, andere schlicht weiß, sichtlich nicht neu oder vielleicht auch künstlich auf alt gemacht. Ein junger Mann stand hinter dem Tresen, dick vermummt in einer unförmigen Jacke und einem rot-weiß gestreiften Schal. Es war wieder kälter geworden, und der Pfarrer beneidete ihn nicht. Ein junger Mann hatte kurz vor Weihnachten bestimmt Besseres zu tun, als sich hier die Beine in den Bauch zu stehen.

»Herr Pfarrer, vielleicht ein Engel für Ihre Weihnachtskrippe?«

Notgedrungen blieb Brauneis stehen. »Unsere Krippenfiguren sind aus Holz und über einen Meter groß«, erwiderte er. »Ich glaube nicht, dass Sie etwas haben, das passt.«

Trotzdem trat er näher und musterte den Engel, den ihm der junge Mann entgegenstreckte. Eine kleine Figur in Grün und Gold, die Hände gefaltet, die Flügel gespreizt. Er stutzte. Als Wunstorf gestern den Engel erwähnte – war er nicht exakt so vor seinem inneren Auge entstanden? Natürlich, in den letzten Wochen war er öfter auf dem Friedhof gewesen. Und hatte am Grab von Barbara Wunstorf womöglich wirklich genau dieses Figürchen wahrgenommen. Er holte schnaufend Luft. Auf einmal war er ganz sicher: Dieser junge Mann hatte etwas mit Herrn Wunstorfs Unfall zu tun.

»Woher hast du diesen Engel?«, fragte er streng.

Der Junge erstarrte. Der rot-weiße Schal verdeckte die untere Hälfte seines Gesichts, doch der Pfarrer sah, wie sich die Augen erschrocken weiteten.

»Du hast kein Recht, diese Dinge zu verkaufen.«

»Aber ich …« Der junge Mann stockte. »Woher wissen Sie …«

»Woher ich das weiß?« Brauneis wurde wütend. »Ich habe den Mann gefunden, den du niedergeschlagen hast«, schimpfte er. »Und du kannst dem lieben Gott danken dafür, sonst würde dir jetzt Schlimmeres …« Er unterbrach sich, als eine hochgewachsene, uniformierte Gestalt an seine Seite trat. »Oberwachtmeister Blum, Sie kommen wie gerufen!« Anklagend wies er auf den Jungen, der immer kleiner wurde unter seinem rot-weißen Schal. »Hier ist Ihr Dieb. Sehen Sie, das ist der Engel von Herrn Wunstorf. Ich erkenne ihn wieder, ich habe ihn auf dem Grab seiner Frau gesehen. Das kann kein Zufall sein.«

Triumphierend blickte der Pfarrer den Polizisten an. Und war stolz, so stolz. Auf seine Beobachtungsgabe, sein Kombinationsgeschick. Auf vierzig Jahre Erfahrung aus unzähligen Kriminalromanen.

Der Junge stand wie ein begossener Pudel da.

»Woher stammen diese Sachen?«, fragte Blum.

Kitsch und Tand hatte Wunstorf sie genannt, und das traf es genau. Einige der Figuren waren vergilbt vom Alter oder hatten Macken in der Glasur, andere wirkten wie frisch aus dem Laden. So wie er sie auf den Friedhöfen mitgenommen hatte. Denn wäre es anders, würde der Junge doch antworten, oder nicht?

»Sie kommen am besten mit aufs Revier«, sagte Blum mit befehlsgewohnter Stimme.

Der Junge sah sich hektisch um, als wollte er fliehen, dann resignierte er. »Sagen Sie bitte nichts meiner Tante. Sie würde mir das nie verzeihen.«

Blums Augenbrauen gingen in die Höhe. »Wir werden sehen.«

Brauneis sah den beiden hinterher, dann auf den verlassenen Verkaufstisch. Der Junge hatte den Weihnachtsengel wieder zurückgestellt, der Pfarrer nahm ihn in die Hand. Nachdenklich musterte er die kleine Figur. Ob er …? Ja. Mit nur mäßig schlechtem Gewissen schob er den Engel in die Tasche. Er gehörte Herrn Wunstorf, er hatte ihn schon zwei Mal bezahlt. Nun sollte er ihn wiederbekommen.

Am selben Nachmittag suchte Pfarrer Brauneis Herrn Wunstorf zu Hause auf. Der alte Mann war gerührt. »Dass Sie mir den Engel wiedergebracht haben, vergesse ich Ihnen nie.« Er drehte die Figur zwischen seinen knotigen Fingern. »Meine Frau hat ihn geliebt. Eigentlich gehört er auf einen Weihnachtsbaum, aber sie hatte Angst, dass er abstürzt. ›Er soll kein gefallener Engel werden‹, hat sie immer gesagt. Ach, ich vermisse sie so sehr.« Ein Schluchzen entrang sich seiner Kehle. »Ich kann doch nicht weg von ihr.«

Vorsichtig entwand Brauneis dem alten Mann den Engel und reichte ihm ein Papiertaschentuch. »Glauben Sie nicht, dass sie immer bei Ihnen ist, egal wo Sie sind?«

»Natürlich ist sie das. Aber hier ist ihr Zuhause, und ich kann sie nicht allein lassen.« Die letzten Worte waren so leise, dass sie kaum zu verstehen waren.

Dem Pfarrer lag es fern, das beiläufig abzutun. Wenn Herr Wunstorf so empfand, dann war das für ihn so. Schufen wir uns denn nicht alle unsere eigene Realität? Und auch wenn sie nur aus unseren Wünschen, unseren Hoffnungen bestand – wer war er, ein Urteil zu fällen, wenn es doch um *Glauben* ging?

Der kleine Engel hatte sich erwärmt in seiner Hand. Er drehte ihn herum und betrachtete die hohle Unterseite. Auf einmal stutzte er. Rückte seine Brille zurecht, schmunzelte. »Der stammt ja noch aus D-Mark-Zeiten.«

Herr Wunstorf nickte. »Ich habe ihn vor vielen Jahren in einem kleinen Laden in der Oberstraße gekauft. Religiöser Kitsch und Glückwunschkarten. Wir kannten die Besitzer, mit Wolfgang

Kern bin ich zur Schule gegangen. Aber als er vor einigen Jahren starb, hat Elfriede das Geschäft aufgegeben, und nach dem Tod meiner Frau haben wir uns aus den Augen verloren.« Er hob den Kopf. »Woher wissen Sie das?«

»Da klebt noch das Preisschild«, antwortete Brauneis und deutete auf das kleine Etikett. »Er hat 25 Mark gekostet.«

»Dann ist das nicht mein Engel«, erwiderte Wunstorf bestimmt. »Ich schenke meiner Frau doch nichts mit einem Preisschild dran.«

»Aber das ist doch gar nicht der alte Engel«, widersprach der Pfarrer. »Den haben Sie bei dem Jungen auf dem Markt ...« Er verstummte, runzelte die Stirn. »Moment. Wenn das nicht ...«

»Haben Sie mir nicht gerade erzählt, dass der junge Mann den Engel gestohlen hat? Und ich meinen eigenen Engel zurückgekauft habe? Das kann nicht dieser Engel gewesen sein. Meiner hatte nämlich kein Preisschild. Das weiß ich ganz genau.«

Die Gedanken des Pfarrers rotierten. Gab es zwei verschiedene Engel? Den alten von Frau Wunstorf, gekauft vor über zwanzig Jahren, und einen, nein, sogar zwei weitere vom Marktstand dieses Jungen? Der dann den Engel gar nicht gestohlen hätte. Aber wieso hatte er das nicht gesagt?

Brauneis erhob sich. »Ich glaube, ich muss ein paar Nachforschungen anstellen«, sagte er. »Ich besuche Sie bald wieder. Und passen Sie gut auf diesen Engel auf.«

Frau Kern wohnte immer noch in der Oberstraße, über dem ehemaligen Laden, in dem sich inzwischen ein Handyshop befand. Brauneis drückte auf den altmodischen Klingelknopf und nannte seinen Namen. Es summte, er drückte die Tür auf und trat ein. Eine nackte Glühbirne beleuchtete abgetretene Stufen. Im ersten Stock war die einzige Tür nur angelehnt, er schob sie auf. Eine heisere Stimme erklang.

»Kommen Sie herein, Herr Pfarrer. Hat Sie mein Neffe geschickt? So krank bin ich doch gar nicht, dass ich schon Ihre Dienste benötige.« Das Lachen endete in trockenem Husten.

Sie lag auf dem Sofa, ein dickes Kissen im Rücken, eine Steppdecke bis zum Kinn gezogen. Graubraune Locken, müde Augen, der munteren Stimme zum Trotz. Im Zimmer war es kalt, Eisblumen blühten im Fenster.

»Guten Tag, Frau Kern«, begrüßte er sie. »Nein, niemand hat mich geschickt. Was fehlt Ihnen denn?«

Sie holte Luft, hustete erneut, presste ein Tuch an die Lippen. »Eine Bronchitis, sagt der Arzt. Nichts Schlimmes, aber sie wird und wird nicht besser.«

Kein Wunder, dachte der Pfarrer, bei der beißenden Kälte im Zimmer. Das waren höchstens zwölf Grad. »Wieso ist es hier denn so kalt? Ist Ihre Heizung ausgefallen?«

Sie nickte. »Schon vor drei Wochen. Der Installateur war da, ich brauche eine neue Therme. Die kann ich mir aber nicht leisten.«

»Ist das denn nicht Sache des Vermieters?« Brauneis sah sie fragend an.

»Das Haus gehört mir«, antwortete sie. »Besser gesagt, der Bank. Der Laden unten ist vermietet, das reicht gerade so eben für die Zinsen. Von meiner kleinen Rente könnte ich mir eine Wohnung in der Stadt sonst gar nicht leisten.«

Der Pfarrer sah sich um. »Aber hier in der Kälte werden Sie nicht gesund. Können Sie nicht wenigstens einen Heizlüfter aufstellen?«

»Die Leitungen sind zu alt.« Sie winkte ab. »Machen Sie sich bitte keine Sorgen. Mein Neffe kümmert sich um mich. Und er hat jetzt einen Job. Nach Weihnachten können wir die Heizung reparieren lassen. Bis dahin muss ich das einfach aushalten.«

»Wissen Sie, was Ihr Neffe genau macht?«

»Aber ja.« Sie strahlte. »Er hilft auf dem Weihnachtsmarkt aus. Ich hätte nie gedacht, dass das so gut bezahlt wird.«

»Frau Kern, er hilft da nicht aus, er hat einen eigenen Verkaufsstand.«

»Ach, wirklich?« Sie sah ihn überrascht an. »Was verkauft er denn?«

»Religiösen Kitsch und Tand«, wiederholte Brauneis die Worte von Herrn Wunstorf. »Vermutlich Stücke aus Ihrem alten Laden, kann das sein?«

Frau Kern riss erschrocken die Augen auf. »Das darf er nicht! Das ist doch alles, was mir von meinem Mann geblieben ist.« Erneut schüttelte sie ein Hustenanfall.

Der Pfarrer reichte ihr ein frisches Taschentuch. »Vermutlich dachte er, dass Sie das Geld für die Heizung dringender benötigen als diese alten Figuren.«

»Er weiß, dass er das nicht darf. Er kann alles von mir haben, aber nicht das.«

Brauneis sah sie mitfühlend an. »Frau Kern, Ihr Neffe wurde verhaftet. Er steht in Verdacht, die Gegenstände, die er verkauft, gestohlen zu haben.«

»Was sagen Sie da?« Erschrocken richtete sie sich auf. »Er ist doch kein Dieb!«

»Das liegt jetzt bei Ihnen, Frau Kern«, erwiderte der Pfarrer. »Wenn Sie sagen, dass er die Sachen mit Ihrer Erlaubnis verkauft hat, wird ihm nichts passieren.«

Sie schloss die Augen, sie waren tränennass. »Ich habe doch sonst nichts mehr.«

Brauneis sah sich in dem kargen Raum um. Die Möbel waren abgewohnt, das Sofa nicht mehr neu. Vor dem inneren Auge des Pfarrers tauchte ein anderes Bild auf: gediegene Möbel, schwere Vorhänge, altersdunkles Parkett: das Wohnzimmer der Wunstorfs. Und auf einmal hatte er eine Idee.

Der Pfarrer war kein Mann der Tat, sondern ein Mann des Wortes, wie er gern betonte. Und es bedurfte gar nicht vieler Worte, Herrn Wunstorf zu überreden, Frau Kern zu Kaffee und Kuchen einzuladen, sobald es ihr ein wenig besser ging. Bedeutend mehr Worte kostete es, den beiden klarzumachen, dass sie dieser Weihnachtsengel nicht zufällig zusammengeführt hatte. Herr Wunstorf brauchte jemanden im Haus, der nach ihm sah, und Frau Kern benötigte ein Dach über dem Kopf mit Fenstern, durch die nicht der eisige Wind des Winters pfiff.

Das war der schwierigere Part: Ihrem Neffen hatte sie zwar verziehen, aber sie zu überreden, das Haus in der Oberstraße aufzugeben, war ähnlich schwierig, wie Herrn Wunstorf davon zu überzeugen, dass seine Frau das bestimmt so gewollt hätte. Den Ausschlag gab schließlich Karl Wunstorf, der seinen Vater vor die Wahl stellte: entweder Frau Kern oder das Heim. Und Jonas Kern, der seiner Tante klipp und klar sagte, dass er kein Interesse an einem geerbten Haus in der Ratinger Innenstadt hatte, sondern lieber seine Tante noch ein wenig behalten wollte.

So war am Ende eine Lösung gefunden, die allen half. Und es funktionierte auch nur, weil die Wunstorfs und die Kerns einmal befreundet gewesen waren – für Herrn Wunstorf war Frau Kern keine Fremde. Die wiederum hatte nicht das Gefühl, ihren Wolfgang zu verraten, wenn sie bei seinem Schulfreund wohnte, der Hilfe brauchte. Da war etwas, das die beiden verband.

Der Pfarrer konnte jedenfalls zufrieden sein. Bis auf die Sache mit den Diebstählen, die ging ihm nicht aus dem Kopf. Wer tat so etwas, wer bestahl die Toten?

So gewöhnte sich Pfarrer Brauneis an, wann immer er Zeit fand, über den Friedhof zu gehen. Aufmerksam zu beobachten, wer da kam und ging. Doch der Grabschmuck blieb unberührt, als ob auch hier das Weihnachtsgeschäft vorbei war.

In den Tagen zwischen den Jahren war es regnerisch und trüb. Passend zur letzten Beerdigung des Jahres, ging dem Pfarrer durch den Kopf, als er im letzten Licht des Tages über den Friedhof ging. Das neue Grab war über und über mit Blumen und Kränzen geschmückt, der Tote war ein beliebter Mann gewesen. Er stellte den Kragen seiner Jacke hoch und beschleunigte seinen Schritt.

Doch halt – was war das? Im Schatten einer knorrigen Eibe blieb er stehen. Zwei Menschen waren an dem frischen Grab zugange, ganz offensichtlich keine Trauergäste. Sie hatten eine Schubkarre dabei und luden Blumen und Kränze ein. Die kleinere Gestalt balancierte gleichzeitig einen Regenschirm, die größere hörte Brauneis unterdrückt fluchen. Ein Regenschirm?

Der Pfarrer sah genauer hin. Der Schirm war groß, bespannt mit rotem und weißem Stoff. Zusammengerollt sah so ein Schirm ein bisschen wie eine Zuckerstange aus. Und man konnte damit auch einen alten Mann bedrohen, der einem in die Quere kam, ihn anrempeln gar, sodass er dann stolperte und fiel.

Brauneis folgte dem Pärchen mit vorsichtigem Abstand zum Ausgang, aber die beiden schauten sich kein einziges Mal um. Am Tor blieb er stehen und sah zu, wie sie die Blumen in einen kleinen Transporter luden. Sorgfältig notierte er das Kennzeichen, und als der Wagen abfuhr, rief er Oberwachtmeister Blum an.

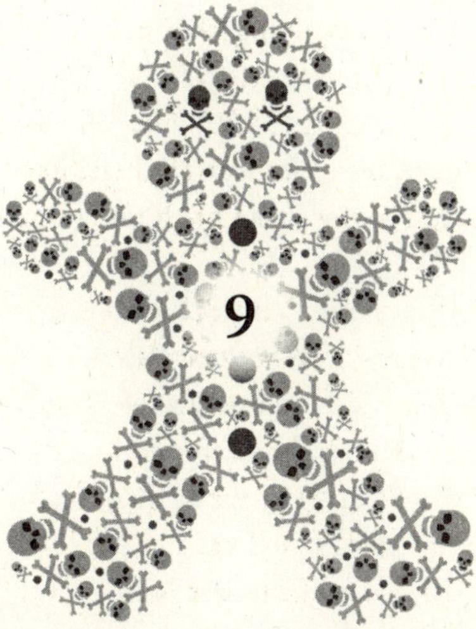

Kerstin Rubel

Erleuchtete Weihnachten

Köln

Über die Autorin:

Kerstin Rubel (Jahrgang 1974), die auch unter dem Pseudonym Mette Thansen schreibt, veröffentlichte im Droemer Knaur Verlag bislang zwei Romane. Die Autorin absolvierte an der Universität zu Köln ein geisteswissenschaftliches Studium und an der Westdeutschen Akademie für Kommunikation eine PR-Ausbildung. Nach einigen Jahren als freie Journalistin gründete sie eine PR-Agentur, die sie zehn Jahre lang führte. Dann verließ sie Köln, zog ins Sauerland und baute eine ehemalige Scheune zu ihrem heutigen Redaktionsbüro aus. Hier entwickelt und produziert sie mit ihrem Team Bücher, Zeitschriften und Online-Magazine für Stiftungen, Verbände und Unternehmen.

Köln

Wenn das mit der großen Liebe schon nicht geklappt hat, dann doch bitte mit der Erleuchtung«, Britta rückte ihre neongelbe Wollmütze mit beiden Händen zurecht, dann beugte sie sich zu Isabelle hinunter. »Echt jetzt!«

Auffordernd blickte Britta in das skeptische Gesicht ihrer deutlich kleineren Freundin, hakte sich bei ihr unter und zog sie mit ausladenden Schritten davon, so, als könne es ihr gar nicht schnell genug gehen. Mit der Erleuchtung oder so.

»Ich meine, was soll noch groß kommen? Alles, was uns einst so großartig erschien – eigene Familie, toller Job, Eigentumswohnung –, habe ich durch. Ich frage mich wirklich: Kommt da noch was? Also, mehr als das neueste Restaurant im Veedel oder die große Frage, ob es in den Sommerferien wieder nach Sizilien geht oder diesmal nach Dänemark.« Britta atmete mit einem Stoßseufzer aus. »Ich habe das Gefühl, die immer gleiche Party schon zigmal gefeiert zu haben. Ich bin durch damit. Vor allem mit Weihnachten bin ich durch. Echt jetzt.«

Britta und Isabelle bogen um die nächste Hausecke, erreichten die Münstereifeler Straße und blickten auf die ersten Bäume des Beethovenparks. Sie waren zu ihrem routinemäßigen Spaziergang aufgebrochen, einer Verabredung, zu der sie es meist einmal in der Woche schafften. *Britta und Isabelle* – das war eine feststehende Konstante in ihrem gemeinsamen Bekanntenkreis, eine Freundschaft wie gemacht für die guten und die schlechten Tage des Lebens. Vor zwei Jahrzehnten, als junge Mütter, hatten sie sich bei einem Yoga-Kind-Wochenende in der Eifel kennengelernt. Da beide in Köln lebten, konnte sich ihre sofortige Sympathie zu einer Art Lebensgemeinschaft auswachsen: Zusammen zogen sie ihre Kinder groß, zusammen fuhren sie in den Urlaub, und zusammen feierten sie Weihnachten. Bis jetzt jedenfalls.

»Du willst über die Feiertage also ernsthaft an diesem Meditations-Retreat teilnehmen?« Isabelle musterte ihre Freundin kritisch.

»Unbedingt!«

Isabelles Blick fiel hinunter auf die Achtzigerjahre-Gehwegplatten, auf das schmutzig grüne Moos, das in seinen Spalten wucherte. *Mist,* dachte sie und kickte einen Moosklumpen davon. *Fröhliche Weihnachten kann ich mir definitiv von der Backe putzen.*

Erst gestern hatte ihr ihr Sohn eröffnet, dass er bei den Eltern seiner Freundin feiern würde. Zum ersten Mal. Da diese in Kiel lebten, zu weit weg für Weihnachts-Hopping, würde sie ihn Weihnachten nicht zu sehen bekommen. *Die letzten Jahre waren wir immer bei euch,* hatte er sich verteidigt. Und recht gehabt.

Bis soeben hatte Isabelle also ganz auf Britta gesetzt. *Wenn sie auch noch fehlt,* ihre Gedanken verdüsterten sich, *sitze ich mit Robert allein da. Ein in die Jahre gekommenes Ehepaar, das die Weihnachtstage totschlägt. Schrecklich.*

»Weißt du, Erleuchtung kann eigentlich jeder«, Britta unterbrach den Gedankenstrom ihrer Freundin. »Man muss da gar nicht so ein großes Ding draus machen. Entscheidend ist, dass du den richtigen Meditationslehrer findest. Dann fluppt das auch.«

»Lehrer oder Lehrerin?«, Isabelle horchte auf. Ihre Freundin war seit ihrer Scheidung »allein aus Überzeugung« – aber es gab zuweilen Unterbrechungen.

»Grundsätzlich egal«, Britta ließ sich nicht von ihrem Kurs abbringen, »in meinem Falle heißt er Florian Frings.«

»Das klingt aber *sehr* rheinisch. Sagtest du nicht, du willst verreisen?«

»Genau, das Retreat findet im Schwarzwald statt«, ein Lächeln glitt über ihre Wangen, »wenn ich Glück habe, schneit es da sogar.«

»Hm, schön«, musste Isabelle zugestehen, und zu der Enttäuschung, die sich längst in ihrer Magengrube festgebissen hatte, gesellte sich eine fiese Prise Neid. Nicht, dass sie ihrer Freundin die Auszeit nicht gönnen würde, nein, das nicht, aber die Perspektive darauf, selbst im verregneten Köln zu sitzen, von allen guten Geistern verlassen, fand sie dann doch zu traurig.

Außerdem: Isabelle liebte Weihnachten. Sie freute sich jedes Jahr darauf, es für alle schön zu machen – was in Kombination mit Britta gut gelang. Denn ihre Freundin besaß die seltene Gabe, sich nicht nur mit ihr bestens zu verstehen, sondern *auch* mit Robert, einem zunehmend verschrobenen Endfünfziger, der sich mehr für Astrophysik interessierte als für die irdischen Belange des Lebens. Robert, fiel Isabelle jetzt ein, hatte im letzten Jahr ihr lang bedachtes Festtagsmenü, ihre liebevoll dekorierte Weihnachtstafel und ihren farblich abgestimmten Christbaum als *Tamtam* bezeichnet. Tamtam! Wie sie dieses Wort hasste.

»Ich folge Frings seit Wochen auf Youtube, ein Wahnsinnstyp«, erklärte Britta bestens gelaunt. »Der hat jahrelang in einem thailändischen Waldkloster gelebt, so richtig als ordinierter Mönch. Und er weiß, wie das mit der Erleuchtung geht, er hat einen eigenen Fünf-Punkte-Plan entwickelt. Punkt eins habe ich schon durch, da ging es um –«

»Ha, so einen kannte ich auch mal!« Wie vom Blitz getroffen blieb Isabelle stehen. Ein älterer Herr, der dicht hinter ihnen lief, wich erschrocken aus. »Pass doch op!« Der Blick, den er beim Überholen versandte, war ein einziger Tadel.

»Ich meine, einen Erleuchteten mit einem festen Plan, so einen kannte ich auch mal«, Isabelle stand unbeirrt auf dem Gehsteig, ihr Blick war seltsam leer geworden. »Die Geschichte hatte ich fast vergessen. Oder verdrängt. Meine Güte, war das gruselig. Damals.«

Britta griff nach dem Arm ihrer Freundin, zog sie weiter.

»Der Typ, den ich meine, der war zwar nicht in Thailand im Kloster, dafür aber in Japan. Ein richtiger Zen-Meister«, Isabelles Stimme klang tonlos, sie schien in ihren Erinnerungen zu versinken.

»Dann kann es also nicht Frings gewesen sein«, schlussfolgerte Britta.

»Ne«, Isabelle schüttelte den Kopf, »dann wäre Frings auch schon tot.«

Unterdessen hatten sie den Park erreicht. Die hochgewachsenen Laubbäume, die ihn an seinen Rändern säumten, reckten ihre Äste wie Scherenschnitte in den verhangenen Dezemberhimmel. Als Isabelle und Britta an ihren Stämmen vorbeiliefen, flog ein Schwarm Krähen auf. Ihre heiseren Rufe passten zu der düsteren Geschichte, die sich nun mehr und mehr in Isabelles Gehirnwindungen auswuchs.

»Was natürlich möglich wäre, ist, dass er wiedergeboren wurde. Also *dein* Zen-Meister als *mein* Frings«, Britta kicherte, ihre gute Laune bekam etwas Albernes. »Wobei das, genau genommen, gar nicht geht«, korrigierte sie sich sogleich selbst, »denn dein Zen-Meister war ja, wie du selbst sagtest, erleuchtet. Und Erleuchtete werden, wenn ich jetzt mal ein bisschen klugscheißen darf, *nicht* wiedergeboren. Das ist ja der Witz.«

Zur Bestätigung grinste sie wie ein Karnevalsclown im Kindergarten. Isabelle wandte sich ab, um die Augen zu rollen.

»Schade eigentlich«, brummte sie dann.

»Wegen des Zen-Meisters?«

»Ja.« Ein Lächeln, ein kleines diebisches Lächeln stahl sich in einen von Isabelles Mundwinkeln, kam ihr doch gerade *die Idee*. Die Idee, wie sie ihr Weihnachtsfest doch noch retten konnte.

»Dieser Zen-Meister war schon ein cooler Typ«, hob sie etwas lauter an.

»Warum hast du mir nie von ihm erzählt?« Britta knuffte ihre Freundin in die Steppjacke.

»Ach, das ist ewig lang her, damals war ich noch nicht mal verheiratet.«

»Das wird ja immer besser«, Brittas Stimme kiekste, »jetzt erzähl, was ging da ab?«

Ja, was ging da ab? Damals. Isabelle wiegte ihren Kopf, dann begann sie zu erzählen:

»Also, das war schon ein irres Ding, mein erstes Zen-Retreat, weißt du. Das ist mehr als zwanzig Jahre her. Heute kannst du in jedem Fitnessstudio meditieren, aber damals – das war eine andere Welt.«

»Mensch, Isabelle, komm zur Sache, was war mit dem Zen-Meister?«

»Mit dem? Der hat's nicht überlebt. Der …«

Zwei Hunde, die begeistert hintereinander herjagten, querten ihren Weg, so dicht, dass einer Isabelles Knie touchierte. Sie waren auf Höhe der Hundewiese angekommen, auf der heute besonders viel Betrieb war.

»Sorry!«, rief eines der Herrchen, die in einer Gruppe plaudernd beieinanderstanden, und hob entschuldigend die Hand.

»Ach, kein Problem!« Britta winkte zurück, ein wenig zu eifrig, wie Isabelle fand, und als sie auch noch ein fröhliches »Ist ja nichts passiert« hinterherflötete, da reichte es ihr: Brittas Frohnatur würde sie den Garaus machen. Zumindest heute. Heute würde sie, Isabelle, sich nicht um das Wohlbefinden der anderen scheren. Sie würde an sich denken – und an Weihnachten. Britta würde, wenn sie es nur richtig anstellte, mit ihr feiern, so wie jedes Jahr, und nicht mit irgendeinem Typen in den Schwarzwald abdampfen.

»Also meiner Erfahrung nach ist das mit der Erleuchtung nicht ganz ohne«, Isabelle hob selbstbewusst den Kopf. »Den Zen-Meister hat sie jedenfalls dahingerafft.«

An der Art, wie Brittas Kopf zur Seite zuckte, erkannte Isabelle, dass sie mit ihren Worten ins Schwarze getroffen hatte. Die Aufmerksamkeit ihrer Freundin war nun ganz die ihre.

»Ich will jetzt alles wissen.«

Isabelle nickte zufrieden. »Okay, dann lass mich mal sehen, ob ich die Geschichte noch zusammenkriege: Es war im Winter, daran erinnere ich mich genau, denn ich trug nonstop diesen dicken roten Daunenmantel«, erzählte sie. »Das Retreat fand auf einem alternativen Berghof, wie sie damals angesagt waren, statt. Im Allgäu. Die umgebaute Scheune, die kaum geheizt werden konnte, diente uns als Zendo, also als Meditationsraum. Und ich glaube, jede der Teilnehmerinnen hatte was mit Perry.«

»Perry?«

»So hieß der Zen-Meister.«

»Oha, komischer Name.«

»Nicht wahr? Klingt eher nach Tennisplatz als nach Meditationskissen, sein Vater war wohl Amerikaner. Egal. Ich hatte Perry kurz vor dem Retreat auf einer WG-Party kennengelernt, hier in Köln. Seine Schwester betrieb diesen Berghof im Allgäu. Da konnte man alles Mögliche machen, Yoga-Urlaub oder irgendwelche Kräuterkurse mit Bachblüten und Räucherritualen – das volle Programm.«

»Und Zen«, warf Britta ein.

»Genau. Für mich war Zen Neuland, aber die anderen kannten Perry schon lange, und jede von ihnen himmelte ihn an. Bezeichnenderweise nahmen ausschließlich Frauen an dem Retreat teil, vielleicht ein Dutzend.«

»Verstehe.«

»In aller Herrgottsfrühe ging es morgens los, halb sechs oder so. Schnelles Gehen im Hof, in der Dunkelheit, immer im Kreis.«

»Klingt nach Knast.«

»Ja, vielleicht ein kleiner Vorgeschmack«, Isabelles Lachen klang kehlig, »jedenfalls für eine von uns.«

»Du machst es aber spannend.« Britta hatte in dem Versuch, den Autoverkehr auf dem Militärring zu übertönen, ihre Stimme erhoben. Sie und Isabelle arbeiteten sich die steile Fußgängerbrücke hoch, die den Beethovenpark mit dem Grüngürtel verbindet. Mit jedem Schritt nach oben stieg der einsam gelegene Berghof mehr vor Isabelles Augen auf.

Eigentlich hatte sie das Allgäu immer gemocht, überlegte sie, in Kindertagen hatte ihre Familie dort gern die Sommerferien verbracht. Dass es da im Winter aber derart düster werden konnte, vor allem in dem abgelegenen Seitental, in das sie von Perry und seiner intensiven Ausstrahlung gelockt worden war, das hatte sie nicht gewusst. *Finster* war das Wort, das ihr rückblickend dafür einfiel, einfach finster. Und schon nach der ersten Nacht, in der sie so gefroren hatte, dass sie selbst im Schlafsack ihren Daunenmantel anbehielt, war der Hof vollständig eingeschneit gewesen.

»Ich weiß gar nicht, wie ich das damals ausgehalten habe: den ganzen Tag meditieren«, erzählte Isabelle weiter, als Brücke und Verkehrslärm hinter ihnen lagen. »Im Schneidersitz auf einem harten Kissen, unterbrochen nur von kurzen Mahlzeiten, ein paar Minuten Gehmeditation und Einzelgesprächen mit Perry. Die allerdings waren wirklich besonders …« Isabelle räusperte sich, auf ihren Wangen lag ein rötlicher Schimmer. »Ich glaube, Perry war wirklich erleuchtet. Jeder, der ihm begegnete, spürte die besondere Aura, die ihn umgab. In seiner Gegenwart schien die Zeit stillzustehen.«

»Vielleicht warst du auch einfach nur verknallt«, Britta versuchte sich in einem letzten Anflug von Heiterkeit, »für Verliebte bleibt auch die Zeit stehen, dafür müssen sie sich nur angucken.«

»Das meine ich nicht«, Isabelles Blick blieb ernst, »Perry umgab eine eigentümliche Stille. Er war darin vollkommen präsent, ganz im Hier und Jetzt – und doch wirkte er wie von einem anderen Planeten. Ich erinnere mich noch genau an sein Teishō, seinen Vortrag, den er an dem Tag, an dem er sterben sollte, für uns hielt. *Erleuchtung fühlt sich an, als ob der Tod schon hinter dir läge.* Das hat er gesagt, so als ob er genau wüsste, was auf ihn zukommen würde. Unheimlich war das. Er erklärte uns, dass wir, sobald auch wir erwacht wären, auf eine ganz andere Art leben würden. Wir würden dann noch alle menschlichen Regungen – Gefühle, Gedanken, Körperempfindungen – wahrnehmen, aber sie würden uns nicht mehr betreffen. *Es ist wie bei Mensch-ärgere-dich-nicht,* sagte er, *du freust dich, wenn du eine gute Zahl würfelst, du ärgerst dich, wenn du eine Partie verlierst, aber du weißt, das alles ist nicht wichtig. Alles ist ein Spiel.*«

»Das klingt aber ganz schön abgefahren«, Brittas Schritte waren langsamer geworden.

»Perrys Erleuchtungsformel basierte auf der Idee«, erklärte Isabelle weiter, »den Tod vollkommen zu akzeptieren. Erst dann kämen wir raus aus unseren Ängsten, die letztlich alle Todesängste seien und die wir mit ständigem Aktivismus zu verdrängen versuchten. *Ihr wollt dem Tod entkommen,* erklärte er uns, *aber das geht nicht. Erst wenn ihr ihn vollständig akzeptiert habt, werdet ihr erwachen.*«

»Also, ich weiß nicht«, Britta hatte Isabelle, die ihr Tempo unbeirrt beibehielt, eingeholt.

»*Wer stirbt, bevor er stirbt, kann nicht mehr sterben, wenn er stirbt,* das war Perrys Wahlspruch.«

»Meine Güte, wie hast du das nur ausgehalten?« Britta hakte sich wieder bei ihrer Freundin unter. »Das klingt ja furchtbar. Dieses ganze Sterben, all das Gerede vom Tod. Ich stelle mir Erleuchtung anders vor: total friedlich, hell und voller Freude. Für mich sind Erleuchtete weise Menschen, die man um Rat fragt, die einfach wissen, wie der Hase läuft. Also so auf der Metaebene. Ich dachte mir, erleuchtet sein ist spitze, da steht man über den Dingen, immer heiter, immer gelassen, und niemand kann einem mehr ans Bein pinkeln.«

»Also, wenn ich Perry richtig verstanden habe«, Isabelle schürzte die Lippen, »dann ist Erleuchtung nicht so leicht zu haben. Stell dir vor, als er noch als Mönch in Japan lebte, haben die nachts auf dem Friedhof meditiert, über Leichen, die schon ganz blau und fleckig –«

»Meine Güte!« Britta unterbrach sie harsch. »Hör auf, das ist ja widerlich!«

Isabelle tat ihr den Gefallen nur zu gern. Sie hob still ihren Blick und ließ ihn über den Decksteiner Weiher schweifen, den sie erreicht hatten. Die Wasseroberfläche glitzerte ein wenig, hinter der dünner werdenden Wolkendecke zeigte sich die Sonne. *Ach,* dachte Isabelle, *vielleicht wird es ja doch noch ein schöner Tag.*

»Ich habe das damals übrigens genauso empfunden wie du«, lenkte sie dann ein. »Mir war das auch zu krass. Deshalb war die Erleuchtung für mich ganz schnell gestorben. Zumal, kleiner Wortwitz, Perry am dritten Tag ohnehin tot war.«

Britta blickte sie entsetzt an. »Jetzt klingst du wie einer von diesen Waldmönchen! Total abgebrüht. Was ist denn bloß passiert?«

»Das haben wir uns auch gefragt«, Isabelle folgte mit ihrem Blick zwei Enten, die sanft auf der Wasseroberfläche landeten. »Perry hatte sich nach dem Mittagessen in den kleinen Raum neben dem Zendo zurückgezogen, um seine Einzelgespräche abzuhalten. Als Melanie, die immer als Erste von uns an der Reihe war, die Tür öffnete, muss er schon tot gewesen sein. Jedenfalls hat sie das so der Polizei erzählt. Wir anderen hatten davon ja nichts mitbekommen.«

»Wieso?«

»Na, weil du im Zazen, in der traditionellen Zen-Meditation, mit geschlossenen Augen dasitzt, das Gesicht zur Wand gerichtet.

Du sollst dich ganz in den Augenblick versenken und dich nicht ablenken lassen. Das ist das Ziel. Beobachten konnte von uns anderen also niemand etwas. Erst als Melanie geschrien hat, sind wir aufgesprungen und zu ihr gelaufen.«

»Und was hast du gesehen?«

»Nicht viel. Perry saß im Lotussitz auf dem Boden, fast wie immer, nur dass sein Rücken hinten gegen die Wand lehnte. Er sah total zufrieden aus – und schön, ja, wunderschön.«

Vor Isabelles geistigem Auge stieg die Erinnerung an Perrys Antlitz auf. Es stimmte, sie war damals in ihn verliebt gewesen, nur deshalb war sie zu dem Retreat gefahren. Was wäre wohl aus ihr geworden, wenn er nicht gestorben wäre? Wäre aus ihnen beiden was geworden?

»Meinst du«, Brittas Stimme unterbrach ihre Gedanken, »er ist eines natürlichen Todes gestorben? Was hat denn die Polizei gesagt?«

»Ach, die«, Isabelle lachte auf. »Die musste sich erst mal zu uns durchkämpfen, weil wir doch eingeschneit waren. Zwei Beamte kamen auf einem Traktor, der einer Schneefräse hinterhertuckerte. Einen ganzen Tag später!«

»Wie unheimlich«, Britta schauderte.

»Und wie seltsam! Perry war schließlich nicht erschossen worden, er war nur tot – äußerlich völlig unverletzt. Vielleicht ein Schlaganfall, vielleicht ein Herzinfarkt, so etwas passiert doch. Da kommt der Dorfarzt, stellt den Totenschein aus und fertig. Bei uns aber kam die Polizei, warum nur?«

»Ja, warum?«

»Vielleicht weil sie nach seinem Mörder suchten?«

Britta riss die Augen auf. »Nicht dein Ernst! Das hieße ja, du warst nicht nur mit einer Leiche eingeschneit, sondern auch mit einem Mörder?«

»Möglicherweise.«

»Krass.« Um Brittas Nase war es blass geworden.

»Schau mal«, Isabelle wies mit dem Kinn auf eine Bank, »die Sonne ist rausgekommen, wollen wir uns ein bisschen hineinsetzen?«

»Gute Idee, mir ist ohnehin schon ganz schwummerig.«

Arm in Arm bogen die beiden Freundinnen vom Weg ab und nahmen auf einer Holzbank, die nah am Wasser stand, Platz. Sie lehnten sich zurück und schlossen die Augen, um die wohltuende Wärme und das Licht auf ihren Gesichtern zu spüren. Für eine Weile sagte keine von ihnen etwas.

»Hast du später nichts Genaueres erfahren?«, Britta nahm den Gesprächsfaden wieder auf. »Die Frage ist doch, wurde Perry umgebracht? Und von wem?«

Isabelle zuckte mit den Schultern. »Wenn du mich fragst, hätte es jede von uns gewesen sein können. Wie gesagt, jede hatte irgendwann mal was mit Perry, das bestätigten auch die Polizeiverhöre, zu denen wir alle antanzen mussten. Und Eifersucht ist bekanntlich das älteste Mordmotiv der Welt.«

Britta stöhnte auf. »Bei meinem Retreat mit Frings sind auch nur Frauen angemeldet.«

»Na dann …«, Isabelle schaute Britta vielsagend an, dabei fiel ihr die Blässe auf, die sich über ihr komplettes Gesicht zog. Für einen Moment genoss sie den Anblick, er befriedigte etwas in ihr, das in Ungleichgewicht geraten war.

»Hoffentlich erlebe ich im Schwarzwald nicht so ein Desaster wie du«, Brittas Stimme hatte jede Kraft verloren. »Bei allem, was du mir erzählt hast, ging es nur um Tod und Teufel. Wer will so etwas? Und dann noch zu Weihnachten.«

»Willst du wissen, wie ich heute über die ganze Sache denke?« Isabelle legte ihren Kopf in den Nacken, schaute durch die kahlen Äste der Platane, unter der sie saßen, in den Himmel. »Es ist eigentlich egal, wie Perry gestorben ist, ob er umgebracht wurde oder nicht. Er war ohnehin nicht mehr ganz von dieser Welt. Er war erleuchtet! Für ihn war alles nur noch ein Spiel. Ein Leben ohne Belang. Da kann man eigentlich auch sterben, meinst du nicht auch?«

Die beiden Freundinnen blickten sich an. Lange. Schweigend.

»Sag mal«, fragte Britta dann, »was willst du Weihnachten eigentlich kochen?«

In Isabelles Mundwinkel spielte ein kleines Lächeln. »Ich hab schon mal an Ente gedacht, die hatten wir lange nicht.«

»Oh ja, Ente«, Britta nickte wissend, »die gelingt dir besonders gut.« Dann räusperte sie sich. »Meinst du, die reicht auch für drei?«

Isabelles Lächeln wurde breit. »Ganz bestimmt.«

Danach schlossen beide wieder die Augen, lehnten sich zurück und ließen sich ihre Gesichter wärmen. Lange. Ganz still. Nur Britta bewegte sich nach einer Weile und zog ihre neongelbe Wollmütze vom Kopf. In der Sonne war es warm geworden.

Als Isabelle gegen Abend nach Hause kam, bat sie Robert, den sie in ihrem gemeinsamen Arbeitszimmer vorfand, sie einen Moment allein zu lassen. Es gab Dinge in ihrem Leben, die wollte sie mit niemandem teilen. Dann zog sie die Schublade ihres Sekretärs auf, in der sie wichtige Unterlagen aufbewahrte. Ganz unten fand sie einen Zeitungsausschnitt, den sie vor langer Zeit dort deponiert hatte. Sie strich das Papier auf der Tischplatte glatt und versank in das Porträt, das ihr von dort aus entgegenblickte: Perry. Wie schön, wie jung er gewesen war.

Dann konzentrierte sie sich auf den kurzen Text, der unter dem Bild abgedruckt war. Sie las, dass bei der Obduktion des verstorbenen Perry T., die ein misstrauischer Beamter der Allgäuer Polizei eingeleitet hatte, Spuren von Atropin gefunden worden waren. Einem Giftstoff, der in großen Mengen in den Beeren der Schwarzen Tollkirsche enthalten ist. Das Nachtschattengewächs gedieh reichlich um den einsamen Berghof. Schon zehn bis zwölf der hochtoxischen, eher unauffällig schmeckenden Beeren führen zum sicheren Tod.

Sophia T., die Schwester von Perry T., war in Verdacht geraten, da vor wenigen Tagen erst ihre Mutter verstorben war. Ihr hatte der Berghof gehört. Der Tod ihres Halbbruders machte sie zur Alleinerbin eines kapitalen Anwesens. Da Sophia T. jedoch, wie zwei Mitarbeiter bezeugen konnten, weder Küche noch Speisesaal an diesem Tag betreten hatte, lief die Spur ins Leere. Der Fall gilt bis auf Weiteres als nicht geklärt.

Isabelle richtete sich auf. Sie legte den Zeitungsausschnitt in seine alten Falten und verstaute ihn fein säuberlich im Sekretär. Dann griff sie zum Telefon und rief den Metzger ihres Vertrauens an, um eine Vorbestellung abzugeben. Eine Ente, bitte, eine schöne große. Für Weihnachten.

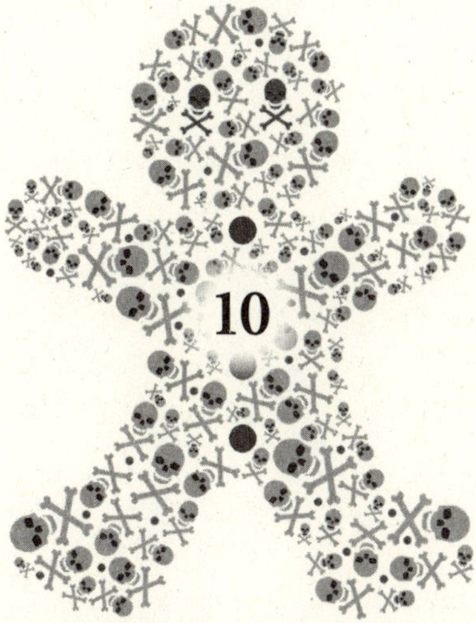

Gisa Pauly

Schief gewichtelt

Münster

Über die Autorin:

Gisa Pauly lebt als freie Schriftstellerin in Münster und hat mittlerweile über vierzig Bücher und diverse Drehbücher veröffentlicht. In ihren turbulenten Sylt-Krimis prallt das Temperament von Mamma Carlotta auf die Mentalität der Inselbewohner. 2024 ist bereits der 18. Band dieser erfolgreichen Reihe erschienen. Neben den Sylt-Krimis landen auch ihre Italienromane regelmäßig auf der SPIEGEL-Bestsellerliste, ebenso wie ihre erfolgreiche *Sylt-Saga* und die historischen Romane. 2018 wurde sie von den Lesern der Fernsehprogrammzeitschrift RTV zur beliebtesten Autorin des Jahres gewählt.

Hauptkommissar Tobias Schirrmacher war Münsteraner. Wer Münster und seine Einwohner nicht kennt, sollte wissen, dass sie etwas Besonderes sind: schnörkellos und immer geradeheraus. Absolut berechenbar, so wie das Wetter in Münster. Dort regnet es, oder es läuten die Glocken, und wenn beides zutrifft, ist Sonntag. Darauf kann man sich verlassen.

Er stand am Fenster seines Büros und sah hinaus, übellaunig und ohne jede Weihnachtsfreude im Herzen, obwohl da draußen die Bäume beleuchtet waren und einige Passanten, die nicht auf Sonderangebote warten wollten, schon ihre Weihnachtsbäume nach Hause trugen. Wie immer in Münster war das Wetter kein Weihnachtswetter, sondern ein Novemberwetter der schlimmsten Sorte. Grau, schmuddelig, nieselig und so kalt, dass man ständig mit Glatteis rechnen musste. Schnee hatte es in Münster schon lange nicht mehr gegeben. Wozu auch? Berge gab es in Münster nicht, die man hinabrodeln konnte. Da wäre Schnee nur ein weiteres Ärgernis, das den Verkehr zum Erliegen brachte. Das geschah in Münster besonders schnell, da der Münsteraner eben ist, wie er ist. Schnörkellos und geradeheraus, das wurde eingangs schon erwähnt. Also unfähig zu einer fantasievollen Auslegung der Verkehrsvorschriften und sehr deutlich im Verunglimpfen anderer Verkehrsteilnehmer.

Tobi starrte noch eine Weile auf den Friesenring, wo sich die Autos vor dem Polizeipräsidium stauten, wie immer, wenn es auf den Feierabend zuging. Dann schüttelte er sich und wandte sich ab. Er würde noch ein Stündchen am Schreibtisch sitzen bleiben müssen, bis er den Stift fallen und die Arbeit ruhen lassen konnte. An Tagen wie diesen kam es ihm mal wieder in den Sinn: einfach kündigen, obwohl er noch mehr als zehn Dienstjahre bis zur Pensionierung vor sich hatte! Warum eigentlich nicht? Er konnte es sich ja leisten …

Die Tür sprang auf, und herein stürmte die junge Kollegin, die sich grundsätzlich nie gemessenen Schrittes bewegte, so wie das ein geborener Münsteraner tat. Aber sie kam aus Köln und rannte herum, als müsste sie gerade ein Kind vor dem Ertrinken retten oder einen Straftäter an der Flucht hindern. Auch wenn sie, wie in diesem Fall, nur klären wollte, wie die Weihnachtsfeier ablaufen sollte. Klein war sie, gerade so groß, dass sie die Mindestanforderung erfüllte, die der Polizeidienst vorschrieb, schlank, aber doch so rund, dass Tobias sie heimlich knackig nannte. Das traf es seiner Meinung nach genau.

»Weihnachtsfeier?« Er bekam schlagartig schlechte Laune. »Etwa schon wieder wichteln? Habe ich mich im letzten Jahr nicht deutlich genug ausgedrückt?«

Meike wurde so ernst, wie er sie bisher selten zu Gesicht bekommen hatte. »Die Kollegen haben mir schon verraten, dass Sie dagegen sind.«

Nun tat es ihm beinahe leid, dass er im letzten Jahr klipp und klar gesagt hatte, er mache bei diesem Unsinn nicht mehr mit. Wozu war er der Chef dieser Abteilung? Wenn er nicht wichteln wollte, dann wurde nicht mehr gewichtelt, basta! Oder wie man im Münsterland sagte: Dä!

Meike, die junge Kommissaranwärterin, war damals noch in einer anderen Abteilung gewesen. Vielleicht hätte er nicht so rigoros durchgegriffen, wenn sie schon vor einem Jahr das Wichteln organisiert hätte? Einem kleinen Mädchen den Spaß verderben, so was machte Tobi Schirrmacher eigentlich nicht. Nun hatte er den Salat.

Im letzten Jahr war es aber auch besonders schlimm gewesen. Da war seine Stellvertreterin Reinhild Gerbermann durch die Büros gegangen, in der Hand eine Dienstmütze, in der so viele Zettelchen lagen, wie die Abteilung Mitarbeiter hatte.

Da hatte es ihm schon gereicht. »So wird doch gemogelt! Wetten, dass Sie dafür sorgen, ein Geschenk für den Neuen kaufen zu dürfen?«

Das war der Oberkommissar Rolf Stange, der vom Staatsschutz zu ihnen versetzt worden war. Rot angelaufen war sie und hatte so böse gefunkelt, dass er fürchtete, schon am nächsten Tag eine Krankschreibung von ihr zu bekommen. Wütend hatte sie die Dienstmütze mit dem speckigen Rand auf seinen Tisch geworfen. »Dann machen Sie das doch selbst! Ich bin raus!«

Natürlich hatte er nichts selbst gemacht, so weit kam das noch. Er hatte einfach die Zettel, die noch nicht gezogen worden waren, in den Papierkorb geworfen. Und die Mütze gleich hinterher. Sie wissen schon: schnörkellos und geradeheraus!

Wie zu erwarten, hatte es wilde Diskussionen gegeben, die am Ende sogar zu einer außerplanmäßigen Konferenz geführt hatten. Jemand hatte nämlich für die Person, die auf dem Zettel stand, den er gezogen hatte, schon etwas gekauft. Streng nach der Vorschrift: nichts Unanständiges, nichts Dienstliches, etwas mit einem Bezug zum Münsterland, nicht billiger als zehn Euro und nicht teurer als fünfzehn. Und das schöne Senftöpfchen von Pinkus, dem alteingesessenen Münsteraner Brauhaus und der Lieblingskneipe von Kommissar Essling? Das sollte nun in den Müll wandern? Eine hitzige Debatte setzte ein, an der sich am Ende sogar der Polizeipräsident beteiligte, der schlichtend eingreifen wollte und am Ende bereit war, die 12,50 € zu ersetzen, die das Senftöpfchen gekostet hatte. Auch er war im Übrigen wie Tobi Schirrmacher der Ansicht, dass die Art und Weise, wie die Zettelchen angeboten worden waren, förmlich zum Betrügen einlud, und gab den dienstlichen Befehl, die Zettel noch einmal zu beschriften und einen Termin anzuberaumen, in dem alle gleichzeitig die Möglichkeit bekamen, einen Namen aus der Dienstmütze zu ziehen.

»Wichtel-Vorbereitungs-Konferenz«, hatte er diesen Termin genannt und nicht auf Tobi Schirrmachers Frage geantwortet, ob man eigentlich nichts Besseres zu tun habe.

Er selbst hatte prompt den Namen seiner Stellvertreterin aus der Mütze geholt und seine Frau beauftragt, etwas zu kaufen, was einer Frau wie Reinhild Gerbermann gefallen könnte. Dummerweise konnte Katrin seine Stellvertreterin nicht leiden, hatte sogar mal den Verdacht geäußert, sie mache Tobi schöne Augen, und sich für eine Tretbootfahrt über den Aasee entschieden, obwohl sie doch eigentlich hatte wissen müssen, dass Reinhild Gerbermann einmal nach einem Betriebsausflug über die Reling eines Aasee-Schiffes gekotzt hatte und seitdem von Vergnügungen auf dem Wasser nichts mehr wissen wollte. Tobi hatte sich nicht nach dem Inhalt erkundigt, als seine Frau ihm eine flache Schachtel mitgab, die sie hübsch verpackt hatte. Die gekränkte Miene Reinhild Gerbermanns und das hämische Grinsen einer Kollegin, die sie genauso wenig leiden konnte, hatten ihm gezeigt, dass es Zeit wurde, andere Wege zu weihnachtlicher Glückseligkeit zu nehmen. Schnörkellos und geradeheraus funktionierte jedenfalls nicht immer.

»Nie wieder wichteln!« Anfang Januar hatte er diese Anweisung rausgegeben und durchaus mitbekommen, dass sich Ende November die Gespräche verdichteten, was man denn stattdessen tun könne, um den Hauptzweck einer Weihnachtsfeier zu erreichen: die Verteilung von Geschenken, so unnütz und im Einzelfall enttäuschend sie auch sein mochten.

»Wir haben eine andere Idee!« Meike strahlte schon wieder über beide Backen. »Schrottwichteln!«

Tobi bekam nur den zweiten Teil des Wortes mit. Wäre nicht die knackige Meike mit diesem Wort bei ihm erschienen, hätte er sich nicht beherrschen können. So aber blieb er schnörkellos. »Kein Wichteln, hatte ich gesagt.«

»Schrottwichteln ist ganz anders!« Meike ließ nun auch ihren Busen und ihre Taille strahlen. Tobi musste sich ganz schön anstrengen, damit seine Schnörkellosigkeit blieb, wie sie war. Aber als er erfahren hatte, was Schrottwichteln bedeutete, sagte er tatsächlich geradeheraus: »Gut, meinetwegen.«

Es ging also nicht darum, etwas zu kaufen, das dem Kollegen eine Freude machen könnte, dessen Namen man gezogen hatte, es ging nur um Spaß, wie Meike beteuert hatte. Das überflüssigste Teil, das man in seinem eigenen Haushalt fand, war genau richtig beim Schrottwichteln. Es musste also nicht ein besonders schönes, sondern im Gegenteil ein gnadenlos hässliches Teil sein. Und wenn so was dann ausgepackt wurde, wartete niemand auf »Wie schön! Das habe ich mir schon immer gewünscht!«, sondern auf eine ehrliche Reaktion, die dem Beschenkten keine Probleme abverlangen würde.

Hauptkommissar Schirrmacher fuhr selbstverständlich mit dem Fahrrad zum Dienst und auch nach Hause. Bei jedem Wetter. So machten das alle Münsteraner. Jedenfalls diejenigen, die in der Innenstadt wohnten und nie eingemeindet worden waren. Die motorisierten Kollegen stöhnten über die rücksichtslosen Fahrradfahrer, die sich an keine Verkehrsregeln hielten und der Ansicht waren, dass sie grundsätzlich Vorfahrt hätten, während die Radfahrer sich über die Rüpel ereiferten, die bequem hinter dem Steuer ihres Autos saßen, mit Sitzheizung und *Antenne Münster* im Ohr, und trotzdem auf ihrem Vorfahrtsrecht beharrten. Zum Glück besaß die Weseler Straße, die er befuhr, einen breiten Radweg bis nach Mecklenbeck, wo er mit seiner Frau Katrin seit Jahren wohnte. Obwohl sie auch in ihrem Haus in der Innenstadt – im Promenadenring, wo es besonders teuer war – hätten wohnen können. Aber das hatten sie lieber vermietet. Schließlich wollten sie nicht mit ihrem neuen Reichtum protzen.

Während er radelte, machte Tobias Schirrmacher sich Gedanken über dieses Schrottwichteln, von dem er vorher noch nie etwas gehört hatte. Aber er war durchaus geneigt, diese neue Form des Wichtelns nett zu finden. Nicht nur, weil die Idee von Meike gekommen war.

Hässliche Gegenstände gab es einige in seinem Haus. Seine Tante hatte einen etwas ausufernden Geschmack gehabt, von allem, was ihr gefiel, gab es reichlich, alles reichlich bunt, reichlich groß und reichlich geschmacklos. Als sie völlig unerwartet starb, hatte Tobi es nicht über sich gebracht, all das Hässliche wegzuwerfen. Er wusste, dass es Tante Marie gekränkt hätte, und so was wollte man einer Erbtante ja nicht antun. Das Schlimmste war eine zwergenhafte Figur, die aber leider nicht zwergenhaft klein war, sondern die Ausmaße einer Kaffeekanne eines 24-teiligen Services hatte. Zwergenhaft erschien sie nur, weil sie oben eine Spitze hatte, die an eine Zipfelmütze erinnerte, und auf so klobigen Füßen stand wie die sieben Zwerge, die sich einst um Schneewittchen kümmerten. Sie war aus Metall geschmiedet, voller gefährlicher Ecken und Kanten, und mit Swarovski-Steinen geschmückt, die den Gesamteindruck jedoch nicht besser machten. Eher im Gegenteil. Tante Marie aber hatte diese Figur geliebt. Sie war nicht einmal bereit gewesen, sie wegzuschließen, wenn kleine Kinder zu Besuch kamen, die sich an der Figur die Fingerchen hätten verletzen können.

Tante Marie war in zweiter Ehe mit einem echten Poahlbürger verheiratet gewesen. Ein Poahlbürger ist ein Münsteraner, der viele Vorfahren hat, die in Münster leben, und der ein wichtiges Mitglied der Gemeinschaft ist, vorzugsweise sehr gut situiert. Das alles traf auf Onkel Willem zu. Und das war wohl auch der Grund, warum Tante Marie sich in den Kopf setzte, ihn zu heiraten, kaum dass sie seinen Vorgänger unter die Erde gebracht hatte. Angeblich hatte sie Willem auf dem Waldfriedhof Lauheide kennengelernt, wo Tante Marie die Blümchen auf dem Grab ihres verstorbenen Gatten gegossen und Willem kontrolliert hatte, ob der Friedhofsgärtner auf dem Grab seiner Frau das getan hatte, was man von seinem Geld erwarten durfte.

Auch Onkel Willem war ausgesprochen schnörkellos und geradeheraus gewesen. Man hätte auch sagen können: rüpelhaft und derart unverhohlen, dass er mehr Feinde als Freunde hatte. Tante Marie musste sich darüber im Klaren gewesen sein, aber die Villa direkt an der Promenade hatte wohl den Ausschlag gegeben. Für sie als Beamtenwitwe hatte es zwar zum täglichen Kaffee im Marktcafé immer gereicht, aber darüber hinaus hatte sie keine großen Sprünge machen können. Willem war also eine gute Partie. Und erst recht, als er ihr den Gefallen tat, schon nach drei Monaten Ehe zu verscheiden. Ohne Theater, ohne pflegeintensive Gebrechen oder irgendwelche unappetitlichen Erkrankungen. Er lag eines Morgens am Fuß der Treppe, mit einer hässlichen Kopfwunde, und atmete nicht mehr. Damit war Tante Marie zum zweiten Mal Witwe geworden, diesmal eine reiche Witwe.

Für Hauptkommissar Tobias Schirrmacher allerdings eine unangenehme Angelegenheit, denn Willems Tod hatte einige Fragen aufgeworfen, im Grunde blieb er ungeklärt, bis Tante Marie, ebenfalls nach nur drei Monaten, genauso plötzlich verstarb. Sie hatte von ihrem Witwenstand nicht viel gehabt. Aber ihr Tod war immerhin nicht ungeklärt, es war ganz einwandfrei ein Schlaganfall diagnostiziert worden, von dem leider niemand etwas mitbekommen hatte, sodass sie fast drei Tage in ihrem Haus lag und die Chancen zu genesen von Stunde zu Stunde abnahmen – bis sie schließlich ihren letzten Seufzer tat.

Der Arzt war sehr betroffen. »Wenn ihr Mann noch gelebt hätte, wenn er sie rechtzeitig gefunden hätte …«

Wirklich tragisch, dass der Schritt in ein selbstbestimmtes Leben, in dem sie sich hätte leisten können, was sie wollte, für Tante Marie zu einer Stolperfalle geworden war.

Der Polizeipräsident hatte sich damals fast täglich bei Tobias entschuldigt und immer wieder umständlich erklärt, warum man die ungeklärten Umstände beim Tod von Onkel Willem untersuchen müsse. Warum er das tat, war Tobi erst klar geworden, als er mitbekam, dass Tante Marie in Verdacht stand, an seinem Ableben beteiligt zu sein. Seine Tante! Sie wurde des Mordes an ihrem Gatten verdächtigt? Tobi war wutschäumend zum Polizeipräsidenten gegangen und hatte ihm erklärt, was er von diesem Verdacht hielt. Schnörkellos und geradeheraus! Nichts hielt er davon, und wer glaubte, seine arme, alte Tante sei eine Mörderin, hatte nicht mehr alle Latten am Zaun.

Der Präsident hatte diesen Vorwurf geschluckt, mitfühlende Worte gemurmelt, die Verständnis für den aufgewühlten Gemütszustand seines Hauptkommissars zeigen sollten, aber dennoch immer wieder auf den merkwürdigen Umstand verwiesen, dass die Kopfwunde zwar eventuell durch den Sturz auf den Fuß des metallenen Treppengeländers entstanden sein könnte, dass es aber doch einige Ungereimtheiten gab …

Dr. Reisener hatte nicht zu Ende gesprochen und Tobias Schirrmacher nicht weiter nachgefragt. Und als Tante Marie dann das Zeitliche segnete, hatte er genug damit zu tun gehabt, sich an den Gedanken zu gewöhnen, nun ein reicher Mann zu sein. Er war Tante Maries Alleinerbe, das wusste er schon lange, aber vor ihrer zweiten Ehe war diese Tatsache nichts gewesen, was zu schönen Hoffnungen berechtigte. Der Kriminalpolizei war nun nicht mehr daran gelegen, jemanden eines Mordes zu überführen, der nicht mehr lebte. So war die Sache im Sande verlaufen und nicht mehr von einem möglichen Gewaltverbrechen, sondern von einem tragischen Unfall geredet worden.

Anders hatte es auch gar nicht sein können, sagte Tobi immer wieder zu seiner Frau. »Tante Marie konnte doch keiner Fliege was zuleide tun!«

Katrin erinnerte dann manchmal an Tante Maries Fliegenklatsche, und dann lachten sie beide herzhaft.

Noch am selben Abend stieg Tobi die schmale Treppe zum Dachboden hoch. Das Spielzeug seiner Kinder schob er beiseite. Das weckte Wehmut in ihm, war also fürs Schrottwichteln völlig ungeeignet. Nein, nur Tante Maries Hinterlassenschaft kam infrage.

Er öffnete den großen Karton, der noch immer das enthielt, was seiner Tante besonders lieb und wert gewesen war. Deswegen hatten Tobi und Katrin es nicht weggeworfen. Obendrauf lag die zwergenhafte Skulptur, die derart hässlich war, dass der Hauptkommissar sich regelrecht erschrak, als er sie zur Hand nahm. Den Grad der Hässlichkeit hatte er mittlerweile wohl wirklich verdrängt. Wie man ein solches Ungetüm auf die Fensterbank stellen konnte, war ihm schleierhaft. Angeblich war es von Hundertwasser entworfen worden, aber das erklärte erstens nicht seine Hässlichkeit und war zweitens nach Tobis Meinung nach gelogen. Man konnte ja von Hundertwasser halten, was man wollte, aber für so was hätte sich auch der große Künstler geschämt. Kopfschüttelnd betrachtete Tobi die Figur, die keinerlei Funktion besaß, nur da war und imposant sein sollte. Er erinnerte sich jetzt daran, dass Tante Marie ihm das Teil schon nach Willems Tod geben wollte. Regelrecht aufgedrängt hatte sie es ihm. Laut Tante Marie hatte Willem ihr die Figur geschenkt, weil sie sich nichts sehnlicher gewünscht hatte, und je öfter sie das wunderschöne Teil ansah, desto größer wurde ihre Trauer über den unerwarteten Tod des guten Willem … Aber Tobi war standhaft geblieben. Nein, wenn er das Teil mitgenommen hätte, hätte sie bestimmt auch von ihm erwartet, dass er es auf die Fensterbank stellte. Nie im Leben!

Fürs Schrottwichteln war es jedoch genau das Richtige. Vielleicht ein wenig zu groß, aber egal, das machte die Sache umso spannender. Man sagt ja immer, die kleinen Päckchen enthalten die kostbarsten Geschenke, aber beim Schrottwichteln war das garantiert anders. Er musste nur einen großen Bogen Einschlagpapier finden …

Katrin kam eine Idee. Sie nahm Alufolie, von der es viele Meter auf einer Rolle gab, umwickelte das Teil damit ausgiebig und schmückte es mit vielen bunten Weihnachtsbildern, Lebkuchen und Tannenzweigen, sodass die Form am Ende gar nicht mehr zu erkennen war. Er würde zur Weihnachtsfeier mit dem Auto fahren müssen, das war das einzige Problem.

Dankenswerterweise erwies Katrin sich als großzügig, vielleicht deswegen, weil dieses schreckliche Teil endlich aus dem Haus kam und sie sich erkenntlich zeigen wollte. »Ich hole dich ab, dann kannst du so viel Glühwein trinken, wie du willst.«

Wieder war es seine Stellvertreterin, deren Namen er gezogen hatte. Tobi rieb sich heimlich die Hände. Das Teil war genau richtig für Reinhild Gerbermann. Natürlich würde er von Hundertwasser reden und ein paar zarte Andeutungen machen, dass das Teil trotz seiner Hässlichkeit sehr wertvoll war. Wahrscheinlich würde die Gerbermann das Teil sofort in den nächsten Mülleimer werfen. Ihre Kinder würden Heiligabend nicht gesund überstehen, wenn das Teil mit seinen spitzen Ecken und Kanten Einzug in ihr Wohnzimmer hielt. Sie würde sich über dieses grässliche Teil ärgern, und genau das war ja auch Zweck und Ziel des Schrottwichtelns. Jedenfalls hatte er das so verstanden.

Aber Reinhild Gerbermann ärgerte sich nicht. Sie lachte lauthals und zeigte herum, was sie ausgepackt hatte. »Seht euch das an!«

Die knackige Meike war es, die die Frage stellte, die jeder andere heruntergeschluckt hätte, wenn sie ihm in den Sinn gekommen wäre. »Ist das ein Erbstück Ihrer Tante?«

Meike war ja noch nicht lange in dieser Abteilung, sie hatte nicht mitbekommen, dass der zweite Ehemann von Tobias Schirrmachers Tante schon drei Monate nach der Heirat durch einen sehr unglücklichen Sturz ums Leben gekommen war.

Tobi bejahte frohgemut, wurde aber unruhig, als die Figur von Hand zu Hand ging und beim Polizeipräsidenten besonders lange verweilte. Er bekam sogar mit, dass Reinhild Gerbermann großzügig darauf verzichtete, das Teil mit nach Hause zu nehmen, als Dr. Reisener sie darum bat, es ihm zu überlassen. Hatte er wirklich geglaubt, dass es hier um einen Hundertwasser ging? Tobi schüttelte den Kopf. Den Polizeipräsidenten hatte er wirklich für klüger gehalten.

Die Weihnachtstage verliefen wie immer, mit viel Essen, viel Trinken und viel Besuch. Tobi war froh, als alles vorbei war und nur noch Silvester und Neujahr überstanden werden mussten. Er hasste Feiertage.

Es war der 27. Dezember, als der Polizeipräsident vor seiner Tür erschien. Tobi führte ihn verblüfft ins Haus. Das war nun wirklich noch nie vorgekommen, dass Dr. Reisener ihm einen Besuch abstattete!

Der Polizeipräsident sah sich anerkennend um. Klar, Tobi war mittlerweile anders eingerichtet als seine Kollegen. Seit dem Tod seiner Tante konnte er sich vieles leisten, was früher undenkbar gewesen wäre. Das ganze Haus hatte er renovieren lassen, eine neue Schrankwand war angeschafft worden, neue Ledersessel und eine hochmoderne Küche. Warum auch nicht? Er war Tante Maries einziger Verwandter gewesen; dass er sie beerbte, lag auf der Hand. Was konnte er dafür, dass sie kurz vor ihrem Tod selbst noch reich geerbt hatte? Er hatte Glück gehabt!

Dr. Reisener ließ sich viel Zeit mit seinen Erklärungen. Mehrere Espressi aus der hochmodernen Kaffeemaschine der Schirrmachers hatte er getrunken, als er endlich mit der Wahrheit herausrückte: Ein besonders gemeiner Zacken an der Figur, die Tante Marie ihrem Neffen vermacht hatte, passte genau ins Muster der Verletzung, an der ihr verblichener Mann gestorben war.

»Sie meinen … meine Tante …?« Tobi blieb die Spucke weg. Dann fiel ihm ein, warum der Polizeipräsident auf jeden Fall auf dem Holzweg sein musste. »Sie wollte mir diese Skulptur schon vorher schenken, ich habe sie nicht erst nach ihrem Tod bekommen, Tante Marie wollte …« Hauptkommissar Tobias Schirrmacher brach ab. Die Frage, die sich ihm nun aufdrängte, konnte er nur flüstern. »Sie wollte gar nicht, dass ich sie beerbe?«

Dr. Reisener schüttelte mitfühlend den Kopf. »Nein, sie hat fest damit gerechnet, dass Sie die Figur angemessen in Ihren Wohnräumen dekorieren und irgendwann jemandem aufgefallen wäre, dass noch Blutreste daran kleben. Ihre Tante hatte vor ihrem Ableben den Plan, Ihnen den Mord anzuhängen …«

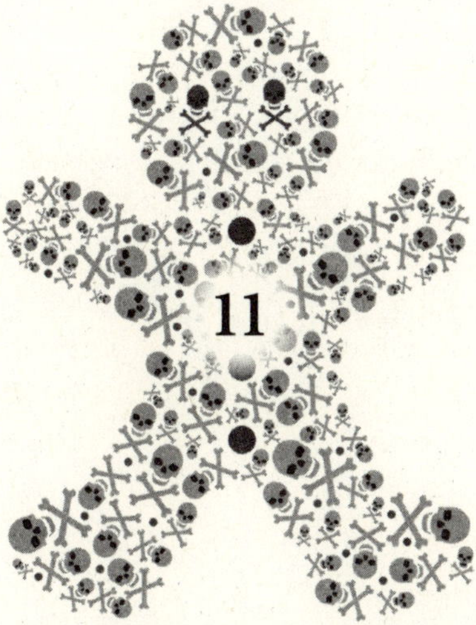

Iny Lorentz

Eine Leiche zu viel

Ebersberger Forst

Über die Autorin:

Iny Lorentz ist das Pseudonym des Autorenpaares Iny Klocke und Elmar Wohlrath. Ihr größter Erfolg *Die Wanderhure* erreichte ein Millionenpublikum und wurde ebenso wie fünf weitere ihrer Romane verfilmt. Drei ihrer Romane wurden mittlerweile für das Theater adaptiert. Seit der *Wanderhure* folgt Bestseller auf Bestseller. Auch wurden viele ihrer Romane ins Ausland verkauft. Neben anderen Preisen wurde das Autorenpaar mit dem »Wandernden Heilkräuterpreis« der Stadt Königsee ausgezeichnet und in die »Signs of Fame« des multikulturellen und völkerverbindenden Friedensprojekts »Fernweh-Park« aufgenommen.
www.inys-und-elmars-romane.de
www.facebook.com/Inys.und.Elmars.Romane

Das Ding da muss weg – und zwar heute noch!« Die Mutter deutete auf die lebensgroße Silikonpuppe, die nackt auf einem der beiden Betten im Schlafzimmer lag.

Noah verdrehte die Augen, und Bella protestierte. »Heute ist Heiligabend, Mama!«

»Gerade deshalb muss das da weg! Morgen kommen Tante Thea und Onkel Manfred und einige andere Leute, um sich hier umzusehen und für Onkel Ludwigs Seele zu beten. Der Herr Pfarrer wird auch dabei sein. Der darf so eine Sauerei nicht sehen … Was würde er von Onkel Ludwig denken?«

»Wegen dieser Puppe wird er den Onkel Ludwig schon nicht in die Hölle schicken«, wandte Bella ein. »Die sieht wirklich echt aus. Im ersten Moment habe ich gedacht, es wäre eine nackte Frau.«

»Diese Puppe ist ja auch kein aufblasbares Ding, wie man es im Sexshop kaufen kann«, erklärte ihr Bruder Noah grinsend. »Das ist eine lebensecht aussehende Silikonbraut, die man sich nach seinen eigenen Vorstellungen anfertigen lassen kann. Neu kostet die etliche Tausend Euro. Wir sollten sie bei eBay verticken! Ein paar Hundert Kröten kommen dabei sicher zusammen.«

»Bist du übergeschnappt?«, fragte ihn die Mutter aufgebracht. »Dann wüsste jeder, dass wir dieses Ding verkauft haben!«

»Das bekommt doch nur der Käufer mit«, erwiderte Noah.

»Das braucht bloß einer aus der Gegend zu sein – und dann heißt es, wir wären allesamt Pharisäer, die es mit unserem christlichen Glauben nicht ernst meinen. Das Ding ist einfach ekelhaft! Wie konnte Onkel Ludwig sich so etwas nur anschaffen?«

»Er ist auch nur ein Mann. Ich meine – er war einer, weil er jetzt tot ist. Eigentlich habe ich mir gedacht, er wäre anders gepolt, weil er nie etwas mit Frauen hatte. Aber anscheinend war ihm die Puppe lieber«, sagte Bella. Sie amüsierte sich eher, weil ihre Mutter ein solches Drama aus der Sache machte.

»Die hat wenigstens nicht gemeckert, wenn ihr etwas nicht gepasst hat«, sagte Noah und sah seine Mutter an. »Was sollen wir dann deiner Meinung nach damit tun?«

»Wir müssen dieses scheußliche Ding wegschaffen, und zwar noch heute«, wiederholte die Mutter.

»Also gut! Ich stecke sie in einen Müllsack und schmeiße sie in einen der Abfallcontainer«, bot Noah an.

»Pass aber auf, dass dich keiner sieht und glaubt, du willst eine Leiche entsorgen«, spottete Bella.

»Seid ihr beide deppert?«, schimpfte die Mutter. »Wenn du das Ding in den Abfall wirfst, schaut sicher einer nach – und dann weiß die ganze Straße, dass es Onkel Ludwig gehört hat!«

»Steigerst du dich jetzt nicht in eine Verschwörungstheorie hinein?«, fragte Bella.

»Onkel Ludwig war Mitglied im Kirchenvorstand, und ich gehöre zum Frauenkreis der Pfarrei! Wenn das aufkommt, wird Onkel Manfred nicht als Onkel Ludwigs Nachfolger in den Kirchenvorstand gewählt, und Tante Thea und ich dürfen die Kirche an den Feiertagen nicht mehr schmücken.«

»Jetzt werd nicht hysterisch, Mama! Es ist doch kein Mord geschehen. Das Ding ist bloß eine Puppe. Was anderes wäre es, wenn der Onkel Ludwig eine Frau umgebracht hätte. Dann …«

Noah zog gerade noch den Kopf zurück, sonst wäre die Hand seiner Mutter in seinem Gesicht gelandet.

»Fast hättest du mich getroffen«, beschwerte er sich.

»Du musst die Mama verstehen!«, sagte Bella. »Die Kirchengemeinde ist halt nun mal ihr Leben. Da ist sie jemand. Würde jetzt aufkommen, dass der Onkel Ludwig so ein Ding daheim gehabt hat, täten die Leute dumm daherreden.«

Noah schüttelte den Kopf. »Das ist ja fast wie in einer Sekte! Aber wie machen wir das? Wenn wir die jetzt so, wie sie ist, durchs Treppenhaus nach unten tragen, kommt uns gewiss einer entgegen. Oder willst du vielleicht gleich den Aufzug nehmen?«, wandte Noah ein.

»Den Aufzug? Das ist es!«, antwortete seine Schwester zu seiner Überraschung. »Die schaut doch wie echt aus. Wenn wir ihr etwas anziehen und sie festhalten, fällt keinem auf, dass sie aus Gummi ist.«

»Aus Silikon!«, korrigierte Noah sie und fand, dass seine Schwester genauso überspannt war wie seine Mutter.

»Und wo willst du sie hinbringen?«, fragte er. »Sollen wir sie vielleicht in die Isar werfen?«

»Am besten bringt ihr sie in einen Wald. Um die Zeit wird heute keiner mehr dort sein«, schlug die Mutter vor.

»Da wär ich mir beim Perlacher Forst nicht so sicher«, wandte Bella ein. »Da traben sicher noch Jogger herum, um sich vor dem Feiertagsbraten noch zwanzig Gramm herunterzutrainieren.«

»Zwanzig Gramm!« Noah lachte, während die Mutter überlegte.

»Ich habe es! Der Ebersberger Forst ist groß und abgelegen genug. Da könnt ihr dieses Ding hinbringen.«

»Sollen wir die Puppe dort auch noch vergraben?«, fragte Noah bissig.

»Schlecht wäre es nicht … Die Bella hat doch eine Klappschaufel im Auto, weil sie im letzten Jahr beim Skiurlaub im Schnee stecken geblieben ist.«

»Es ist ein Klappspaten«, korrigierte Bella sie. »Mit dem will ich wirklich kein Loch graben, in das die da hineinpasst.«

»Ihr seid ja zu zweit«, tat die Mutter diesen Einwand ab.

Noah sah über ihren Kopf hinweg seine Schwester an. »Die Mama meint das wirklich ernst …«

»Natürlich meine ich es ernst!«, sagte die Mutter eindringlich.

»Je weiter ihr das Ding wegbringt, umso weniger kann es mit Onkel Ludwig in Verbindung gebracht werden.«

»Uns bleibt wirklich nichts erspart. Und das am Heiligen Abend!«, stöhnte Noah.

»Bis zur Bescherung seid ihr wieder zurück, und dann kriegt jeder von euch einen Fuffziger extra!«

»Sagen wir, hundert Euro!«, forderte Noah, der als Student immer eine Geldspritze brauchen konnte.

»Also gut! Hundert! Damit es weg ist«, sagte die Mutter.

»Ich gehe schnell was zum Anziehen holen und bin in zehn Minuten wieder da«, sagte Bella und verließ die Wohnung. Die Mutter blieb mit Noah zurück und schüttelte ein ums andere Mal den Kopf.

»Das hätte ich von Onkel Ludwig wirklich nicht gedacht. Er war doch alleweil ein so korrekter Mensch!«

Bella brauchte länger als zehn Minuten, brachte dafür aber auch Schuhe mit, da niemand den Aufzug barfuß benützen würde.

Nur wenig später steckte die Silikonpuppe in ausgebeulten Jeans und einem T-Shirt, das Bella mittlerweile nicht mehr tragen konnte. Es war auch bei der Puppe schwer, es über deren Oberweite zu ziehen. Danach saß es so eng, dass sich die Nippel durch den Stoff drückten, wie Noah spöttisch behauptete.

»So könnt ihr sie nicht wegbringen!«, wandte die Mutter ein.

»Ich habe noch meinen alten Wintermantel mitgebracht«, sagte Bella und machte sich daran, der Puppe Socken und Schuhe anzuziehen. Mittlerweile begann ihr die Sache Spaß zu machen.

Auch ihr Bruder grinste und meinte, dass der sonst so überkorrekt erscheinende Onkel es faustdick hinter den Ohren gehabt hätte.

Der Mutter wurden die beiden zu übermütig. »Pass mir ja auf!«, mahnte sie.

»Keine Sorge, Mama! Wir bringen Ludowika weg, und danach ist es so, als hätte es sie nie gegeben«, versprach Noah.

»Wie kommst du auf Ludowika?«, fragte die Mutter verständnislos.

»Irgendeinen Namen braucht sie, und da sie Onkel Ludwig gehört hat, habe ich sie eben Ludowika getauft«, antwortete Noah grinsend.

Bella fand, dass Ludowika noch etwas Farbe benötigte, und zog deren Silikonmund mit ihrem Lippenstift nach. Danach betrachtete sie ihr Werk und nickte zufrieden.

»Die schaut wirklich echt aus! Ich habe das Auto in die Tiefgarage gefahren. Da können wir mit dem Aufzug gleich bis nach unten fahren. Nimmst du sie links oder rechts?« Die Frage galt Noah, der die Puppe unter der linken Achsel packte. Dabei weiteten sich seine Augen.

»Ludowika ist ganz schön schwer. Sie hat fast dein Gewicht«, sagte er stöhnend zu seiner Schwester.

Sie hob drohend die Hand. »Werd mir ja nicht frech! Ich haue schneller zu als die Mama. Bei mir schaffst du es nicht mehr, auszuweichen.«

Noah lachte nur, tätschelte mit der freien Hand Ludowikas Wange und forderte die Mutter auf, die Tür zu öffnen und dabei zu schauen, ob die Luft rein wäre.

Die erste Etappe von Onkel Ludwigs Wohnung zum Aufzug und die Fahrt in die Tiefe brachten sie ungesehen hinter sich. Im Gang zur Tiefgarage kam ihnen ein schwer bepackter Mann entgegen. Die Mutter öffnete ihm die Tür und erhielt ein Dankeschön. Bella, Noah und Ludowika sah er dabei nicht einmal an.

Wenig später hatten sie Ludowika auf den Rücksitz von Bellas Kleinwagen gesetzt und atmeten auf.

»Gut, dass sie bewegliche Gelenke hat. Bei einer aufblasbaren Puppe hätten wir uns schwerer getan«, sagte Bella.

»Der hätten wir die Luft herausgelassen, sie zusammengerollt, in eine Tüte gesteckt und in den Abfall geworfen«, antwortete Noah.

»Die Mama hätte dann auch wollen, dass wir die begraben.« Bella startete den Wagen, winkte der Mutter zu, die zurückblieb, um alles für den Heiligen Abend vorzubereiten, und fuhr los.

»Du hast doch eine Navi-App auf deinem Handy! Dann kannst du mich leiten! Ich kenne mich im Ebersberger Forst nicht aus«, sagte Bella zu Noah.

Der kramte das Smartphone heraus und suchte nach der besten Strecke. »Wir müssen ein Stück auf der A94 fahren und dann bei Forstinning in Richtung Ebersberg abbiegen. Dann haben wir fast zehn Kilometer Wald vor uns. Da werden wir schon ein Plätzchen für unsere Ludowika finden«, erklärte Noah.

»Was meinst du? Hat Onkel Ludwig wirklich mit Ludowika rumgemacht?«, fragte Bella nach einer Weile.

»Da habe ich keine Ahnung! Ich habe vor einiger Zeit einen Bericht im Fernsehen gesehen, dass ältere, alleinstehende Männer sich manchmal so eine Puppe besorgen, um sich nicht so allein zu fühlen. Die ziehen sie an, setzen sie mit an den Tisch und reden mit ihr wie mit einem Haustier.«

»Das ist aber eine recht einseitige Unterhaltung!«

»Es gibt Puppen, die haben einen Prozessor mit Internetanschluss und können daher richtige Gespräche führen. Die kosten aber sehr viel Geld. Aber ich rufe jetzt die Mama an. Wenn der Onkel für Ludowika Klamotten gekauft hat, sollte sie die besser mitnehmen, damit der Herr Pfarrer sie nicht findet.« Noah wählte ihre Nummer, beendete das Gespräch aber bald und sah seine Schwester grinsend an.

»Die Mama hat das Zeug schon entdeckt und bringt es weg. Sie meint, es ist schade, dass dir die Sachen nicht passen. Bei denen hat der Onkel sich nicht lumpen lassen.«

»Noch eine Andeutung, dass ich zu dick wäre, und ich schmeiße dich samt Ludowika aus dem Auto!«, drohte Bella und brachte ihren Bruder damit zum Lachen.

Der Ebersberger Forst war ein ausgedehntes Waldgebiet östlich von München, durch das nur wenige Straßen führten. Bella war ihrer Meinung nach schon endlos weit gefahren, ohne dass Noah sagte, sie solle abbiegen.

»Was ist jetzt?«, fragte sie angespannt. »Irgendwann müssen wir doch in den Wald hinein.«

»In einem halben Kilometer kommt ein Wanderparkplatz. Von dem aus führt eine Forststraße in den Wald. Wenn wir gut hundert Meter in die hineinfahren, müsste es weit genug sein«, erklärte Noah nach einem Blick auf sein Smartphone.

Bella bog an der genannten Stelle ab und bedauerte, nicht auf dem Wanderparkplatz bleiben zu können. Die Forststraße war nämlich nicht gerade eine Autobahn.

»Hoffentlich kann ich irgendwo drehen, sonst muss ich die ganze Strecke rückwärtsfahren«, sagte sie besorgt.

Noah wies auf eine Stelle, an der die Bäume etwas weiter vom Weg entfernt standen. »Dort kannst du halten!«

Bella tat es, und die beiden stiegen aus. Während Bella ihren Klappspaten aus dem Kofferraum holte, zog Noah Ludowika aus dem Wagen.

»Hoffentlich sieht uns keiner! Sonst denkt der noch, wir vergraben hier wirklich eine Leiche«, sagte Bella mit einem nervösen Kichern.

»Wer soll um die Zeit noch hier sein?«, spottete Noah.

Sie nahmen Ludowika zwischen sich, gingen ein Stück weit zwischen den Bäumen entlang und kämpften sich zuletzt durch zähes Gestrüpp, um einen geeigneten Platz zu finden.

»Ich glaube, jetzt ist es weit genug«, sagte Noah leise.

»Hoffentlich finden wir das Auto wieder!« Bella klang besorgt, denn hier drinnen war es recht düster. Zudem würde bald die Abenddämmerung einsetzen.

Sie lehnten Ludowika gegen einen Baumstamm, und Noah wollte schon beginnen zu graben. Da hörten sie nicht weit entfernt jemanden abstoßend fluchen.

Beide zuckten wie unter einem elektrischen Schlag zusammen und sahen sich an. Dem Geräusch nach, das jetzt zu ihnen drang, schien jemand auf etwas einzuhacken.

»Wir sollten verschwinden«, wisperte Bella.

»Und Ludowika allein zurücklassen?« Noah war neugierig geworden und ging vorsichtig in die Richtung, aus der sie etwas gehört hatten. Schon bald entdeckte er eine gebückte Gestalt, die mit einem Spaten auf etwas einschlug.

»He, was machen Sie da?«, fragte Noah scharf.

Der Fremde schnellte hoch, starrte Noah an und fluchte noch böser. Dann schleuderte er seinen Klappspaten in Noahs Richtung und rannte davon.

Noah wehrte das Ding mit seinem eigenen Spaten ab, sah kurz hinter dem anderen her und trat dann an das Loch.

Darin lag eine halb mit Erde bedeckte Frauenleiche. Ein Arm ragte noch aus dem Loch. Den hatte der Mann wohl mit dem Spaten abhacken wollen.

»Bleib zurück!«, rief Noah, um Bella diesen Anblick zu ersparen. Sie ließ sich jedoch nicht aufhalten und trat neben ihn.

»Mein Gott! Was machen wir jetzt?«, rief sie entsetzt.

Noch während sie es sagte, hörten sie nicht weit entfernt einen Automotor aufheulen. Wenig später erklang ein Geräusch, als wenn Blech auf Blech knallen würde, und das Krachen von Ästen. Dann trat Stille ein.

»Hoffentlich ist der Kerl nicht gegen dein Auto gefahren«, sagte Noah besorgt.

»Sollen wir nachschauen?«, fragte Bella.

Noah überlegte kurz und schüttelte den Kopf. »Wir sollten hierbleiben. Wenn wir weggehen, finden wir womöglich das Loch mit der Leiche nicht mehr. Jetzt sollten wir die Polizei anrufen. Für die ist das hier am Heiligen Abend wirklich eine schöne Bescherung.«

»Ich krieg hier kein Netz!«, stöhnte Bella.

»Ich habe eins!«, sagte Noah und tippte auf den Button, der ihn mit dem Notruf verband.

»Wir haben im Ebersberger Forst eine Leiche gefunden. Das ist kein Scherz!«, erklärte er, als sich jemand meldete.

»Lassen Sie Ihr Handy an, damit unsere Kollegen Sie orten können«, kam die Antwort. Danach hieß es für Bella und Noah warten.

Es war bereits dunkel, als sich die Lichtkegel mehrerer starker Taschenlampen näherten. Bella gab mit ihrer Taschenlampe Zeichen, damit die anderen sahen, wo sie waren. Es handelte sich um eine Polizistin mit drei Kollegen.

»Grüß Gott!«, sagte sie. »Haben Sie den Notruf abgegeben?«

Noah nickte. »Wir sind in den Wald gekommen und haben jemanden gehört. Deshalb sind wir hierher und … na ja, schauen Sie selber!« Er deutete dabei auf das Loch.

Die Polizistin und die drei Polizisten traten näher und warfen einen Blick hinein.

»Es handelt sich dabei ohne Zweifel um eine tote Frau. Das hier wird wohl länger dauern. Wir müssen die Kollegen der Spurensicherung rufen, und den Pathologen«, erklärte die Frau.

Einer ihrer Kollegen trat zu Bella. »Gehört Ihnen der grüne Wagen, der vorne am Forstweg steht?«

Bella nickte. »Ja! Warum?«

»Der Fahrer eines Vans wollte an ihm vorbeifahren und hat

sich anscheinend bei der Breite etwas verschätzt. Er hat zuerst Ihren Wagen gerammt und ist dann mit seinem eigenen zwischen zwei Bäume geraten. Der Mann ist verletzt und konnte den Wagen nicht mehr verlassen.«

»Das muss der Mörder sein!«, rief Noah.

»Sie haben auch einen Spaten bei sich«, stellte die Polizistin fest.

»Wir haben damit aber nichts ausgegraben! Dort hinten liegt der Spaten des Mörders. Er hat ihn auf mich geworfen und ist dann abgehauen«, erklärte Noah.

»Und was haben Sie dann mit Ihrem Spaten vorgehabt?«, bohrte die Polizistin weiter.

»Wir wollten Ludowika entsorgen«, berichtete Noah mit einem verunglückten Grinsen.

»Und wer ist das? Ein Haustier?«

»Eine Puppe – und zwar eine lebensgroße! Unsere Mama hat gemeint, wir sollen sie im Ebersberger Forst vergraben. Dahinten sitzt sie.« Bella deutete in die Richtung, in der Ludowika sein musste, und fragte dann nach, was mit ihrem Wagen war.

»Ist er stark kaputt?«

»Beide Fahrzeuge müssen abgeschleppt werden. Da der andere Schuld hat, wird seine Versicherung die Reparatur an Ihrem Wagen zahlen müssen«, erklärte der Mann.

Unterdessen waren zwei Beamte losgegangen und hatten Ludowika geholt.

»Eigentlich müsste man Sie beide wegen unbefugter Abfallentsorgung anzeigen«, sagte einer der beiden.

»Aber wenn Sie die Puppe wieder mitnehmen, kann man Ihnen nichts nachweisen«, mischte sich die Polizistin ein. »Das hier ist wichtiger!«

Sie zeigte auf die tote Frau. Für sie war deutlich zu erkennen, dass Bella und Noah mit der Leiche nichts zu tun hatten. Sie hatten jedoch den Mann, der diese heimlich hatte vergraben wollen, gestört und in die Flucht getrieben. Zudem war ihr Auto so gut wie schrottreif. Das war vorerst Ärger genug.

»Sie kommen jetzt mit aufs Revier, um Ihre Aussage zu machen. Und die da … Wie haben Sie sie getauft?«

»Ludowika!«, antwortete Noah.

»Ihre Ludowika nehmen Sie mit.«

Auf dem Weg zu den Streifenfahrzeugen kamen sie an den beschädigten Autos vorbei. Bella schimpfte, als sie ihren verbeulten Kleinwagen sah.

»Und das bloß, weil die Mama nicht wollte, dass wir die Puppe bei uns daheim in den Müllcontainer werfen!«, setzte sie wütend hinzu.

»Wie kommen wir eigentlich heim?«, fragte Noah.

»Da finden wir schon was!«, erklärte die Polizeibeamtin und wies auf das letzte Polizeiauto, das auf dem Forstweg stand.

»Wir fahren mit dem. Vergessen Sie aber Ihre Ludowika nicht!«

Bella schnaubte, als sie das hörte, während Noah breit grinste. »Das wäre sonst wohl eine Leiche zu viel.«

Eine Stunde später hatten Bella und Noah in der Polizeiinspektion Poing ihre Aussagen gemacht. Ludowika saß zwischen ihnen, stumm und mit jenem versonnenen Lächeln auf den Lippen, mit dem sie designt worden war. Der Polizeibeamte, der ihre Aussage aufgenommen hatte, sah so aus, als würde er ihnen am liebsten eine Ordnungsstrafe aufbrummen, weil sie mit der Puppe im Forst gewesen waren. Aber gerade das war nicht strafbar. Strafbar wäre es erst geworden, wenn Bella und Noah den Wald ohne Ludowika wieder verlassen hätten.

»Es sieht so aus, als wäre das alles! Ich werde jetzt ein Taxi bestellen, das Sie nach Hause bringt«, sagte er, als auf einmal das Telefon klingelte. Er hob ab, meldete sich und hörte zu. Als er wieder auflegte, sah er Bella und Noah an.

»Das kam von unseren Kollegen, die den Verunglückten ins Krankenhaus gebracht haben. Er hat gestanden, seine Frau im Affekt umgebracht zu haben. In seiner Panik wollte er die Leiche im Ebersberger Forst vergraben. Dabei haben Sie ihn gestört. Aber jetzt rufe ich das Taxi. Sie können draußen darauf warten.«

»Danke schön! Auch dafür, dass Sie sich um mein Auto kümmern. Ich hoffe, es dauert nicht zu lange, bis die Versicherung zahlt.«

»Das ist etwas, was wir nicht beeinflussen können«, sagte der Polizist und reichte ihnen die Hand.

»Auf Wiedersehen!« Noah wollte schon gehen, als ihn der Polizist zurückrief.

»Eure Ludowika nehmt ihr aber fei mit!«

Noah und Bella hoben die Puppe auf und trugen sie zwischen sich hinaus. Draußen wartete ein Mann mittleren Alters und sah sie neugierig an.

»Ich habe etwas von einem Mord gehört! Könnt ihr mir mehr sagen?«

»Da müssen Sie die Polizei fragen«, antwortete Bella und wollte an ihm vorbei.

»Darf ich ein Foto machen?«, fragte er und wartete die Antwort erst gar nicht ab.

»So ein Depp!«, meinte Bella, als sie auf das Taxi zugingen, das eben vor der Polizeiinspektion hielt.

Durch den Zwischenfall hatten Bella und Noah nicht nur die Bescherung, sondern auch die Christmette versäumt. Als sie dann auch noch Ludowika mit in die Wohnung brachten, rastete die Mutter aus.

»Reg dich wieder ab, Mama!«, sagte Noah. »Wir haben Ludowika nicht zurücklassen können. Es wäre für die Polizei sonst eine Leiche zu viel gewesen.«

»Eine Leiche!« Die Mutter erschrak und hörte dann schweigend zu, als Bella und Noah ihr von der Toten berichteten, die sie im Wald entdeckt hatten, und von dem Mann, der Bellas Auto gerammt hatte.

Der Burgfrieden hielt genau bis nach den Feiertagen. Am Morgen des 27. Dezember stürmte die Mutter zornglühend in die Küche und hielt Bella und Noah die Zeitung vor die Nase. Die Schlagzeile war nicht zu übersehen.

»Ludowika entlarvt den Mörder!«

Darunter war das Foto mit Bella, Noah und der Puppe, die auf dem Bild vollkommen lebensecht wirkte.

»Da steht, dass sie die Freundin von eurem Onkel Ludwig wäre!«, rief die Mutter zornig.

»Das haben wir nicht gesagt«, erklärte Noah mit Nachdruck. »Anscheinend hat der Reporter ein paar von den Polizisten ausgehorcht. Die haben sich köstlich über Ludowika amüsiert.«

»Was für eine Blamage!«, jammerte die Mutter.

Bevor sie jedoch mehr sagen konnte, schellte es an der Tür. Sie ging hin und öffnete. Eine Nachbarin und Mitstreiterin aus der Kirche stand draußen und hielt die Zeitung in der Hand.

»Hätten Sie das von Ihrem Onkel gedacht?«, rief die Frau mit vor Empörung vibrierender Stimme. »Hat der sich in seinen alten Tagen noch eine junge Freundin angelacht. Die könnte fast seine Enkelin sein. Ich prophezeie dir, der Ludwig hat der sein ganzes Vermögen vermacht, und du erbst gar nichts von ihm!«

Als Bella und Noah das hörten, brachen sie in ein schallendes Gelächter aus.

»Ludowika hätte es verdient!«, sagte Noah, als er sich wieder etwas beruhigt hatte.

Seine Schwester nickte. »Ja, das hätte sie!«

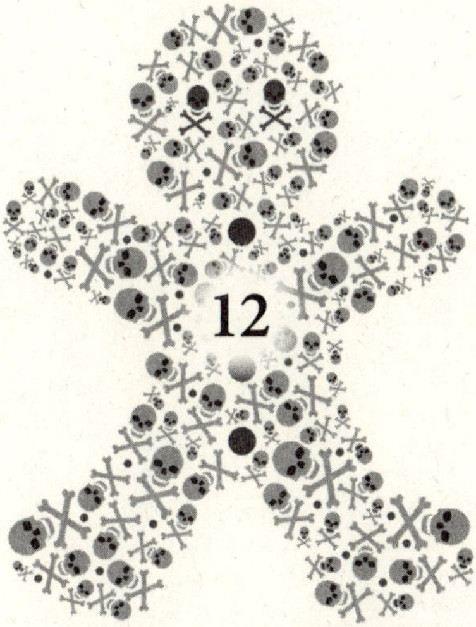

Tilo Eckardt

Eisbad um Mitternacht

St. Moritz

Über den Autor:

Tilo Eckardt ist ein deutsch-schweizerischer Lektor, Verleger, Autor und Literaturagent. Bis 2021 war er verlegerischer Geschäftsführer der Heyne Verlage. Für die Recherchen für *Gefährliche Betrachtungen* wurde Tilo Eckardt von der renommierten Nordic Cultur Foundation und der Klaipėda County Ieva Simonaitytė Public Library nach Nida in Litauen eingeladen. Zwei Monate lang hat er in der dortigen Autorenresidenz gelebt und geschrieben, die sich nur wenige Meter von Thomas Manns Sommerhaus befindet.

Im Nachhinein, erzählte Feli später ihrer Freundin Stella, sei sie froh, gleich am Anfang der Bescherung Tom den Vorschlag gemacht zu haben, als Erstes die Jungs ihre Geschenke auspacken zu lassen, obwohl Tante Mari, wie Feli sagte, es besser gefunden hätte, die Kinder würden lernen, sich in Geduld zu üben, da sie es sonst im Leben schwer haben würden, aber so, war auch Tom erleichtert, hätten Sami und Matti nicht mitbekommen, was später passierte, und er hätte, wie er Ella gestand, auch gar nicht gewusst, wie er es ihnen hätte erklären sollen. Sowieso wären die beiden, nach Helmis Schilderung, ungestüm über die Sofalandschaft gesprungen, und Tante Mari habe schützend die Hände vor das Gesicht halten müssen und ausgerufen, also so ein Benehmen an Weihnachten, und die Jungs hätten ihr Küsschen auf die Wangen gedrückt und geradezu gesäuselt, Geschenke her, dann seid ihr uns los. Und Tom rief, Ruhe, Jungs, sonst gibt es gar nichts, und Helmi, die keine Enkelkinder hatte, atmete hörbar aus und zog die Augenbrauen hoch, woraufhin Aleksi lachend sagte, es sei nicht gut, die beiden noch länger auf die Folter zu spannen, jedenfalls nicht, pflichtete Ella ihm bei, wenn man den Abend unfallfrei über die Bühne bringen wolle.

Ob es nicht netter wäre, auf Antti zu warten, warf Ursula ein, aber Helmi erklärte, das Familienoberhaupt käme nicht zur Bescherung, und Mika wusste, dass Vater vor dem Eisbad um Mitternacht seine Yoga- und Atemübungen machte, denn diese Übungen nach Wim Hof, erklärte Feli, mache er regelmäßig, seit Juna gestorben war, und sie sei überzeugt, ohne diese Routine hätte er die Zeit danach kaum überstanden, zumindest, überlegte Aleksi laut, hätten sie Vaters Tagen Struktur gegeben. Und Tante Mari sagte, das Eisbaden habe doch dieser Wimmoff nicht erfunden, und schon als junge Mädchen hätten sie Löcher ins Eis geschlagen, und Mika sagte, also für ihn wäre das nichts, da würde er sterben vor Kälte, dabei, versicherte Ella, die in dem Verlag arbeitete, in dem die Bücher von Wim Hof erscheinen, bestehe selbst im hohen Alter keine Gefahr. Andererseits, warnte Joel, könne es schnell passieren, dass man die Signale seines Körpers falsch las, dann fühle man sich fit und gesund, obwohl das Herz stark belastet werde, was Helmi nur bestätigen konnte, denn genau so war es ihrem Lenni ergangen, der kurz vor seinem Infarkt noch einen Waldlauf absolviert hatte, ohne irgendwelche Warnzeichen zu bemerken. Alles *zu* sei von Übel, kommentierte Tante Mari, und das, sagte Mika, sei eine der wenigen Wahrheiten über das Leben, der man uneingeschränkt beipflichten könne, und zu kalt sei einfach zu kalt.

Die seien aber groß, staunte Ursula über die Geschenke für die Jungs, während Sami und Matti über sie herfielen, und Janni versicherte leise, ja, schon, aber pädagogisch wertvoll, denn als Mutter sei es ihr wichtig, wie sie Anttis Sekretär Roberto nach Rücksprache mit Yanis schon im November mitgeteilt hatte, die Fantasie des eigenen Kindes zu fördern, weshalb sie und ihr Mann sich strikt gegen Smartphones ausgesprochen hätten, dafür sei es mit zehn Jahren noch zu früh, wie auch Tom befand, denn die Jungs würden immer noch gern mit Lego spielen, und dabei dürfe es, sagte Ella, für Matti auch etwas Anspruchsvolles sein. Wer sich denn, wollte Ella beim Blick unter den Baum wissen, nicht an Anttis Anweisung gehalten und trotzdem Geschenke für die Erwachsenen mitgebracht habe? Aber alle schüttelten den Kopf, und dann vermutete Mika mit Blick auf Roberto, dass diese Geschenke wohl von Vater für die Geschwister seien, und Helmi meinte, diese Konsumschlachten zu Weihnachten finde sie eh schrecklich, es gehe doch um die gemeinsame Zeit und die Besinnung, und da musste Feli daran denken, dass dies das erste Weihnachtsfest ohne ihre Mutter Juna war, es sei doch verrückt, wie schnell die Zeit verginge, wenn man sich das mal überlegte. Sie sollten, verlangte Tante Mari von den Kindern, das schöne Papier aufheben, das könne man wirklich noch mal brauchen, fand auch Janni, aber in dem Moment rief Matti, genau das hab ich mir gewünscht, und Tante Mari sagte, was ist das denn um Himmels willen, und Ella sagte, Lego Star Wars, und damit, rief Janni den Jungs hinterher, seid ihr hoffentlich bis zum zweiten Weihnachtsfeiertag aus dem Verkehr gezogen, aber geschlafen wird trotzdem irgendwann, ergänzte Tom, und dann war es auf einen Schlag still in dem hohen Raum in dem großen Haus am See am Rande von St. Moritz.

Aber wenn sowieso nicht jeder eines bekommt, sagte Feli beim Blick auf die vier Geschenke, könnten sie ebenso gut losen, wer sie auspackt, und dann würde man ja sehen. Aleksi hatte aber die Karten schon entdeckt und sagte zu Feli, da stehen Namen drauf und auch Nummern, und gegenüber der Polizei behauptete Mika am nächsten Tag, die Nummern und die sich daraus ergebende Dramaturgie der Bescherung deute für ihn darauf hin, dass Antti das Ganze genau geplant habe. Eine Vermutung, die Mika bestätigte, denn wegen der Nummern auf den Kärtchen musste Feli, die Jüngste der Geschwister, das erste Geschenk auspacken, und als sie alle das weinrote Schmuckkästchen sahen, gab Helmi zu Protokoll, sei ihr schon klar gewesen, dass etwas Ungewöhnliches geschehen würde, aber Feli sagte, Helmi würde sich mit dieser behaupteten Vorahnung nur wichtigmachen wollen. Mach schon auf, forderte Joel seine Frau auf, der, wie sie später zugab, ein Schauer über den Rücken lief, als sie sah, was das Kästchen enthielt, und sie Helmi Mika zuflüstern hörte, sie fände, so ein Geschenk könne Vater Feli nicht machen. Was Mika wenige Tage später seinem Anwalt gegenüber auch geltend machte, denn das Stück gehöre in die gesamte Erbmasse, obwohl, wie der Anwalt zu bedenken gab, sich im Lichte späterer Ereignisse durchaus argumentieren ließe, dass jede einzelne Namenskarte auf jedem einzelnen Geschenk in gewissem Sinne den Letzten Willen des Vaters ausdrückte. Ich kenne die Kette, sagte Helmi zu Feli, und sogar Tante Mari, die nicht zu Sentimentalitäten neigte, spürte in diesem Moment, wie sie Feli später anvertraute, eine Ergriffenheit im Raum, denn diese goldene Jugendstil-Kette mit Rubinen, sicher ein Einzelstück, meinte sie zu wissen, hatte Antti seiner Braut Juna 1962 zur Hochzeit geschenkt. Dass sie wunderschön sei, sagte Ella, aber wie er dazu komme, sie ihr zu schenken, fragte Mika, und warum ausgerechnet jetzt, nachdem sie sechzig Jahre in der Schatulle gelegen habe und nur vor Jahren einmal entnommen worden sei, um, wie sich Aleksi erinnerte, die Kette schätzen zu lassen, wonach sie einen beträchtlichen Wert habe, sagte er zu Mika, nicht nur materiell, sondern auch künstlerisch. Gerade das, bekräftigte Mika, müsse Vater ja wissen, weshalb er sie nicht irgendeinem seiner Kinder an einem beliebigen Weihnachten überlassen könne, vor allem, gab Helmi ihm recht, wenn man den sentimentalen Wert für alle berücksichtige. Aber sie würden doch wohl nicht denken, verteidigte Joel seine Frau, Feli wolle sich mit dem Schmuckstück bereichern, er fände das ziemlich unfair, zumal Antti sich doch etwas bei den Geschenken gedacht haben müsse, wobei es ihm schon nicht ähnlichsehe, sagte Tom, so persönliche Geschenke ganz ohne Erklärung zu machen, und er schlug vor, Antti später einfach selbst zu fragen.

Kinder, rief Tante Mari, es ist doch Weihnachten, und ihr sitzt da wie begossene Pudel, ein bisschen Dankbarkeit, bitte, und sie schaute aufmunternd zu Mika, der nickte und Aleksi aufforderte, das nächste Paket aufzumachen. Und der kniete unter den Baum, fand die 2 neben seinem Namen auf der Karte, und er schüttelte das in grünes Papier gewickelte Paket, wobei alle, wie Helmi sich zu erinnern meinte, den Atem anhielten. Nur Joko, gab Roberto später zu Protokoll, habe sich an ihn mit der Bitte gewandt, mehr Wein zu bringen, aber danach, habe Aleksi ihm hinterhergerufen, solle er sich dazusetzen und mit ihnen anstoßen, an Weihnachten habe auch er irgendwann Dienstschluss. Also dann, erhob Aleksi kurze Zeit später sein Glas, und alle sahen sich reihum an und prosteten einander zu, sogar Roberto, nur Ella nicht, die keinen Alkohol trank und eine Tasse Tee vor sich auf dem Couchtisch stehen hatte, mit der man nicht anstoßen konnte, wie sie fand. Allen ein frohes Fest, sagte Ursula, frohes Fest, riefen sie, doch Roberto bewegte nur die Lippen zum Trinkspruch, wie Feli auffiel, als sie ihm eine Hand auf die Schulter legte und sagte, mit Vater stoßen wir später an, woraufhin der Sekretär stumm sein Glas abstellte und wortlos den Raum verließ. Jetzt aber, setzte Aleksi erneut an, und alle blickten auf den kleinen Karton, der in dem größeren Karton zum Vorschein kam, der in dem Paket steckte, gepolstert mit Holzwolle, die herausquoll und auf den Teppich rieselte. Du machst es aber spannend, sagte Tom, als sein Vater den letzten kleinen Karton hochhielt, aufklappte und hineinschaute und sagte, na, so was, ein Schlüsselanhänger, und Feli stieß Mika an, zeig doch mal, sagte der und streckte die Hand nach dem Ding aus, fluchte dann nach Aussage von Aleksi, warf ihm den Anhänger wieder zu, um dann mit den Worten, das kann der Alte doch nicht machen, aus dem Zimmer zu rennen, was Tante Mari zu der Mahnung hinriss, er solle sich zusammenreißen, so könne man nicht über den eigenen Vater sprechen, wobei, wie Aleksi später Tom gestand, er schon Verständnis für Mikas Reaktion habe, du meine Güte, sagte Tom, wer denn nicht. Und dann riss auch Helmi den Mund auf, dieser Troll-Anhänger, stammelte sie, hing doch immer, aber sie beendete den Satz nicht, das erledigte Aleksi für sie, indem er sagte, genau, der hing immer am Schlüssel zum Sommerhaus am Suolajärvi, Vaters liebstem Ort auf Erden. Ob er bei den Jungs reingeschaut habe, fragte Ursula Mika, als der kurz darauf zurückkam, und er bejahte die Frage, die seien mit Bauen beschäftigt, und ob er Vater gesprochen habe, wollte Aleksi von seinem Bruder wissen, aber der winkte ab, als er sich wieder setzte, die Tür sei abgeschlossen. Und Aleksi beruhigte Mika, er beanspruche doch wegen des Schlüssels nicht das Sommerhaus für sich, das ja, worauf Feli hinwies, den Geschwistern zu gleichen Teilen gehörte, sollte Vater einmal sterben, aber das, meinte Helmi, könne bei dessen Rossnatur noch lange dauern, und genau deshalb, beharrte Mika, ginge es ihm um das Prinzip.

Die Bescherung habe zu diesem Zeitpunkt, gestand Feli später Aleksi, schon unter einem so schlechten Stern gestanden, dass sie sie so schnell wie möglich hinter sich habe bringen wollen, zumal Mika und Helmi, wie Aleksi sich ebenfalls erinnerte, von Anfang an düsterer Stimmung gewesen seien, was, wie Ursula mutmaßte, mit einem gewissen Neid auf Feli und Aleksi zu tun haben konnte, weil die, anders als Mika und Helmi, Ehe-, Kinder- und Enkelglück vorweisen konnten. Wobei einerseits die Vorstellung von Glück, wie Yannis bei abendlichen Gesprächen mit seiner Frau gern betonte, natürlich vage war, andererseits auf Ereignisse, die einen Menschen unglücklich machten, der Finger gelegt werden konnte, was, wie Janni unterstrich, gerade bei Helmi der Fall sei mit dem plötzlichen Verlust des Ehemanns, was das brutale Ende einer Familie bedeutete, mit dem nicht nur Helmi, sondern vor allem auch Sohn Joko noch immer zu kämpfen habe. Als ob Familie eine Garantie für Glück wäre, antwortete Aleksi, seien doch gerade die Mannheimers, wie Tante Mari bei Abendgesellschaften gern scherzte, das perfekte Beispiel für eine Familie, die im tolstoischen Sinne auf ihre ganz eigene Weise unglücklich war. Ob sie jetzt mit Auspacken dran sei, fragte Helmi in die Runde, und Tom forderte sie auf, sitzen zu bleiben, und er zog das Geschenk mit dem Namen seiner Tante und der Nummer 3 unter dem Baum hervor, und alle schienen auf ihre Hände zu starren, gab Janni später ihren Eindruck wieder, während Helmi ungeduldig Papier, Karton und Füllung entfernte, bis sie eine Kassettenhülle herauszog. Sieht aus wie ein Mixtape, erklärte Joko Tante Mari, damit hat man früher Songs geshuffelt. Das war, assistierte Tom, bevor es Spotify gab, und Tante Mari fragte, wieso geschaffelt, und Aleksi nahm Helmi die Kassette aus der Hand und las laut vor, was darauf geschrieben stand, für die Verabschiedung am Grab, und Mika sagte, das sei doch Mutters Schrift auf der Hülle, und er musste schlucken, und Helmi drehte die Kassette ratlos hin und her, aber da stand sonst nichts drauf, und dann fragte sie, ob jemand noch wisse, was damals am Grab gespielt worden sei. *April in Paris,* erinnerte sich Feli, von Ella Fitzgerald, und Tante Mari fiel ein, wie unpassend schmissig ihr die Musik für den Anlass vorgekommen sei, und nicht nur ihr, sondern vielen Trauergästen, wie Helmi zu berichten wusste, dabei sei das Stück eher sentimental als fröhlich, sagte Feli, aber doch voller Lebensfreude, fiel Joel ein, wobei, erinnerte sich Aleksi, die eigentliche Erklärung für die Wahl ausgerechnet dieses Stücks damit zu tun habe, dass Mutter und Vater ihren Honeymoon im Pariser Frühling verbracht hatten. Aber die Frage sei doch, stellte Ursula in den Raum, was Antti ihnen allen mit diesen Geschenken eigentlich sagen wolle. Und es war genau diese Frage und genau in diesem Moment, stellte Feli am nächsten Tag auf dem Polizeikommando gegenüber den Geschwistern fest, als wir die Bescherung hätten abbrechen sollen, auch wenn das, wie Mika meinte, nichts geändert hätte, weil sie alle schon, ohne es zu merken, längst seinen Willen vollstreckten, den Willen des Antti Mannheimer, des Baumaschinenkönigs von Finnland, der aus steuerlichen Gründen in einer See-Villa im Engadin lebte und seinen Kindern, Enkeln und Urenkeln an Weihnachten quasi eine Audienz gewährte, nur um uns zu beweisen, sagte Feli bitter, dass er über uns bestimmt, so wie er sogar über Mutter bestimmt hat, bis in den Tod, schnaubte Aleksi, was ein Schock für mich gewesen ist, sagte Helmi zu ihm, selbst wenn wir seinen Kontrollwahn kannten, der am Ende eben auch seinen Tod einschloss, sagte Mika, und vielleicht sogar unseren Tod, stieß Aleksi hervor, denn wenn ich wegen dieser Sache im Gefängnis lande, würde ich das nicht überleben. Aber all diese Überlegungen kamen erst später, und Janni ließ sich von Ursula erzählen, wie Helmi ihr Geschenk auspackte, weil sie, Janni, nach den Jungs sehen wollte, sich aber in dem großen fremden Haus verlaufen habe, wie sie Ursula erzählte, sodass sie irgendwann vor Anttis Tür stand und lauschte, sich aber nicht zu klopfen traute, sonst wäre alles vielleicht anders gekommen. Und dann musste ich die Jungs gar nicht mehr suchen, erzählte sie, denn die kamen aus ihrem Zimmer gerannt und stürmten an mir vorbei ins Wohnzimmer, und Yannis rief, Ja, hallo, und Tante Mari fragte, seid ihr denn schon fertig, und Sami und Matti zeigten das Cockpit des Millennium Falken herum, und alle lachten, als Tante Mari sagte, das sieht gar nicht aus wie ein Falke, und damit, sagte Ursula, war dann meine Frage, was das alles bedeuten würde, vergessen.

Weil wir da schon Angst vor der Antwort auf die Frage hatten, sagte Mika auf dem Polizeikommando, warum ein alter Mann seine Erinnerungen an die Kinder verschenkt, wobei, wie Aleksi richtigstellte, das letzte Geschenk kein Erinnerungsstück ist, oh nein, bekräftigte Feli, vielmehr ein Schuldeingeständnis, sogar unterschrieben und notariell beglaubigt, in einem roten Geschenkumschlag mit kleinen grünen Tannenbäumchen darauf, erinnerte sich Mika. Und als du die Patientenverfügung herausgezogen hast, sagte Helmi zu ihm, bist du ganz blass geworden, und ich habe die Hand danach ausgestreckt, sagte Feli zu Mika, aber du musst schon was geahnt haben, denn du hast gleich die Stelle gefunden, weil wir doch damals, als Mutter an Corona erkrankt und ins Koma gefallen ist, mit Vater genau über diese Frage gestritten haben, sagte Mika zu Feli auf dem Polizeikommando, künstlich beatmen oder nicht. Und dass Mutter das gewollt hätte, sagte Feli, konnte ich mir einfach nicht vorstellen, nein, sie hätte niemals ihr Leiden verlängern wollen, war sich auch Aleksi sicher, und dabei hat Vater es gewusst, flüsterte Helmi, er hat es die ganze Zeit gewusst und gegen ihren Willen gehandelt, sagte Mika, als sie sich nicht wehren konnte, sagte Feli, hat er ihr Vertrauen missbraucht, sagte Aleksi, hat er sie leiden lassen, schluchzte Helmi, vielleicht weil er sie nicht verlieren wollte, fragte Feli, weil er unbedingt seinen Willen haben musste, stellte Mika klar, um jeden Preis.

Was das für seltsame Geschenke seien und wo sie denn alle so plötzlich hinwollten, fragte Tante Mari, als die Geschwister aufstanden, als hätten sie sich abgesprochen, und die Enkel verkündeten, sie würden bei Tante Mari bleiben, dabei hatten sie gar keinen Plan, wie Aleksi bei seinem späteren Verhör versicherte, sie wollten nur, vermutete zumindest Feli bei ihrer Aussage, die Aussprache mit dem Vater, oder, wie Helmi es nannte, ihn mit der Situation konfrontieren, denn sie hatten das Recht auf eine Erklärung, wie Mika bekräftigte. Und ja, gab Mika gegenüber der Polizei zu, er sei wütend gewesen, natürlich war er wütend, weil er allen Grund dazu hatte, sie alle, glaubte er, und Feli konnte das bestätigen, weil sie vom Vater immer viel zu schlucken hatten, überlegte Helmi, besonders Aleksi als der Älteste und Erste, der einen eigenen Weg suchte und die Bresche für die anderen schlug. Aber solange die Mutter noch lebte, erzählte Ella irgendwann ihrer Therapeutin, sei es für die Geschwister einfacher gewesen, weil sie sehen konnten, wie Juna ihren Mann Antti mit Haltung und Strenge liebte, und die Geschwister hätten die Unabhängigkeit und Stärke ihrer Mutter geliebt, und dann habe der Vater die Mutter noch im Sterben dieser Unabhängigkeit und Stärke beraubt, sodass sie gefesselt und Stück für Stück verschwindend, wie Mika es ausdrückte, ihrem Tod entgegendämmerte, und genau dieser Gedanke war es, der alle an diesem unheiligen Abend so wütend machte. Dass sie, nachdem sie den Vater im Haus nicht finden konnten und die offene Tür neben der Sauna entdeckten, in der beißenden Kälte hinunter zum Ufer liefen, den Fußspuren im hohen Schnee folgend, auf den Steg, an dessen Ende Roberto stand, der sie kommen hörte und sich nach ihnen umdrehte, als würde er sie erwarten, und sie sich eng um die schmale Leiter versammelten, über die man in das Loch im Eis stieg, das kaum fünf Meter im Durchschnitt maß und in dessen Mitte der Vater schwamm, zu diesem Zeitpunkt noch lebend, war sich Aleksi sicher, mit dem Kopf über Wasser zwar, aber sich kaum bewegend, erinnerte sich Helmi, mir aber dabei einen Blick zuwerfend, behauptete Mika, so kalt wie das Wasser, in dem er schwamm. Und dann ist er plötzlich schlaff geworden, sagte Feli, und eigentlich müsste doch an solchen Stegen immer eine Rettungsstange sein, empörte sich Helmi, da ist aber keine gewesen, und Aleksi musste selbst fast ins Wasser, erinnerte sich Mika, aber ich habe ihn an einer Hand festgehalten, und er habe sich so weit über das Loch gebeugt, wie es ihm möglich war, zumindest behaupteten die Geschwister diese Version. Oder hatte Antti, zu diesem Zeitpunkt laut Obduktionsbericht bereits stark unterkühlt, doch noch nach der Leiter gegriffen, worauf Roberto in seiner Aussage beharrte, um sich aus dem Wasser helfen zu lassen, und er wäre auch gerettet worden, wenn Aleksi sich nicht vorgebeugt und seinen Vater zurückgestoßen hätte, wie Roberto im Zeugenstand aussagte und Aleksi unter Eid bestritt und was keines seiner Geschwister gesehen haben wollte, aber gehört hätten sie es angeblich alle, wie der Vater als Letztes gesagt habe, seid ihr nun zufrieden?

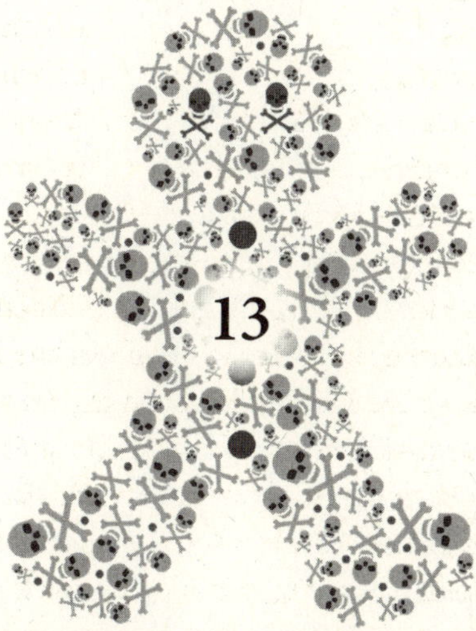

Eleanor Bardilac

Das gläserne Spiel des Schnees

Bregenz (Bodensee)

Über die Autorin:

Eleanor Bardilac wurde 1994 in Wien geboren, wo sie nach wie vor zusammen mit ihrer Herzensdame lebt und arbeitet. Zwei abgeschlossene Bachelorstudien in Deutscher Philologie und Vergleichender Literaturwissenschaft verstärkten ihre Liebe zur Literatur in all ihren Facetten nur noch mehr. 2021 erschien ihr Fantasy-Debütroman *Knochenblumen welken nicht* bei Droemer Knaur, der 2022 den Seraph-Phantastikpreis in der Kategorie »Bestes Debüt« erhielt. Ihr neuester Roman *Die Magie goldgewebter Herzen* erschien 2024 ebenfalls bei Droemer Knaur. Den vollständigen Abbau ihres Stapels ungelesener Bücher zögert sie seit Jahren erfolgreich damit heraus, viel zu viele Sprachen zu lernen und ihren persönlichen FBI-Agenten mit verdächtigen Suchanfragen im Internet bei der Stange zu halten.

Content Notes: Femizid (impliziert); physische Gewalt und ihre Folgen, Gaslighting, Machtmissbrauch, Rassismus

AKT 1: Schwarze Amseln im Winter

Schädelweh begleitete Robert in den Schlaf, und Schädelweh begleitete ihn nach dem Aufwachen unter die Dusche. Sicher war das Wetter schuld: Über Nacht hatte der Schnee Bregenz gefunden und war vom Wind durch die Straßen geblasen worden. Solche Dinge vertrug Robert nur schlecht, aber der Dezember kümmerte sich nicht um seine Befindlichkeiten und ließ sich auch nicht davon unterwerfen. Schade eigentlich.

Er zog sich an, schluckte eine Kopfschmerztablette mit der heißen Tasse Kaffee hinunter, die seine hochmoderne Maschine dank des Timers vorgebrüht hatte, und ignorierte das Chaos im Wohnzimmer, das seit drei Tagen unangerührt blieb. Irgendwann musste er das wohl in Angriff nehmen, bevorzugt vor dem Vierundzwanzigsten, wenn die halbe Familie hier einfallen würde. Bis dahin hatte er allerdings noch Zeit. Und sein Job wartete nicht. Im Gegensatz zum Chaos.

Robert leerte die Tasse, stellte sie in die Spüle zu ihren Geschwistern, griff nach seinem Schlüssel und wickelte sich zur Lederjacke noch einen Schal um den Hals. Schon im Stiegenhaus griff die Bregenzer Kälte mit langen Fingern nach ihm. Er streifte die Handschuhe über und trat auf die Straße. Schlimmer als der Dezember war nur der Jänner. Ab jetzt nahmen die Härtefälle zu, das spürte er auf der Zungenspitze. Gut, dass er zumindest in der Nähe des Wohngebäudes geparkt hatte.

Der Verkehr auf der Seestraße war ein Albtraum wie immer, aber ebenfalls wie immer war zumindest der Bodensee selbst im Dezember ein tröstlich schöner Anblick. Seine Oberfläche glänzte in jenem fast gläsernen, blauen Ton, den nur der Winter hervorbrachte. Weiter draußen strahlten die Lichter des Weihnachtsschiffs, das gerade seine erste Runde antrat.

Drei Tage noch, dann würde er endlich seinen Urlaub antreten und die traditionelle Weihnachtsfahrt selbst mitmachen. In Zivil und guter Begleitung.

Da sollte noch jemand behaupten, dass es keinen Grund zum Weitermachen gäbe.

Die Aussicht auf eine Auszeit beflügelte seinen Schritt, als er die unglaublich hässliche Polizeiinspektion betrat. Ein paar Grüße hier, ein Lächeln da, es war nach vielen Dienstjahren Routine, das Betriebsklima mit diesen Aufmerksamkeiten aufrechtzuerhalten. Robert musste seine Kollegschaft nicht mögen, er musste nur mit ihr auskommen. Das wiederum war simpel. Menschen waren im Allgemeinen sehr umgänglich, wenn man wusste, wie man sie anpacken musste. Sein Partner war da ein perfektes Beispiel: weibisch und eifrig, aber im Grunde genommen eine gute Haut und zutiefst loyal, wenn man sich nur etwas mit seinen Hobbys beschäftigte. Robert schüttelte wässrige Schneeflockenreste aus seinem Schal und schlug Vinzenz auf die Schulter.

»Na, wie hammas?«, fragte Robert und ließ sich in seinen Schreibtischsessel fallen, während Vinzenz aufsprang und ihm die zweite Tasse Kaffee des Tages brachte. Nicht zu vergleichen mit seinem Automaten daheim, aber besser als nichts. Er trank einen Schluck und lehnte sich zurück, musterte Vinzenz unter halb gesenkten Augenlidern. Sein Partner rieb sich den Puls am rechten Handgelenk und warf mit einem Seufzer einen Akt auf Roberts Schreibtischoberfläche. Robert schürzte die Lippen. Ein Zentimeter weiter links, und es hätte die Tasse getroffen. Er hob eine Augenbraue, was Vinzenz dazu brachte, entschuldigend zu lächeln.

»Leider ein ziemlich g'schissener Einstieg in den Tag«, sagte er.

»Aber zumindest mal was anderes als Drogensüchtige, die irgendwo einbrechen.«

»Weiß net, der Einbruch im siebten Stock über einer Polizeiwache letzte Woche war schon ein besonderes Gustostückerl.« Robert schlug den Akt auf.

Das hätte er besser nicht getan.

Aus dem Foto, das ganz oben im Akt lag, sahen ihm ernste, dunkle Augen entgegen. Weiblich, 27 Jahre alt, weiß. Hübsch, jedenfalls auf eulenhafte Weise: Weiches, welliges Haar rahmte ein herzförmiges Gesicht, in dem die Augen überdimensioniert wirkten. Das Kindchenschema ließ grüßen. Die Frau auf dem Foto lächelte nicht. Vermutlich hätte sie Roberts Gedanken nicht besonders lustig gefunden.

»Ist als vermisst gemeldet worden, von ihrer Mutter.« Vinzenz nickte auf das Foto. »Maria Hofthaler, siebenundzwanzig Jahre alt. Lebt allein, die Mutter ist Büroangestellte, der Vater hat einen Laden in der Innenstadt. Anscheinend hat die Vermisste irgendwann in den letzten Monaten eine Beziehung angefangen, aber die Mutter kennt den Freund nicht und hat ihn auch noch nie gesehen.«

»Na ja, man muss den Eltern auch nicht unbedingt immer alles sagen, besonders wenn sie vielleicht dagegen sind«, murmelte Robert. Er konnte die Augen nicht von Maria nehmen. »Gibt's Freunde, die wissen könnten, wo sie ist?«

»Die Mutter hat mit ein paar gesprochen, die wissen laut ihr auch nix.«

»Sollten wir noch mal befragen. Haben wir eine Liste?«

»Ja, von der Mutter.«

»Passt. Arbeitsteilung wie folgt.« Robert schlug den Akt zu. »Du klapperst die Liste ab, ich verschaff uns Zugang zu ihrer Wohnung. Das sollte uns einen Hinweis darauf geben, wo sie sein könnte oder was passiert ist.« Er rieb sich über das Gesicht.

»Alles okay?«, fragte Vinzenz mit zusammengezogenen Brauen. Immer so auf andere bedacht, der gute Vinzenz. Damit würde ihm der Job definitiv das Herz brechen.

»Sicher.« Robert steckte sich einen Kaugummi in den Mund. »Ich kann Fälle wie diesen nur einfach nicht leiden.«

AKT 2: Glaube, Liebe, Hoffnung

Filmpause. Schnitt zu dir. Das braucht es, um alle Hintergründe zu verstehen. Niemand kennt dich so gut wie du selbst – außer mir. Deswegen bist du jetzt dran.

Du lebst also in einem modernen Märchen. Nun, du bist ja auch eine moderne Frau: Dein Job bezahlt gut genug, ohne dich zu befriedigen, aber immerhin bist du finanziell auf niemanden angewiesen. Du bist nicht mit vielen Leuten eng befreundet, aber auf die wenigen kannst du dich immer verlassen. Du liest. Du träumst.

Und du lernst einen Mann kennen.

Er ist kein Prinz, aber er kommt nahe dran. Dein Herz gewinnt er, als er dich nicht einmal, sondern zweimal, nein, viele Male zum Lachen bringt. Er sieht gut aus, ohne ein Filmstar zu sein: Die Falten, die sich beim Lächeln um seine Augen bilden, haben es dir angetan. Seine Wurzeln in Bregenz reichen tief. Viele Leute kennen und mögen ihn, du lernst bald seine Freunde kennen. Er hat ein gutes Verhältnis zu seiner Familie und einen respektablen Job mit sicherem Einkommen. Sich gehen zu lassen, ist ihm zuwider. Manchmal ist er dir fast zu aktiv, aber du kannst damit leben. Er trinkt nicht. Er raucht nicht.

Er schlägt dich nur.

Beim ersten Mal glaubst du noch an ein Versehen. Das geht leicht genug, denn es ist nur ein Stoß, nicht viel mehr als ein starkes Rempeln, als er an dir vorbei nach draußen rauscht, um wieder runterzukommen. Lieb von ihm, dafür den Raum zu verlassen. Von deiner Familie bist du es gewohnt, dass man im Ärger laut wird, daher reagierst du auf seine erhobene Stimme nicht anders als auf die von deinen Eltern. Hat dich genau das für die schleichenden Grenzüberschreitungen abgestumpft, nein, darauf vorbereitet? Diese Frage wirst du dir erst sehr viel später stellen. Immerhin lebst du noch in einem Märchen, zumindest für den Moment. Schade, dass das Leben sich nicht an Genrekonventionen hält. Oder dass manche Leute nicht wissen, in welchem Genre sie sich eigentlich befinden.

Einen Vorwurf kannst du ihnen dafür nicht machen. Dir geht es schließlich genauso. Du brauchst lange, viel zu lange, um zu begreifen, dass du gar nicht in einem Märchen lebst. Man kann sich alles schönreden, wenn man es nur verzweifelt genug will, und du willst so unbedingt, dass diese Beziehung funktioniert. Gewalt passiert immer nur den anderen, den namenlosen Frauen in Zeitungs- und Internetartikeln. Gewalt sind Veilchen ums Auge im Reigen mit Rosen am Tisch. Es ist das, wovon man erst dann hört, wenn es schon zu spät ist – nicht das stille Dulden zwischendrin, das zweifelnde Hinterfragen der eigenen Wahrnehmung: Bin ich vielleicht wirklich einfach nur kleinlich und prüde? Gewalt ist immer die rohe Vergewaltigung – selten ist sie das erschöpfte Nachgeben, weil man die Schuldgefühle kaum aushält, weil man nicht wieder schwierig sein will. Warum? Weil es die bessere Geschichte ist. Alle lieben – wollen – eine tote Frau im ersten Akt, die die Sache ins Rollen bringt, es ist nicht umsonst ein Kultklassiker von Heimatkrimi bis Tatort. Dafür muss sie nicht einmal in einem Kühlschrank stecken.

Du entziehst dich beinhart dem Narrativ. Das liebe ich an dir.

Es ist Winter, als du gehst. In ein paar Wochen ist Weihnachten, und deine Wange ist heiß dort, wo seine Hand sich vergessen hat.

Warum du es ausgerechnet jetzt tust und nicht bei einer der zahlreichen vorangegangenen Vorfälle, ist dir schleierhaft. Irgendetwas in dir bäumte sich auf und sagte dir: *Wenn nicht jetzt, dann nie mehr*. Das Etwas hatte recht. Ausnahmsweise hörtest du darauf. Deine Sachen waren schnell gepackt, auch wenn dein linker Arm sich nicht so recht bewegen ließ und du ihn daher besonders vorsichtig durch den Mantelärmel schieben musstest. Ich sehe dich vor mir, wie du auf der verschneiten Straße in den Wirren der Bregenzer Innenstadt stehst: Zähneklappernd vor Schock und Kälte, die Wangen rot vor Schmerz und Frost. Das Herz hämmert dir in der Brust. So muss es sein, zu sterben – nur dass du leben willst, leben und leben. Dafür musst du gehen. Aber wohin mit dir? Zu deiner Mutter, die dir, gebrochen von traditionellen Rollenbildern, niemals glauben wird, wenn du ihr anvertraust, was er getan hat – oder, schlimmer, es nicht ernst nehmen wird? Zu deinen Freundinnen, wo er dich zweifellos findet? Ach, er wird dich überall finden. Männer wie er, die überall Einsicht nehmen und bei allen Süßholz raspeln, können alles. Wer bewacht die Wächter? Niemand. Oder alle, wenn – falls – du die wahre Natur des strahlenden Helden laut entlarvst, aber dafür brauchst du mehr Beweise als die Hitze in deiner Wange und den stechenden Arm. Nein, du fliehst. Du musst, wenn du deine Kräfte sammeln, wenn du entkommen und dich befreien willst. Auch das steht nie in den Zeitungen: die tiefe Sehnsucht vom Boden aus nach Freiheit im Flug. Noch sind deine Flügel nicht gebrochen. Du brichst sie dir lieber selbst, bevor er es tut.

Den Koffer in der unverletzten Hand, ziehst du los. Wir drücken Play. Der Film geht weiter.

AKT 3: Zwei Turteltauben

Während Vinzenz die Freundinnen befragte, nahm Robert sich noch einmal die Mutter vor. Nicht etwa, weil er Vinzenz Inkompetenz unterstellte, sondern einfach, weil Frauen dazu tendierten, sich ihm schneller zu öffnen. Gott sei Dank, immerhin bemühte er sich auch nach Kräften, eine vertrauensvolle Umgebung zu schaffen. Gerade ältere Frauen hatten ein Faible für ihn. Zumindest, wenn sie gut eingesessene Bürgerinnen und keine Ausländerinnen waren. Aber die verstanden meistens sowieso kein Deutsch, weshalb es bei denen völlig wurscht war, welche Umgebung er schuf.

Das Problem hatte er bei Katharina Hofthaler nicht. Die bat ihn sofort herein und machte ihm einen Kaffee, an dem er nippte, während er den Blick durch das Wohnzimmer wandern ließ. Gut aufgeräumt, helle Möbel, Familienfotos an der Wand. Eine Katze auf der Couch, die ihn böse anstarrte – nichts Neues, Tiere waren ihm gegenüber aus irgendeinem Grund misstrauisch.

»Laut Meldezettel ist Ihre Tochter immer noch hier mit Hauptwohnsitz angemeldet.« Er blinzelte Katharina Hofthaler an. »Nebenwohnsitz ist keiner angegeben. Sie meinten aber, dass Maria eine neue Beziehung hatte. Wissen Sie da eine Adresse?«

»Nix weiß ich.« Katharina Hofthaler verkrampfte die Hände im Stoff ihres Rocks. »Ich weiß nicht mal, wie der Mann ausschaut. Hab nie viel übriggehabt für ihre Männergeschichten. Die Maria hat nie einen guten Griff gehabt, müssen Sie wissen. Wir hatten ein Gespräch über ihn, aber weil ich gesagt hab, dass sie sich überlegen soll, ob das wirklich die ganz große Liebe oder wieder nur ein Schuss in den Ofen ist, war sie eingeschnappt und hat nimmer über ihn geredet. Ich hab sie auch nicht dazu gezwungen. Jetzt im Nachhinein tut mir das leid.«

»Sie haben ja nur die Privatsphäre Ihrer Tochter respektiert.«

Robert lächelte begütigend. »Daraus kann man Ihnen nun wirklich keinen Vorwurf machen, ganz im Gegenteil. Hat sie denn in diesem Gespräch irgendwas gesagt, was uns einen näheren Aufschluss zu dem Unbekannten geben könnte?«

Katharina Hofthaler rieb ihr Kinn und sah in die Ferne. Robert trank einen Schluck, dann einen zweiten. Seine Körperhaltung ließ er bewusst locker. Das entspannte immer auch das Gegenüber, und auch bei Marias Mutter schien es zu funktionieren.

»Na ja, ich weiß nicht, ob's hilft. Aus Bregenz kommt er, hat sie gemeint, und dass er fesch ist – ach, und dass er Polizist ist.«

Roberts Augenbrauen schossen in die Höhe, genau wie sein Puls. Er setzte die Tasse ab. Schön weiter entspannt wirken. »Hat sie gesagt, wo? Also, ob er direkt in Bregenz arbeitet oder irgendwo im Umkreis?«

Katharina Hofthaler verzog das Gesicht. »Leider nein.«

»Das hilft uns trotzdem weiter, vielen Dank. Auch für den Kaffee.« Robert räusperte sich. »Eine Frage hätte ich noch: Sie haben nicht zufällig einen Computer hier, den Ihre Tochter irgendwann in letzter Zeit genutzt hat?«

Fünfzehn Minuten später verließ er Katharina Hofthaler mit einem unter den Arm geklemmten Laptop, den er sofort zur IT auf die Polizeidirektion brachte. Das war das Schöne an den modernen Zeiten: Alle waren gläserne Menschen, und gläserne Menschen konnte die Exekutive von vorn bis hinten durchleuchten. Seit der Einrichtung der Zentralen Abfragestelle für Social Media und Online-Provider erhielt die Polizei recht rasch eine Einsichtgenehmigung bei den meisten Plattformen. Den IT-ler seines Vertrauens würde es nur ein paar Stunden kosten, alle Social-Media-Profile von Maria Hofthaler auseinanderzunehmen und mithilfe des Laptops hoffentlich Zugriff auf ihr Handy zu kriegen: auf ihre Chatsysteme, ihre Fotos, ihre Videos. Dann würde er sie überall finden. Tot oder lebendig.

Auf dem Weg zurück ins Büro stieß Robert mit Vinzenz zusammen, dessen Augen bei seinem Anblick aufleuchteten. Rote Wangen, zerzaustes Haar, schmelzende Schneeflocken auf seiner schief sitzenden Haube: Er musste wohl gerade aus der Kälte hineingekommen sein.

»Ich glaub, wir können den Fall ad acta legen«, sagte er. »Die eine Freundin, eine Rosalie Stummer, hat gemeint, dass sie gestern eine Nachricht von der Vermissten bekommen hat, dass alles in Ordnung ist und sie sich melden wird. Sie schickt uns den Screenshot von der Nachricht.« Er lachte herzlich. »Die Hofthaler hatte wahrscheinlich einfach keinen Bock mehr auf ihr Leben.«

Zum zweiten Mal an diesem Tag schoss Roberts Puls in die Höhe. »Wissen wir also, wo sie ist?«

Vinzenz schüttelte den Kopf. »In der Nachricht hat sie keinen Aufenthaltsort genannt, nur dass es ihr gut geht.«

»Dann sei so gut und behalt das erst mal für dich.«

Vinzenz' Augen wurden weit, bevor er die Brauen zusammenzog. »Was? Wieso? Die Sache ist erledigt. Je früher wir uns um was anderes kümmern können, desto besser.«

»Die Sache ist erledigt, wenn ich sage, dass sie erledigt ist.« Robert klopfte ihm auf die Schulter. Dass der Junge so erpicht war, die Angelegenheit beiseitezulegen … »Diese eine Nachricht kann von sonst wem geschrieben worden sein. Ohne was Handfesteres werden wir das nicht abblasen. Wir suchen weiter. Aber du hast recht, wir können derweil mal mit anderen Fällen weitermachen, bis die IT uns Konkreteres sagen kann. Spätestens vor Weihnachten sollten wir sie gefunden haben.«

Vinzenz' Stirn blieb voller Falten. Aber er fügte sich; das war der Vorteil an der Zusammenarbeit mit ihm, und deswegen funktionierte ihre Partnerschaft auch. »Okay. Hast du bei der Mutter eigentlich noch irgendwas rausgefunden, was uns weiterhilft?«

»Nein«, sagte Robert. »Nichts.«

AKT 4: Rebhuhn im freien Flug

Filmpause. Es gibt zwei Möglichkeiten, wie deine Geschichte endet.

In der ersten sagst du Rosalie, dass alles in Ordnung ist und deine Lieben sich keine Sorgen machen müssen, weil du weißt, wie der Hase rennt: Die Polizei wird nach dir suchen, wenn du wortlos verschwindest, und das ist das Letzte, was du brauchen kannst. Du weißt aber auch, dass du nicht zu viele Spuren hinterlassen darfst, weil er dich sonst trotzdem findet.

Es ist ein empfindliches Gleichgewicht, das du nicht halten kannst. Aber immerhin hast du es versucht.

Deine Mutter zieht ihre Suchmeldung zurück, dein Fall wird kurz vor Weihnachten ad acta gelegt. Die ganze Sache hat dich um den Großteil des Advents gebracht. Um die traditionelle Fahrt mit dem Weihnachtsschiff willst du dich nicht auch noch bringen lassen. Es ist unvernünftig, genauso unvernünftig wie die Tatsache, dass du immer noch in Bregenz statt längst über alle Berge bist. In Wien hätte dich niemand mehr so schnell gefunden. Aber in Wien hast du auch überhaupt kein Netzwerk, und eigentlich sind dir Großstädte zuwider. Du hast immer gesagt, dass du in Bregenz geboren wurdest und auch dort sterben willst, nur dachtest du, dass dir das erst im hohen Alter passieren würde. Auch das ist unvernünftig, geradezu vermessen von dir: Frauen nehmen in diesem Land häufig ein abruptes Ende. Aber das sind immer die anderen, nie man selbst.

Eine Abschiedsrunde, sagst du dir. Nur noch bis Weihnachten, dann gehst du. Und wenn es nur der nächste Ort ist. Etwas anderes kannst du deiner Mutter nicht antun. Das kannst du *dir* nicht antun. Noch bist du bei der Arbeit krankgeschrieben, aber du wirst bald kündigen, und dann … Das hier, diese Fahrt über den Bodensee, ist also ein Abschied von dir an diese Stadt, aber auch an das Leben, das du bisher geführt hast. Vielleicht solltest du lieber bleiben und kämpfen, aber das bist nicht du. Dein Kampf ist das Fortlaufen, und auch das ist ehrenvoll (und anstrengend) genug.

Es hätte dir klar sein müssen, dass er dich genau hier findet. Er liebt das Schiff. Du hast zwar extra einen Tag genommen, an dem seine Anwesenheit unwahrscheinlich ist, aber das Schicksal konnte dich noch nie sonderlich leiden. In deinem Augenwinkel siehst du die hell erleuchtete Krippe, vor der Maria kniet, mit Josefs Hand auf der Schulter. Deine Aufmerksamkeit gilt den glitzernden Lichtern im dunklen Wasser – daher zuckst du, als Josefs Hand sich auch auf deine Schulter zu legen scheint. Josefs? Nein. Das ist nicht der Mann, der schwieg, um seine Frau zu schützen. Das ist der Mann, der schwieg, um eine Frau verschwinden zu lassen.

Du willst zurückweichen, aber wohin? Vor dir ist nur Wasser und hinter dir in Holz geschnittenes, unverrückbares Schicksal. Die Geschichte der Mutter Gottes ist längst von anderen erzählt und beschlossen; sie wird nie etwas anderes tun, als vor dieser Krippe zu knien. Du aber willst nicht knien – zu schade, dass dir die Beine zu sehr schlottern, um zu laufen. (Und wohin auch?)

»Es ist genug«, sagt er, genauso ruhig wie immer, wenn er unter Leuten ist. Der andere Teil von ihm ist nur für dich, auch wenn du ihn gar nicht willst.

Sein Griff um seine Schulter wird hart, gleitet um deinen Oberarm und wird härter, blauviolett schon von Natur aus. Du beißt die Zähne aufeinander. Kein Wort dringt durch den Klumpen, der dir die Kehle verklebt. Er sagt etwas, aber du hörst nichts durch das Rauschen in deinen Ohren. Das ist Angst. Todesangst.

»Geh, Maria.« Du hasst den Klang deines Namens auf seiner Zunge. »Das verzeih ich dir nicht. Alles hätt ich dir verziehen, aber das nicht. Das wirst du mir büßen. Hast du eine Ahnung, was ich aufführen musste, um dich wiederzufinden?«

»Robert, bitte lass mich los«, sagst du – leise, leise. Er kann (will) es über den Lärm der Schiffsmotoren nicht hören.

Sein Gesicht wird halb von der Nacht verschluckt und halb von den Weihnachtslichtern ausgeleuchtet. Um euch herum sind Leute, aber du bist trotzdem mit ihm alleine. Niemand sieht dich und deine Angst, und niemand hört seine Worte, als er sich zu dir beugt, bis seine Lippen beinahe dein Ohr berühren: »Wenn du schreist, wenn du noch mal fortrennst, dann besuch ich deine Mutter. Wir haben uns gut verstanden. Und wenn das nicht reicht, dann besuch ich deine kleinen Hurenfreundinnen auch noch. Ich hab alle Adressen, alle Telefonnummern, alle Social-Media-Namen.«

Und du gehst mit. Es ist ein Abschied – ein Abschied von Bregenz und dem Leben, das du geführt hast. Du warst jung, noch nicht einmal dreißig, du und die tausend anderen Frauen in diesem gelobten Land, die Teil der Statistik waren, sind, sein werden. Besser du als andere, denkst du, kurz bevor du gar nichts mehr denkst, aber du hast unrecht. Du bist nicht weniger wert als die anderen, nur weil du nicht wusstest, in welchem Genre du lebst.

Und ich – ich kann mich nicht mitschuldig machen.

Ich kann deine Geschichte nicht so erzählen und beschließen, kann dich nicht für immer neben der Krippe knien und den Kreis weiterlaufen lassen, weder im ersten noch im letzten Akt. Für uns ist das keine Geschichte, kein Film, keine leichte Unterhaltung. Wer bewacht die Wächter? Wir müssen es selbst tun, du und ich. Fühlst du die Wut? Lass sie die Angst verdrängen. Der gefährlichste Moment ist jener, in dem die Medien einen weiteren Femizid für Beziehungsdrama ausschlachten. Das wäre Option Nummer eins, wo deine Geschichte nur der Anfang von seiner ist. Die werden sie diesmal nicht bekommen, diesmal nicht und hoffentlich auch kein anderes Mal. Aber wenn wir es nicht tun, wird es niemand tun. Deswegen müssen wir wütend sein.

Wir drücken Play.

Als seine Hand auf deiner Schulter landet, schlägst du sie fort und schreist.

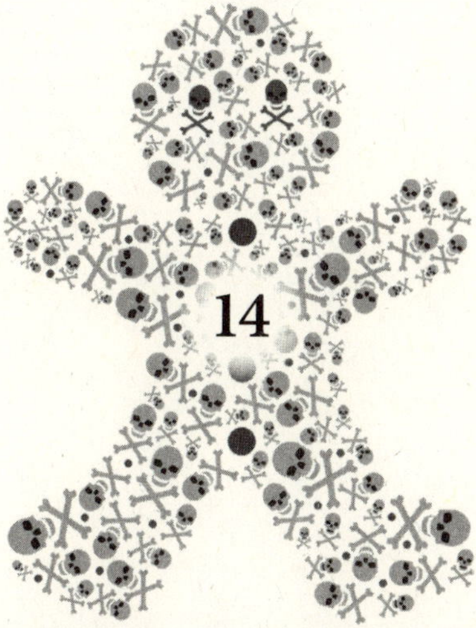

Justine Pust

Hafenliebe

Rostock

Über die Autorin:

Justine Pust ist ein typisches Küstenmädchen, lässt beim Schreiben gern Horrorfilme laufen und kann nicht ohne True Crime Podcast einschlafen. Das Schreiben hat sie schon früh für sich entdeckt, und ihre Lesesucht teilt sie begeistert auf ihrem Instagram-Kanal @justinepust. Wenn sich die Autorin nicht gerade in Büchern verliert, arbeitet sie im sozialen Bereich oder führt Hunde aus.

Die dichten Schneeflocken fallen vom Himmel. Im Licht der Straßenlaternen wirken sie fast schon golden, während sie das ewige Grau dieser Stadt unter sich begraben. Jeder meiner Schritte gibt knarzende Geräusche von sich, als ich die leichte Anhöhe hinunterschreite.

Der Winter hat sich wie ein dunkler goldener Schleier über den Rostocker Hafen gesenkt, wie eine Decke über all das Leben, das sonst hier pulsiert.

Am Rande der Stufen des Hafenbeckens bleibe ich stehen und betrachte die schillernden Lichter in der Ferne. Der Wind trägt Fetzen von weihnachtlicher Musik und schrillen Schreien zu mir herüber. Die Karusselle leuchten auf, als wollten sie davor warnen, auch nur einen Schritt in ihre Nähe zu gehen. Mein langes blondes Haar wirbelt vor meinen Augen, während der Schnee unablässig in den dunkelgrauen Fluss fällt und dort mit den schwarzen Wellen verschmilzt.

Das ist die schönste Zeit des Jahres.

Alles ist dunkel.

Alles ist kalt.

Besonders hier, weit entfernt von dem schimmernden Weihnachtsmarkt und den nervigen Touristen, die sich betrunken an den Buden vorbeidrücken. Rücken an Rücken, Bier an Bier. Mit von Glühwein verschleierten Augen und von gebrannten Mandeln verklebten Fingern.

Ich schließe die Augen und atme die kalte Luft ein, die immer einen Tick nach Salz schmeckt, obwohl das Meer noch in der Ferne liegt.

Diese Nacht gehört mir und dem Schnee und der Dunkelheit.

»Na, Kleene, was machst du denn hier?«

Meine Gedanken werden jäh unterbrochen, als ich das dumpfe Geräusch von Schritten hinter mir vernehme. Das laute Gegröle, das diesen bestimmten Klang nach zu viel Alkohol und Selbstbewusstsein hat.

»Sieht einsam aus«, meint der zweite Mann, während der dritte etwas in seinen blau-weiß-roten Schal nuschelt, das ich durch die Entfernung nicht verstehen kann.

Die drei stampfen durch den Schnee auf mich zu.

Ohne Rücksicht trampeln sie die weiße Decke nieder, bis der kalte Asphalt darunter wieder sichtbar wird. Bis die Hässlichkeit dieser Stadt wieder unter dem Schnee sichtbar wird. Ich drehe ihnen den Rücken zu und gehe weiter.

Manchmal vergesse ich, dass die Einsamkeit des Hafens nicht nur mich anzieht, sondern auch all die Menschen, denen ich lieber aus dem Weg gehen will.

»Hey, die will wohl abhauen!«

»Doch nicht vor uns?«

»Du kannst dich gern an mir wärmen, Kleene!«

Ich mache nicht den Fehler, über meine Schulter zu schauen. Stattdessen beschleunige ich meine Schritte. Nicht zu sehr, damit sie es nicht bemerken. Aber genug, um den Abstand zwischen uns zu vergrößern.

Ihre Gestalten verschwimmen im Schatten der Nacht, doch ihre bedrohlichen Präsenzen sind unverkennbar. Ich laufe das Hafenbecken entlang, vorbei an den Gebäuden, deren verglaste Front mich in das Leben anderer blicken lässt. Aber sie schauen nicht zu mir raus, haben sich längst an den Anblick der Warnow bei Nacht gewöhnt. An die vereinzelten Schiffe und Boote, die im Mondlicht schimmern und auf ihren Einsatz warten. An die immer gleiche Schwanenfamilie, die selbst jetzt noch ihre Kreise zieht. Die Schönheit dieses Ortes ist für sie zu einem stumpfen Alltag geworden, der jeden Zauber und jede Wertschätzung verloren hat. Ihre Blicke sind auf die großen Flachbildschirme und die Handys in ihren Händen gerichtet, nicht nach draußen.

Würde jemand es bemerken, wenn die Männer mich einholen? Würde es sie kümmern?

Wahrscheinlich nicht.

Aber es kümmert mich.

Das winzige Gewerbegebiet kommt in Sicht, als ich nach links abbiege. Doch statt weiter geradeaus zu gehen, mache ich diesmal eine Biegung nach rechts. Rauf auf eines der Schiffe.

Das stumpfe Rumpeln schreckt eine Möwe auf, die in den Nachthimmel emporschießt, als wolle sie sich darüber beschweren, dass ich sie geweckt habe. Ich eile um den Bug und verstecke mich hinter dem Mast.

Mein Atem ist ruhig.

Vielleicht sogar zu ruhig, aber ich weigere mich, Angst zu spüren. Nicht vor Männern wie diesen, deren rote Nasen Zeugnis von all dem ablegen, das sie versuchen, mit jedem Schluck aus ihren Flaschen herunterzuspülen.

Sie sind immer noch zu hören.

»Wo ist sie hin?«

»Keine Ahnung.«

»Kann doch nicht einfach weg sein.«

»Vielleicht dahinten?«

Der Gestank von Fisch mischt sich mit dem von Glühwein und billigem Aftershave. Vor Ekel dreht sich mir der Magen um, aber als ich mein Versteck wieder verlasse, sehe ich die drei torkelnd weiter ins Gewerbegebiet laufen.

Das ist der Moment, in dem ich einfach gehen könnte.

Ich könnte mich umdrehen und die drei ihrem Schicksal überlassen, könnte zulassen, dass sie auch am nächsten Tag wieder das gleiche Spiel spielen. Rauf auf den Weihnachtsmarkt, mehr Glühwein, mehr Bier.

Mehr Belästigung.

Und ich weiß, dass sie damit nicht allein sind, dass es viele von ihnen gibt, die immer und immer wieder einen Weg suchen, eine Ausrede, die legitimieren soll, dass sie sich so verhalten. Mal ist der Glühwein schuld, mal dass die eigene Mannschaft verloren hat, dann wieder die Politik oder doch die Frauen. Aber ich ertrage es nicht mehr.

Ich folge ihnen.

Mit genügend Abstand, damit sie mich nicht bemerken, während ich mich in dem Schatten der Gebäude verberge. Noch bin ich nicht sicher, was genau ich vorhabe. Erst einmal will ich nur sehen, was sie tun, jetzt da ihre Beute, da ich, nicht mehr in ihrem Blickfeld bin.

Der Letzte aus der Gruppe, der mit dem Schal, fällt zurück. Schnaufend beugt er sich nach vorn, als sei ihm schlecht. Die Bierflasche rutscht ihm aus der Hand. Erbrochenes klatscht in den Schnee.

Ich verharre und verziehe das Gesicht vor Ekel, während er sich über den Mund wischt. Seine Freunde sind weit entfernt, zu beschäftigt damit, mich wehrlose Frau zu finden.

Er rappelt sich wieder auf, lehnt sich gegen den orangenen Reifen, in dem die Rettungsleinen darauf warten, Menschen in Not zu helfen. Nur wird ihm nun niemand mehr helfen.

Nicht dieses Mal.

Denn wie oft hat er niemandem geholfen? Hat nur zugesehen und mitgemacht?

Meine Sinne sind geschärft, mein Körper bereit für den Kampf, von dem ich bis eben noch nicht einmal wusste, ob ich ihn führen will. Vorsichtig nähere ich mich ihm. Erst langsam, dann immer schneller.

Er hebt plötzlich den Blick.

Aber ich halte in meiner Bewegung nicht inne.

Mit einem gezielten Stoß schleudere ich ihn in die eisigen Fluten. Für einen Moment hat ihn das Schwarz gefangen, dann taucht sein Kopf über dem Wasser auf. Er ringt nach Luft, zappelt wild mit den Armen. Zu geschockt, um zu verstehen, was passiert ist, blickt er zu mir hoch.

»Helfen Sie mir!«, fordert er mich auf.

Fast lache ich auf.

Stattdessen mache ich einen Schritt zurück und hebe die Bierflasche auf. Dann trete ich wieder an den Rand.

Sein Anblick erinnert mich an eine Boje. Durch die Kälte und das Licht der wenigen Straßenlaternen wirkt sein Gesicht ebenso orange.

Die Flasche wiegt schwer in meiner Hand.

Ich hebe sie etwas höher und lege den Kopf schief, während ich ziele.

»Was …«

Sein Schrei verhallt in der Nacht. Die Bierflasche trifft ihn mit voller Härte am Kopf. Eine dunkle Flüssigkeit läuft ihm in die Augen, wird jedoch gleich wieder von den Wellen fortgespült. Plötzlich kämpft er nicht mehr gegen die Strömung an. Für einen kurzen Moment sieht es so aus, als würde er bei Bewusstsein bleiben, doch dann schließen sich seine Augen. Schließen sich hoffentlich für immer.

Ich warte nicht darauf, dass er mitgerissen wird.

Mit schnellen Schritten folge ich den Fußspuren vor mir.

Es dauert nicht lange, bis ich die anderen beiden Männer wieder entdeckt habe. Sie scheinen ihren Freund nicht zu vermissen, vielleicht haben sie ihn aber auch schon wieder vergessen oder sind zu beschäftigt mit ihrem Rausch und der Suche nach mir. Ich schleiche durch die Schatten, bis einer der beiden sich umdreht.

Still verharre ich in der Bewegung, glaube schon fast, dass er mich bemerkt hat, doch dann dreht er sich zu einem der Büsche herum, die das große Bürogebäude säumen.

Offenbar will er eine Pinkelpause einlegen.

Der warme Urin zeichnet Dampf in die Luft um ihn herum.

Sein Freund ist derweilen dabei, weiterzulaufen. Weder sieht er sich um, noch scheint er Interesse daran zu haben, auf seinen Freund zu warten.

Gut für mich.

Schlecht für ihn.

Ich hebe einen der lockeren Backsteine aus der kleinen Mauer, die zu nichts mehr taugt als einer Dekoration und einem Hindernis für Autos, die die Kurven um die Gebäude herum zu eng nehmen.

Auch er bemerkt meine Anwesenheit zu spät.

Mit einer blitzschnellen Bewegung schlage ich mit dem Stein zu. Das Geräusch erinnert mich an das Öffnen einer Sektflasche. Mit einem dumpfen Stöhnen dreht der Mann sich halb herum.

Urin zeichnet einen Halbkreis in den Schnee. Benetzt seine Schuhe und fast auch meine, sodass ich zurückspringe. Aber mir bleibt keine Zeit, denn offenbar steckt doch mehr Kampfgeist in diesem Kerl, als ich dachte.

Er versucht, mich zu packen, doch die halb offene Hose rutscht ihm aus der anderen Hand, verheddert sich um seine Beine. Ich weiß, was geschieht, noch ehe er es realisieren kann. Mit dem schnellen Schritt nach vorn bringt er sich selbst aus dem Gleichgewicht und rutscht in der Lache seines Urins aus.

Der Aufprall seines Körpers sorgt dafür, dass ich wieder nach oben schaue. Von seinem Freund ist nichts mehr zu sehen, doch gerade muss ich mich ohnehin erst um ihn kümmern.

Zitternd greift er nach seinem Kopf.

Rotes Blut färbt seine Fingerspitzen. »Wie…«, kommt es aus seinem Mund, aber seine Stimme verliert sich, als ich mich breitbeinig über ihn stelle. Der Stein ist noch immer in meiner Hand, trägt die gleiche Verfärbung wie seine Finger.

»Wieso?«, helfe ich ihm aus, während er mich mit weit aufgerissenen Augen anstarrt. »Die Frage könnte ich dir auch stellen«, gebe ich zurück und blicke von ihm zu meinem Backstein. »Aber ich denke, wir erwarten beide nicht wirklich eine Antwort.«

Er hebt die Hände vor sein Gesicht, ist zu schockiert, um sich wirklich zu wehren. Zu betrunken, um wirklich zu verstehen, was hier mit ihm passiert.

Der Stein in meiner Hand trifft sein Gesicht mit einer Wucht, die jedes Aufbäumen im Keim erstickt. Ich schlage zu. Immer wieder. Immer härter.

Warme Sprenkel treffen mein Gesicht, schenken mir ein Stückchen Wärme inmitten des Schnees. Ich höre erst auf, als ich selbst nach Atem ringe.

Er liegt regungslos da, mit halb heruntergelassener Hose und gelb verfärbtem Schnee.

Würdelos.

Das ist das Wort, das mir bei seinem Anblick durch den Kopf geistert.

Der Hafen ist still. Keine Sirenen, keine Rufe nach Hilfe.

Niemand wird ihm helfen.

Ich trete einen Schritt zurück, unsicher, ob er tot ist oder ob die Kälte der Nacht ihm das letzte bisschen Leben aus dem Körper treiben wird. Um ehrlich zu sein, ist es mir auch egal. Ich schleudere den Stein in das Hafenwasser, wische mir mit dem Ärmel das Blut aus dem Gesicht und erinnere mich daran, dass es noch jemanden gibt, den ich finden muss.

Mein Zeitgefühl hat mich im Stich gelassen, ich kann nicht sagen, wie weit der Letzte von ihnen gekommen sein könnte. Also vergrabe ich die Hände in den Taschen meines Mantels und will gerade dem Hafen den Rücken kehren, als ich gepackt werde.

Mir stockt der Atem, während mein Gesicht gegen eine raue Steinmauer gedrückt wird. »Verdammte Schlampe«, zischt er in mein Ohr, presst sich mit aller Gewalt gegen meinen Körper, als wolle er versuchen, mich zu zerquetschen. »Was hast du getan?«

Ich lache auf.

Lache, weil er genauso gut seinem Freund helfen könnte.

Lache, weil er zugesehen hat und noch immer glaubt, ich hätte Angst vor ihm.

Und mein Lachen ist wie Benzin für seine Wut.

Der erste Schlag trifft mich unvorbereitet, raubt mir den Atem und mein Lachen – aber der Schmerz wird von Adrenalin ertränkt.

Er schleudert mich herum, wirft mich auf den Boden.

Wirft sich auf mich.

Seine Faust trifft mein Gesicht.

Ich schmecke Blut, aber ich lache wieder.

Auch beim zweiten Schlag und beim dritten.

Obwohl kleine Sterne vor meinen Augen tanzen und der Schnee durch meine Kleidung dringt.

Er baut sich vor mir auf.

»Ich bring dich um«, sagt er. Leise. Mehr zu sich selbst als wirklich zu mir. Die Hände zu Fäusten geballt, steht er da und starrt mich an.

Langsam richte ich mich etwas auf, lasse ihn nicht aus den Augen, während ich ihn angrinse. »Versuch's doch, Motherfucker.«

Er will sich wieder auf mich stürzen.

Aber das tut er nicht.

Stattdessen greift er nach seinem Hals. Röchelt.

Irritiert richte ich mich auf, versuche zu verstehen, was los ist. Aber dann sackt er auf die Knie.

Perplex rutsche ich zur Seite, als er vor mir zu Boden geht. Sein

Gesicht fällt in den Schnee, nur ist es nicht sein Gesicht, das meine Augen nun fixieren. Es ist das eines Jungen.

Das Seil aus den Rettungsringen fällt zu Boden.

Der Junge sagt kein Wort, blickt nur von dem Bewusstlosen zu mir und dann zum Hafenbecken.

Ich verstehe.

Vorsichtig richte ich mich auf.

Benommen von den Schlägen, brauche ich einen Moment, bis ich wieder klar sehe. Dann packe ich die Beine des Mannes, während der Junge die Arme nimmt.

Erst als der Körper in das kalte Wasser klatscht, sehe ich den Jungen wieder an. »Danke.«

Schnee verfängt sich in seinen Wimpern, während er mich ansieht. Die plötzliche Ruhe ist viel mehr als eine Stille. Viel friedlicher.

Der Fremde nickt. Für einen Moment glaube ich, dass er nichts mehr sagen wird, doch dann höre ich seine Stimme. »Frohe Weihnachten.«

Ich muss lächeln.

Diese Art von Weihnachtsgeschenk gefällt mir.

Endlich gehört der Hafen wieder mir.

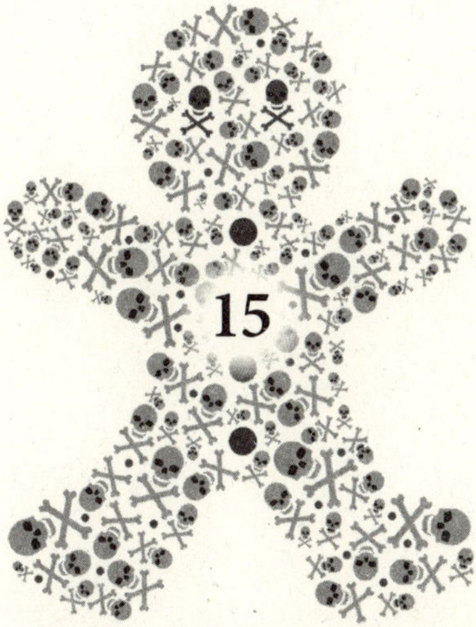

Regine Kölpin

Watt mutt, dat mutt
Weihnachten in Otterndorf

Otterndorf

Über die Autorin:

Regine Kölpin, geb. 1964 in Oberhausen (Nordrhein-Westfalen). Die Autorin lebt seit ihrer Kindheit in Friesland an der Nordsee. Regine Kölpin schreibt für namhafte Verlage (mit Gitta Edelmann auch unter dem Pseudonym Felicitas Kind) Romane, Geschenkbücher und Kurztexte. Ihre Bücher waren mehrere Wochen auf der SPIEGEL-Bestsellerliste. Regine Kölpin hat einige Auszeichnungen erhalten. Unter anderem den Bronzenen Homer 2020 (mit Gitta Edelmann), den Titel Starke Frau Frieslands 2011, das Stipendium Tatort Töwerland 2010 u. v. m. Sie gehört dem PEN-Zentrum Deutschland und den Autorenvereinigungen Delia (Liebesroman) und Homer (Historischer Roman) an. Mit ihrem Mann Frank Kölpin lebt sie in einem kleinen idyllischen Dorf an der Küste. Dort konzipieren sie gemeinsam Musik- und Bühnenprojekte und genießen ihr Großfamiliendasein mit fünf erwachsenen Kindern und mehreren Enkeln oder lassen sich auf ihren Reisen mit dem Wohnmobil zu Neuem inspirieren.
Mehr Infos unter: www.regine-koelpin.de

Dieses Jahr in Otterndorf«, lese ich und bin entsetzt. Unser schönes Weihnachtsmannsymposium soll also nicht wie sonst im wunderschönen tief verschneiten Lappland stattfinden, sondern an der Elbmündung? Ja, wer hat denn diese Idee gehabt?

Natürlich unser momentaner Vorsitzender Hajo Friesemann, der in Otterndorf ein Bestattungsinstitut betreibt und ständig darüber klagt, wie mies das Geschäft läuft. Warum so einer ausgerechnet als Weihnachtsmann fungieren muss, ist mir schon immer ein Rätsel gewesen.

Wir rot bemützten Herren mit der entsprechenden Figur – immerhin fünfzehn an der Zahl – sind schon lange dabei, und die Reise nach Lappland in Schnee und Eis ist immer das Highlight des Jahres, bevor es mit dem Weihnachtsstress losgeht. Und ein Grund, warum ich überhaupt mitmache.

Wir sitzen in Finnland den ganzen Tag in der Sauna oder am Feuer in der Kote, wo der Glögg so richtig Schmackes hat, und sind stolz darauf, bald für die Kinder da zu sein. So ein Weihnachtsmannleben ist etwas ganz Besonderes.

Wenn man einmal im Jahr nach Finnland reisen darf, was uns nun nicht mehr vergönnt ist …

Zu ändern ist es jetzt zumindest nicht mehr, und ich sage zähneknirschend dem Treffen am dritten Advent in Otterndorf zu. Da soll dort auch Sternenmarkt sein, also können wir wenigstens darüber stromern und uns ein bisschen Vergnügen bei Bratwurst, Glühwein und gebrannten Mandeln gönnen.

Das Meeting selbst findet in der örtlichen Turnhalle statt. Das muss man sich mal auf der Zunge zergehen lassen! Ein Weihnachtsmannsymposium zwischen stinkenden Turnmatten, Recks,

Ringen und Kästen, auf denen noch der Angstschweiß der Schüler klebt.

Was sind wir tief gefallen.

Wie will Hajo denn da ein Feuer entzünden? Eine solche Location hat die Atmosphäre einer Leichenhalle. Na ja, da fühlt sich Hajo ja auch to Huus und bemerkt vermutlich gar nicht, wie schlimm es für uns ist. Denn ich befürchte, ich bin nicht der Einzige, der Vorbehalte gegen diese Form der Veranstaltung hat.

Solche Gebäude sind bestimmt nicht nur für mich mit schrecklichen Erinnerungen verbunden, wenn ich da an meine Sportstunden und die vergeblichen Sprünge über Bock und Kästen zurückdenke.

Immerhin sind wir Weihnachtsmänner dort unter uns. Gar nicht hinzufahren ist leider auch keine Option. Dann müsste ich nämlich das Vorweihnachtsstressgequatsche von meiner Hanni ein paar Tage länger aushalten, und ich sage euch – das überfordert jeden.

Otterndorf empfängt uns ein paar Tage später natürlich mit dem typisch norddeutschen Schietwedder. Sechs Grad, Nieselregen und leichter Wind. Schon jetzt denke ich wehmütig an das schöne Lappland zurück. Hoffentlich hat Hajo wenigstens für ausreichend Alkohol gesorgt, damit wir das hier auch nur ansatzweise ertragen können.

Missmutig durchquere ich den, zugegebenermaßen, sehr hübschen Ort, der durch seine engen Gässchen und pittoresken Fachwerkhäuser echten Charme versprüht, und kämpfe mich über den ebenfalls ansprechenden Sternenmarkt.

Ich bin kurz versucht, hier zu verweilen, denn es duftet wunderbar nach Weihnachten. Diese Melange aus Bratwurst, Glühwein und Pommesduft, vermischt mit Popcorn und Falafel, ist einzigartig, und sie staut sich zwischen den Buden.

Kurzerhand genehmige ich mir wenigstens einen Glühwein, denn wer weiß schon, ob Hajo uns in der Turnhalle mit dieser Köstlichkeit, die für einen echten Weihnachtsmann überlebenswichtig ist, gut versorgt.

Schon im letzten Jahr hatte ich meine Zweifel, ob Hajo der richtige Vorsitzende für uns ist. Ich meine ja nur. Immer so von Leichen umgeben, da verliert man doch ein bisschen an Empathie. Die Gespräche mit den Angehörigen wiederholen sich schließlich auch nur, und die dafür notwendige betretene Mimik ist schnell erlernbar. Sein Hauptklientel hört ihm immerhin nicht zu!

Gemütlich schlürfe ich den Glühwein, entscheide mich für eine alkoholische Nummer zwei, bei der es sich um einen Apfelpunsch mit Zimt handelt. Auf einem Bein kann man schließlich nicht stehen.

»Mensch, Anton, du auch hier?«

Mein alter Kumpel Max schlägt mir vergnüglich auf die Schulter.

»Muss ja«, antworte ich angepasst norddeutsch knapp und kippe mir den nächsten Schluck Punsch in den Hals.

Max klopft auf das Zifferblatt seiner Armbanduhr. »Wollen wir los? Nicht, dass wir zu spät kommen und die letzte Matte besetzt ist.«

»Matte?«, hake ich sofort nach.

»Ja, klar, wir pennen da doch drauf. Hast du das nicht gelesen?«

Das habe ich nicht, stelle mich aber vorsichtshalber wissend. Ich dachte ehrlich gesagt, wir hätten wenigstens Feldbetten.

»Das ist dann wohl so in einer Turnhalle«, lautet deshalb meine Antwort.

»Aber auf Turnmatten zu liegen …«, meint Max zweifelnd. »Für mich ist das wirklich problematisch.«

»Warum?«

Max verzieht das Gesicht. »Na, einmal wegen meines desolaten

Rückens und dann wegen … wegen Oma Fine. Also mien Moder.«

Mein alter Weihnachtsmannfreund kommt aus Ostfriesland, und er lebt auf einem kleinen Dorf. Da, wo sich Hase und Igel noch »Gute Nacht« sagen. Er wohnt als ewiger Junggeselle mit seiner Mutter, die er seit Jahren aber als Oma Fine tituliert, weil sie schon sehr betagt ist, in einem gemeinsamen Haus. Sie unten, er oben in einer Zweizimmer-Einliegerwohnung. Mit Dachgaube, das betont er immer sehr.

Das Weihnachtsmanndasein ist für Max eine wunderbare Abwechslung zum Mutterbetreuungsalltag. Er selbst ist schon in Rente.

»Was ist mit Oma Fine?« Doch dann entdecke ich, wovon er spricht. »Du hast deine Mutter zum Treffen mitgebracht?« Ich winke kurz zu ihr herüber, doch sie mustert mich mit finsterem Blick.

»Jo, so sieht dat aus. Ich kann sie nicht mehr allein lassen.«

»Und nun muss sie mit zum Treffen? In unsere Männerdomäne?« Ich trinke den letzten Schluck Punsch und gebe den Becher zurück.

Max nickt. »Dann lass uns mal losziehen. Du wirst sehen, sie stört kein bisschen. Also falls sie auf der Turnmatte nicht schnarcht.«

Ich kommentiere das lieber nicht. Man wird sehen, was der Rest dazu sagt.

Mit geschultertem Gepäck ziehen wir in Richtung Turnhalle, wo die anderen Weihnachtsmänner schon draußen warten, denn Hajo, der die Schlüsselgewalt hat, fehlt noch.

»Unser Vorsitzender hat spontan einen Kunden bekommen, den er abholen muss. Der muss fix in die Kühlung, lag wohl schon länger in der Wohnung«, erklärt Heini, einer der Ältesten und Erfahrensten von uns.

Wir – ein rot bemützter Pulk, der nur darauf wartet, Weihnachten seinen Dienst zu tun. Bei diesem Symposium sollen wir jährlich mental gestärkt und auf das Fest vorbereitet werden.

Nun freue ich mich doch auf das Event, denn es gibt nichts Schöneres, als sich zusammen auf Weihnachten einzustimmen und dann Kinderaugen zum Leuchten zu bringen. Immerhin muss ich mich nicht, wie Max, um meine Mutter kümmern. Gott habe sie selig.

Endlich schießt Hajo mit seinem schwarzen Gefährt um die Ecke. Zum Glück kommt er ohne Begleitung.

»Gibt Dinge, die können nicht warten, selbst wenn sie nicht mehr sind«, sagte er mit sonorer Leichenbestatterstimme. Das kann er gut, die Tonlage kommt wunderbar bei seinen Hinterbliebenen an, aber auch bei Weihnachtsfeiern, denn dieses Beflissene und Verbindliche mögen die Menschen.

Hajo begrüßt uns anschließend einzeln mit Handschlag. Ich mag das nicht so besonders gern, denn ich weiß ja, wen er sonst alles so anfasst, und ich bin mit dem Sensemann spinnefeind. Dass Max' Mutter mit von der Partie ist, nimmt er erstaunlich gelassen hin.

Zuerst beziehen wir unsere Quartiere. Also die Turnmatten, die fein aneinandergereiht auf dem Boden liegen. Natürlich ohne Privatsphäre wie Abtrennungen. Wer wie ich keinen Schlafsack dabeihat, dem wird ausgeholfen. Hajo hat vom Bund welche besorgt, ich hoffe, dass da wirklich keiner seiner Kunden drin gelegen hat.

Als wir unser Lager fertig gebaut haben, pfeift Hajo uns alle zusammen.

»Willkommen in Otterndorf!«, ruft er. »Ich weiß, das ist nicht Lappland, aber wir müssen mit der Zeit gehen, und es ist es nicht in Ordnung, mal eben für vier Tage mit dem Flieger durch die

Weltgeschichte zu jetten. Deshalb habe ich als Vorsitzender beschlossen, dass wir fortan nicht nur klimafreundlicher agieren, sondern auch eine Menge anderer Dinge verändern.«

Er streicht sich über den Bart, lächelt dann versonnen und winkt in den Geräteraum, aus dem eine Weihnachtsfrau tritt. »Das ist Genoveva.«

Noch ein weibliches Wesen! Deshalb fand Hajo Oma Fine völlig okay.

Ich schlucke und sehe auch die anderen Bärte leicht auf und nieder tanzen.

»Moin!« Genoveva winkt uns zu wie eine Königin.

»Moin«, schallt es fünfzehnfach zurück, denn Oma Fine ringt sich ebenfalls einen Gruß ab.

»Genoveva ist eine weitere Neuerung auf unserem Weihnachtsmannweg«, fährt Hajo munter fort. »Sie wird mit uns fortschrittliche Richtungen erkunden, und wir werden dadurch die eingefahrenen Pfade verlassen. Bei den Kindern wird das einschlagen wie eine Bombe …« Er redet plötzlich so schnell, als wäre er selbst unsicher, ob seine Idee wirklich so vorteilhaft ist.

»Was heißt das?«, hakt Willi nach, als Hajo kurz Luft holt.

»Das kann ich selbst beantworten, schließlich bin ich emanzipiert«, antwortet Genoveva.

Mit ihrer sportlichen Statur und dem blonden, schulterlangen Haar ist sie sehr attraktiv, wirkt allerdings eine Spur zu resolut. So was mag ich nicht, aber Hajo scheint diese Dame in rotem Samt förmlich anzuhimmeln.

»Denn man tau!«, meint Max, der schon sehnsüchtig zu den Thermoskannen schielt, die wahrscheinlich mit Glühwein und Grog gefüllt sind, so wie wir es von den anderen Treffen her kennen.

Dass auf dem Tisch im Augenblick aber weder Kekse noch Stollen, sondern Apfelschnitze und Mandarinenstücke nebst Walnüssen auf den Tellern liegen, macht mich leicht nervös. Die Leckereien folgen aber sicher später, versuche ich mich zu beruhigen.

Oma Fine hält sich diskret im Hintergrund. Sie hat, außer dem Moin, noch kein einziges Wort gesprochen, wirkt aber so, als würde sie jedes Gespräch und jede Geste in sich aufsaugen.

»Wir werden gleich zu Beginn eine Runde Fitnessprogramm absolvieren«, erklärt Genoveva. »Deshalb haben Hajo und ich uns auch für eine Turnhalle entschieden.«

Nicht nur ich glaube, mich verhört zu haben.

»Wir sollen was?«, fragen drei oder vier der Weihnachtsmänner gleichzeitig.

Mehrere Bärte werden lang gezogen. Immerhin sind sie über Jahre im Original gezüchtet, sonst darf keiner bei uns Mitglied werden.

Dass die Hände schützend synchron über die wunderbaren Weihnachtsmannbäuche, die ihre gut genährte Form jahrelangem Keks- und Alkoholtraining verdanken, streichen, ist auch eine typische Geste, die wir uns mit der Zeit antrainiert haben, wenn wir attackiert werden.

Der Bauch ist unser Schutzschild.

»Es ist grob fahrlässig, sich zu viel zu bewegen«, wirft Max ein, der tatsächlich am längsten gebraucht hat, um in eine ansehnliche Form zu kommen. Darüber machen sich die Normalsterblichen gar keine Gedanken!

Weihnachtsmannsein bedeutet schließlich nicht nur, sich einen roten Mantel überzustülpen, mit der Rute herumzuwedeln und sein dunkles »Ho, ho, ho« zu brummen. Das wäre ziemlich dämlich. Wer möchte sich schon so reduzieren lassen? Wir müssen schließlich auch integer agieren, Freundlichkeit und Ruhe ausstrahlen und den warmen Blick haben. Verständnis zeigen, aufmerksam sein. Ein Weihnachtsmann ist der Inbegriff von Empathie!

Und dazu gehört der runde Bauch.

Ganz ehrlich? Es ist der einzige Job, bei dem das Dicksein nicht nur legitimiert, sondern sogar ausdrücklich erwünscht ist. Der muss bleiben. Was also soll das Gefasel von einem Fitnesstraining?

Genoveva lässt sich von dem aufgeregten Gemurre kein bisschen aus der Ruhe bringen, genau wie Oma Fine, die uns weiterhin stumm beobachtet.

»Ihr müsst unterm Strich dazu in der Lage sein, einen Kamin hinunterzurutschen«, erklärt Genoveva nun. »Und natürlich sollte es euch auch gelingen, zuerst aufs Dach zu kommen.«

Ich lache laut auf. »Wir sind zwar echte Weihnachtsmänner, aber nicht so echt, dass wir das tun müssen.«

»Außerdem nimmt die Kamindichte ab.« Willi nickt selbstgefällig. »Gibt schließlich kaum noch welche.«

Genoveva verzieht keine Miene, und sie erinnert mich an meine ehemalige Chefin, die sich auch nie von irgendwelchen Argumenten hat beeindrucken lassen.

»Hajo und ich haben eben das neue Konzept besprochen, und so ziehen wir das jetzt durch«, antwortet Genoveva mit ruhiger Stimme. »Bevor wir über den Sternenmarkt spazieren, machen wir ein wenig Zirkeltraining. Hajo und ich sind aktiv an eurer Seite.«

Was nun folgt, grenzt an Folter und nährt meine Vorstellung, dass ein Bestatter nicht der optimale Vorsitzende einer Weihnachtsmannvereinigung ist. Wir haben alle nicht vor, in Kürze abzunippeln, werden jetzt aber so gequält, dass unser Ende fast greifbar ist. Jedenfalls klingt unser Schnaufen nach zehn Minuten so. Hajo und Genoveva scheuchen uns über Kisten und Böcke. Durch Reifen und das Seil rauf und runter. Den krönenden Abschluss bilden die Ringe, an denen wir Klimmzüge absolvieren sollen. Ich schaffe gerade noch zwei.

Hajo lächelt milde.

»Anton, da geht doch mehr!«

»Selbst machen lautet die Devise«, schieße ich außer Atem zurück. Denn der werte Bestatter hüpft lediglich ein paar Mal auf und ab und tut so, als wäre er der sportlichste Weihnachtsmann der Welt.

Ratlos halte ich diese blöden Ringe in der Hand.

Genoveva stößt mich beiseite und zeigt mir locker sechs Klimmzüge, ohne abzusetzen. Sie macht sogar noch eine elegante Rolle, die ihren Weihnachtsfraupopo gut zur Geltung bringt und uns eindeutig zeigt, warum Hajo ihr so verfallen ist. Und warum er offenbar kein echter Weihnachtsmann mehr sein möchte.

»Ihr seid jetzt alle durch und dürft euch stärken«, erklärt unsere neue Chefin, denn dass Hajo nichts mehr zu melden hat, ist doch klar. Sie winkt uns zum Tisch und schenkt allen ein. Es riecht aber so gar nicht nach Glühwein und leckerem Grog.

Es stinkt nach Kräutertee und anderem Quatsch!

»Was soll denn das sein?«, fragt Max angewidert, nachdem er den ersten Schluck genommen hat.

»Roibuschtee mit Ingwer und Zimt. In der anderen Kanne ist eine angenehme Fenchel-Melissen-Minze-Mischung«, erklärt Genoveva. »Alkohol ist ungesund.«

Sie reicht uns das Obst, und niemand fragt mehr, warum es keine Kekse gibt. Dass vor der Halle auch der Grill mit schöner fetter Bratwurst fehlen würde, wissen wir auch so.

Anstandshalber trinken wir das Tee-Zeug, verweilen aber nicht lange, und machen uns schnell auf den Weg zum Weihnachtsmarkt. Hajo und Genoveva begleiten uns nicht. Sie haben wohl Besseres zu tun und nennen es aufräumen.

Otterndorf hat wirklich Flair. Sei es das historische Rathaus oder die Fachwerkhäuser mit den imposanten Giebeln, die Gassen samt Kopfsteinpflaster. Und dann natürlich das Flüsschen Medem, das sich ganz unaufgeregt, aber wunderbar flankiert vom Hafen *Der Alte Specken* und den pittoresken Häuschen am Ufer, durch Otterndorf schlängelt. Sogar ein altes Schloss gibt es.

Als wir unser Sightseeing beendet haben, suchen wir gemeinsam den Sternenmarkt auf. Bude reiht sich an Bude, überall verlocken Köstlichkeiten zum Naschen. Ich liebe die rot-weißen Zuckerstangen und Liebesäpfel, während Willi sich gebrannte Mandeln kauft. Max hingegen stürzt sich mit Oma Fine auf die Bratwurstbude. Sie verspeisen ihre Wurst mit sichtlichem Vergnügen.

Als sie fertig sind, gesellen sie sich zu uns an den Glühweinstand.

»Dat geiht so nich'«, sagt Oma Fine plötzlich.

Wir schauen sie überrascht an.

»Dass ihr plötzlich um euren Bauch gebracht werden sollt, ist schrecklich.«

Die anderen Weihnachtsmänner nicken zustimmend.

»Aber was können wir tun?«, fragt Max. »Ich habe keine Idee.«

Uns allen fällt auch nur eine weitere Glühweinrunde ein. Das erhält immerhin unseren Bauchumfang.

Passiver Widerstand oder wie immer man es nennen möchte.

Immerhin sind wir die Attraktion des Marktes, denn wann sonst bekommt der Otterndorfer vierzehn echte Weihnachtsmänner geballt zu Gesicht?

»Ho, ho, ho«, sagt Max. »Den Weihnachtsmann gibt es schon etwas länger, und noch nie, wirklich noch nie musste er auf Diät!«

Mit gestiegenem Alkoholpegel sind wir uns zunehmend darüber einig, dass Genoveva keinen guten Einfluss auf Hajo hat, und wir keine Lust mehr auf den Gesundheitstrip haben. Eine Lösung fällt allerdings keinem ein.

Wir trinken auch noch den einen oder anderen Genever, das entspannt uns wenigstens, und dann torkeln wir zur Turnhalle.

Genoveva empfängt uns empört mit in die Hüften gestemmten Fäusten.

»Mann, Mann, Mann. Ihr habt alle gesoffen! Doch es gibt keine Gnade! Morgen um acht Uhr ist Training. Vor dem Frühstück. Ich werde persönlich an den Ringen beginnen und auslosen, wer in meinem Team ist. Die anderen werden auf die restlichen Geräte verteilt.«

Dann rauscht sie mit Hajo von dannen. Sie haben ihr Lager in seiner Bestatterwohnung aufgeschlagen.

In der Nacht höre ich es rascheln, etwas klimpern, aber ich bin so beduselt, dass ich nicht so recht mitbekomme, woher die Geräusche stammen.

Genoveva weckt uns mit einer Tröte aus unserer weihnachtlichen Wichteltraumwelt!

Schlimmer geht's nimmer.

Max stöhnt laut und meint, er müsste doch noch duschen, und mir steht der Sinn nach Kaffee, denn der Kopf dröhnt und scheppert bei der kleinsten Bewegung.

Aber Genoveva lässt keine Ausrede gelten. Wir müssen uns in unserer fein gerippten Unterwäsche (das ist Pflicht, Weihnachtsmänner dürfen keine Boxershorts oder ähnlichen neumodischen Kram tragen) aufstellen.

Anschließend bekommen wir unsere Geräte zugewiesen. Ich bin leider im Team Genoveva und soll mit ihr an die Ringe.

Hajo hält sich mal wieder fein aus allem raus und überprüft nur die Einhaltung der Regeln. Genoveva hingegen ist erpicht darauf, sich zu verausgaben. Mir passt das gut in den Kram. Allein die Vorstellung, mich an die Dinger zu hängen, lässt Kopf und Magen rebellieren.

»Dann mach du zuerst«, fordere ich sie auf.

Meinetwegen kann sie ihre Überschläge und was sie sonst für ihr Ego braucht, mannigfaltig durchziehen. Solange ich dann Pause habe, ist mir alles recht.

Genoveva trägt ein sportliches Outfit und turnt natürlich nicht in Unterwäsche. Auch wenn sie nicht mehr die Jüngste ist, fasziniert sie mit ihrer Gelenkigkeit.

»Sie war früher im Turn-Olympiakader«, raunt mir Hajo stolz zu.

»Wir können sie ja mal ganz oben ihre Akrobatik zeigen lassen!«, schlägt Oma Fine vor.

Hajo greift sofort mit stolzgeschwellter Brust zur Kurbel, und als seine Genoveva gerade kopfüber hängt, fahren die Ringe langsam nach oben.

Ich beobachte alles ganz genau. Als es nach ein paar Metern plötzlich ratscht und kracht und ächzt, stößt Genoveva einen kurzen Schrei aus. Sie saust wie eine Rakete mit sportlich geschlossenen Beinen Richtung Boden und verliert auch im Angesicht des Todes nicht die Haltung.

Es knackt einmal laut, und dann gibt es die Weihnachtsfrau nicht mehr.

»Jo, die ist man mausetot«, kommentiert Oma Fine. Sie wirkt nicht sonderlich überrascht und hochzufrieden.

Hajo wird leichenblass. »O mein Gott, was habe ich getan?«

Eine neue Kundin für dein Kühllager geschaffen, denke ich.

Max fühlt Genovevas Puls und schüttelt bedauernd den Kopf.

Hajo setzt sich auf den Mattenwagen. »Ich wollte euch doch nur zeigen, wie wunderbar sie turnen kann, um euch zu motivieren …«, stammelt er.

»Das zeigt aber ja, wie gefährlich es ist, wenn Weihnachtsmänner sich sportlich betätigen«, werfe ich ein und ernte zustimmendes Nicken.

Auch Oma Fine stimmt mir zu. »Een Frominske ist eben nicht als Weihnachtsfrau vorgesehen«, erklärt sie und deutet mit dem Zeigefinger gen Himmel. »Das hat der da oben ganz fix in Ordnung gebracht.«

Hajo fühlt sich dennoch schuldig.

Ein wenig eigenartig kommt es mir auch vor, und ich überprüfe die Ringe.

»Das Seil ist manipuliert«, stelle ich fest. »Oder war es schon vorher marode?«

»Keine Ahnung«, flüstert Hajo.

Max ruft die Polizei.

Was soll ich sagen?

Nach Genovevas Unfall haben wir natürlich anstandshalber eine halbe Stunde lang getrauert und uns dann für eine kurze Lagebesprechung zusammengesetzt.

Das Fazit: Unser Treffen wird zukünftig wieder in Lappland ohne Turnübungen stattfinden, und traditionell sind Weihnachtsfrauen ausgeschlossen. Auch Oma Fine darf nicht mehr mit, das ist ein eindeutiger Weihnachtsmannbeschluss.

Das finde ich tatsächlich ein wenig ungerecht, denn ich glaube, wir haben der Dame so einiges zu verdanken.

»Wat kiekst du so bedröppelt?«, fragt sie mich, als wir uns am Ende des Tages voneinander verabschieden. »Sei doch bloß froh, dass du nicht als Erster dran gehangen hast, dann hätte ich mir nämlich noch was anderes einfallen lassen müssen. Nur Hajo hätte profitiert, denn in dem Fall hätte er gleich zwei Leute unter die Erde bringen dürfen.«

Ich schlucke und begreife immer mehr, wie nah ich meinem vorzeitigen Ableben gewesen bin.

Oma Fine aber klopft mir auf die rechte Schulter.

»Nun zieh man nicht so ein Gesicht, min Jung. Watt mutt, dat mutt. Es ist för di jo allens good gegangen.«

So kann man das natürlich auch sehen.

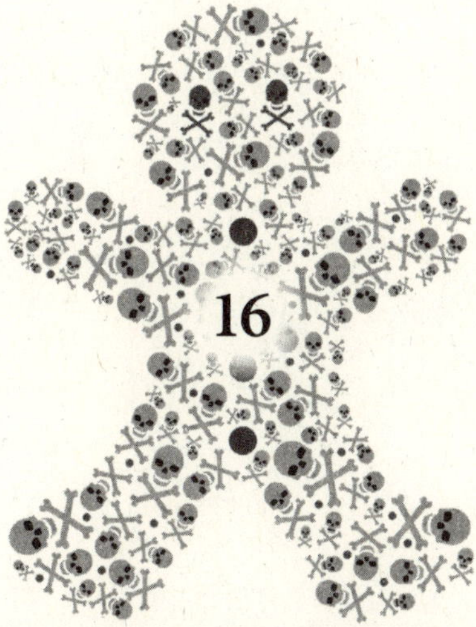

Simon Ammer

Weihnachten

Wien

Über den Autor:

Simon Ammer ist das Pseudonym des österreichischen Schriftstellers **Daniel Wisser.** Er hat bisher sieben Romane geschrieben und zahlreiche Preise erhalten. Wie in seinen Romanen hat sich Wisser auch als Krimi-Autor ganz der Beobachtung der Gegenwart verschrieben.

Die in dieser Anthologie enthaltene Kurzgeschichte kann als Vorgeschichte der Krimireihe *Oberst Benedikt Kordesch ermittelt* gelesen werden.

Im November 2007 zog Benedikt Kordesch mit seiner Frau Ulli nach Wien, wo sie in der Werdertorgasse im ersten Bezirk eine kleine Wohnung bezogen. Am 18. November feierte das Ehepaar Benedikt Kordeschs dreißigsten Geburtstag. Und bis zu Weihnachten blieben sie in Feierlaune. Es war eine gute Zeit, obwohl Ulli Kordesch mit der kleinen Wohnung unzufrieden war, obwohl sie Kärnten vermisste und obwohl seine Vorgesetzten vom Landeskriminalamt ihrem Mann gerne komplizierte Fälle gaben. Er arbeitete gewissenhaft, oft bis in die Nacht und hatte wenig Zeit für seine Frau.

Aber Benedikt Kordesch ging in seiner Arbeit auf. Seine Tätigkeit beim Polizeikommando Spittal an der Drau hatte er Jahr für Jahr als sinnloser und eintöniger empfunden, nun sah er endlich Sinn in dem, was er tat. Der ständige Blick in die Abgründe der Gesellschaft, die Beschäftigung mit Mord und Totschlag machten dem damals Dreißigjährigen nichts aus. Niemals kam er in einen Gewissenskonflikt. Immer versuchte er, im Sinne der Gerechtigkeit zu handeln, die Sachlage objektiv zu betrachten und seine persönliche Bewertung der gesetzlichen Bewertung einer Straftat hintanzustellen. Nur einmal, ein einziges Mal, scheiterte er daran. Es war einer seiner ersten Fälle. Und es war Weihnachten.

Da der Heilige Abend im Jahr 2007 auf einen Montag und die Feiertage des 25. und 26. Dezember auf einen Dienstag und Mittwoch gefallen waren, hatten sich viele Kollegen die ganze Woche freigenommen. So auch Kordeschs Kollege Werner Mendel. Als Kordeschs Diensthandy am Morgen des 27. Dezember läutete, war seiner Frau Ulli schon klar, was das bedeutete.

»Nein, bitte nicht diese Woche!«, sagte sie. Kordesch konnte darauf keine Rücksicht nehmen. Er wurde alleine zum Graben beordert, einer noblen Einkaufsstraße im Herzen der Wiener Innenstadt, die vom Stephansdom zum Kohlmarkt führt. Er brauchte keine fünfzehn Minuten, um den Weg dorthin zu Fuß zu gehen.

Die Wohnung, bei der Kordesch läutete, befand sich im ersten Obergeschoss über einem Juweliergeschäft, das zu dieser Zeit bereits geschlossen war. Das Geschäft sah aus, als sei seit den Fünfzigerjahren nichts daran geändert worden. Und auch die Wohnung darüber wirkte altmodisch. Als Frau Tappeiner, die dort wohnte, Kordesch öffnete, trat er in eine Welt aus Plüschmöbeln, staubigen Vorhängen und Teppichen. Der Holzboden unter diesen Teppichen knarrte bei jedem Schritt.

»Mein Name ist Kordesch. Ich bin vom Landeskriminalamt.«

»Tappeiner, Aurelia. Kommen Sie nur weiter!«

»Haben Sie vielleicht einen Ausweis oder Reisepass, Frau Tappeiner?«, fragte Benedikt Kordesch.

»Ja, sie bringt ihn gleich.«

Kordesch blieb keine Gelegenheit, zu fragen, wer mit *sie* gemeint war, da der Polizist, der Frau Tappeiners Notruf gefolgt war, ihn ansprach. Er stand in der Küche und erklärte ihm, dass es sich bei dem Toten um Horst Tappeiner, den Sohn der Mieterin, handelte.

Kordesch bemerkte sofort, dass der Kollege so schnell wie möglich wieder gehen wollte. Ebenso schnell erfolgte die Abholung der Leiche, die in die Gerichtsmedizin gebracht wurde. Niemand wollte lange bleiben und sich mit der Sache beschäftigen, selbst Frau Tappeiner war verschwunden. Erst nachdem die Leiche ihres Sohnes aus der Wohnung transportiert worden war, kam sie wieder in die Küche.

»Möchten Sie vielleicht einen Tee, Herr …«

»Kordesch.«

»Oder einen Kaffee?«

»Nein, danke.«

Plötzlich trat aus einer anderen Tür, die Kordesch gar nicht gesehen hatte und die eine fast unscheinbare Tür in der Holzvertäfelung der Küche war, eine junge Frau. Kordesch schätzte sie auf fünfundzwanzig bis achtundzwanzig Jahre. Als Erstes bemerkte er, dass sie ein blaues Auge hatte. In der Nase, also nicht an einem Nasenflügel, sondern in der Nasenwand, trug sie einen Ring. Kordesch kannte die genaue Bezeichnung dafür nicht. Ihre Haare waren pink gefärbt, und sie trug Jeans, die an den Knien aufgerissen waren. Sie streckte ihm die Hand entgegen, ohne ihn anzusehen.

»Nina Wenzel. Kaffee?«

»Nein, danke«, sagte Kordesch.

»Bitte setzen Sie sich doch«, sagte sie und legte dann einen Reisepass auf den Tisch. »Hier! Der Pass von Frau Tappeiner.«

Kordesch nahm auf der alten hölzernen Bank Platz, die am Küchentisch stand. Ihm gegenüber standen zwei Stühle am Tisch. Aber die beiden Frauen setzten sich nicht.

»Meine Damen, wer von Ihnen hat den Toten gefunden?«

»Ich«, sagte Frau Tappeiner.

»Gut«, sagte Kordesch. »Und Sie, Frau Wenzel? Sind Sie erst nach dem Tod von Herrn Tappeiner hierhergekommen, oder waren Sie …«

Sofort unterbrach die alte Frau Tappeiner ihn: »Sie war da. Aber sie war in ihrem Zimmer. Die ganze Zeit.«

»Frau Tappeiner, ich glaube, Frau Wenzel kann mir das selbst erzählen«, sagte Kordesch und wandte sich an die junge Frau: »In welchem Verhältnis standen Sie zu dem Toten?«

»Sie ist eine Freundin des Hauses«, sagte die alte Tappeiner. »Und sie hat mir sehr geholfen. Ich bin 86, wissen Sie. Und heuer habe ich das erste Mal wieder einen Baum gehabt, und sie hat …«

»Meine Damen«, sagte Kordesch laut, »ich muss doch sehr bitten! Ich muss hier strukturiert vorgehen. Frau Tappeiner, Sie bleiben bitte in der Küche. Ich muss Ihnen ein paar Fragen stellen. Währenddessen würde ich Sie, Frau Wenzel, darum bitten, die Küche zu verlassen. Und danach befrage ich Sie, okay?«

Die beiden Frauen nickten. Die junge führte nun Frau Tappeiner, die langsam ging und die Füße auf dem Boden eher vor sich herschob, als sie zu heben, zum Küchentisch. Sie setzte sich. Nina Wenzel klopfte der Alten auf die Schulter, dann brachte sie ihr ein Glas Wasser an den Tisch.

»Es ist alles gut, Reli!«, sagte Nina Wenzel zu Frau Tappeiner. »Trink einen Schluck Wasser. Die Aufregung ist zu viel für dich.«

Dann wollte sie gehen.

»Ach, Frau Wenzel«, sagte Kordesch. »Wenn ich Sie dann rufe, können Sie mir auch einen Ausweis oder Ihren Reisepass zeigen?«

»Natürlich«, sagte sie und verließ den Raum.

»So, Frau Tappeiner«, sagte Kordesch. »Wohnte Ihr Sohn hier, oder war er auf Besuch?«

»Er ist am Fünfundzwanzigsten gekommen«, sagte sie. »Er hatte von Anfang an etwas gegen Nina. Wissen Sie, sie hat mir so viel geholfen und so viel Freude bereitet. Es ist sehr schmerzhaft, so einen bösartigen Sohn zu haben.«

»Ihr Sohn hat also hier übernachtet?«, fragte Kordesch.

»Ja, schon zwei Nächte«, sagte Frau Tappeiner. »Ich wollte ja, dass er geht. Aber inzwischen gehört ihm die Wohnung. Wissen Sie, er will mich ins Heim stecken und die Wohnung verkaufen. Die ist heute ein Vermögen wert. Ich bin ihm völlig egal.«

Kordesch bemerkte, wie aufgeregt die alte Dame war. Er schaute sie an. Sie hatte ein schönes, zierliches Gesicht, sah aber verstört aus. Sie tat ihm leid, aber er konnte sie jetzt nicht schonen.

»Wann haben Sie Ihren Sohn gefunden?«

»Es war, glaub ich, viertel neun«, sagte sie. »Ich habe auch verschlafen. Dann bin ich in die Küche, und da lag er.«

»Hier, wo er gerade noch gelegen ist?«

»Ja, wir haben ihn nicht berührt«, sagte sie. »Und das hier muss er genommen haben.« Sie zeigte auf vier braune Glasröhrchen, die auf dem Tisch lagen. Jedes war mit einem Kork verschlossen. Auf dem vergilbten Etikett stand: Veronal.

Kordesch zog ein Paar Latexhandschuhe aus seiner Tasche und einen kleinen Plastikbeutel, in den er Röhrchen und Korken steckte.

»Die Pulverl sind noch von meinem Mann.«

Mit Pulverl meinte sie die Tabletten, die sich davor in den Glasröhrchen befunden hatten.

»Wann ist Ihr Mann verstorben?«, fragte Kordesch.

»1976«, antwortete die Alte. Nicht nur die Wohnung war alt, auch die Tappeiners waren aus einer anderen Zeit.

»Und das Glas hier? Wer hat daraus getrunken?«

»Auch der Horst.«

Kordesch sicherte das Glas mit einem zweiten Beutel.

»Was haben Sie gemacht, nachdem Sie ihn gefunden haben?«

»Das Ninotschkerl hat die Polizei gerufen«, sagte sie.

»Wer ist denn die Frau Wenzel, wenn sie nicht mit Ihnen verwandt ist?«

»Ach, das ist zu kompliziert, um es zu erklären.«

»Versuchen Sie es«, sagte Kordesch mit sanfter, aber lauter Stimme, wie es Menschen tun, die aus dem hohen Alter ihres Gegenübers sofort Schwerhörigkeit ableiten.

Frau Tappeiner setzte zu einer umständlichen und für Kordesch teilweise unverständlichen Erklärung an, dass sie das Ninotschkerl, wie sie immer sagte, kennengelernt habe, als sie auf der Suche nach Antiquitäten war. Von ihrem Mann, der im Jahr 1976 verstorben sei, sei ja noch die ganze Büroausstattung da, und das Ninotschkerl könne das irgendwie verkaufen. »In diesem Dings …«, sagte sie. »Wie heißt denn das, was jetzt alle am Computer haben?«

Lange tappte Kordesch im Dunkeln. Was konnte die alte Dame meinen? »Im Internet?«

»Das ist es«, sagte Aurelia Tappeiner dann. »Ich hab das ja nicht, ich weiß gar nicht, wie es ausschaut. Ich war heute schon auf der Bank, da will es mir dieser Kerl jedes Mal andrehen. ›Da können Sie dann alles von zu Hause aus machen‹, sagt er immer. Herr Kommissar, ich bin 86 Jahre alt. Die paar Monate, die ich noch lebe, kann ich wohl noch auf die Bank gehen zum Überweisen, oder?«

»Sie waren heute schon auf der Bank?«, fragte Kordesch. Und er wollte noch hinzufügen: »An dem Tag, an dem Sie Ihren Sohn tot auffinden?« Aber er sagte es dann doch nicht. Stattdessen nahm er einen Zettel und schrieb es auf. Damals hatte Kordesch noch keine Notizhefte im Format A6 bei sich gehabt.

Kordesch schrieb und schaute dann wieder auf. Die alte Frau Tappeiner war eingeschlafen. Sie saß vor ihm am Küchentisch und schnarchte leise. Er wartete eine Weile. Manchmal kippte sie beim Schlafen nach vorne, und er hoffte, dass sie davon aufwachte. Dann beugte sich ihr Oberkörper aber wieder nach hinten, und sie schlief weiter. Kordesch stand auf und ging von der Küche ins Wohnzimmer.

Er traute seinen Augen nicht. Das Wohnzimmer war riesig, die Zimmerdecke bestimmt in vier Metern Höhe. In einer Ecke des Wohnzimmers stand ein gigantischer Christbaum, dessen Spitze bis knapp unter die Decke reichte. Opulent war der Baum mit glitzernden Kugeln und Lametta in den Farben Gold, Silber und Rot geschmückt.

Den Aufnahmetest bei der Kriminalpolizei hatte Kordesch nur sehr knapp bestanden. Man legte ihm damals nahe, weitere Aufgaben in schnellem logischen Schließen zu machen, um sich zu verbessern. Und das hatte er getan. Er kam zu dem Ergebnis, dass Frau Tappeiner unmöglich diesen Weihnachtsbaum geschmückt haben konnte.

Ein kleiner Gang am Ende des Wohnzimmers, der kaum beleuchtet war, führte zu vier Türen. Kordesch sah sich um und war überwältigt, wie viele Räume es in dieser Wohnung gab. Dann ging eine der Türen auf, und Nina Wenzel steckte ihren Kopf heraus: »Suchen Sie etwas?«

»Frau Tappeiner ist eingeschlafen«, sagte Kordesch. »Sagen Sie, wie groß ist denn diese Wohnung?«

»260 Quadratmeter«, sagte Nina Wenzel. »Sie schläft oft ein. Danke, dass Sie sie schlafen lassen.«

»Darf ich Sie inzwischen befragen?«

»Bitte, kommen Sie herein.«

Kordesch trat ein und betrachtete das Zimmer, in dessen Ecke ein altes Holzbett stand. Zwei mit Wäsche vollgestopfte Koffer lagen auf dem Boden.

»Entschuldigen Sie, dass es hier so aussieht«, sagte Nina Wenzel. Sie zeigte auf einen Stuhl in der Ecke und setzte sich selbst auf das Bett.

»Frau Wenzel, seit wann wohnen Sie hier?«

Ohne Zurückhaltung erzählte die junge Frau nun ihre Geschichte. Sie sei mit 60.000 Euro verschuldet und habe der Bank einen Plan vorgelegt, wie sie mit dem Verkauf von Vintage-Zeugs, wie sie es ausdrückte, ihre Schulden in einem Jahr zurückzahlen wollte. Also habe sie begonnen, Verlassenschaften und alte Sachen zusammenzukaufen und auf eBay zu versteigern. Dabei sei sie einmal zu einer alten Frau in die Per-Albin-Hanson-Siedlung gefahren, die billig alte Schmuckkästchen und Schmuck angeboten hätte. Dort sei sie dann Frau Tappeiner begegnet, die dieser Dame beim Putzen half.

»Also noch mal?«, fragte Kordesch ungläubig. »Die Witwe eines alteingesessenen Juweliers am Graben hilft einer alten Frau in einer Siedlung in Favoriten beim Putzen der Wohnung?«

»Ich fand es auch absurd«, sagte Nina Wenzel. »Aber Aurelia …

also Frau Tappeiner … sie hat mir gesagt, sie tut es nur, weil ihr langweilig ist. Da hat sie jemanden, mit dem sie reden kann, und die Zeit vergeht beim Arbeiten auch schneller. Ins Caféhaus und ins Schwarze Kameel geht sie ja nicht mehr, weil sie dort nur alleine herumsitzt.«

»Nun, gut«, sagte Kordesch.

Frau Tappeiner habe sie dort bei ihrer Freundin in der Hanson-Siedlung angesprochen und ihr gesagt, sie habe eine gesamte Büroeinrichtung aus den Siebzigerjahren in ihrer Wohnung am Graben, und Nina solle einmal vorbeikommen. Am 10. Dezember habe sie dann die Wohnung zum ersten Mal betreten. Zuerst habe sie Frau Tappeiner ein paar Sachen abgekauft. Es waren wunderschöne alte Briefbeschwerer und Löschwiegen dabei, Aschenbecher und Figuren aus Muranoglas, alte Füllfederhalter, Aktenmappen aus Leder, Locher, Ordner und sogar ein Polygraf zum Duplizieren handschriftlicher Dokumente, der sehr wertvoll gewesen sei. Sie habe das alles gewinnbringend verkauft. Mit der Zeit freundete sie sich mit Frau Tappeiner an, und die schenkte ihr dann einfach die Sachen ihres Mannes. Dreißig Jahre waren sie ja schon herumgelegen. Aurelia Tappeiner habe ihr gesagt, sie brauche das Geld nicht, sie habe nur noch einen Wunsch, ein richtiges Weihnachten zu erleben, mit einem Baum, mit einem Besuch des Christkindlmarkts am Rathausplatz, mit Maroni und Glühwein und dem ganzen Kitsch, der dazugehört.

Mit dem Verkauf der Bürosachen habe sie gutes Geld gemacht, sagte Nina Wenzel. Fast 10.000 Euro Gewinn in zwei Wochen. Und dann sei sie am neunzehnten Dezember hierhergezogen. Die Tappeiner habe ihr 5.000 Euro gegeben – freiwillig, fügte sie mit erhobenem Finger hinzu.

Kordesch betrachtete die junge Frau, die dank bunter Haare und kaputter Jeans etwas rotzig und frech daherkam und sich wohl auch Mühe gab, so zu wirken. Aber schon zu diesem Zeitpunkt rührte ihn die Geschichte, diese seltsame Freundschaft der beiden so verschiedenaltrigen Frauen.

Nina Wenzel sagte, sie habe weiterhin Sachen verkauft und gleichzeitig das Weihnachtsfest hier organisiert, einen Weihnachtsbaum besorgt und aufgestellt, den alten Weihnachtsschmuck aus dem Keller geholt. Dabei habe sie Frau Tappeiner betrogen, gestand sie, denn sie habe alte Möbel aus dem Keller ebenfalls auf eBay verkauft und das ohne das Wissen der Alten.

Sie habe mit ihr im Reinthaler gegessen, wie es die Tappeiner früher gewohnt gewesen war. Sie seien zum Christkindlmarkt gegangen, in den Tirolerhof, ins Schwarze Kameel und hätten auf der Freyung Punsch und Frizzante getrunken. Frau Tappeiner sei so glücklich gewesen. Dann hätten sie gemeinsam den Heiligen Abend gefeiert. Alles sei sehr schön gewesen, bis zum 25. Dezember, denn da sei *er* gekommen.

»Mit *ihm* meinen Sie aber nicht Jesus Christus?«, sagte Kordesch mit ernster Miene.

»Nein, leider nicht«, sagte Nina Wenzel. »Ich meine Horst Tappeiner.«

»Er kam und übernachtete hier?«

»Ja, da drüben, die Tür gegenüber, da ist … war sein Zimmer.«

»Darf ich es mir nachher anschauen?«

Nina Wenzel zuckte mit den Schultern: »Mich brauchen Sie nicht zu fragen. Ich bin hier nur Gast.«

Kordesch nickte. »Was wollte Herr Tappeiner?«

»Es ist so: Die Wohnung gehört ihm. Zur Gänze. Er war das einzige Kind«, sagte Nina Wenzel. »Und er hat Aurelia von Anfang fertiggemacht. Er hat immer wieder gesagt, er steckt sie jetzt ins Altersheim, und dann verkauft er die Wohnung. Er hat uns beide von Anfang an drangsaliert«, ergänzte sie. »Ich verstehe gar nicht, dass eine so feine, liebe Frau wie die Reli so einen Sohn haben kann. Er ist fett, ungustiös und brutal. Er hat mich geschlagen.«

»Das blaue Auge ist von ihm?«

»Er ist darauf gekommen, dass ich die ganzen Sachen verhökert habe. Zuerst wollte er dafür nur Geld. Dann wollte er Sex, und als ich mich gewehrt habe, hat er mich geschlagen. Gestern hat er zu mir gesagt, wenn ich am Abend noch da bin, dann … ›Dann bist du dran!‹, hat er gesagt.«

»Und sind Sie gegangen?«

»Nein«, sagte Nina Wenzel. »Wissen Sie, es ist … ich bin hierhergekommen, um die Alte auszuplündern. Ich habe sie ausgenommen wie eine Weihnachtsgans. Ich hätte hier locker 20.000 Euro machen können. Ich brauche das Geld einfach. Ich bin im Arsch. Aber dann hatten wir so schöne Weihnachten, ich habe die Innenstadt noch nie so erlebt wie mit ihr. Sie hat mir Geschichten erzählt, wie Weihnachten früher war, welche Lokale es da gegeben hat, wo sie gerne essen und trinken gegangen ist. Die Alte ist super. Ich mag sie. Wir wollten alles für die Silvesterfeier herrichten. Bis er gekommen ist. Er hat alles kaputtgemacht.«

»Warum haben Sie nicht die Polizei gerufen?«

»Ich?«, fragte sie. »Ich hatte Angst, dass er die Polizei ruft. Wissen Sie, ich habe das Veronal entdeckt, das auf dem Tisch liegt. Nicht nur das. Ich habe den Abschiedsbrief ihres Mannes gefunden. Er lag in einer Lade. Er hat sich mit Veronal umgebracht. Bitte sagen Sie Frau Tappeiner nichts davon. Sie hat den Brief nie entdeckt. Und er ist für sie nicht sehr … nicht sehr erfreulich. Gestern Nacht hat er dann …«

»Wer?«

»Horst«, sagte Nina Wenzel. »Er war schon besoffen und kam abends in der Unterhose in die Küche. Es war widerlich. Die Reli … also Frau Tappeiner … hat zum Glück schon geschlafen. Ich hatte mir vorher in der Küche einen Drink gemacht, mit Gin und Campari. Und ich habe das ganze Veronal darinnen aufgelöst.«

»Warum denn das?«

»Warum? Ich wollte sterben«, sagte Nina Wenzel. »Ich hatte etwas Wunderschönes erlebt. Ich dachte: Wenn die Reli und ich am Heiligen Abend gestorben wären, wäre es wirklich schön gewesen. Ich wollte einschlafen und nicht mehr aufwachen.«

Kordesch bewunderte, dass diese junge Frau das alles völlig regungslos erzählte. Er musste zugeben, dass sie ihm im ersten Moment unsympathisch gewesen war. Er hatte sich geirrt. Aber er durfte sie auch jetzt nicht zu sympathisch finden. Er sollte Distanz bewahren. Er sollte, wie es so schön hieß, seine persönliche Bewertung der gesetzlichen Bewertung einer Straftat hintanstellen.

»Ich saß da mit meinem Cocktail«, sagte Nina Wenzel. »Dann kam das fette Schwein in die Küche. Er sagte, ich müsse ihm das Geld zurückgeben von all den Sachen seines Vaters, die ich verkauft hatte. Dann würde er mich an mein Bett fesseln und ordentlich durchficken. Aber zuallererst würde er meinen Cocktail trinken. ›Denn dir gehört hier gar nichts, du Fotze‹, hat er gesagt. ›Alles hier gehört mir, auch dieses Glas!‹ Und dann hat er meinen Drink ausgetrunken.«

»Sie haben ihn nicht gewarnt?«, fragte Kordesch.

»Nein«, sagte Nina Wenzel. »Und ich bin froh, dass das Arschloch tot ist. Es hat ein paar Minuten gedauert, dann ist er im Sitzen eingesackt. Er wollte aufstehen und ist auf den Boden gefallen. Ich bin ins Bett gegangen. Die Reli hat ihn in der Früh gefunden.«

Kordesch ließ sich den Reisepass von Nina Wenzel zeigen. Sie war Jahrgang 1977. So alt wie er. Da Frau Tappeiner immer noch schlief, nahm er Nina mit und ließ die Alte schlafen. Als sie in Gewahrsam kam, sagte er ihr, dass er ihr Protokoll am nächsten

Tag anfertigen würde. Vorher würde er zu Frau Tappeiner gehen und ihr Bescheid sagen.

»Seien Sie lieb zu ihr! Bitte!«, sagte Nina Wenzel.

Kordesch ging im Anschluss nach Hause, und er konnte nicht anders, als Ulli die ganze Sache zu erzählen. Sie bemerkte sofort, dass ihr Mann ganz verändert war. Ihm ließ die Sache keine Ruhe, und er war davon so bewegt, wie Ulli Kordesch es nie zuvor erlebt hatte.

In der Nacht weckte er sie auf und sagte: »Ich habe nachgelesen. Wenn sie wegen unterlassener Hilfeleistung mit Todesfolge schuldig gesprochen wird, kriegt sie nur ein Jahr.«

»Bene«, sagte die Ulli Kordesch. »Du bist kein Jurist. Lass es sein!«

An nächsten Tag rief der Gerichtsmediziner an. Der Tod von Horst Tappeiner war wirklich durch eine Überdosis Barbiturate verursacht worden. So etwas gäbe es heute eigentlich nicht mehr, sagte der Forensiker. Der Todeszeitpunkt lag in der Nacht vom 26. auf den 27. Dezember.

Gleich in der Früh machte Benedikt Kordesch sich auf zum Graben, um Frau Tappeiner zu besuchen. Sie war längst aufgestanden und völlig aufgelöst: »Wo ist sie denn? Wo ist mein Ninotschkerl? Ich möchte mit ihr Silvester feiern.«

Kordesch bat sie, Platz zu nehmen, und versuchte ihr dann in aller Ruhe zu erklären, was Nina Wenzel ihm am Vortag gestanden hatte.

»So ein Blödsinn«, sagte die alte Tappeiner. Plötzlich wirkte sie nicht mehr so schläfrig und tattrig wie am Vortag. »Herr Kommissar, das Ninotschkerl will mich nur schützen. Ich habe meinen Sohn vergiftet. Ich! Mit dem Veronal, das der Herbert gesammelt hat. Ich war mir nicht sicher, ob das Zeug noch wirkt. Das Ninotschkerl hat damit gar nichts zu tun. Verhaften Sie mich und lassen Sie sie sofort gehen. Sie ist unschuldig.«

Kordesch wusste nicht, was er tun sollte. Wenn ihr Sohn wirklich in der Nacht des 26. Dezember gestorben war, dann hatte Frau Tappeiner um diese Zeit längst geschlafen. Oder sie war, halb schlafend und halb verwirrt, herumgesessen. Kordesch glaubte die Geschichte der Alten nicht. Aber die Art, wie sie ihre junge Freundin schützte, rührte ihn auf besondere Weise.

»Glauben Sie, ich lüge?«, sagte die Alte. »Glauben Sie, es ist leicht, den eigenen Sohn umzubringen? Er war ein Monster, ein Schwein, ein selbstsüchtiges Untier. Die Kleine da, die hat mir Gott geschickt. Niemals hat mir jemand so selbstlos geholfen. Ich habe Ihnen doch erzählt, dass ich gestern auf der Bank war, oder?«

Kordesch nickte. Er war erstaunt, dass das Gedächtnis der Alten in dieser Stresssituation wunderbar funktionierte.

»Die Kleine, das Ninotschkerl, die hat Sorgen«, sagte die Frau Tappeiner. »60.000 Euro Schulden hat sie. Darum war ich gestern auf der Bank. Ich habe ihr 60.000 überwiesen. Sie ist ein guter Mensch. Glauben Sie mir das! Ein Mensch in einer Million ist so gut und selbstlos wie diese Kleine. *Ich* gehe ins Gefängnis.«

Benedikt Kordesch tat nun etwas, das er eigentlich nicht tun durfte. Er akzeptierte das Geständnis und setzte das Protokoll auf. Nina Wenzel wurde noch am selben Tag aus der Haft entlassen. Am Nachmittag war Aurelia Tappeiner wieder schläfrig und verwirrt. Sie unterschrieb ihr Geständnis und sagte Kordesch, dass Nina Wenzel, das Ninotschkerl, nun ihre Wohnung am Graben und ihre Ersparnisse erben würde.

Der Amtsarzt erklärte Frau Tappeiner für haftuntauglich. Sie durfte nach Hause, musste sich aber täglich bei der Polizeiwache melden. Nina Wenzel brachte sie dorthin, jeden Tag um neun Uhr in der Früh. Und Kordesch kam auch jeden Tag dorthin: am 28., 29., 30. und 31. Dezember.

Am 1. Jänner erzählten die beiden ihm, wie sie am Vortag Silvester gefeiert hatten. Nicht Aurelia Tappeiner, sondern Nina Wenzel hatte dabei Tränen in den Augen.

Am 14. Jänner kam Nina Wenzel alleine zur Polizeistation und teilte Kordesch mit, dass die Reli in der Nacht verstorben war. Sie war abends eingeschlafen und in der Früh nicht wieder aufgewacht.

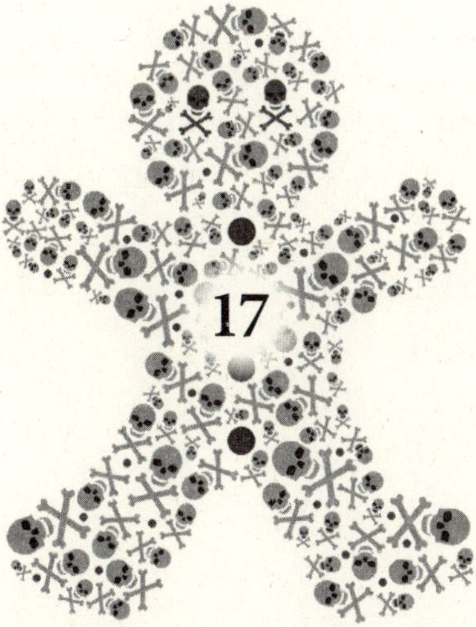

Christiane Dieckerhoff

Nachtschwirren

Lübbenau/Spreewald

Über die Autorin:

Christiane Dieckerhoff schreibt Spreewaldkrimis und unter dem Pseudonym Nelly Fehrenbach Liebesromane. Sie sagt, es sei einfacher, einen Menschen um die Ecke zu bringen, als ihn zu verlieben. Ihre Kriminalromane erscheinen bei Aufbau und Ullstein, ihre Liebesromane beim Piper Verlag. Dieckerhoff war 2016 und 2023 nominiert für den Glauser-Krimipreis des SYNDIKATs, den sie 2023 mit ihrer Kurzgeschichte »Bescherkind« aus der Anthologie *Wichtel, Wunder, Weihnachtsmord* (Droemer Knaur) erhalten hat. 2017 war sie für den Goldenen Homer in der Kategorie »Historischer Kriminalroman« (Pseudonym Anne Breckenridge) nominiert. Die Autorin lebt in der Nähe von Köln. Mehr zu der Autorin finden Sie auf ihrer Website: https://krimiane.de/

Der Weihnachtsbaum ist abgeschmückt, der Schnee geschmolzen. An der Fensterscheibe klebt ein einsamer Stern aus Goldglanzfolie, ich nehme ihn ab, blicke hinaus. Das kann ich gut, hinschauen, beobachten. Ich bin ein Spanner. Das ist nichts, auf das ich stolz bin, aber so ist es nun einmal. Die Menschen hier halten mich für einen Spinner, und natürlich kennt niemand die Wahrheit. Ich weiß nicht, was sie mit mir machen würden, wenn sie es wüssten. Nichts, was mir gefallen würde, denke ich. Also habe ich immer versucht, nicht aufzufallen. Nur mit den Mädchen hat es nie so geklappt. Irgendwie habe ich Angst vor denen, dabei finde ich sie toll. Ihre Körper, die Art, wie sie sich bewegen. Nur wenn sie mich dann ansprechen, weiß ich nicht, was ich sagen soll, und halt lieber die Klappe. So etwas spricht sich herum. Also halten mich alle für schwul. Ist auch nicht schön. Nur noch der Thomas, der später Polizist geworden ist, war damals noch mein Freund. Aber ich glaube, das war wegen meiner Schwester, der Jasna. Der stand voll auf die, aber Jasna hat das nicht interessiert, und dann ist sie weggegangen, und mit der Freundschaft war es dann auch vorbei. Trotzdem: Für schwul gehalten zu werden ist immer noch besser als die Wahrheit.

Spanner.

Kein schönes Wort.

Klingt, als müsste man draufschlagen. So richtig feste. Dabei hat dieses Wort nichts mit mir zu tun. Ich bin harmlos, und mir hat immer ein Wort gefehlt, das mir nicht mitten in die Fresse haut. Bis meine Schwester mir eins zu Weihnachten geschenkt hat.

Bei uns im Spreewald mögen die Leute es nicht, wenn du anders bist. Sie spüren es in den Knochen, wie das Wetter, und sie meiden dich.

Schon als Kind habe ich mein Ohr gegen die Wand gepresst, wenn das Quietschen der Bettfedern im Elternschlafzimmer mich aufgeweckt hat. Das Keuchen meines Vaters und die heisere Stimme der Mutter ließen mich mit einer Sehnsucht zurück.

Zeitchen später habe ich andere Wege gefunden. Eher zufällig. Es war Heiligabend, mein Magen hat geknurrt, weil die Mutter so katholisch war, dass wir alle fasten mussten. Ich wollte überhaupt nicht aus der Küche raus, weil es da so nach dem Schweinebraten, der im Ofen garte, gerochen hat. Mutter war mit den Klößen beschäftigt. Wo Vater war, weiß ich nicht, vielleicht in der Stube, den Baum schmücken. Jedenfalls hat sie mich rausgeschickt: Holz für den Ofen holen. Und da hab ich Jasna das erste Mal nackt gesehen. Das Licht hat mich angelockt und das mit Wasserdampf beschlagene Badezimmerfenster. Bis dahin hatte es mich nur geärgert, wenn Jasna mal wieder das Bad blockierte und ich nicht aufs Klo konnte. Danach habe ich mich gefreut, wenn ich das Rauschen des Badewassers hörte. Dann hab ich mir den Holzkorb geschnappt und bin ums Haus rum.

Jasna mochte es, beim Baden in den Nachthimmel zu schauen, und wenn die Wassernebel zu dicht wurden, ist sie aufgestanden und hat das Fenster mit einem Tuch blank gewischt. Der Schaum glitt über ihren Bauch und versickerte im Dreieck zwischen ihren Schenkeln. Ebenso wie die Haare zwischen ihren Beinen wuchsen auch ihre Brüste. Aus Knospen wurden weich schwingende Hügel mit rosigen Höfen um den Brustwarzen, die sich aufrichteten, wenn die Luft darüber strich. Und ich? Ich duckte mich neben dem Fenster, mit trockenem Hals und unfähig, mich zu rühren, und ich stellte mir Hände vor, die ihre Brüste kneteten, Finger, die sich in das wollige Dunkle ihres Schoßes wühlten, ihre Schenkel spreizten. Aber: nie meine Hände, nie meine Finger.

Und dort vor dem Fenster war es, dass mein Glied sich zum ersten Mal aufrichtete. Und allein die Spannung der Unterhose reichte aus, um mich in die Ekstase zu versetzen, nach der ich mich so lange gesehnt hatte.

Als meine Schwester im Frühling nach Berlin ging, um Hotelfachfrau zu lernen, blieb ich mit dieser Sehnsucht zurück.

Mit dem Frühjahr kehrt das Grün in den Spreewald zurück. Mit dem Grün kommen die Mücken, und wir holen unsere Kähne aus dem Winterschlaf, stellen Tische und Bänke rein und die Körbchen mit den Schnapsfläschchen, die in keinem Kahn fehlen dürfen. Denn mit den Mücken kommen die Touristen, und ich stake sie, wie diese Gondoliere in Venedig, vorbei an unseren Feldern mit den Heuschobern, den Siedlungen mit den gekreuzten Schlangenleibern auf den Dachgiebeln und den Verkaufsständen auf den Anlegern, hinein in die lichten Wälder. Ich erzähle ihnen von den Sorben und Wenden, eben die alten Geschichten über die Entstehung des Spreewaldes, und für die Dauer der Kahnfahrt gehöre ich dazu, und nur einer von zehn merkt, dass die anderen Kahnführer meinen Gruß nicht erwidern.

In Vollmondnächten stake ich allein durch die Fließe und Kanäle des Spreewaldes. Ich beobachte die Heuschober, das sind diese um eine Stange gebauten Heuhaufen, die die Touristen immer fotografieren wollen. Weshalb sie jetzt das ganze Jahr über stehen bleiben. Auf jeden Fall: Wenn bei einem die Stange wackelt, dann binde ich meinen Kahn an einen Ast, schleiche mich an Land und lege mich neben den Heuschober auf den Bauch. Über mir die Nacht, unter mir das feuchte Gras und neben mir die Körper, und ich atme ihre Lust, höre ihr Keuchen, das Klatschen, mit dem sie zusammenstoßen, höre die Liebesfürze. Würde ich die Hand ausstrecken, könnte ich die schweißnassen Körper berühren. Aber ich strecke die Hand nicht aus. Bewegungslos liege ich neben dem Heuschober, und mein Glied wächst gegen meinen Bauch. Meine Augen gewöhnen sich an die Dunkelheit, und ich sehe ein Mosaik aus Schatten, forme in Gedanken das Bild der Körper. Und es ist wieder so wie damals, als der Badeschaum über den Bauch meiner Schwester rann, und ich beiße die Zähne zusammen, um nicht vor Lust zu stöhnen.

In meinem siebzehnten Lebensjahr starb meine Mutter. Zeitchen vorher erlitt Papa einen Schlaganfall. Mama hatte noch Pläne für Fremdenzimmer gemacht, weil Papa nur wenig Rente bekam. Zeitchen später haben wir sie beerdigt. Lungenkrebs, haben die Ärzte gesagt. Dabei hat Mama nie geraucht. Immer nur Papa und Jasna, nie Mama und ich.

Das heißt: So mit vierzehn, fünfzehn hab ich eine Zeit lang geraucht. Aber man riecht dann nach Zigaretten, und einmal, als ich neben einem Heuschober im Gras lag, hat mich ein Mädchen gerochen, und ich bin grad noch in meinen Kahn gekommen, bevor ihr Typ aus dem Schober raus ist. Also wusste ich: Als Spanner sollte man nicht rauchen.

Den Alten hätt's erwischen sollen, sagte meine Schwester, als sie nach Lehde zurückkam. Sie hat alles in die Hand genommen, weil sie ja Hotel gelernt hat und weil mein Vater nicht so gut zu gebrauchen war. Seit ihn der Schlag getroffen hat, war's bei ihm nämlich mit dem Sprechen nicht so gut.

Für mich hat die Zeitenwende nicht viel verändert. Ich stake weiter Touristen durch den Spreewald. Und bei Vollmond gleite ich mit meinem Kahn auf der Suche nach schwankenden Heuschobern durch die Nacht.

Zu Hause war es nach Mutters Tod anders, irgendwie kälter. Jasna sprach nicht viel, und Weihnachten fand nur für die Gäste statt. Zumindest musste ich jetzt nicht mehr fasten. Aber hungrig war ich trotzdem, nicht nach Schweinebraten und Klößen, aber nach Körpern. Und dann rauschte das Badewasser.

Ich saß mit Vater in der Küche, auf dem Herd simmerten die Klöße, und im Ofenrohr brutzelte der Schweinebraten. Jasna hatte alles vorbereitet, und nun war sie ins Bad gegangen. Ohne nachzudenken, hab ich mir den Holzkorb geschnappt und bin ums Haus herum. Als ich sie gesehen habe, war da wieder diese Sehnsucht. Ihr Körper war anders, die Brust schwerer, die Hüften breiter und das schwarze Dreieck wegrasiert. Ich hab gezittert, als sie sich aufgestellt und den Rasierer angesetzt hat. Mein Hals wurde ganz trocken, und dann ist es passiert.

Ich hab gekeucht, und sie hat den Rasierer fallen lassen und sich ein Handtuch gegriffen. Das hab ich noch gesehen, aber dann bin ich gerannt wie die Ochsen des Teufels. Sie hat geschrien, die Stimme ganz hoch und wild. »Hau ab, du Wichser!«

Und das hat wehgetan, weil: Das bin ich ja auch, ein Wichser und Spanner.

Ich bin immer weiter gerannt, an den verschneiten Fließen vorbei zum Hafen. Überall Lichter und inmitten des Hafenbeckens der Kahn mit dem Weihnachtsbaum, warm leuchtend und eingeschlossen vom Eis. Da bin ich stehen geblieben, keuchend, schluchzend und nach Luft schnappend. Ich bin dann aufs Eis, hab gedacht, wenn's mich nicht trägt, ist es gut.

So eine Art Gottesurteil.

Es hat geächzt und geknirscht, aber es hat mich getragen, den ganzen Weg bis nach Hause. Als ich meine Zimmertür öffnete, roch ich den Rauch von Jasnas Zigarette. Ich wollte umdrehen, aber es war zu spät.

Ich solle reinkommen, sagte sie, und ihre Stimme klang nur

noch ein bisschen wild. Ob ich nicht wüsste, dass es unrecht sei, was ich da mache, und dass sie mich dafür wegsperren würden und dass es mir im Knast fürchterlich schlecht ergehen würde. Weil: Es würd nur ein Zeitchen dauern, bis die anderen Gefangenen raushätten, warum ich drin wäre, und Spanner kämen gleich nach Kinderschändern, und wenn da keiner von denen zur Hand wäre, würden sie schlimme Dinge mit mir tun.

Ich versuchte, mich zu verteidigen. Mit all den Sätzen, die ich schon so oft durch meinen Kopf, wie durch einen Fleischwolf, gedreht hatte. Dass ich niemandem wehtat und dass ich im Leben nie eine Frau berührt hatte und dass ich das auch nicht wollte – weil: Ich war mir selbst genug – und, dass ich harmlos sei.

»Harmlos?« Meine Schwester schnaubte. »Die Leute haben Angst, wenn jemand sie beobachtet«, sagte sie. »Sie fühlen sich, als würden sie mit entblößter Kehle auf dem Rücken liegen.« Jasnas Zigarette tanzte wie ein Glühwürmchen durch die Nacht.

Sie war so wütend. »Was ist das für eine Familie?«, hat sie schließlich gesagt und die Wasserflasche aufgeschraubt, die neben meinem Bett stand. Ihre Kippe zischte, als sie darin verlöschte. »Der Alte ein Kinderficker und mein Bruder ein …«

Ich hab mich geduckt, aus Angst vor dem Wort, deshalb hab ich den Anfang nicht so richtig mitgekriegt. Ich hab geflennt, weil da dieser Schmerz war, der mir den Bauch zerriss.

Spanner.

Immer mitten in die Fresse rein.

Aber sie hat's nicht gesagt. Sie hat lange geschwiegen und ist dann aufgestanden und hat mich umarmt. Es fühlte sich gut an, aber ich konnt' das nicht aushalten. Ich wollte nur noch weg von ihr. Aber sie hat mich gehalten. »Visiosexuell«, hat sie mir ins Ohr geflüstert. »Du bist visiosexuell«, und dann ist sie raus.

Visiosexuell.

Ich schmeckte das Wort auf der Zunge.

Es klang, als könnte man es aussprechen. Heterosexuell, homosexuell, visiosexuell. Eins klang wie das andere. Sachlich. Nicht wie: mitten in die Fresse rein.

Ich mochte das Wort.

Und da ist mir aufgegangen, was sie sonst gesagt hatte, und es hat mir keine Ruhe gelassen. »Mein Alter ein …«

Kinderficker war anders. Kinderficker war kein Wort, das man weichspülen konnte. Kinderficker bedeutete Ohnmacht, Schmerzen und Angst. Und das sollte Papa sein? Und ich fragte mich, woher Jasna das wusste. Zwei Tage hat es gedauert, bis ich begriff. Ich lag im Bett, Weihnachten war vorbei und die Weihnachtsgäste abgereist, um denen Platz zu machen, die Neujahr im Spreewald verbringen wollten. Das Wetter war umgeschlagen, der Schnee verschwunden, das Eis geschmolzen. Nur bei uns war es noch kalt, und auf einmal wusste ich auch, warum!

Papa und Jasna sprachen nicht miteinander. Wobei: Papa redete schon seine wirren Sätze mit Jasna, aber sie antwortete nicht. Und er passte sie immer ab, als wollte er ihr etwas sagen, doch Jasna schob ihn einfach wie einen Wäscheständer zur Seite.

Danach ging sie immer raus zum Rauchen. Und immer hat sie ein Glas Wein in der Hand gehabt, oder eine Flasche Babbenbier. Wie man das eben so macht, wenn man unglücklich ist. Und da hab ich halt gewusst, wen er gefickt hat. Seine eigene Tochter. Meine Schwester. Und mir dämmerte, dass ich keinen Deut besser war, und da half auch kein schönes Wort. Ich hatte Jasna ebenso benutzt wie er. Visiosexuell. Ich spuckte vor mir selbst aus. Das Wort war eine Lüge. Und Jasna hatte es mir geschenkt. Sie hatte mir eine Lüge geschenkt, mit der ich weiterleben konnte. Wie sie wegen Vater gelogen hat, damit Mutter nichts merkt. Weil: Sonst hätte die doch was gemacht, wo sie doch so katholisch war.

Mein Kopf schmerzte, und ich konnte nicht mehr schlafen.

Neben meinem Bett stand immer noch die Wasserflasche mit Jasnas Kippe. Ich schmiss sie aus dem Fenster. Sie klatschte ins Fließ.

Nur raus hier.

Ich stand auf und stieg in meinen Kahn. Drückte das Rudel in den schlammigen Grund und dachte daran, wie alles angefangen hatte, und schämte mich. Für mich. Für meinen Vater. Für jeden Mann auf der Welt, der jemals eine Frau benutzt hatte. Dabei wusste ich, Zeitchen hin, und ich würde mich selbst wieder irgendwie rechtfertigen.

Weil ich eben ein Spanner bin.

Während ich mich und die Welt hasste, stakte ich am Kahnhafen in Lübbenau vorbei. Der Kahn mit dem Weihnachtsbaum war verschwunden. Die Stimmen der alten Männer hallten über das Fließ. Früher sei alles besser gewesen: keine Ausländer, Arbeit für alle, und Überschwemmungen habe es auch nicht gegeben.

Mein Kahn glitt lautlos über das nachtschwarze Wasser. Nicht einmal die Enten auf der Böschung haben ihre Schnäbel aus den Federn gezogen.

Niemand bemerkt einen Spanner. Aber ein Spanner sieht alles.

Und so sah ich auch ihn. Und erst da wusste ich, dass ich genau deshalb hier war.

Seit dem Schlaganfall lief er schräg, als sei seine linke Körperhälfte geschrumpft. Ich wartete im Schatten der Brücke, über die er auf seinem Weg nach Lehde gehen musste.

Jede unserer Brücken hat so ein Rotkreuzschild mit einer Nummer, damit die Rettung weiß, wo sie hinmuss. Und genau vor diesem Schild machte mein Alter eine Pause. Er stützte sich auf dem Geländer ab, keuchte, war atemlos von dem Bier und den Treppen und hörte mich deshalb nicht.

Und dann war es zu spät.

Ich zog ihm einfach die Beine weg. Er wollte sich noch festhalten, aber da klatschte er schon aufs Wasser. Im Nu war ich im Kahn, griff nach dem Rudel, aber da bewegte er sich schon nicht mehr.

Am nächsten Morgen weckte mich Jasna. Der Thomas sei da, hat sie gesagt, und dass er mit uns beiden sprechen wolle. Ich bin ihr dann hinterher, und Thomas hat so rumgestottert, als ich gefragt hab, ob ich Vater holen solle. Und schließlich hat er uns gesagt, dass Vater im Fließ ertrunken ist.

Wahrscheinlich betrunken, hat er gesagt, und es täte ihm leid für uns. Erst die Mutter und nun das. Jasna hat nichts gesagt, nur auf ihre Hände gestarrt. Also hab ich das Gleiche gemacht. Was hätt' ich auch sagen sollen.

Wann wir ihn beerdigen könnten, hat Jasna schließlich gefragt, und sich eine Zigarette angesteckt.

Thomas hat etwas von Leichenschau gestottert. Dauert halt. Jasna hat genickt.

Zeitchen später haben sie ihn freigegeben. Jasna wollte nicht, dass er neben Mutter auf den Friedhof kommt, also haben wir ihn einäschern lassen und die Asche im Wind verstreut.

Jetzt leben nur noch Jasna und ich im Haus und natürlich die Touristen. Sie fühlen sich wohl bei uns. Jasna macht ein tolles Frühstück, und ich stake sie durch den Hochwald.

Vor Kurzem ist Jasna ins Schlafzimmer meiner Eltern gezogen. Ihr altes Zimmer haben wir zu einem Fremdenzimmer umgebaut. Mit eigenem Bad und so. Manchmal besucht sie der Thomas, und dann lausche ich dem Quietschen der Bettfedern, und in mir ist eine Sehnsucht.

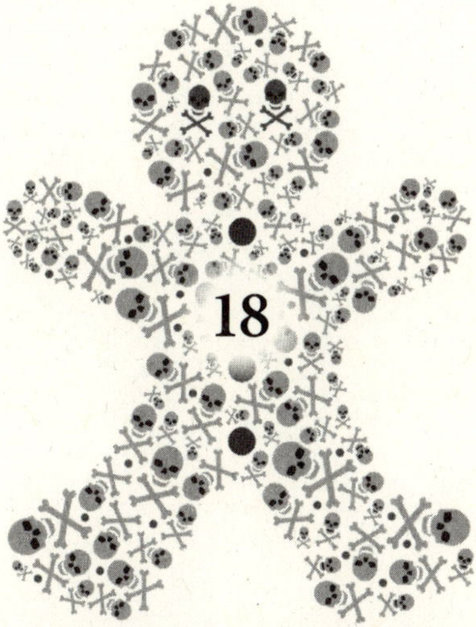

Markus Heitz

Eisbrand

Homburg

Über den Autor:

Markus Heitz: Schwarzträger und Alt-Grufti, ironisch-sarkastisch, manisch-kreativ und immer am nächsten Projekt. Hauptberuflicher Geschichtenerfinder, studierter Historiker und Germanist (was nichts bedeuten soll, wirklich), Ex-Journalist und -Rollenspieler, Gelegenheitssongtexter, Hörspielbastler und Jahrgang 1971. Schrieb mehr als 70 Bücher, pro Jahr kommen mindestens zwei neue Werke dazu. Internationale Übersetzungen findet man rund um den Globus, von Europa über die USA bis Asien und osteuropäische Länder. Alles in allem beträgt die Gesamtauflage über fünf Millionen, mehr als zwei Dutzend Bestseller standen oben auf der SPIEGEL-Liste. Seine Genres sind vorwiegend Fantastik, Horror und Space Fiction, sogar Kinderbücher und politische Kurzgeschichten kommen vor. Verrückt … Dafür ist er in Mathe und im Handwerken eine Niete. Man muss nicht alles können.

Homburg, Gegenwart, 1. Adventswochenende

Sauwetter.« Kriminalhauptkommissar Andreas Biewer zog beim Hereinkommen den Hut von den kurzen grauen Haaren und schüttelte die Regentropfen ab, die sich auf dem imprägnierten schwarzen Filz perlengleich hier und da gestaut hatten.

Die Spritzer zogen eine dunkle Spur im Eingangsbereich der Pathologie und Rechtsmedizin.

Der Neufünfziger dachte sofort an Verteilungsbild, Aufschlaggeschwindigkeit, Richtung. Berufskrankheit. »Es sollte schneien und keine zwölf Grad haben«, murmelte er vor sich hin und nickte dem jungen Mediziner zu, der auf ihn gewartet hatte. Dem Obduktionsassistenten, auf dessen Namensschild *A. Schmidt* stand.

Biewer zeigte ihm seinen Dienstausweis, zog den leichten Mantel aus und hängte ihn auf den Bügel der Garderobe. Als Kriminaler trug er im Dienst unauffälliges Zivil.

»Stimmt. Das Radfahren macht dann auch mehr Spaß«, sagte Schmidt. Spitze Nase, lange schwarze Locken, unmodern-moderne Brille und unrasiert. »Tach, Herr Kommissar. Der Professor wartet auf Sie.«

Das hörbare Abtröpfeln ging mit dem Mantel weiter, der Teflonstoff lenkte das Nass von sich ab und nach unten. Jemand hatte schlauerweise eine Auffangschale darunter gestellt, fingerhoch schwappte dreckiges Wasser darin.

»Wissen Sie, was so besonders ist?« Biewer legte den Hut auf die Ablage.

Schmidt grinste schwach und ging voraus. »Ich darf es Ihnen nicht sagen.«

»So besonders?«

Der Jungmediziner zuckte mit den Schultern. »Wenn ich was verrate, lässt er mich durchfallen.«

»Guter, alter Machtmissbrauch.« Biewer folgte Schmidt in die Pathologie. Er kannte den Weg, den er ein, zwei Mal im Jahr gehen musste. Mehr explizite Gewaltverbrechen mit Todesfolge kamen in der beschaulichen Kleinstadt normalerweise nicht vor. »Denken Sie, wir brauchen das LKA?«

»Keine Ahnung. Wirklich.« Schmidt öffnete die Türen und führte ihn zum Obduktionsbereich der Rechtsmedizin.

Als erfahrener Ermittler der Polizeiinspektion Homburg war Biewer normalerweise als Erster vor Ort, wenn eine Leiche im Zusammenhang mit einem mutmaßlichen Verbrechen gefunden wurde.

Bei dem Toten vom frühen Morgen, um den es sich in wenigen Minuten drehen würde, hatte nichts für Fremdeinwirkung gesprochen: Gerd Burghart, Mitte vierzig, tot auf dem Rundweg des Jägersburger Weihers, keine erkennbaren Spuren eines Verbrechens.

Biewer erinnerte sich deswegen daran, weil die PI bereits mit den Angehörigen gesprochen hatte. Nichts ahnend. Die Frau hatte kurz nach sechs Uhr morgens angerufen und ihren Mann als vermisst gemeldet. Er sei nach dem Besuch der Weihnachtsfeier nicht nach Hause gekommen.

Der Beamte hatte sie da noch beruhigt.

Entdeckt wurde Burghart kurz danach von einem Gassigänger. Bei der Auffindelage war er bekleidet, im Besitz von Smartphone, Geldbeutel und komplettem Inhalt; keine Kratzer oder Schürfwunden, die auf eine Auseinandersetzung hindeuteten.

»Die Streife hat vor dem Hintergrund angenommen, Burghart ist nachts aufgrund von Alkoholwirkung gestürzt. Dann bewusstlos geworden oder eingeschlafen. Gefolgt von Unterkühlung, und: tot«, versuchte es Biewer, obwohl der Eingang zum Obduktionsraum zum Greifen nah war.

Schmidt schüttelte den Lockenkopf und führte ihn in die Besucherschleuse, wo Ganzkörperschutzanzug, Maske und Schuhschoner warteten.

Der Kriminaler hob die buschigen Augenbrauen. »Mord?«

Schmidt blieb eisern und verließ das Räumchen.

Während sich Biewer rüstete, wie er es nannte, ging er in Gedanken die Nummern durch, die er gleich wählen musste, wenn sich der Verdacht der Rechtsmedizin erhärtete.

Bei dem Dauerregen der letzten Tage wäre die Spurensicherung vergebliche Liebesmüh. Niemand hatte beim Auffinden der Leiche ahnen können, dass es sich dabei um ein Verbrechen handeln könnte. Der Anruf seiner Gattin hatte die Beamten das Offensichtliche annehmen lassen, anstatt sich gründlich umzusehen.

Biewer begab sich zum gleichaltrigen Professor Birk Becker, der in der gleichen Aufmachung wie er am Edelstahltisch stand, vor ihm die entkleidete Leiche von Gerd Burghart.

Der bekannte Y-Schnitt war bereits vorgenommen worden, die Hautlappen auseinandergeklappt, um die Untersuchung der inneren Organe vorzunehmen.

»Hallo, Professor«, sagte Biewer und zeigte auf den geöffneten Toten. »Die Mühe hätten Sie sich nicht gemacht, wenn es nichts zu finden gäbe. Richtig?«

Becker sah zu Schmidt, der in identischer Schutzkleidung durch die andere Tür kam. »Bravo! Sie haben ihm nichts erzählt.«

»Nicht mal angedeutet hat er.« Biewer trat näher an den blutigen Obduktionstisch. Auf der Ablage daneben ruhten die elektrischen Geräte und chirurgischen Instrumente, die zum Einsatz gekommen waren, um der Leiche ihre Geheimnisse zu entreißen. »Also kein tragischer Unfall nach der Weihnachtsfeier?«

Becker deutete wortlos auf den geöffneten Brust- und Bauchraum.

Biewer warf einen Blick auf die Organe, an denen er nichts Auffälliges erkannte. »Was?«

»Er ist an Unterkühlung gestorben.«

»Also doch.«

»Aber nicht aufgrund der fünf Grad Außentemperatur, die wir heute Nacht hatten.«

Das Stirnrunzeln entstand unwillkürlich. »Verstehe ich nicht.«

»Bei einer Unterkühlung reagiert der Körper, indem er das Blut aus den Extremitäten in die Mitte zieht. Die inneren Organe füllen sich mit mehr Blut, als es normal ist.«

»Das haben wir bei ihm?«

»Ja. Aber mehr als gedacht.«

Biewer wusste, dass man als Mensch auch bei fünf Grad Außentemperatur an Unterkühlung sterben konnte, vor allem über Stunden auf unisoliertem Matschboden, mit nasser Kleidung, nach extremem Alkoholgenuss und in vollkommener Regungslosigkeit. Schon wenige Grad unter Normaltemperatur lösten eine Kaskade im Körper aus. »Ich verstehe es immer noch nicht.«

»Im Allgemeinen stirbt ein Mensch bei Kälte, wenn seine innere Temperatur unter einundzwanzig Grad fällt.« Becker deutete auf den Leichnam. »Burghart hatte so viel Blut im Kern, als wäre er am Nordpol im Freien gewesen. Finger, Zehen, Arme und Beine so gut wie leer, um es laienhaft auszudrücken.«

»Ach, scheiße«, entfuhr es Biewer impulsiv. Er hatte begriffen, was der Professor dramatisch-theatralisch vor ihm an Fakten ausbreitete. Und die passten leider zu einem Dauerfall.

»Die rektal gemessene Körpertemperatur lag bei drei Grad, als der Tote eingeliefert wurde. Also tiefer als die Umgebungstemperatur«, referierte Becker weiter. »Er muss an einem Ort gestorben sein, der kälter als der Außenbereich war. Aber keine Erfrierung festzustellen.«

»Drei Grad. Er lag demnach noch nicht lange auf dem Weg, als man ihn fand«, folgerte Biewer.

Der Professor nickte. »Der erste Schnelltest auf Toxine im Blut ergab nichts, abgesehen von Alkohol. Er wurde weder mit Substanzen vergiftet noch betäubt.«

»Also spricht alles dafür, dass er durch enorme Kälte getötet wurde.«

»Durch absichtlich herbeigeführte Unterkühlung, ja. Binnen kürzester Zeit«, bestätigte Biewer und zeigte auf Schmidt, der sich im Hintergrund gehalten hatte und erst jetzt an den Tisch trat. »Mein Assistent wusste vor mir, welche Arbeit wir vor uns haben. Ich war noch zu sehr mit Verwunderung beschäftigt.«

»Ich bin Fan von schrägen Kriminalfällen. Wir haben eine eigene Online-Chatgruppe in der Forensik«, erklärte der junge Mann. »Der Fall passt perfekt. Seit neun …«, Schmidt sah auf den Toten, »… zehn Jahren. Immer noch aktuell.«

»Jubiläum. Ausgerechnet bei uns.« Biewer sah dabei zu, wie der Assistent die linke Hand der Leiche öffnete und dem Kommissar einen etwa zwei Zentimeter großen Abdruck zeigte. »Er hat etwas festgehalten?«

Biewer schoss davon ein Handyfoto.

»Umklammert. Vermutlich beim Erfrieren. Aber ich konnte nicht nachvollziehen, welcher Gegenstand es war. Er wurde nach dem Tod entfernt«, erklärte Becker.

»Ich wusste gleich, nach was wir *noch* suchen müssen«, ergänzte Schmidt. »Um daraus einen Mordfall zu machen.«

Becker hüstelte. »Ich habe es zwar auch gesehen, aber hielt es für Körperschmuck. Heutzutage wundere ich mich über nichts mehr. Tätowierungen, Brandings, Körpermodifikationen.«

Biewer richtete den Blick auf das rechte Handgelenk, auf dessen Innenseite über den Pulsadern das berüchtigte Symbol zum Vorschein kam. Schwarz, wie eingebrannt, doch mit anderem Wundbild.

Schmidt drehte es mit Latexfingern in Position und ins Licht. »Der stilisierte Krummstab. Wie bei den bisherigen Opfern.«

»Scheiße«, wiederholte Biewer düster. »Ein Nachahmer vielleicht?« Er sah den Assistenten an.

»Ich denke nicht. Dafür sind die Übereinstimmungen zu gut. Jedenfalls was ich aufgrund meiner Infos prüfen konnte«, sagte Schmidt zurückhaltend. »Das BKA war sehr zurückhaltend in der Vergangenheit, was über die Morde an die Öffentlichkeit dringen durfte.« Er deutete auf den Stab. »Post mortem. Zugefügt durch vermutlich ein Prägeeisen, das auf mindestens minus hundert Grad Celsius abgekühlt wurde. Derart kaltes Metall auf blanker Haut führt zu sogenannten Kälteverbrennungen. Anhand des Wundbildes erst nach dem Tod des Mannes geschehen. Deswegen unterscheidet sich die Nekrose des Gewebes von durchblutetem.«

Biewer hielt bereits sein Smartphone in der Hand und rief das LKA in Saarbrücken an.

Auch wenn es nicht ausgeschlossen war, dass es sich um eine absolut verrückte Fehlinterpretation der Spuren oder einen Nachahmer handelte – der Hauptkommissar musste die höhere Stelle informieren.

Denn seit Jahren starben Menschen unter diesen seltsamen Gegebenheiten.

Immer in einer anderen deutschen Stadt.

Immer in der Weihnachtszeit.

Biewer wurde durchgestellt und schilderte den Fall von Gerd Burghart.

Man wies ihn daraufhin an, die Obduktion zu Ende zu bringen und die Leiche in der Forensik zu lassen. Das LKA übernahm und würde das BKA Wiesbaden informieren, das eine eigene Soko gebildet hatte. Sicherlich hatte man dort makabre Wetten abgeschlossen, wo die zehnte Leiche auftauchte.

»Was wissen Sie über den Fall?« Biewer legte auf und sah Schmidt an.

»Nur zu«, forderte der Professor ihn auf. »Ich lerne gern dazu.«

»Zu Beginn, als die Opfer bei Minustemperaturen gefunden worden waren, hatte sich kein Ermittler etwas dabei gedacht: Im Freien erfroren. Nach einem Spaziergang, einem Weihnachtsmarktbesuch, einem Laufevent und Ähnlichem«, referierte der Jungmediziner begeistert. »Stets unversehrt, keine Anzeichen von körperlicher Gewalt oder Drogen, niemals Obdachlose.«

»Wie bei Burghart.« Biewer sah auf den Leichnam.

»Erst als man zwei Tote bei Plusgraden, aber an extremer Unterkühlung gestorben auffand, wurden die Forensiker aufmerksamer. Die alten Leichenfunde wurden erneut untersucht.« Schmidt gab sich Mühe, seine Faszination nicht zu sehr zu zeigen. »Dabei entdeckte man das Zeichen des stilisierten Krummstabes an unterschiedlichen Stellen der Körper. In unserem Fall am Handgelenk. Wie in den letzten drei Jahren.« Er zeigte es nochmals. »Beigefügt mit kaltem Metall.«

»Damit es offensichtlich ist und nicht mehr übersehen wird. Der Serienmörder will, dass wir seine Arbeit erkennen. Er ist stolz darauf, die Polizei zu verarschen.« Biewer betrachtete das Symbol und schoss mehrere Fotos mit dem Smartphone. »Und die Öffentlichkeit soll Angst vor ihm haben.«

»Es gibt keine Muster bei den Opfern. Frauen, Männer, verschiedene Altersklassen, ein Kind, diverse soziale Schichten, keine Gemeinsamkeiten, keine Berührungspunkte, unterschiedliche Bundesländer. Verbindet man die Fundorte auf einer Landkarte, ergibt sich auch nichts.« Schmidt räusperte sich. »Ich habe es ausprobiert. Falls Mythologie oder Geometrie ein Anhaltspunkt sein könnte.«

Biewer erinnerte sich dunkel, dass Boulevardjournalisten ihn »den Nikolausmörder« oder »Rutenkiller« nannten, nachdem das zugefügte Zeichen durch eine Indiskretion nach draußen gesickert war. Der Krummstab, das Symbol für den heiligen Mann aus Myra.

Die genaue Mordwaffe – extreme Kälte – hatte man aus ermittlungstaktischen Gründen geheim gehalten. Das war bis heute so geblieben.

Gerüchte gab es trotzdem, aber die populärsten sprachen von Betäubung, um die Menschen liegen und erfrieren zu lassen.

Da kam Biewer eine Eingebung. »Waren die Opfer in irgendwelche Straftaten verwickelt?«, wollte er wissen.

Schmidt runzelte die Stirn.

»Haben die sich etwas zuschulden kommen lassen?«, präzisierte er.

»Ah, Sie meinen, dass der Mörder sie wegen etwas bestrafte«, verstand der Jungmediziner. »Der Nikolaus, der die Bösen richtet. Guter Ansatz! Aber das müssten Sie das BKA und die Soko Eisbrand fragen. Das sind Informationen, die ich nicht habe.«

»Wer würde ein Kind töten, weil es einen Lutscher gestohlen hat?«, warf der Professor ein.

»Kinder können auch Mörder sein«, hielt Schmidt dagegen. »Vielleicht hat unser Täter mehr Infos über sie besessen.«

»Klar.« Biewer nickte. Er würde den Gedanken an die Soko geben, auch wenn er fest davon ausging, dass die Kollegen in den letzten zehn Jahren von selbst darauf gekommen waren. »Was denken Sie beide, wie man Menschen in den Zustand der Unterkühlung versetzt?«, fragte er aus Neugier.

Schmidt deutete auf die Klappen der Kühlkammern, in denen die Leichen aufbewahrt wurden.

Aber Birk Becker schüttelte den Kopf. »Nicht kalt genug.«

»Also reicht eine Gastrokühlzelle auch nicht?«, versicherte sich Biewer. »Oder die eines Schlachtbetriebs?«

»Nein. Es dauert zu lange«, bestätigte Schmidt zerknirscht.

»Sie bräuchten eine Umgebung, die nordpolartige Umgebung simuliert. Automobilhersteller haben für so etwas Testlabore. Die Industrie auch. Um zu prüfen, wie sich Materialien unter extremer Kälte verhalten«, überlegte der Professor.

»Sport«, warf Schmidt ein. »Ich meine, der Profisport nutzt Cryokammern zur Regeneration und Schmerzbehandlung.«

Biewer horchte auf. »Die funktionieren wie?«

»Ich meine mich zu erinnern, dass solche Kabinen auch von Fitnessstudios angeboten werden. Also in Großstädten«, steuerte Becker bei. »Vermutlich wird flüssiger Stickstoff bei diesen Geräten eingesetzt.«

»Ja, genau! Und zum Abnehmen und der Fettpolsterreduktion. Man müsste so eine Kammer natürlich manipulieren, damit sie sich nicht abschaltet«, sagte Schmidt begeistert. »Und rascher runterkühlt als gewöhnlich. Über mehr Stickstoffzugabe.«

Biewer fand es schlüssig. »Flüssiger Stickstoff«, wiederholte er.

Aber auch darauf wäre die Soko schon in den letzten Jahren gekommen, inklusive des ganzen Rattenschwanzes an Fragen, die sich daraus ergaben, von der Beschaffung bis zur Einrichtung einer mobilen Erfrierungskammer.

Oder reicht dazu ein geschlossener Kofferraum aus?

Es war nicht sein Problem. Zum Glück.

Das Handy des Kriminalhauptkommissars klingelte, und die Vorwahl gehörte zu Wiesbaden.

Das BKA.

Homburg, Gegenwart, 2. Adventswochenende

Melanie naschte von gebrannten Mandeln aus der kleinen Tüte, genoss das Aroma von Feuerzangenbowle, das perfekt zu den Röstaromen der Süßigkeit passte. Mit ihrem Freund Jerome schlenderte die Mittzwanzigerin über den Nikolausmarkt, genoss Lichterzauber und die Auslagen der Buden auf dem historischen Marktplatz.

Das historische Ensemble rund um den Brunnen und im Schatten der nahen Kirche machten den Markt zu etwas Besonderem. Nur die warmen Temperaturen wollten nicht zu Winter und nahendem Weihnachtsfest passen. An manchen Ständen gab es Sangria und Met-Slushies statt Glühwein.

»Da! Schau mal!« Jerome hatte einen Wahrsageautomaten entdeckt, direkt neben einem Glühbierausschank. Plüschvorhänge verhinderten einen Blick in den Glaskasten, der auf einem eleganten, goldfarbigen Standfuß ruhte. Ohne Geld geschah nichts. »Los, den probieren wir aus.«

Melanie lachte und ließ sich von ihrem Gefährten mitziehen. »Das ist doch alles vorgefertigter Kram«, wehrte sie ab. »Dann kommt so was wie *Achten Sie auf Ihre Gesundheit und Sie werden sehr, sehr alt.*«

»Oh, nein, ist es nicht«, sagte ein Mann hinter dem Tresen und gab drei randvolle Becher an wartende Kunden aus. »Jeder, der ihn nutzt, war beeindruckt.« Er blinzelte. »Ich schwöre es.«

Da hatte Jerome schon einen Euro rausgekramt und in den Einwurf befördert, drückte den einzigen Knopf.

Der Plüschvorhang im Innern öffnete sich.

Dahinter kam der Puppenkopf eines bärtigen Mannes zum Vorschein, auf dessen grauem Lockenkopf eine Pelzkappe saß. Die bemalte Plastikhaut war fleckig und unterschiedlich hell bemalt, in den Augen glühten altertümliche rote Lämpchen.

Ruckartig drehte sich der Schädel leicht nach rechts und links, als suchte er nach jemandem, dem er die Zukunft vorhersagen konnte. Der Rauschebart war vergilbt, die Haare waren brüchig und lösten sich teilweise bei den Bewegungen.

»Fuck«, entfuhr es Melanie und hielt mit dem Knuspern inne. »Das ist verstörend gruselig.«

»Was habe ich gesagt?«, rief der Mann im Glühbierstand. »Die Kinder laufen immer weg.«

Jerome packte sie und zog sie vor sich. »Mal sehen, was er zu dir sagt.«

»Nein, scheiße. Dieser Dämonenklaus wird …«, wollte Melanie sich wehren.

Der Kopf ruckte herum. Der bartgesäumte Mund klappte auf und zu, zeigte alte gelbe Zähne und gerissene Lippen. Statt einer Weissagung erklang plötzlich die Melodie einer Spieluhr aus dem Innern, Zahnräder ratterten leise.

Melanie musste in die roten Augen des Animatronikkopfes starren. Ihr wurde trotz acht Grad eisig kalt, als stünde sie nackt auf dem Marktplatz.

Klack, klack, klack schlugen die Zähne unentwegt aufeinander. Die spröden, graurosa Lippen schienen lautlos Geister zu beschwören.

Unvermittelt klirrte es metallisch, und eine kleine, verborgene Ausgabeschublade sprang scheppernd auf.

Darin: ein Zettel und ein kleines Figürchen.

Das Klimpern der Spieluhr endete, die Vorhänge zogen sich zusammen und verbargen den Schädel.

»Oh, ein Geschenk! Nimm es raus«, verlangte Jerome.

»Näh.« Melanie machte einen Schritt zurück. »Das war … schrecklich. Da steht bestimmt mein Todesdatum drauf.«

Jerome fummelte Figürchen und Zettel heraus, schob den Kasten zu. »Ein Engelchen ohne Flügel«, befand er und hielt das erkennbar handbemalte Zinn in die Höhe; die Farbe war alt und verblichen. »Genieße jeden Tag. Ehre Traditionen und tue Gutes«, las er den Spruch vor.

»Mehr nicht?«

»Mehr nicht.«

Melanie lehnte Spruch und Engel ab, die Jerome ihr geben wollte. »Nein, das ist mir zu gruselig. Ehrlich.«

»Ich nehm's«, rief ein Mann am Glühbierstand und drückte ihr einen Euro in die Hand. »Wollte den Apparillo gerade anwerfen. Ist sowieso meiner.«

»Von mir aus.« Jerome reichte ihm beides.

Melanie zog ihn weiter. »Ich brauche jetzt einen Kurzen«, verkündete sie schaudernd. Der Anblick des Kopfes würde sie in ihren Träumen verfolgen.

»Wie war's auf dem Nikolausmarkt?« Biewer sah von seinem Tablet auf, als seine Tochter Melanie in Kurzpyjama und Morgenmantel verschlafen ins Esszimmer kam.

Sie hielt eine Tasse Kaffee in der Hand und sah verstrubbelt aus. »Viel los, leckere Sachen. Und ein grusliger Wahrsageautomat.« Sie setzte sich. »Aber ansonsten gut. Gibst du mir mal die Butter?«

»Schön.« Sein Smartphone klingelte. Die Nummer gehörte zu Ullmann vom BKA, welches sofort eine Ermittlergruppe der Soko Eisbrand losgeschickt hatte. »Moment.« Er nahm den Anruf entgegen. »Biewer?«

»Schlechte Nachricht. Wir haben noch einen Toten, der zu unserem Killer passt«, sagte Ullmann angespannt.

»Scheiße. Wo?«

Melanie sah auf und angelte nach der Butter. Dabei fiel ihr Blick auf die Fotos des Tablets. Aufnahmen aus der Forensik, das Eisbrandzeichen und der Abdruck in der Hand der Leiche. Sie kannte solche Bilder. Ihr Vater hatte ständig Arbeit herumliegen.

»Römische Ausgrabungen. Schwarzenacker. Identische Auffindelage. Unsere Spurensicherung ist schon dort. Foto des Mannes habe ich an Sie geschickt. Wir brauchen Sie vor Ort, um die Bewohner der umliegenden Häuser zu befragen, wer das Opfer gesehen hat.«

»Bin in zehn Minuten da.«

»Treffpunkt auf dem Parkplatz des Römermuseums. Bis gleich.« Biewer legte auf und erhob sich. »Du hast nichts gehört«, sagte er zu seiner Tochter.

»Ja, aber gesehen.«

»Was?«

»Nicht bei eurem neuen Opfer.« Melanie zeigte auf den Abdruck in der linken Hand der Leiche von Gerd Burghart. »Wisst ihr schon, was das ist?«

»Nein.«

»Habt ihr da Farbreste gefunden? Und Blei oder Zinn?«

»Woher …?«

»Ich habe gestern ein Figürchen aus dem gruseligen Wahrsageautomaten bekommen. Ein Engel ohne Flügel oder so. Das hatte die gleiche Größe, und die Abdrücke sehen ähnlich aus. Und einen Zettel mit einem komischen Spruch.«

»Was hast du damit gemacht?«

»Verschenkt. Wollte ich nicht haben.«

Biewer suchte auf seinem Smartphone das Foto des zweiten Opfers heraus. Die Spurensicherung hatte es geschafft, das Gesicht des Toten nicht zu schrecklich aussehen zu lassen. »An ihn?«

Melanie erbleichte. »Ja«, hauchte sie.

»Sicher?«

»Hundertprozentig!«

Biewer wählte die Nummer seiner Dienststelle und schickte zwei Streifenwagen auf den Nikolausmarkt, während seine Tochter ihm erzählte, was am vergangenen Abend geschehen war. »Den Wahrsageautomaten sicherstellen und die Leute vom Stand zur Befragung festsetzen«, ordnete er an. »Es geht um die Mordfälle.«

Danach rief er das BKA an.

Wäre das nach zehn Jahren der Durchbruch?

Bevor er losging, umarmte er Melanie sehr, sehr lange. Er musste ihr nicht sagen, wie knapp es für sie gewesen war.

Homburg, Gegenwart, 3. Adventswochenende

»Also nichts Verwertbares?« Biewer sah auf den Hauptbildschirm an seinem Arbeitsplatz in der Dienststelle, wo das Gesicht von BKA-Ullmann in dessen Soko-Büro prangte.

Auf dem zweiten Monitor daneben hatte der Kriminalhauptkommissar verschiedene Fotos des beschlagnahmten Wahrsageautomaten geöffnet, der sich in Wiesbaden befand. Klickend wechselte er während des Gesprächs mit dem Fahnder zwischen ihnen.

»Nein, Kollege. Tonnenweise Fingerabdrücke innen und außen machen es nicht gerade einfach. Kein Treffer in den Datenbanken.« Er wirkte frustriert. »Nur dieser alte Wahrsageautomat. Aber der ist schauderhaft genug.«

Biewer erinnerte sich an Melanies angewidertes Gesicht. »Hier gibt es auch nichts Neues. Die Standbetreiber sind alle überprüft worden. Sie haben nichts damit zu tun. Der Apparat wurde neben ihnen aufgestellt. Aber keiner weiß, von wem. Er ist nicht offiziell angemeldet. Weil er so dicht neben der Glühbierbude stand, dachten alle, sie wären verantwortlich.«

»Guter Trick. Und einfach.« Ullmann verlagerte seinen Blick. »Wir haben den Automaten komplett zerlegt. Alte Mechanik, kyrillische Beschriftungen, erbaut um 1917, sagen die Experten. Kleinere Modernisierungen, bedingt durch Ausbesserungsarbeiten. Aber im Großen und Ganzen Originalzustand. Sogar der Schädel.«

»Was ist damit?«

»Er ist echt.«

Biewer verstand umso besser, warum Melanie sich geekelt hatte. »Fuck.«

»Auch aus dem Jahr 1917. Ungefähr. Der Kopf eines Erwachsenen, präpariert, konserviert, auch die Haare auf dem Kopf und der Bart. Nur die Augen wurden aus den Höhlen gepult und gegen rote Birnchen ausgetauscht. Dazu etwas Mechanik zum Bewegen des Kiefers. Fertig.«

»Wie krank.«

»Mystisch, würde ich sagen. Im Innern haben wir einen Spruch gefunden. Auf Kyrillisch. Darin wird Väterchen Frost gepriesen, als Hüter der alten Riten und großer Zauberer. Jedem Spötter sei der Tod gewünscht.«

»Also nicht der Nikolaus im Kasten.«

»Nein. Aber natürlich denkt das in unserem Kulturkreis jeder.« Man hörte das Klicken von Ullmanns Maus. »Nach der Oktoberrevolution wurde Väterchen Frost als Personifizierung des Winters und Bestandteil der russischen Weihnachtstraditionen von den Revolutionären verunglimpft. Wie alle anderen Weihnachtsfiguren. Auch Snegurotschka, das Schneemädchen und seine Enkelin.«

»Das Figürchen war kein Engel«, verstand Biewer. Sie hatten herausgefunden, dass der Automat nicht immer Snegurotschka ausspuckte. Es schien nach Zufallsprinzip zu funktionieren. Diese bemalte Blei-Zinn-Figur hatte Gerd Burghart bis zum Tod festgehalten, als hoffte er auf ein Wunder. »Die eingebrannte Rute in der Haut der Toten war ein Zauberstab. Nicht der Bischofsstab.«

»Denken wir auch. Unser Killer hält sich für den Vollstrecker von Väterchen Frost, der Spötter in seinem Auftrag bestraft. Ich denke, dass es eine Masche ist. Keine echte Überzeugung.« Ullmann teilte seinen Bildschirm, und auf Biewers zweitem Monitor wurden Aufnahmen von unterschiedlichen Weihnachtsmärkten sichtbar. Gelegentlich erkannte man den charakteristischen Automaten. »Die sind aus den Städten der vorherigen Tatorte. Immer das gleiche Schema in zehn Jahren. Er wurde aufgestellt, neben einem Stand, so als gehöre er dazu. Niemand fragte nach.«

»Da wir den Automaten gefunden und zerstört haben, wird die

Serie enden. Oder?«, fragte Biewer mehr für sich. »Was sagen die BKA-Psychologen?«

»Oder er baut sich einen neuen. Oder es gibt vielleicht auf irgendeinem Flohmarkt noch einen. Das werden wir erst in einem Jahr sehen. Wir suchen jedenfalls weiter nach dem kranken Typen.« Ullmann klickte die Bilder wieder weg.

»Also stand unser Mörder immer neben dem Wahrsageautomaten, um zu verfolgen, wer Snegurotschka bekam. Und hat sich die Person geschnappt.« Männer, Frauen, ein Kind. Es spielte keine Rolle.

»Genau. Aber auf den wenigen Videobildern, die wir von Weihnachtsmärkten haben, ist nichts Verwertbares. Zu viele Menschen, keine sich wiederholenden Gesichter. Wir haben das mit unseren Leuten und einer KI auswerten lassen.« Ullmann machte ein nachdenkliches Gesicht. »Meine Vorgesetzten überlegen, ob wir jetzt, nachdem wir den Apparat haben, damit ins Fernsehen sollen. Aktenzeichen XY und Boulevard. Zeugenaufrufe. Bin nicht sicher, ob es zielführend ist.«

Biewer sah die Flut von Nachrichten beim BKA aufschlagen. »Wie viele Snegurotschkas gab es noch?«

»Keine.«

Biewer blickte verwundert in die Kamera. »*Keine* in der Maschine?«

»Nein. Das Schneemädchen ist bei unserem Täter.« Ullmann nickte verabschiedend. »So weit aus Wiesbaden. Danke für Ihre schnelle Reaktion. Sonst wären wir nicht weiter. Wir melden uns.«

»Ich richte es meiner Tochter aus. Danke!« Biewer legte auf, betrachtete erneut die Bilder des Wahrsageautomaten und zoomte den Menschenschädel mit dem vergilbten, brüchigen Bart größer.

Beinahe wäre Melanie von Snegurotschka ausgesucht worden.

Sein Diensthandy klingelte, ein Videoanruf.

Biewer nahm ihn entgegen und sah den aufgeregten Polizeimeister Heintz unter freiem Himmel, im Hintergrund erklangen mehrere Martinshörner. Blaulichter zuckten durch die winterliche Nachmittagstrübe, Schnee fiel in dichten Flocken und wurde illuminiert. Ein Unfallort. »Ja, Kollege?«

»Herr Oberkommissar, das müssen Sie sich ansehen«, rief er erregt, das Handy zitterte in seiner Hand.

Er wechselte von Front- zu Hauptkamera.

Die Linse erfasste einen weißgrauen Kleintransporter, der sich frontal in einen Brückenpfeiler gebohrt hatte.

Die Fahrerkabine war komplett von Frost befallen, wie eisiger Mehltau hafteten Kristalle im kompletten Innenraum. Die Frontscheibe war durch den Aufprall zersplittert und herausgeflogen, gab den Blick ins Innere frei.

»Oh, leck. Ach du Scheiße.« Biewer verzieh dem Polizeimeister, dass er sich weder korrekt gemeldet noch einen ersten Bericht abgegeben hatte.

Auf dem Fahrersitz saß ein Mann mit nacktem Oberkörper, vollständig gefroren und mit einer Reifschicht bedeckt. Wie auch alles andere im vorderen Bereich des Wagens, so als wäre eine Eiskugel darin explodiert.

»Sehen Sie das?«, vergewisserte sich Heintz aus dem Off.

»Ja. Etwas näher ran. Wenn es möglich ist«, bat Biewer angespannt.

»Moment.«

Die Kamera zoomte auf den Toten.

Durch den Unfall war ihm der rechte Arm abgerissen worden, aber aufgrund der Gefrierung trat kein Blut aus. Auf seiner haarlosen Brust stand in dicken Lettern eintätowiert: Морозко.

Biewer checkte es parallel mit dem Übersetzungsprogramm am Rechner: *Morosko – Väterchen Frost.*

»Da steht ein Metalldruckbehälter auf dem Boden der Beifahrerseite. Ist aber geborsten«, meldete Heintz.

»Stickstoff«, sagte Biewer. Sie hatten ihren Mörder gefunden, der ohne seinen geliebten Wahrsageapparat den Freitod gewählt hatte.

Die Linse schwenkte abwärts und erfasste das winzige, bemalte Figürchen eines Mädchens in Pelz und mit Kappe, das aufrecht im Schnee stand, als wäre es von jemandem drapiert worden.

Es musste durch den Aufschlag aus dem Wagen geflogen sein.

Snegurotschka, dachte Biewer. *Dieses Mal hat sie ihn ausgesucht.*

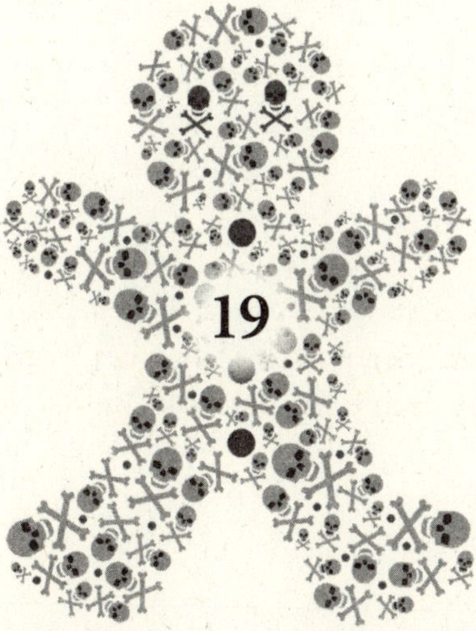

Andreas Winkelmann

Schockgefrostet im Himmelreich

Caputh

Über den Autor:

Andreas Winkelmann, Jahrgang 1968, ist der geborene Geschichtenerzähler. Schon als Schüler schrieb er erste Romane in Mathematikhefte. Von dort bis zum Bestsellerautor brachte er ein bewegtes Berufsleben hinter sich. Er arbeitete u. a. als Bäcker, Soldat, Taxifahrer und in einer Honigfabrik.
Ob Thriller, Abenteuersachbuch, Romane oder Cozy-Crime: Schreiben ist seine Leidenschaft. Genauso leidenschaftlich bereist er zu Fuß, auf dem Fahrrad oder mit dem Camper die Welt. Daher kennt er sich aus mit dem Leben in der Wildnis und auf dem Campingplatz.

Die in dieser Anthologie enthaltene Kurzgeschichte kann als unabhängiger Teil der Krimireihe *Mord auf Achse* gelesen werden.

Da holt man sich bei der Kälte ja den Tod!«

»Nun haben Sie sich nicht so«, entgegnete Annabelle Schäfer. »Das steht Ihnen ausgezeichnet. Sie sind der schönste Weihnachtsmann, den es im Himmelreich je gegeben hat.«

Warum, um Himmels willen, habe ich mich darauf nur eingelassen, fragte sich Björn Kupernikus.

Nun, die Frage war leicht zu beantworten: Annabelle hatte ihn darum gebeten, auf dem Weihnachtsfest des Campingplatzes Himmelreich bei Caputh in der Nähe von Potsdam den Weihnachtsmann zu spielen. Sie lebte unweit des Campingplatzes und war als Künstlerin so etwas wie der kreative Geist der Weihnacht hier. Wie hätte er ihr diesen Wunsch abschlagen können? Allein, mit welch aufrichtiger Freude sie gerade dabei war, ihn zu verkleiden, wärmte ihm das Herz. Aber leider nicht den Körper, dafür war das Filzkostüm zu dünn.

»Die Rolle nimmt mir doch bestimmt niemand ab«, versuchte er es ein letztes Mal, wiewohl ohne Hoffnung, denn schon ohne Verkleidung sah er wie der Weihnachtsmann aus. Klein, etwas übergewichtet, sozusagen rundlich, grauer Bart und graues Haar.

Annabelle zuppelte den künstlichen Bart und die Perücke zurecht.

»Sie sind Schauspieler. Das werden Sie doch wohl hinbekommen.«

»Ich war Schauspieler, bevor ich in Pension ging, und mein Talent hat leider nicht einmal für einen Kommissar im Tatort gereicht.«

»Nun, Sie sollen ja auch keinen Kommissar spielen, sondern den Weihnachtsmann. Eine einfache Rolle, wie ich finde. Immerhin weiß jeder, dass der Weihnachtsmann erfunden ist. Glaubwürdigkeit ist also nicht das Problem.«

»Nein, aber das Kostüm. Es ist viel zu eng.«

»Mein lieber Kupernikus, als ich vor zwei Monaten Maß nahm, waren Sie noch nicht so … üppig.«

Damit hatte Annabelle recht. Kupernikus hatte zugelegt in den Vorweihnachtsmonaten, das wirkte sich nun nachteilig aus. Unter dem roten Filzkostüm trug er lediglich Unterwäsche, damit es überhaupt noch passte. Es war höllisch kalt, und er würde erfrieren, sollte er sich länger als zehn Minuten draußen aufhalten.

»Aber machen Sie sich nichts daraus, ein Weihnachtsmann muss üppig sein. So.« Annabelle klatschte in die Hände. »Sitzt perfekt. Schauen Sie sich an.«

Kupernikus drehte sich zum Spiegel. Tatsächlich war er ein nahezu perfekter Weihnachtsmann mit dem wallenden weißen Bart, der Perücke und der roten Mütze. Dazu das handgeschneiderte Kostüm, seine schwarzen Lederstiefel und der recht rundliche Bauch …

Annabelle warf einen Blick auf die Uhr.

»Na so was! Wie die Zeit vergeht. Sollte Roger nicht längst hier sein?«

»Sollte er. Ich hoffe nur, ihm ist die Lust auf Weihnachten nicht vergangen.«

»Warum sagen Sie das?«

»Roger und William … ich habe die beiden gestern streiten hören. Das war nicht schön. Ich dachte, jeden Moment prügeln sie sich.«

»Ach, diese Kindsköpfe, das renkt sich schon wieder ein. Ich muss jetzt rüber. Kommen Sie allein zurecht?«

»Ja, natürlich. Gehen Sie nur. Roger wird sicher gleich auftauchen.«

Annabelle drückte ihm einen Kuss auf die Wange. »Denken Sie

daran: Sie bekommen ein ganz besonderes Weihnachtsgeschenk von mir für diesen Auftritt!«

Plötzlich war Kupernikus allein im Sanitärgebäude. Weil sein Wohnmobil zu eng war, hatten sie sich für den Duschraum als Umkleide entschieden.

Seit knapp drei Monaten war Kupernikus nun Dauercamper auf dem Campinglatz Himmelreich am Schwielowsee und fühlte sich hier sehr wohl. Auf die Rolle als Weihnachtsmann hätte er gut verzichten können, aber Annabelle und Roger, der Inhaber des Platzes, hatten immer wieder auf ihn eingeredet. Zudem hatte Annabelle ihn mit einem außergewöhnlichen Geschenk geködert.

Spannend! Was das wohl sein würde?

»Ho, ho, ho«, machte Kupernikus zu seinem Spiegelbild. Und weil er den Auftritt selbst wenig überzeugend fand, wiederholte er es einige Male.

Dann gab sich einen Ruck und verließ das Sanitärgebäude. Unangenehm kalter Wind schlug ihm entgegen, die ersten Schneeflocken fielen, und wenn man dem Gequake der Wetterfrösche Glauben schenken konnte, würde es noch viel mehr werden – pünktlich zum Weihnachtsfest in drei Tagen. Der Wind ging durch sein rotes Filzkostüm, als sei er nackt.

Geduckt eilte er zu der Garage hinüber, in der sein Schlitten parkte. Ein Bollerwagen mit dicken Gummireifen, vollgepackt mit Geschenken für die Mitarbeiter und die Dauercamper, die Weihnachten im Himmelreich verbrachten. Alle Geschenke hatte Roger persönlich besorgt.

Wo blieb der eigentlich? Abgesprochen war, dass er ihm helfen würde, den schweren Wagen zu ziehen. Schließlich ging es auf sandigem Weg leicht bergan.

Hatte er ihn vergessen?

Kupernikus packte die Zugstange und rangierte den Schlittenbollerwagen schon mal aus der Garage heraus. Weil es so kalt war, wollte er nicht warten und machte sich allein auf den Weg zum Restaurant des Campingplatzes. Als der Weg anstieg, musste er sich ordentlich ins Zeug legen.

So zog er dahin unter kahlen, mit Lichterketten geschmückten Bäumen, vorbei an einer überdimensionierten und grell illuminierten Krippe und einem drei Meter hohen, aufgeblasenen Weihnachtsmann und erreichte nach ein paar Minuten das Restaurant. Weihnachtsmusik drang in die kalte Nacht hinaus. *Last Christmas* von Wham.

Von Roger noch immer keine Spur. Das war suspekt.

Nun gut, es würde auch ohne ihn gehen.

Kupernikus nahm die große Metallglocke aus dem Bollerwagen und stieß die Eingangstür des Restaurants auf.

Warme Luft schlug ihm entgegen, es duftete nach Kerzenwachs und Glühwein. Kupernikus hob die Glocke, schlug sie kräftig und rief, so laut er konnte: »Ho, ho, ho.«

Was immer die gut dreißig Anwesenden bisher getan hatten, ihre Aufmerksamkeit galt nun ihm allein. Einige lachten, andere applaudierten.

»Frohe Weihnachten!«, rief Kupernikus. »Ich habe gehört, ihr Himmelreicher wart das ganze Jahr über fleißig und brav und habt eure Geschenke deshalb schon jetzt verdient!«

Noch mehr Applaus, dazu johlende Zustimmung.

Eigentlich sollte Roger an dieser Stelle eine kleine Rede halten, aber Kupernikus konnte ihn auch hier im Saal nicht ausfindig machen. Einer der Mitarbeiter, Thiago, kam auf ihn zu. Zur Feier des Tages trug er ein Jackett zur Jeans. Leider war die Hose aber an den Schienbeinen schmutzig, wie Kupernikus sofort bemerkte.

»Wo ist Roger?«

Thiago, der halb brasilianischer, halb finnischer Abstammung war, zuckte mit den Schultern. »Wir suchen ihn auch schon eine Weile.«

»Dann hilf du mir doch bitte mit dem Schlitten.«

Thiago entriegelte den zweiten Flügel der Eingangstür, und zusammen schoben sie den schweren Bollerwagenschlitten unter Applaus in den Saal.

Kupernikus entdeckte Annabelle, die ihm zuwinkte und beide Daumen in die Höhe streckte. Sie trug ein langes weißes Kleid, in dem sie wie ein Engel wirkte. Sie zu sehen entlockte ihm stets ein Lächeln, manchmal nur innerlich, so wie jetzt, da er unter Beobachtung der Menge stand, aber das zählte auch, wie er fand.

Thiago schloss die Tür. Kupernikus zog den Schlittenwagen in die Mitte der großen Fläche. Ringsherum standen festlich gedeckte Tische, weißes Porzellan reflektierte Kerzenlicht, an den Weihnachtsbäumen hinten rechts in der Ecke flackerten bunte Lichterketten, dazu schmetterten jetzt The Pogues *Fairytale of New York*.

In diesem Augenblick öffnete sich auch Kupernikus' Herz ein klein wenig für das Fest.

Ein schriller Schrei sorgte dafür, dass es sich abrupt wieder verschloss.

Alle Gespräche verstummten sofort – nur Shane MacGowan sang unerschütterlich weiter.

Sämtliche Augenpaare fixierten den Küchenbereich, aus dem der Schrei gekommen war. Lediglich ein hüfthoher Tresen trennte Saal und Küche voneinander, und so sahen alle Anwesenden, wie eine junge Mitarbeiterin, Tanja, nach vorn gelaufen kam. Die Hände vor den Mund gepresst, das Gesicht kalkweiß, wirkte sie, als habe sie einen Geist gesehen.

»Der Chef …«, stammelte Tanja. »Oh Gott, der Chef …«

Kupernikus war sofort klar: Hier war etwas Schreckliches geschehen. Und so ließ er seinen mit Geschenken bepackten Schlitten stehen und eilte in die Küche hinüber. Das Weihnachtsmannkostüm zwickte im Schritt. Alle anderen Gäste blieben, starr vor Schreck, genau, wo sie waren. Lediglich Thiago, den nichts aus der Ruhe bringen konnte, blieb an Kupernikus' Seite.

»Was ist mit Roger?«, fragte er die sichtlich mitgenommene Tanja.

Kraftlos hatte sie sich auf einen Holzschemel fallen lassen und schüttelte den Kopf. Ihr langes Haar verdeckte ihr Gesicht. »Im Froster«, sagte sie und deutete mit ausgestrecktem Arm nach links.

»Zeig's mir«, sagte Kupernikus zu Thiago.

Thiago eilte in den hinteren Teil, der vom Saal aus nicht mehr einsehbar war. Dort stapelten sich Getränkekisten und anderes Material zum Betrieb des Restaurants. Daneben Weihnachtsdeko, die keinen Platz mehr gefunden hatte. Kupernikus sah Sterne und Lichterketten, Sprühschnee und künstlichen Frost für die Fenster, Lametta, Engelshaar und Kugeln in verschiedensten Farben. Der Bereich vor der Rückwand des Gebäudes gehörte dem Kühlraum. Ein riesiges, begehbares Monstrum aus matt glänzendem Stahl. Die Eingangstür stand einen Spaltbreit offen.

»Da«, sagte Thiago und zeigte hinüber. »Soll ich nachschauen?«

Kupernikus schüttelte den Kopf. Sein ganzes Schauspielerleben hatte er sich auf die Rolle des Kommissars im Tatort vorbereitet, und auch wenn er die Rolle nie bekommen hatte, kannte er sich bestens aus im kriminalen Milieu.

»Ich mach das«, sagte er und zog die schwere Tür auf.

Im vorderen Teil des Kühlschranks lagerten Kartoffeln, Obst, Gemüse, Milch, Blaubeeren und andere Frischwaren. Es gab noch eine weitere Tür, auch die stand einen Spaltbreit offen, und große Kälte quoll in Dampfwolken heraus.

Der Schockfroster – ein Gerät, das Lebensmittel innerhalb kurzer Zeit gefrieren konnte.

Kupernikus musste schlucken. Er ahnte, was ihn erwartete,

aber es führte ja kein Weg daran vorbei, also zog er auch diese Tür auf.

Roger Gross lag in dem engen Raum auf dem Fußboden, den Rücken an ein Regal gelehnt, die langen Beine ausgestreckt, eine Mütze tief ins Gesicht gezogen, sodass die Augen bedeckt waren. Er trug Jeans und eine warme Jacke, doch die hatte ihm nichts genützt. Die Kleidung war von Frost überzogen, die Haut im Gesicht und an den Händen blau gefroren. Kupernikus musste nicht nach dem Puls fühlen, um zu wissen, dass der Mann tot war.

Erfroren in seinem eigenen begehbaren Gefrierschrank.

Drei Tage vor Weihnachten.

Kupernikus war schockiert, aber sein trainierter Ermittlerinstinkt beschäftigte sich sofort mit der Frage, ob es sich hier um einen Unfall handelte oder um einen Mord.

Er wandte sich von der Leiche ab und inspizierte die Tür. Über einen massiven Griff konnte sie auch von innen geöffnet werden. Kupernikus verließ den Gefrierschrank und sah sich noch einmal im vorgelagerten Kühlraum um. Thiago, der in der geöffneten Tür stand, fragte: »Was ist denn passiert?«

Kupernikus antwortete nicht sofort. Er interessierte sich für die Regale, in denen die Waren lagerten. Diese Regale hatten Rollen, wahrscheinlich, um sie zu Reinigungszwecken hin- und herschieben zu können. Diese Rollen ließen sich durch kleine Pedale sperren. Kupernikus löste sie und zog an dem Regal. Leicht war das nicht, aber machbar. Als er es probeweise vor die Tür schob, schabten die Netzsäcke mit Kartoffeln im untersten Fach des Regals an seiner Hose und hinterließen eine Schmutzspur.

Kupernikus schob das Regal zurück und klopfte den Schmutz von der roten Weihnachtsmannhose.

Was, wenn jemand eines oder zwei der schweren Regale vor die Tür geschoben hatte, als sich Roger im Schockfroster befand?

Kupernikus verließ den Kühlschrank, drückte die Tür zu und sagte an Thiago gewandt: »Das ist ein Tatort. Hier darf niemand rein. Ich rufe die Polizei.«

»Kommissar Fass ist in zehn Minuten hier«, wandte Kupernikus sich an die versammelten Gäste. »Niemand darf den Saal verlassen oder den Tatort betreten.«

Bei diesen Worten kam er sich ein wenig albern vor in seinem Weihnachtsmannkostüm, aber was sollte er machen?

Soeben hatte er mit Kommissar Edgar Fass telefoniert, den er von einem anderen Fall im Herbst kannte. Fass war gerade in Potsdam, hatte aber versprochen, sich sofort auf den Weg zu machen. Vor ihm würden zwei Streifenwagen eintreffen und das Gebäude abriegeln.

»Was ist denn passiert?«, rief jemand aus der Menge.

Kupernikus schüttelte den Kopf und kratzte sich unter dem falschen Bart. »Ich weiß es nicht. Vielleicht ein Unfall. Aber das glaube ich nicht.«

»Stimmt es, dass Roger im Gefrierraum eingesperrt wurde?«

»Es sieht danach aus, ja.«

Stimmengewirr hob an und wurde lauter. Natürlich konnte sich niemand einen Mord an Roger vorstellen, Kupernikus auch nicht. Der Chef des Campingplatzes war beliebt. Wer sollte ihn töten wollen?

Annabelle kam zu Kupernikus.

»Das ist so schrecklich, ich kann es gar nicht fassen. Meinen Sie denn, ein Mörder könnte hier unter uns sein?«

Kupernikus nickte. Dieser Gedanken war ihm bereits selbst gekommen, und auch wenn er die meisten Menschen, die hier versammelt waren, kannte, hieß das ja nicht, dass nicht einer von ihnen zum Mörder geworden war.

»Ich schließe es nicht aus.«

»Aber warum denn nur? Alle mochten Roger.«

»Solange wir auf den Kommissar warten, kann ich mich ja ein wenig umhören«, sagte Kupernikus.

»Ja, tun Sie das.«

Kupernikus bat Annabelle, die Gäste zu beruhigen. Er selbst ging zu der Mitarbeiterin, die Roger gefunden hatte. Mittlerweile saß sie an einem Tisch und trank eine Cola.

Er setzte sich zu ihr.

»Geht es einigermaßen?«

Aus rot geweinten Augen sah Tanja ihn an und nickte.

»Wie war das mit der Tür zum Froster?«, fragte Kupernikus. »War die geschlossen?«

»Ja, die war zu, und davor stand eins der Regale.«

»Das Regal war also von außen vor die Tür geschoben worden? Roger konnte nicht raus?«

»Ja, ich musste es erst beiseiteschieben. Und es ist richtig schwer, wegen der Kartoffelsäcke.«

»Waren die Bremsen an den Rädern arretiert?«

Tanja musste einen Moment nachdenken, dann nickte sie. »Ja, waren sie. Ich musste sie erst entriegeln.«

Kupernikus erinnerte sich, dass die Bremsen eben, als er ausprobiert hatte, das Regal zu schieben, verriegelt gewesen waren. Hätte Tanja daran gedacht, wenn sie nur schnell etwas holen wollte?

»Was haben Sie im Froster gesucht?«

»Ich habe den Karton mit den Garnelen rausgenommen. Ole bat mich darum.«

Er tätschelte die auffällig warme Hand der Mitarbeiterin, erhob sich und ging in die Küche hinüber. Ole, der Koch, stand in seiner weißen Arbeitskleidung an einen Metalltisch gelehnt da, die Arme vor der Brust verschränkt. Neben ihm warteten gewürfelte Zwiebeln darauf, verarbeitet zu werden, doch ans Kochen dachte

Ole wohl nicht mehr. Der Karton mit den gefrorenen Garnelen stand auch dort.

Oles Blick war ernst und undurchdringlich.

»Sagen Sie, wer außer Ihnen hat noch Zugang zum Froster? Oder darf da jeder rein?«

»Nein, nur ich, Vincent, mein Hilfskoch, und die Tanja.«

»Und wann waren Sie zuletzt im Gefrierraum?«, fragte Kupernikus.

»Was geht das den Weihnachtsmann an?« Oles Blick verdüsterte sich weiter.

»Ich frage ja nur.«

»Und ich antworte nicht.«

»Aber wollen Sie denn nicht wissen, was passiert ist?«

»Klaro, aber dit herauszufinden, is' nicht deene Sache, Weihnachtsmann. Oder bisste jetzt 'n Bulle oder wat?«

»Ich wollte nur …«

»Nix da wollte nur. Du verdächtigst mich. Mach'n Abgang, bevor ick ungemütlich werde.«

Ole war groß und kräftig, und Kupernikus wollte ihn lieber nicht ungemütlich erleben. Also machte er einen Abgang.

Der Koch rief ihm hinterher: »William und Thiago haben och Zutritt zum Froster.«

Sieh an, dachte Kupernikus und bedankte sich mit einem Nicken. William war als Platzwart der Stellvertreter von Roger, Thiago das Mädchen für alles.

Als Kupernikus von der Küche in den Saal wechselte, fuhren zwei Streifenwagen unter Blaulicht vor das Gebäude. Durch die großen Panoramascheiben zuckte fahles Licht herein, und der stroboskopische Effekt verwandelte die Gäste der Weihnachtsfeier in blau-bleiche Gespenster. Ihre Gesichter sahen aus wie das von Roger im Froster.

Die Tür flog auf. Wind, Schnee und zwei uniformierte Beamte

drängten hinein. Zufällig stand Kupernikus gerade genau vor ihnen.

»Ich habe mit Kommissar Fass telefoniert«, sagte er.

»Aha, der Weihnachtsmann. Na gut. Wo ist das Opfer?«

»Hinten, im Froster, der Koch zeigt es Ihnen.«

Die Beamten eilten davon. Nach wenigen Minuten kam einer zurück. »Niemand verlässt den Saal, bis der Kommissar hier ist«, rief er lautstark und wandte sich dann an Kupernikus.

»Und Sie gehen bitte zu den anderen, Weihnachtsmann.«

Nichts anderes hatte Kupernikus vorgehabt, also trollte er sich. Kam dabei an einer verspiegelten Wand vorbei, sah sich im Kostüm und verharrte. Ausziehen konnte er es nicht, da er darunter nur Unterwäsche trug, aber zumindest die Mütze und den Bart nahm er ab. Nur änderte sich dadurch sein Erscheinungsbild nicht wirklich. Er war immer noch der Weihnachtsmann.

Thiago kam auf ihn zu. »Kann ich helfen?«

»Wann warst du zuletzt im Froster?«, fragte Kupernikus.

»Na, vor fünf Stunden oder so. Da habe ich die Lieferung für die Feier eingeräumt. Das Eis, die Garnelen …«

»Und da war alles in Ordnung?«

»Na ja, Roger war jedenfalls nicht drin.«

»Hast du ihn denn gesehen?«

»Klar, der lief hier rum, wie immer.«

»War sonst noch jemand hier?«

»Nee, nur ich. Ole und die anderen sind erst vor zwei Stunden gekommen. Warum fragst du?«

»Ich versuche nur herauszufinden, was passiert ist. Wenn Roger im Froster um Hilfe gerufen oder geklopft hätte, hättest du das gehört?«

»Ja, ich denke schon, aber als ich hier die Tische vorbereitet habe, habe ich über EarPods Lost Frequencies gehört … mach ich oft. Sach mal, du verdächtigst mich doch nicht, oder?«

Seit einem Fall im Herbst, den Kupernikus mit Annabelles Hilfe quasi im Alleingang aufgeklärt hatte, galt er hier als eine Art Sherlock Holmes des Campingplatzes. Die Leute hier wussten, dass er die richtigen Fragen stellte und logische Schlüsse zog, und dass sogar Kommissar Fass von der örtlichen Dienststelle Wert auf seine Meinung legte.

Kupernikus kam nicht dazu, Thiago zu antworten, denn an der Tür kam es plötzlich zu einem Tumult.

William, Rogers Stellvertreter, war aufgetaucht und verlangte Einlass, doch der Beamte ließ ihn nicht durch. William, Hitzkopf, der er war, ließ es auf eine Rangelei ankommen. Schnell war Annabelle zur Stelle, redete mit dem Beamten und zog William von der Tür weg in den Saal.

Kupernikus suchte nach dem Hilfskoch Vincent. Mit dem hatte er noch nie ein Wort gewechselt, kannte ihn nur vom Sehen, wusste aber von Roger, dass der junge Mann im Knast gewesen war und eine zweite Chance brauchte. Und Roger war der Typ Mensch, der anderen immer eine zweite Chance gab.

Kupernikus fand Vincent in der hintersten Ecke neben den Weihnachtsbäumen. Roger liebte üppige Deko, deshalb gab es nicht nur einen Baum, sondern vier. Die strahlten, blinkten und glitzerten um die Wette, doch der Glanz schien an Vincent abzuperlen. Zusammengesunken saß er da und rauchte, obwohl das verboten war. Beide Beine zuckten in nervösem Takt. Hastig zog er an der Fluppe, und Kupernikus bemerkte, dass seine Fingerkuppen blau waren.

»Ick war det nich'«, stieß Vincent ungefragt aus.

»Das behauptet doch auch niemand.«

»Aber alle denken das. Ditte is' immer so. Enmal Knasti, immer Knasti.«

»Hast du denn etwas gesehen, das uns …«

»Nee.«

»Warst du irgendwann im Froster, sodass wir die Zeit eingrenzen …«

»Nee, Mann, ick war da nich' drin, und ick hab den Roger nich' gefrostet. Oder warte … doch … enmal war ich drin, hab die Garnelen rausgeholt, aber da war da keen Roger.«

Kupernikus wurde hellhörig.

»Wann war das?«

»Mann, was weeß denn ick. Um fuffzehn Uhr vielleicht.«

»Hast du sonst jemanden reingehen sehen?«

»Na ja, den Ole natürlich. Dauernd. Der alte Säufer lagert seinen Wodka im Froster. Gloobt, wir wissen das nich'. Aber alle wissen det.«

»Sieh an«, sagte Kupernikus.

Er ließ Vincent weiterpaffen und beobachtete aus einiger Entfernung die Gäste der Weihnachtsfeier. Mittlerweile hatten sich kleine Grüppchen gebildet, es wurde eifrig getuschelt. Annabelle war die Einzige, die von einer Gruppe zur anderen ging und mit jedem zu sprechen versuchte.

Kupernikus wandte sich ab und trat vors Fenster, um seine Gedanken in Ordnung zu bringen. Sie wirbelten wild durcheinander, so wie die Schneeflocken draußen. Das Fenster war von innen mit Frostspray besprüht, jemand hatte sich die Mühe gemacht, dafür Schablonen in der Form von Eiskristallen zu nutzen. Hätte man gewusst, dass es zu Weihnachten Frost und Schnee gab, hätte man sich den Aufwand sparen können.

Kupernikus drückte seinen Zeigefinger gegen den Kunstfrost, zeichnete darin herum, und nach und nach fügten sich seine Gedanken in nachvollziehbare Umlaufbahnen.

Eigentlich hatte er alle Informationen zusammen, aber um keinen Faden lose herumbaumeln zu lassen, wollte er noch mit William sprechen.

Den fand er am Tresen. Gerade kippte er einen Schnaps hinunter, den ihm Ole der Koch serviert hatte. Wahrscheinlich handelte es sich um einen eisgekühlten Wodka. Es würde ins Gesamtbild passen. William trug einen dieser Norwegerpullis mit Weihnachtsmotiven. Elche, die Schlitten durch die Luft zogen. Dazu Schneekristalle.

»Hallo William.«

»Kupernikus … fleißig am Ermitteln?«

»Ich versuche nur, herauszufinden, was passiert sein könnte.«

»Die Leiche ist kaum kalt, und schon schnüffelst du herum … ach nee, warte, die ist ja schon länger kalt.«

»Findest du den Spruch nicht ein wenig unpassend?«

William zuckte mit den Schultern und gab Ole ein Zeichen, dass er noch mal nachschenken sollte.

»Ihr habt euch gestritten, Roger und du, nicht wahr?«

»Ach, das weißt du also schon.«

»Ich habe es zufällig mit angehört.«

»Soso, zufällig. Ist echt super, so einen Aushilfs-Sherlock-Holmes auf dem Platz zu haben. Sag mal, stimmt es eigentlich, dass es bei dir nie zum Fernsehkommissar gereicht hat?«

»Worum ging es in dem Streit?«, wich Kupernikus der Spitze aus. Leider tat es immer noch ein bisschen weh, wenn jemand den Finger in die Wunde legte. Wie sollte die so verheilen?

»Geht dich einen feuchten Kehricht an.«

»Kein Grund, unhöflich zu werden.«

William kippte den Schnaps hinunter und verzog das Gesicht, als leide er Schmerzen.

»Geh deine Geschenke verteilen, Weihnachtsmann, und lass mich in Ruhe.«

Kupernikus sah den jungen Mann noch einen Moment an, doch der wich dem Blickkontakt aus und bestellte einen weiteren Wodka bei Ole.

Schließlich ließ Kupernikus ihn stehen.

Er war auf dem Weg zu Annabelle, als plötzlich die Tür aufflog. Kommissar Fass schneite herein. Auf den Schultern seines dunklen Mantels und in seinem braunen Haar glitzerten Schneeflocken. Wie immer machte er ein ernstes Gesicht. Er sprach kurz mit dem Beamten, der die Tür sicherte, dann suchte er mit den Augen den Saal ab, entdeckte Kupernikus und winkte ihn zu sich.

Es widerstrebte Kupernikus, auf einen solchen Befehl zu reagieren, aber in diesem Moment gönnte er Fass seinen Auftritt, denn was Kupernikus ihm gleich zu sagen gedachte, würde ihn vollkommen aus der Fassung bringen.

»Kupernikus. Wie sehen Sie denn aus?«, sagte Fass zur Begrüßung.

»Wie der Weihnachtsmann.«

»Ach, was Sie nicht sagen. Was ist hier passiert?«

»Eine schöne Bescherung«, konterte Kupernikus. »Und wo Sie jetzt endlich hier sind, bekommen Sie als Erster ein Geschenk.«

»So. Haben Sie den Täter ermittelt, oder was?«

»Ganz genau.«

Der Saal war still geworden, alle lauschten der Unterhaltung zwischen Kupernikus und dem Kommissar – und alle warteten gespannt darauf, was Kupernikus zu sagen hatte.

»Wollen Sie mich veräppeln?«, fragte Kommissar Fass.

»Keineswegs. Und es ist ja nicht weiter verwunderlich, war ich doch als Weihnachtsmann unterwegs, und wer würde schon den Weihnachtsmann belügen?«

»Na … jeder. Weil es den nicht gibt.«

»Richtig. Und es haben auch alle gelogen, die ich befragt habe. Selbst wenn sie die Wahrheit gesagt haben.«

»Häh? Versteh ich nicht. Wer ist denn nun der Täter?«

Kupernikus nahm Blickkontakt zu den Anwesenden auf. Alle starrten ihn an. Annabelle, Thiago, Vincent, Ole, William, Tanja und die anderen Mitarbeiter und Gäste.

»Ich hoffe, ihr hattet euren Spaß«, begann Kupernikus.

»Ole, der so unfreundlich war, wie ich ihn nie zuvor erlebt habe, und der William Wodka einschenkt, der überhaupt nicht nach Alkohol riecht.

Tanja, die eine so schlechte Schauspielerin ist, dass Ole ihr Zwiebeln schneiden muss, damit sie weinen kann.

Vincent, dessen Finger blau gefärbt sind vom Saft der Blaubeeren, so blau wie Rogers Gesicht und Hände.

Thiago, der sich schick gemacht hat, dessen Hosenbeine aber schmutzig sind von den Kartoffelsäcken im Regal.

Und ihr alle zusammen, weil ihr euch nicht einigen konntet, wer die Garnelen wann aus dem Froster geholt hat.

Kommissar Fass, der genau zum richtigen Zeitpunkt erschienen ist.

William, der sich ausgerechnet vor meiner Nase mit Roger streiten musste.

Und zu guter Letzt Annabelle. Ich bin mir sicher, sie kann wunderbar mit dem Frostspray umgehen.

Annabelle ist die Mörderin, als Einzige hat sie ein plausibles Motiv. Ich danke Ihnen für mein ganz besonderes Weihnachtsgeschenk, liebe Annabelle. Aber wenn Sie mich hinters Licht führen wollen, müssen Sie schon früher aufstehen. Die Spuren, die Sie gelegt haben, waren zu eindeutig.«

Still und starr ruhte der Saal.

Aber nur einen Moment.

Bis Roger applaudierend und quicklebendig aus der Küche kam, das Gesicht totenblau vom Blaubeersud, die Kleidung überzogen mit künstlichem Frostspray.

Der ganze Saal fiel in den Applaus ein, und Annabelle rief: »Bravo, Kommissar Kupernikus, bravo!«

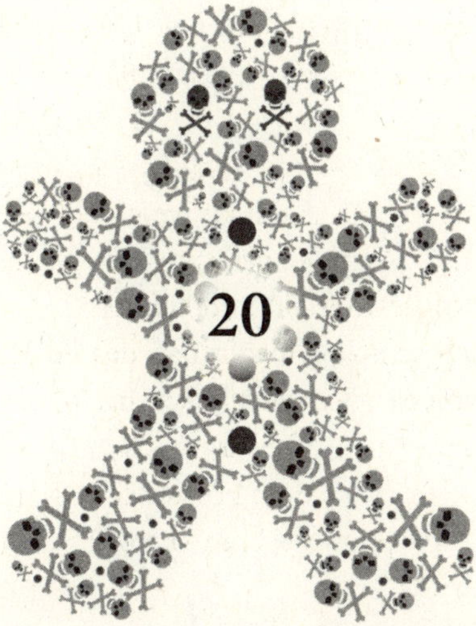

Thomas Kastura

Im Auftrag Ihrer Majestät

Bamberg

Über den Autor:

Thomas Kastura, geboren 1966 in Bamberg, studierte Germanistik und Geschichte und arbeitet seit 1996 als Autor für den Bayerischen Rundfunk. Er hat zahlreiche Erzählungen, Jugendbücher und Kriminalromane geschrieben, u. a. *Der vierte Mörder* (2007 auf Platz 1 der KrimiWelt-Bestenliste). Unter dem Pseudonym Gordon Tyrie verfasst er Hebriden-Krimis. Zuletzt erschien *Schottenschuss* (2024). Für die Erzählung »Genug ist genug« ist er mit dem Glauser-Preis ausgezeichnet worden.

Der Himmel über Bamberg am 20. Dezember 1885 war sternenklar, als hätte Manitu Diamantenstaub übers nächtliche Firmament verstreut.

Lady Andromeda verließ ihr Quartier und betrat die Concordiastraße. Sie trug ein mit Rüschen und Draperien besetztes dunkelrotes Abendkleid aus Atlasseide. Wie Alabaster schimmerte ihre Haut an Hals und Armen. Ein Stechpalmengesteck am Dekolleté betonte ihre Reize noch. Doch ihr war kalt. Sie zog ihren Umhang aus Zobelpelz, den sie einem russischen Erzpriester beim Pokerspiel abgeknöpft hatte, enger um die Schultern.

»Wo bleibst du denn?«, rief sie in die Toreinfahrt hinein. »Beeil dich, sonst kommen wir zu spät zum Empfang des Bürgermeisters!«

»Nur die Ruhe«, kam es zum wiederholten Mal zurück. »Sorgfalt ist stärker als Unrast.«

Andromeda verdrehte die Augen. »Was du immer hast mit deinen Haaren! Ich geh schon mal voraus!« Ungehalten setzte sie sich in Bewegung und stöckelte durch verwinkelte, mittelalterliche Gassen. Nach Auskunft der Pensionswirtin würden sie zum Rathaus nur zehn Minuten brauchen. Sie hatten keine Droschke bestellt, um sich noch ein paar Impressionen von dem fränkischen Städtchen zu verschaffen.

Die ließen nicht lange auf sich warten.

Drei schwarz gekleidete Gestalten lösten sich aus einem Hauseingang. Breitbeinig nahmen sie vor Andromeda Aufstellung. Einen finsteren Winkel hatten sie sich ausgesucht, wo die Gasbeleuchtung nicht hindrang.

»Was haben wir denn da?«, zischte ein langer Lulatsch auf

Hochdeutsch, offenbar der Anführer. »Ich glaube, dieses Täubchen muss ordentlich gerupft werden.«

Ein schieläugiger Schrat schickte ein dreckiges Lachen in die Dunkelheit. Er zückte ein Messer und prüfte die Schneide. »Erst schlitz mer sie auf«, sagte er im Idiom der Region. »Aber nur aweng. Ich mooch's, wenn sie nuch zabbeln.«

»Lasst mer bloß was übrig!«, verlangte der Dritte im Bunde, ein Kraftmeier von schlichtem Verstand, aber immensen Körperkräften.

Andromeda hatte wenig Hoffnung auf eine gütliche Einigung. Dennoch fragte sie: »Wollt ihr Geld?«

»Auch das …« Der Lulatsch kam mit seinen Mordgesellen näher.

Sie schlug den Zobelpelz beiseite und griff hinter sich. Die Mode ihrer Zeit war so unpraktisch wie ein Damensattel. Doch ein am Hintern aufgebauschter Kleidrock, der *Cul de Paris,* besaß auch Vorteile. Darunter verbarg Andromeda ihre Kriegskeule: einen Hickory-Stock, an dessen Ende sich eine massive Granitkugel befand. Beiläufig ließ sie die furchtbare Waffe herabbaumeln. »Verschwindet!«

»Da krieg ich aber Angst«, sagte der Anführer.

»Ich habe euch gewarnt …«

Als die Banditen vorrückten, tat die Kriegskeule ihr Werk. Andromeda streckte den Lulatsch mit einem mächtigen Hieb auf die Schädeldecke nieder. Ein Rückhandschwung erwischte den Schrat und zermatschte seine Visage. Dem Kraftmeier versetzte sie schließlich einen Fußtritt ins Gemächt, um ihn hernach weich zu klopfen wie ein Schnitzel, jene Spezialität von ausgebackenem Kalbfleisch, welche die Österreicher aus Mailand mitgebracht hatten.

»Erledigt!« Andromeda rückte ihren Pelz zurecht.

Ein Stöhnen gemahnte sie daran, dass der Schrat noch bei Bewusstsein war. Sie beugte sich über den zweifellos gedungenen Meuchelmörder. »Wer ist euer Auftraggeber? Raus mit der Sprache!«

Er verzog den Mund – oder was davon übrig war. Dann weiteten sich seine Augen zu Inseln des Schreckens.

Eine Laterne näherte sich, gehalten von einem Hünen. Zwei Meter mochte er messen in Frack und Ulster. Seine Bewegungen ließen auf große Gewandtheit schließen, und das Gesicht schien aus kostbarem Tropenholz geschnitzt zu sein. Ernst und gleichmütig wirkte es, verhärtet von der Gluthitze der Wüste und den Leiden seines Volkes. Umrahmt waren die edlen Züge von langem pechschwarzem Haar, welches reich und schwer auf seinen Rücken niederfiel, gebändigt nur durch ein Stirnband aus Krustenechsenleder.

»Rede!«, ließ sich der Hüne vernehmen. »Chief Fritz zeigt weniger Nachsicht als die weiße Lady.«

»Er zieht dir die Haut ab«, ergänzte Andromeda. »Schön langsam, damit du auch was davon hast. Und aus deinem Skalp näh ich mir einen Puderbeutel.«

Doch das war für den Schrat zu viel. Besinnungslos sank er aufs Kopfsteinpflaster.

Sie durchsuchten die Taschen des traurigen Trios. Beim Anführer fanden sie einen 100-Mark-Schein der Bayerischen Notenbank – anscheinend das Salär für den feigen Anschlag. Chief Fritz fiel auf, dass frisches Stroh und Pferdedung an den Schuhsohlen »dieser stinkigen Kojoten« hafteten. Aufgrund der Sorge um seine Gefährtin ließ er sich zu solch Invektiven hinreißen. Er holte ein Notizbuch hervor und hielt seine Beobachtungen fest.

Andromeda zerrieb die Exkremente mit den Fingern. »Von einem Brauereigaul stammt das nicht. Bester Hafer, würde ich sagen. Möhren und Rüben sind auch dabei.«

»Ihr Mund spricht die Wahrheit.«

»Das hat ein verhätschelter Zuchthengst ausgeschissen.«

»Liegt im Bereich des Möglichen.«

»Und wie kommen diese Strolche in die Nähe eines so edlen und kostspieligen Tieres? Könnte ein Hinweis auf ihren Auftraggeber sein.«

Chief Fritz schrieb alles auf. »Auch dieser Gedanke mag den aufmerksamen Betrachter streifen«, sagte er würdevoll wie ein Butler.

Andromeda erhob sich. »Warum mach ich mir überhaupt die Finger schmutzig? Spuren lesen sollte eigentlich deine Aufgabe sein.«

»Wegen der Außenwirkung erfordert dieser Fall eine klare Aufgabenverteilung. Die weiße Lady ermittelt, der Indigene assistiert.«

»Deine Ironie ist wieder mal unüberhörbar …«, seufzte sie. Denn Chief Fritz stellte den geistigen Kopf ihrer außergewöhnlichen Partnerschaft dar, während Andromeda sich eher fürs Grobe zuständig fühlte – eine Rolle, die der jungen Weltenbummlerin über die Maßen lag.

Sie ließen die unschädlich gemachten Schurken mit einem »Fröhliche Weihnachten« liegen und schlenderten durchs nächtliche Bamberg. Andromeda holte eine Zigarre aus den Tiefen ihrer Tournüre. Chief Fritz gab ihr Feuer. »So viel Gewalt wäre übrigens nicht nötig gewesen«, mahnte er.

»Nach einer derart freundlichen Begrüßung?«

»Ein Mediziner versucht, Leben zu schützen.«

»Lässt du wieder dein Studium raushängen? Ich sag dir mal was. Meine Kriegskeule ist humaner als deine Tomahawks, die verkeilen sich immer im Knochen.«

»Spott steht Andromeda nicht.«

»Ohne wär's nur halb so schön.«

Sie erreichten das Bamberger Rathaus. Es war in den Fluss Regnitz gebaut – vermutlich ein kläglicher Versuch des Bürgertums, sich von der Herrschaft des Klerus zu emanzipieren. Livrierte Bedienstete erschienen.

»Der Gentleman gehört zu mir«, erklärte Andromeda und erstickte jeden Widerspruch, indem sie ihre Ernennungsurkunde vorzeigte.

Daraufhin wurde das merkwürdige Paar zu dem hell erleuchteten Rokokosaal geleitet und gebührend annonciert.

»Es gibt sich die Ehre: Andromeda Engelharda Saphora Freifrau von Greifenstein-Phipps in Begleitung von Doktor Friedrich Wilhelm Kirschbaum vulgo Chief Fritz, Fürst der Komantschen.«

Verschlossene, abweisende Mienen empfingen sie. Das Ganze war nur ein Stehempfang, registrierte Andromeda. Offenbar sollte hier nur einer lästigen Pflicht Genüge getan werden. Anwesend waren vor allem Honoratioren des Magistrats sowie Militärs des in Bamberg stationierten Ulanenregiments. Auch der Direktor der Nervenklinik, Fortunatus Pössl, den Andromeda bereits bei ihren Nachforschungen am Nachmittag kennengelernt hatte, war erschienen. Doch die Herren hatten Ehefrauen mitgebracht, die vor Neugier auf dieses ungewöhnliche gesellschaftliche Ereignis schier platzten. Sie kicherten beim Anblick von Chief Fritz oder taten so, als fielen sie in Ohnmacht. Sein umwerfendes Äußeres interessierte sie mehr als die Tatsache, dass er von einem entführten Siedlerjungen zum Häuptling der Komantschen aufgestiegen war. Auch der blutjunge Gesandte des Erzbischofs, Kaplan Cornelius Hempel, zeigte sich enchantiert.

»August Ritter von Brandt«, stellte sich der Bürgermeister vor, ein Mann mit Rauschebart und dem steifen Gehabe eines Juristen. »Sie haben sich verspätet …«

»Wir wurden aufgehalten.« Andromeda schmauchte weiter ihre Zigarre und blies ihm den Rauch ins Gesicht. »Drei Attentäter haben uns in den Gassen aufgelauert.«

»Wirklich?«, wunderte sich der Bürgermeister.

»Ja, wirklich und in echt.«

Er klang belustigt. »In Bamberg? Ist das zu glauben?«

»Wer die wohl geschickt hat?«

»Ja, wer wohl? Ungeheuerlich!«

Anscheinend nahm der Bürgermeister sie nicht für voll. Bevor die Vorstellungsrunde begann, sah sich Andromeda gezwungen, gewisse Dinge klarzustellen.

»Alle mal herhören!« Sie klatschte in die Hände und hielt ihre Urkunde hoch. Um sie vorzulesen, klemmte sie sich einen Zwicker auf die Nase. »Hier steht in Kurzfassung: Ihre Majestät Ludwig der Zweite ernennt hiermit Andromeda Engelharda und so weiter zur Hohen Königlich-Bayerischen Geheiminspektorin und betraut sie mit der Aufklärung des plötzlichen Ablebens von Professor Hippolyte Lefèbre. Ihr und ihrem Assistenten Doktor Kirschbaum ist dabei jedwede Hilfe zu gewähren. Zuwiderhandlungen werden als kriminelle Akte gegen die Krone betrachtet und sind strengstens zu bestrafen. Die Hohe Geheiminspektorin wird für die Dauer ihrer Mission in den Rang einer Majorin erhoben.«

Allen außer dem Irrenhausdirektor fielen die Kinnladen herunter. »Mit Unterschrift, Siegel und allem, was dazugehört«, setzte Andromeda hinzu und reichte dem Bürgermeister die Urkunde, der sie sogleich überprüfte.

Ein Offizier gewann als Erster die Contenance zurück. Er schlug die Hacken zusammen und machte einen formvollendeten Diener. »Oberst Karl von Kraft zu Ihren Diensten, Frau Majorin! Meine Wenigkeit kommandiert das Erste Ulanenregiment. Natürlich freuen wir uns, Sie und den Doktor nach Kräften zu unterstützen.«

»Zu gütig, Verehrtester!«

»Ich bitte Sie! Die Bamberger Ulanen stehen treu und fest zu unserem unvergleichlichen König. Darf ich es wagen?« Von Kraft beugte sich vor zu einem Handkuss.

Andromeda ließ ihn huldvoll gewähren. Ihre präriebraunen Augen schienen Wirkung zu zeigen. Mal prüfend, mal schmachtend und stets mit einem gewissen Grad an Amüsement hefteten sie sich auf ihre Gesprächspartner. Vielleicht hatte Andromeda in dem Obersten einen Verbündeten gefunden.

Jedenfalls machte er einen kultivierten, weltoffenen Eindruck, begrüßte Chief Fritz wie einen Gleichgestellten und wechselte mit ihm ein paar Worte über dessen Ausbildung am Medical College of Louisiana in New Orleans. »Wenn Sie irgendetwas brauchen …«, fuhr von Kraft fort. »Bitte wenden Sie sich direkt an mich. Oder an meine rechte Hand, Leutnant Ernst Theodor von Vallade.«

Die Stiefel des jungen Leutnants waren noch eine Spur blanker geputzt als die seines Vorgesetzten. Auch er ließ es an Ehrbezeugungen nicht fehlen. Doch mit dem untrüglichen Instinkt einer Pokerspielerin begriff Andromeda sofort, dass er bluffte. Mit vorgetäuschter Höflichkeit wollte er wissen, wie sie denn solch weitreichende Befugnisse erlangt habe.

»Seine Majestät und ich stehen uns nah«, erwiderte sie unbestimmt und verschwieg, dass nur eine einzige Frau des Königs Sympathien genoss: seine Cousine Kaiserin Elisabeth von Österreich-Ungarn. Andromeda war wiederum eine gute Reitfreundin von Sisi, und auf deren Fürsprache hin hatte Ludwig die freigeistige Lady als Ermittlerin eingesetzt. »Aber lassen Sie uns nicht lange um den heißen Brei herumreden. Wir haben Grund zu der Annahme, dass Professor Lefèbre auf der Weihnachtsfeier der Nervenklinik ermordet wurde. Und dass sich die Schuldigen hier in diesem Raum befinden.«

Die Anwesenden schnappten nach Luft.

»Aber die Angelegenheit ist doch geklärt«, wandte der Bürgermeister ein. »Dieser Schwachsinnige hat dem Professor im Wahn die Luft abgedrückt. Wie war noch gleich sein Name? Helfen Sie mir, Herr Direktor!«

Fortunatus Pössl wirkte zerknirscht. »Johann Kranz. Er befindet sich in Polizeigewahrsam. Zuvor weilte er ganze sieben Jahre bei uns aufgrund von Fallsucht mit wechselnder Raserei.«

»Raserei? Na bitte!«, rief der Bürgermeister. »Der Mann ist gemeingefährlich. Klarer Fall von Totschlag.«

»Wir haben im Laufe des Tages etwas ganz anderes herausgefunden. Da steckt viel mehr dahinter.« Andromeda ordnete an, wer den Saal unverzüglich verlassen musste – und dadurch aus dem Schneider war.

Bambergs bessere Gesellschaft zog teils empört, teils bedauernd von dannen. Übrig blieben fünf Personen: der Bürgermeister, der Oberst, der Leutnant, der Irrenhausdirektor und der Kaplan. Saaldiener brachten Polsterstühle und stellten sie im Halbkreis vor einem Kaminfeuer auf. Widerstrebend nahmen die Herren Platz.

Chief Fritz schloss die Tür. Dann holte er seine Tomahawks hervor, kreuzte sie vor der Brust und nahm die Pose eines Wächters ein, an dem niemand vorbeikam. Andromeda nickte. »Wir haben uns hier versammelt, um den Mörder zu überführen. Lassen Sie uns beginnen.«

Sie musterte jeden der fünf Männer. Auf ihren Gesichtern zeichneten sich in wechselnden Anteilen Staunen, Bestürzung und Protest ab. Dann wandte sie sich an Direktor Pössl. »Was können Sie uns über den Toten erzählen?«

Der Leiter der Nervenklinik rang die Hände, als sei er sich nicht sicher, wo er anfangen sollte. »Professor Lefèbre? Nun ja, er war eine Koryphäe für klinische Nervenkrankheiten. In der ganzen Welt hat er Vorträge gehalten und seine ›Suggestive Therapeutik‹ propagiert.«

»Sogar in New Orleans«, ergänzte Chief Fritz. Er senkte die Tomahawks und kam näher. »Lady Andromeda und ich durften meinen guten Freund Hippolyte in Louisiana kennenlernen. Auf dem Gebiet der Psychiatrie – oder der Seelenheilkunde – war er führend.«

Der Leutnant runzelte die Stirn. »Heißt das, Lefèbre schaute den Menschen in den Kopf hinein? Wie soll das gehen?«

»Wissen, Verstand und Analyse«, erwiderte Direktor Pössl.

»Wenn der Professor hier unter uns säße, würde er sofort herausfinden, wer ihn umgebracht hat«, fügte Andromeda hinzu. »So schnell könnten Sie die Hacken gar nicht zusammenschlagen.«

Pössl nickte. »Jedenfalls fühlte ich mich geehrt, dass er der Nervenklinik einen mehrtägigen Besuch abgestattet hat. Zumal er noch mit seinem Gutachten beschäftigt war … Voller Stolz habe ich ihm mein Büro zur Verfügung gestellt.«

»Dazu kommen wir später«, sagte Andromeda. »Schildern Sie bitte, was sich in der Aula des Irrenhauses zutrug.«

»Also, der Professor stand direkt vor unserem großen Christbaum und empfing die Patienten«, fuhr der Direktor fort. »Gewissermaßen ein Geschenk an die Insassen. Sie traten nacheinander vor, zuletzt besagter Johann Kranz. Johann litt unter einer Art Zungenlähmung. Es fiel ihm äußerst schwer, sich verständlich zu machen.«

»Verbal, meinen Sie?«, fragte Andromeda.

»Genau. Er brabbelte nur.«

»Aber gestikulieren konnte er?«

»Oh ja! Und er suchte immerzu körperliche Nähe.«

»Weil er sich auf diese Art mitteilte.«

»Jedenfalls hat ihm der Professor von einem neuen Gerät erzählt. Völlig sicher sei das, es würde Johann sofort von all seinen Leiden kurieren. Dann deutete er auf ein bereitliegendes Fieberthermometer und pries es als Heilmittel an – sofortiger Erfolg garantiert. Johann bräuchte es nur in den Mund zu stecken. Danach könnte er ganz normal sprechen.«

Andromeda griff sich in den Ausschnitt und förderte einen Gegenstand zutage, eingeschlagen in ein weiches Tuch: das Corpus Delicti. Sie zeigte das Fieberthermometer kurz herum. Dann legte sie es auf einen Bestelltisch neben dem Kamin, wo es alle sehen konnten.

Die Blicke der fünf Verdächtigen sprachen Bände angesichts der Tatsache, dass sich das Thermometer die ganze Zeit über zwischen ihren Alabasterbrüsten befunden hatte. Der Oberst und der Irrenhausdirektor wirkten peinlich berührt, der Bürgermeister, der Leutnant und der Kaplan dagegen sichtlich enthusiasmiert. Andromeda liebte derlei Spielchen. Sie verrieten ihr, wer es mit der Moral nicht so genau nahm.

»Aber mit solch einem Gerät lässt sich doch nur die Körpertemperatur messen?«, meinte sie schließlich.

»Selbstverständlich«, bestätigte Pössl. »Der Professor suggerierte nur, dass dieses Fieberthermometer Heilkräfte besäße.«

»Wie bei einem Scheinmedikament.«

»Einem Placebo, ja. Allein die Erwartung oder die Hoffnung genügt, um eine tatsächliche Heilung zu bewirken. Mit dieser Methode wurden schon bedeutende Erfolge erzielt.«

»Suggestive Therapeutik … Verstehe.«

»Das Problem war … Johann hat sich gewehrt wie der Teufel. Deshalb hat der Professor das Thermometer in seinen eigenen Mund gesteckt.«

»Um zu demonstrieren, dass es harmlos ist?«

»So war es wohl gedacht. Plötzlich wurde Johann wütend. Von einem Augenblick auf den anderen stürzte er sich auf den Professor und ging ihm regelrecht an die Gurgel. Man dachte fast, er wollte Lefèbre erwürgen. Sofort griffen unsere Pfleger ein. Leider dauerte es eine Weile, die beiden zu trennen. Lefèbre hatte bereits das Bewusstsein verloren. Minuten später konnte ich nur noch einen Herzstillstand infolge akuter Atemnot feststellen. Er hat Johanns Attacke nicht überlebt. Alles ging unglaublich schnell. Kaplan Hempel kam nicht einmal dazu, die Letzte Ölung zu spenden.«

Andromeda ließ ein paar Sekunden verstreichen. »Das führt uns zu den Zeugen.« Sie ging zu dem Kaplan. »Hochwürden, Sie sind als Seelsorger in der Nervenklinik tätig?«

»Wenn es meine vielfältigen Aufgaben zulassen«, sagte der Geistliche. »Ich wünschte bloß –«

Andromeda hielt den Zeitpunkt für gekommen, die Katze aus dem Sack zu lassen. »Gehört zu Ihren Aufgaben auch Giftmischerei?«

Entsetzt starrte der Kaplan sie an. »Aber … wie können Sie so etwas sagen?«

»Wollen Sie etwa abstreiten, den Patienten hin und wieder selbst gebraute Säfte zu verabreichen?«

»Entgegen meines medizinischen Rats«, fügte der Direktor mahnend hinzu.

Der Kaplan schien in sich zusammenzusinken. »Das ist nur ein Steckenpferd von mir. Bei uns im Kloster braue ich so allerhand zusammen. Meine stärkenden Tränke sind rein pflanzlich, völlig harmlos.«

»So?« Andromeda präsentierte als weiteres Beweisstück ein Fläschchen aus Braunglas. »Ein Absud aus den Stielen und Blättern des Blauen Eisenhuts gehört zu den tödlichsten Giften überhaupt. Von wegen harmlos!«

»Aconitin? Das würde ich niemals verwenden«, wehrte sich der Kaplan. »Selbst in hoher Verdünnung. Wo haben Sie das her?«

»Aus der Sakristei der St.-Getreu-Kirche«, schaltete sich Chief Fritz ein und trat vor den Kamin. »Wir konnten das Fläschchen in einem nicht verschließbaren Schränkchen sicherstellen. Heute

Nachmittag habe ich den Körper des Professors obduziert. In seinem Magen befanden sich Reste desselben hochwirksamen Giftes. Mithilfe der Dragendorff-Reagenz, eines neuartigen chemischen Verfahrens, konnte zweifelsfrei Aconitin, wie es im Blauen Eisenhut enthalten ist, nachgewiesen werden. Das Mundstück des Fieberthermometers wurde ebenfalls damit bestrichen.«

»Soll das etwa heißen, Sie haben Professor Lefèbre aufgeschnitten?«, entrüstete sich der Bürgermeister. »Ohne meine Einwilligung oder die eines Richters? Das sind ja ganz neue Sitten in Bamberg! Wie kommt denn ein Wilder aus der Neuen Welt dazu, hier bei uns Leichen zu massakrieren?«

Oberst von Kraft gebot den Vorwürfen Einhalt. »Als Ermittler erfüllt Doktor Kirschbaum nicht nur den Willen Seiner Majestät, er ist auch studierter Mediziner. Ich vertraue seiner Expertise voll und ganz.«

»Und ich war bei der Obduktion und der chemischen Analyse zugegen«, verkündete Direktor Pössl. »Ein Irrtum ist auszuschließen. Lady Andromeda und Doktor Kirschbaum haben sogar Fingerabdrücke von der Braunglasflasche und dem Fieberthermometer genommen. Dabei handelt es sich um ein modernes wissenschaftliches Verfahren zum Nachweis der Identität.«

»Mit Handschuhen hinterlässt man keine Fingerabdrücke«, gab der Bürgermeister zu bedenken.

Andromeda stellte sich neben Chief Fritz und fasste zusammen: »Wir haben also das Mittel, das zum Mord führte: Gift. Und wir haben einen Verdächtigen: Kaplan Hempel. Kam er an das Gift heran? Ja, er besaß Zugang zur Sakristei, möglicherweise hat er das Aconitin sogar selbst hergestellt. Hatte er Gelegenheit, das Gift auf dem Fieberthermometer zu applizieren? Ja, denn das Thermometer lag während der Weihnachtsfeier stundenlang offen auf einem Tisch neben allerlei anderen medizinischen Gerätschaften. In einem unbeobachteten Augenblick konnte er das Mordinstrument entsprechend präparieren.«

»Nein und abermals nein!« Der Kaplan schien die Welt nicht mehr zu verstehen. Schluchzend schlug er die Hände vors Gesicht. »Niemals würde ich solch eine Todsünde begehen!«

»Das sind schwerwiegende Anschuldigungen«, sagte der Bürgermeister und erhob sich von seinem Stuhl. »Ihre Beweisführung hat aber einen Haken. Wenn der Schwachsinnige sich nicht geweigert, sondern das Thermometer in den Mund genommen hätte, wie vom Professor beabsichtigt … Dann wäre *er* an dem Gift krepiert. Da stimmen Sie mir doch zu?«

»Der Täter hat mit dem ablehnenden Verhalten von Johann Kranz gerechnet«, entgegnete Andromeda. »Andernfalls wäre aus seiner brutalen Sicht kein Schaden entstanden. Beim Tod eines Verrückten gibt es keinen Kläger. Der Täter hätte dann eben etwas anderes probiert, um den Professor zu beseitigen.«

Der Bürgermeister schüttelte den Kopf. »Und die tödliche Umarmung? Haben Sie auch dafür eine Erklärung?«

»Johann wollte den Professor instinktiv beschützen.«

»Starker Tobak, Verehrteste!«

Chief Fritz brachte das Corpus Delicti in Erinnerung. »Fakt ist, das Fieberthermometer war vergiftet, es wurde manipuliert. Vielleicht von einer Person, die ebenfalls bei der Weihnachtsfeier anwesend war.« Er nahm den jungen Offizier ins Visier. »Leutnant von Vallade … Sie haben den Patienten der Nervenklinik doch Geschenke vom Ulanenregiment überbracht?«

»Durchaus.« Der Spross aus altem bayerischen Adel mit französischen Wurzeln hatte während der kriminalistischen Ausführungen eine Pfeife geschmaucht und sich merklich zurückgehalten. Jetzt lächelte er dünn und schlug die Beine übereinander. »Unseren Irren ist die Mildtätigkeit des Offizierskorps gewiss. Die armen Seelen haben ein paar barmherzige Zuwendungen verdient.« Er blies einen Rauchring in die Luft. »Warum jedoch *ich* in diesen kuriosen Todesfall verwickelt sein soll, ist mir schleierhaft. Ich glaube, Sie schießen weit über das Ziel hinaus.«

»Wir müssen nur sämtliche Tatsachen berücksichtigen.« Andromeda machte einen tiefen Knicks – nicht ohne ihr Dekolleté eindrucksvoll in Szene zu setzen. Plötzlich tat sie so, als habe sie das Gleichgewicht verloren, und sank ermattet aufs Parkett. Blitzschnell griff sie dabei nach einem Schmutzklumpen, der neben den Stiefeln des Leutnants lag – eine Stroh- beziehungsweise Dungprobe, die sich offenbar vom Absatz gelöst hatte.

Oberst von Kraft eilte hinzu und half ihr hoch. »Ist Ihnen blümerant, meine Liebe?«

»Geht schon wieder.«

»Wirklich?«

»Danke, sehr zuvorkommend.« Andromeda brachte ihre Garderobe in Ordnung. Während Chief Fritz wieder das Wort ergriff und sich ihm die Aufmerksamkeit zuwandte, schnupperte sie an dem Stroh. Im Llano Estacado und am Rio Pecos hatte sie so manche Fährte verfolgt. Der Geruch kam ihr von den infamen Meuchlern bekannt vor.

»Eine Frage steht über allem«, begann währenddessen ihr Vertrauter, Ermittlungspartner und bester Freund. Einst hatte Andromeda ihn vor einem Lynchmob gerettet. Seither befreite Chief Fritz sie aus jeder erdenklichen Kalamität, die meist dem Whisky und ihrer großzügigen Auslegung der Pokerregeln geschuldet war. »Warum wurde Professor Lefèbre ermordet?« Der Komantsche blickte in die Runde. »Aus welchem Grund trachtete man ihm nach dem Leben?«

»Vorhin war von einem Gutachten die Rede«, sagte Oberst von Kraft. »Was hat es damit auf sich?«

Andromeda stimmte einen staatstragenden Tonfall an. »Wie Sie bestimmt wissen, steht die Gesundheit Seiner Majestät derzeit auf dem Prüfstand. Unlautere Kräfte trachten danach, den König als geisteskrank zu diffamieren, als unheilbar seelengestört. Um ihn zu entmündigen und folglich zu entmachten. Dem gilt es entschieden entgegenzuwirken. Zu diesem Zweck hat Ludwig der Zweite ein Gutachten in Auftrag gegeben, ein Zeugnis seiner geistigen Gesundheit. Nach einer Konsultation in Hohenschwangau, als er die Bauarbeiten an dem neuen Märchenschloss inspizierte, wurde Professor Lefèbre mit diesem Gutachten betraut.«

»Das ist ja von immenser politischer Bedeutung!«, entfuhr es dem Bürgermeister. »Warum erfahre ich das erst jetzt?«

»Weil das Gutachten bis zu seiner Veröffentlichung geheim bleiben sollte«, erwiderte Andromeda. »Aus gutem Grund …«

Chief Fritz holte ein langes, zylindrisches Futteral aus seinem Ulster und zog den zusammengerollten Inhalt heraus. »Hier haben wir die lederne Schreibunterlage aus dem Büro des Direktors. Herr Pössl schreibt nur mit Federhalter, der Professor jedoch entwarf sein Gutachten mit Bleistift. Der Stift hat auf die Unterlage durchgedrückt und Spuren hinterlassen wie bei einer Matrize. Dadurch waren wir in der Lage, das Geschriebene zu rekonstruieren.« Er hielt ein Blatt Papier mit schraffierten Sätzen hoch. »Professor Lefèbre attestierte dem König vollumfängliche geistige Gesundheit. Er sei mitnichten ›originär verrückt‹, sondern vielmehr in jeglicher Hinsicht steuerungs- und entscheidungsfähig, lediglich ein wenig öffentlichkeitsscheu. Die Regierungsgeschäfte könne er wie bisher wahrnehmen.«

»*Deshalb* wurde Professor Lefèbre ermordet«, konstatierte Andromeda. »Dieses Gutachten musste um jeden Preis verhindert werden.«

»Und wo ist das Original des Entwurfs?«, fragte der Bürgermeister. »Was Sie da angeblich von Pössls Schreibunterlage abgepaust haben, besitzt ja wohl keinerlei Beweiskraft.«

»Das Original scheint von dem Mörder beseitigt worden zu

sein. Oder seinem Komplizen.« Oberst von Kraft räusperte sich. »Wir haben es mit einem Fall von enormer Tragweite zu tun. Die formidable Lady und ihr gelehrter Begleiter stehen kurz davor, ein Komplott aufzudecken, das bis in die höchsten Kreise reicht. Ist Ihnen allen klar, wer von einer Entmündigung des Königs profitiert? Wer sich zum Regenten aufschwingen und die Staatsgeschäfte übernehmen würde? Niemand anderes als sein Onkel Luitpold.« Unvermittelt wurde ihm die militärische Hierarchie bewusst. »Unser Generalfeldzeugmeister …«

»Seine künftigen Minister profitieren auch«, fügte Andromeda hinzu. »Dann können die schalten und walten, wie es ihnen beliebt. Alle Fürsprecher von Ludwig dem Zweiten sollen mundtot gemacht werden. Aus diesem Grund wurde Professor Lefèbre vergiftet. Und deswegen haben mir auf dem Weg zum Rathaus drei Meuchelmörder aufgelauert – im Auftrag des Herrn Leutnants, nicht wahr?« Sie wandte sich von Vallade zu. »Haben Sie auf Befehl von oben agiert? Oder in vorauseilendem Gehorsam?«

Der Leutnant stand auf. »Das ist doch lächerlich.«

»Eher Hochverrat. Dafür stellt Sie der König vor ein Erschießungskommando.«

»Warum hören wir uns diese haltlosen Fantastereien überhaupt an?«, fragte von Vallade in die Runde. »Hier wird etwas konstruiert und zu einem ›Fall‹ aufgebläht, den es in Wirklichkeit gar nicht gibt.«

Nun fühlte sich der Bürgermeister bemüßigt einzugreifen. »Aber dass Gift im Spiel war, lässt sich wohl nicht leugnen.«

»Gift, das nicht von mir stammt!«, beteuerte der Kaplan.

»Das Ihnen untergeschoben wurde«, sagte Chief Fritz. »Zuerst hat der Täter versucht, Johann Kranz den Mord anzuhängen. Als das nicht gelang, trat ein Ersatzplan in Kraft, und Kaplan Hempel sollte die Rolle des Schuldigen übernehmen.«

»Und Direktor Pössl hat bereitwillig assistiert.« Andromeda

deutete auf den Leiter der Nervenklinik. »Ohne Ihr Zutun hätte diese Perfidie nicht umgesetzt werden können.«

»Wie können Sie so etwas behaupten?«, wunderte sich Pössl. »Habe ich nicht in allen Belangen kooperiert?«

»Sie haben aber auch exorbitante Spielschulden in Bad Kissingen, wo Sie an den Wochenenden gerne hinfahren, um dem Schicksal auf die Sprünge zu helfen. Hat Sie der Leutnant damit unter Druck gesetzt? Oder versprach er Ihnen einen Posten in der neuen Regierung?«

Die Antwort des Direktors klang verzweifelt. »Was hatte ich denn für eine Wahl?«

Ein Geständnis. So unbequem und wenig opportun, dass sich der Bürgermeister und der Oberst stumm erhoben. Zusammen mit dem Kaplan schickten sie sich an, den Rokokosaal zu verlassen. Chief Fritz wollte ihnen den Weg verstellen, doch Andromeda winkte ab. »Feiges Pack!«, rief sie den Mistkerlen hinterher.

Der Geistliche zögerte an der Schwelle und blickte unschlüssig zurück. Vielleicht plagte ihn sein Gewissen. Doch dann schloss er die Tür von außen. Offenbar wusch die Obrigkeit ihre Hände in Unschuld.

Die Verbliebenen mussten es wohl unter sich ausmachen.

Inzwischen hatte der Leutnant seinen Armeerevolver gezogen und auf Pössl gerichtet. Doch es war gar nicht nötig, den Komplizen zum Schweigen zu bringen. Der Direktor hing schief in seinem Stuhl, Schaum bildete sich vor seinem Mund. Mit schnell wirkenden Giften schien er tatsächlich Erfahrung zu haben.

Bevor von Vallade auch noch Andromeda mit der Waffe bedrohen konnte, grub sich ein Tomahawk in sein Stirnbein. Er war schon tot, als sein Körper auf das Parkett sank.

»Mit Ausnahme des Königs wird vermutlich niemand von diesem Abend erfahren«, meinte Chief Fritz. »Der Bürgermeister kehrt das bestimmt unter den Teppich.«

Andromeda betrachtete die Leichen. »Irgendwie schade.«

»Schade um Ludwig. Seine Widersacher finden mühelos einen anderen Gutachter, um ihn abzusetzen.«

»Einen Gutachter, der das Gegenteil von dem attestiert, was Professor Lefèbre geschrieben hat?«

»Genau.«

»Aber *wir* kennen die Wahrheit«, beharrte Andromeda. Sie trat ans Fenster. Schnee fiel vom Himmel und breitete schon jetzt eine Decke des Vergessens über das winterliche Bamberg. »Wir könnten uns an die Presse wenden.«

»Ob das im Sinne Seiner Majestät wäre?«

»Einen Versuch wäre es wert.«

»Niemand wird uns glauben.« Chief Fritz gesellte sich zu ihr. »Besser, wir überlegen uns, wie wir lebend aus Bayern herauskommen. Die nächsten Meuchelmörder werden sich weniger ungeschickt anstellen.«

Andromeda zückte ihre Kriegskeule. »Dann erfüllt ihnen das Christkind all ihre Wünsche.«

»Der Große Geist ist gut.«

»Da hab ich meine Zweifel.«

Der Komantsche nickte versonnen. »Käme doch bald die Zeit, da man solch blutige Geschichten nur noch als alte Sagen kennt.«

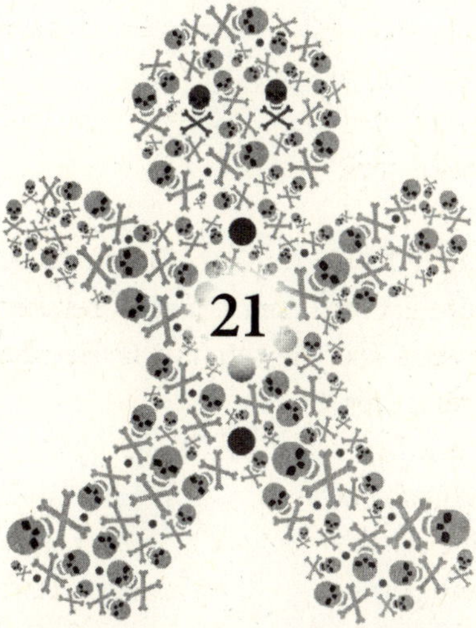

Katja Bohnet

*Non-Player-Character

Königstein im Taunus / Berlin

Über die Autorin:

Katja Bohnet, geboren 1971 in Mannheim, studierte Filmwissenschaften und Philosophie, bevor sie ihr Geld mit Fahrradkurier-Fahrten, Porträtfotos und Zeitungsartikeln verdiente. Sie lebte in den USA, Berlin und Paris, moderierte jahrelang eine Livesendung in der ARD. Ihre Erzählungen wurden in Literaturzeitschriften und Anthologien veröffentlicht und mehrfach für den Glauser-Preis nominiert. 2015 erschien mit *Messertanz* bei Knaur ihr erster Thriller in der Lopez-Seizew-Reihe, die vier Bände umfasst. *Last Shot* veröffentlichte sie bei Droemer unter dem Pseudonym Hazel Frost.

Frag dich ruhig. Was hast du getan?
Wer die Finsternis ruft, darf sich
nicht wundern, wenn es dunkel wird.
Samiya Hashem

2045–24.12. – Heiligabend – BERLIN

Sie erschießen zuerst Samiya, dann explodiert die Reichstagskuppel hinter ihr. Ich knie auf dem Boden. Unwillkürlich zucke ich. Ich will mich mit meinen Händen vor dem Feuer schützen. Aber das kann ich nicht. Meine Hände sind gefesselt. Ein Flammenmeer leuchtet auf der Projektionsfläche. Die anderen neben mir knien, bewegen sich. Ich darf den Kopf nicht drehen. Samiya liegt auf dem Boden, Bodyguards umringen sie.

Nicht zu früh freuen. Ist das ein Staatsstreich? Vielleicht ist sie nicht tot. Und wenn sie tot ist, was bedeutet das?

Das Feuer lodert, greift nach den Bannern der PGR*.

Ich sollte erleichtert sein, aber ich fürchte mich. Die Umerziehung hat ihr Ziel erreicht. Allahu akbar, murmele ich und: Lang lebe die PGR! So habe ich es gelernt, so verlangen sie es von mir. So habe ich es tausendfach laut gesagt.

Ich höre Geräusche. Dann den Einschlag einer Rakete.

Die Bühne brennt. Lebendige Fackeln wanken durch das Bild.

Wir alle sehen zu.

Die Projektion bricht ab. Wir sind nicht da und doch dabei.

* Partei für Glaube und Recht

Es ist Heiligabend. Achtzehn Jahre ist das her. Auch eine Katastrophe. Hab es damals nicht kapiert.

Ich senke den Kopf so, wie sie es mir beigebracht haben. Einige murmeln noch. Jetzt ist es still.

Bis eine Stimme hinter uns sagt: Ihr werdet alle sterben.

Königstein im Taunus
Spätsommer 2022, dreiundzwanzig Jahre früher

Duckface, wir machen Mangaaugen, Filter, schauen direkt in die Linse meines Handys.

Cute.

Das iPhone 14 Pro Space Grey. Ich musste nicht mal betteln. Samiya hat das gleiche. Nur dass ihr Vater dafür hundertmal länger arbeiten musste. Aber in diesem Moment denken wir nicht über soziale Unterschiede nach. Wir verschicken den Snap, markieren uns gegenseitig auf Insta, reposten, wollen Party machen.

Bauchfrei, oben tight, unten Baggy-Pants. Wir haben Rizz!

Mein Vater fährt uns zur Kerb nach Schneidhain.

Samiyas Vater fährt nie. Er streicht ein Haus.

Ich will mich betrinken, Samiya geht wegen des Autoscooters von Gola hin. Der Festplatz ist knallvoll. Wir drehen ein paar Runden. Rempeln uns gegenseitig mit den Wagen an. Schleudertrauma vom Feinsten, echt. Ein paar Boys aus der Elf haben uns Bändchen besorgt.

Wo ist Oli?

Ich rolle mit den Augen. Kommt nicht, sage ich lapidar. Oli findet Kirmes asozial. Samiya wirkt enttäuscht. Die Luft ist raus. In dem Moment gibt uns der total besoffene Vater von Clara Bier. Lachend begrapscht er seine Frau.

Darf der so? Wir kichern, prosten uns zu. Labern Scheiße. Kichern, ziehen Grimassen. Musik röhrt aus den Lautsprechern. Sommer. Es ist heiß.

Im Festzelt kondensieren Schweiß und Säuferatem. Jemand kneift Samiya in den Hintern. Wir kennen ihn aus der Schule. Der Schönling, der Schülersprecher werden will. Samiya rutscht fast das Bier aus der Hand. Ich schreie dem Hundesohn ein paar nicht jugendfreie Komplimente hinterher.

Samiya sieht echt wütend aus. Als würde sie sich das Gesicht merken.

Genau das ist der Moment, in dem wir die Schüsse hören. Okay, erst denken wir, echt früh für Feuerwerk. Monate zu früh. So ist das mit einer Panik. Die Leute rennen.

Angst teilt die Menge. Rätselhaft, weil wir gerade noch dicht an dicht zusammenstehen. Unsere Biergläser knallen auf den Boden. Geräusch und Geruch vergesse ich nie.

Ich schreie. Samiya bleibt ganz ruhig. Ich greife nach ihrer Hand, aber sie reißt sich los. Sie strauchelt, bleibt dann einfach stehen. Neben uns kreischt eine Frau im weißen Kleid. Sie hält sich den Arm, Blut rinnt durch ihre Finger.

Ich werfe mich zu Boden. Greife in Scherben. Lande mit dem Gesicht auf irgendeinem Arsch. Überall ist Hysterie. Darüber die Musik. Und Samiyas Stimme. Vorsichtig schaue ich nach oben. Samiya steht als Einzige.

Ich denke an Moses und das Rote Meer. Komm runter, flüstere ich.

Sie sagt: Gib mir das!

Am Zelteingang steht Mark. Schwarz gekleidet wie die Angestellten von Klops Bestattungen. Als ich ihn gestern auf dem Schulhof sah, trug er noch keine Waffe. Wirkte eher unscheinbar. Eine Salve trifft den Lautsprecher. Es knackt und brizzelt, dann ist endlich Ruh. Nur noch vereinzeltes Gejammer und Geschluchze.

Mark sagt: Judenfotze.

Samiya sagt: Meine Eltern kommen aus dem Libanon.

Mark sagt: Geh dahin zurück, wo du herkommst.

Samiya sagt: Ich war da noch nie.

Mark zielt mit dem Gewehr in die Menge. Mündungsfeuer. Der Knall. Ich zucke. Ein Mann stöhnt noch, sackt dann zusammen.

Samiya geht auf Mark zu. Du kannst die Welt nicht mehr retten, sagt sie. Wir sind zu viele.

Bleib stehen, sagt Mark.

Tut mir leid, sagt Samiya, aber den Gefallen kann ich dir nicht tun.

Sie rennt im Zickzack auf Mark zu. Ihre langen schwarzen Haare wehen wie bei Tomb Raider. Er ballert noch zwei-, dreimal in ihre Richtung. Sie wirft sich auf ihn. Geht mit ihm zu Boden. In dem Moment weiß ich, dass aus ihr mal was Großes werden wird.

Fünf Monate danach

Wir sitzen in der Aula. Alle halten Reden. Die Mikrofonanlage hängt wieder mal. Wen interessiert's? Hauptsache, Unterricht fällt aus. Noah sagt, er will, dass wir digitaler werden. Jeder ein Tablet, bessere Kommunikation zwischen Lehrkräften und Schülern. Playstations im SV-Raum.

Samiya sagt, dass sie für mehr Sofas sorgen wird, Chill-out-Zones, Musik. Für mehr Partys. Und dafür, dass die Mädchen eine Stimme bekommen. Dass sie das tragen können, was sie wollen. Hotpants und winzige Bikinis. Für Automaten, in denen wir Mixgetränke und Süßigkeiten ziehen können. Für eine echte SV*.

Kein Wort zu dem glatten Durchschuss, der sie eine Niere ge-

* Schüler-Vertretung

kostet hat. Sie könnte Sächsisch reden, Heizgeräte verkaufen, stricken oder schweigen, alle jubeln ihr zu.

Nur Oli sieht aus, als würde er noch zweifeln. Sie macht ihr Mikro aus. Geht nach hinten, stellt sich neben Noah.

Der Schulleiter sagt noch etwas.

Ich sehe, wie Samiya sich zu Noah rüberlehnt. Sie lächelt. Ihre Lippen sagen: Fick dich!

Es mag Zufall sein, dass in der Nacht ein Video geleakt wurde, in dem Noah sich von einem Siebtklässler einen blasen ließ. Kein Zufall war, dass niemand es für unwahrscheinlich hielt. Und dass es geteilt wurde wie verrückt.

Samiya Hashem, Schulsprecherin. Der Schulleiter gratuliert.

Wir schreien, jubeln, werfen unsere Basecaps in die Luft.

Ich umarme Samiya, merke aber, dass sie zu Oli schaut.

Oli gratuliert ihr, wie man einer Tante zum Geburtstag gratuliert.

2023

Ich weiß nicht, ob die Mädchen schon zu diesem Zeitpunkt wieder mehr Kopftuch trugen. In den Aufenthaltsräumen traf man sich. Es bildeten sich Gruppen. Samiya wusste, wie man Leute motiviert. Schon in den fünften Klassen stellten sich jetzt immer mehr Mädchen zur Wahl. Und gewannen. Eine der Gruppen nannte sich »Sauberfrauen«. Ich machte da noch mit einem Mountainbiker aus der Oberstufe rum. Ich hab nicht viel bemerkt. »Sauber« bezog sich nicht auf Körperpflege. So viel bekam ich mit.

Wenn ein Rucksack brannte, war der Typ ein Arsch. Vielleicht ging er schlecht mit seiner Freundin um. Vielleicht hetzte er im Netz. Es gab dann Leute, die sich kümmerten. Um seine Motorradreifen, die zerstochen wurden. Um seine Social-Media-Accounts, die gesperrt wurden. Um sein Gesicht, das jemand vermöbelte.

In unserer Schule zog ein Frieden ein, der irgendwie unnatürlich war. Durcheinander und hier und da ein Arschloch sind ja auch ein Ausdruck von Normalität.

Samiya fragte mich, ob ich mich jetzt besser fühlte.

Ich sagte: Klar. Aber nur, weil ich keine Freundin von zu vielen Worten war. Weil ich ungern widersprach.

Wir feierten im DinA 0.

Der einzige Club in Königstein, in den wir gehen konnten. Ich machte mit dem Mountainbiker rum. Samiya fand ihn irrelevant. Oli lehnte an der Wand und scannte seine Nachrichten.

He, Oli, sagte Samiya. Lass uns tanzen.

Oli schaute von seinem Handy auf, seufzte, ging mit Samiya auf die Tanzfläche, machte ein paar echt armselige Moves, raunte Samiya etwas ins Ohr, bahnte sich einen Weg durch die zuckenden Leiber, lächelte mir kurz zu, lehnte sich wieder an die Wand.

Vergiss ihn, sagte ich später zu Samiya.

Halt die Fresse, sagte sie.

Ich sagte: Du machst Politik, ich Liebe.

Wir lachten dreckig. Fanden uns witzig. Und tanzten in der dicken Luft, bis mein Vater uns gegen zwei Uhr abholte.

2025 – nach dem Abi

Eine 1,0 haben und trotzdem nicht studieren. Warum?

Weil ich's kann, sagt Samiya. Jetzt und hier. Ehrgeiz ist so schwul.

Ihr Vater streicht immer noch Häuser.

Er glaubt, dass sie ihr Leben wegwirft.

Du weißt, wie schwer es für mich immer war, sagt er.
Hab ich dich jemals enttäuscht?, fragt Samiya ihn.
Ihr Vater schaut sie an. Lächelt. Gibt ihr einen Kuss.
Geht.
Und jetzt?, frage ich.
Du studierst Jura.
Was ist mit Kunstgeschichte?, frage ich.
Nein.
Ägyptologie?
Nutzlos.
Skandinavistik?
Bist du dumm?
Okay. Jura. Und du?
Ich hab da schon eine Idee.

Ich schrieb mich für Jura ein. Und musste zugeben, dass es mir Spaß machte. Es war auf einer Fakultätsparty im Frankfurter Westend. Samiya stand in einer Ecke und hielt Hof. Jeder kannte sie seit der Aktion in Schneidhain.

Ich amüsierte mich mit zwei Kommilitonen. Der eine arbeitete als Fahrradkurier. Der andere als Hiwi an der Fakultät.

Samiya löste sich aus der Traube von Fans. Ging quer durch den Raum. Quatschte einen Typen an.

Ich nahm sie beiseite.

Was ist?

Der Typ ist lost.

Warum?

Hat keine Freunde. Sieht scheiße aus.

Irrelevant?

Ich nickte. Gib dich nicht mit so was ab!

Samiya drehte sich um. Wie heißt du?

Der Typ lief vor Scham rot an. Emil, sagte er.

Emil, wiederholte Samiya. Langsam, nachdenklich, als probierte sie eine neue Sorte Energydrink. Versuchte, die Geschmacksrichtung einzuordnen. Ob sie ihr gefiel.

Ich schaue dir schon eine Zeit lang zu, sagte Samiya.

Ich möchte wissen, was du denkst.

Zehn Minuten später ging ich zurück zu dem Hiwi und dem Fahrradkurier. Nach Rummachen war mir nicht mehr.

Emil und Samiya würdigten mich keines Blickes. Sie unterhielten sich angeregt. Als wäre ich unsichtbar.

Was sollte das?, fragte ich Samiya.

Wir saßen im Minicar, weil wir den Spätbus verpasst hatten.

Für eine kluge Frau bist du ganz schön begriffsstutzig, sagte Samiya.

Warum verschwendest du deine Zeit mit diesem NPC*?

Samiya sah mich direkt an. Dann tippte sie mir mit dem Zeigefinger dreimal an die Stirn.

Sie sagte: Weil NPCs die besten Follower sind.

2027 – Weihnachten

Wir sitzen bei uns im Wohnzimmer und trinken Red Bull. Es ist Heiligabend. Draußen schneit es. Meine Eltern sind auf den Malediven. Gerade habe ich das Foto von ihnen gelikt, auf dem nur zwei Cocktails und das krass türkisfarbene Meer zu sehen sind. Samiyas Eltern finden die Feiertage zwölf von zehn, haben aber mit Weihnachten nichts am Hut. Oli ist Atheist.

Ich sage: Verschüttet bloß kein Bier!

* Non-Player-Character: Figur, die nicht von Menschen, sondern vom Spiel gesteuert wird; außerdem Bezeichnung für »falscher Freund« oder Jugendslang für jemanden, der keine eigene Meinung hat

Oli sagt, dass es Zeit wird, etwas zu verändern.

Was meinst du?, fragt Samiya. Sie sitzt neben ihm.

Dieser Rechtsruck, das ist krass. Was ist, wenn bald wieder Menschen deportiert werden? Was ist, wenn nur noch blonde Deutsche gute Deutsche sind?

Klingt komisch aus dem Mund eines blonden Deutschen, sagt Emil, der NPC.

Oli lässt den Front einfach links liegen.

Dann lass uns was verändern, sagt Samiya.

Lass mich raten, sage ich.

Emil schaut uns an, als ob wir Spanisch reden würden. Er rafft nichts.

Du gründest eine Partei, sage ich.

Genau. Samiya sieht aus, als ob sie auf Beifall warten würde.

Oli muss das erst verarbeiten. Dann sagt er: Finde ich gut.

Lass uns mal brainstormen.

Ich lache. *Brainstormen?* Oli ist manchmal so ein Nerd.

Samiya sagt: Frauenrechte.

Ich sage: Liebe.

Emil sagt: Glaube.

Oli sagt: Freiheit.

Wir sammeln Schlagworte, Themen, und ohne dass wir danach fragen, nimmt Emil sein Handy und schreibt sie auf. Wir fühlen uns euphorisch, aufgekratzt. Draußen fallen dicke Flocken. Ich glaube, morgen wird die Uni ausfallen.

Die Anderen, sagt Oli.

Wir wiegeln ab. Die Neuen, sagt Emil. NPCs haben keine eigenen Ideen.

Ich möchte, dass die Sachen richtig sind, sagt Samiya. Dass wir den Leuten etwas geben, an das sie glauben können.

Glaube und Recht und Freiheit, sage ich.

Französische Revolution meets Neues Testament, sagt Oli.

Sehr witzig, sage ich. Und meine es.

Samiya sagt: Wir sind frei, oder? Wir können machen, was wir wollen. Aber an Glaube und Recht mangelt es uns.

Glaube woran?, frage ich.

Wir schauen uns gegenseitig an.

An das Gute?, fragt Emil. Unsicher wie immer.

Bisschen flach, denke ich, aber Politik darf einfach und verständlich sein.

Partei für Glaube und Recht?, fragt Oli.

Samiya nickt. PGR.

Oli umarmt sie lange.

Samiyas Augen leuchten. Noch mehr als nach der Schulsprecherinnenwahl.

Ein bisschen schwülstig, aber okay, einverstanden, sage ich.

Emil nickt.

Samiya sieht Oli an. Glücklich. Fast verliebt.

Die Stimmung ist feierlich. Für meine Begriffe fast etwas too much.

Emil sagt: Frohe Weihnachten!

Wir sind nur ein paar Penner mit einem ziemlich vagen Plan.

Ich zu Samiya: Kann nicht jede in dem Alter sagen. Du hast jetzt eine eigene Partei! Drei Wähler hast du auch.

Oli steht auf. Ich muss euch etwas erzählen.

Er macht eine lange Pause.

Mach schon!, verlange ich.

Leute, sagt er. Ich bin schwul.

2033 – sechs Jahre später

Jemand hat dir einen Hitlerbart gemalt.

Ich zeige Samiya mein Handy und das Posting auf Instagram. Finde es lustig und irgendwie auch nicht.

Samiya grunzt nur verächtlich. Egal. Die Plakate hängen überall.

Gib mal, sagt Emil.

Samiya hatte recht. Es gibt keinen loyaleren Anhänger als ihn.

Sofort schickt Emil eine Reaktion heraus. Er ist unser Social-Media-Experte. Und er ist richtig gut darin. Oder zumindest die KI, die er benutzt. Seine Videos gehen fast jedes Mal viral. Mir ist sein Stil zu krass. Aber Samiya sagt, dass ich ihn lassen soll.

Wie stehen die Prognosen?

Wir glotzen auf den Bildschirm wie Klapperschlangen auf eine Flöte. AfD bei 30 %, SPD bei 18 %, CDU schafft die 5-%-Hürde nicht, und wir stehen bei 20 %, zweitstärkste Kraft. Es ist fünfzehn Uhr, wir hängen im *On Top* rum. Der Sportsbar in Königstein, die seit drei Jahren zu unserer Parteizentrale geworden ist. Mehrmals in der Woche sitzen wir im Hinterzimmer am Stammtisch. Im Nebenhaus haben wir vier Büroräume. Samiya will beide Gebäude kaufen, wenn genug Parteispenden beisammen sind. Alle hier im Raum sind Fans.

Wenn Samiya eine ihrer Reden hält, ist die Begeisterung enorm. Sie fängt die ein, die vorher ausgegrenzt wurden. Frauen, Muslime, auch sozial Schwache, die sich übergangen und missverstanden fühlen. Sie sagt ihnen, dass sie gesehen werden und alle die gleichen Rechte haben.

Mehr Frauenhäuser, andere Steuer- und Rentenmodelle, die Frauen auch im Alter besserstellen. Und neue Moscheen. Anhebung des Mindestlohns.

Gleichzeitig wählen Christen sie. Bei dem Wort Glauben machen sie ihr Kreuz. Sogar ein paar Rechte hat Samiya zur PGR bekehrt. Bei dem Wort Rechte machen sie ihr Kreuz.

Ihnen gefällt: Straftäter abzuschieben, besonders die, die sich nicht an Regeln halten. Bei vielen lässt sich etwas finden. Und immer Bilder, wirksame Bilder, die Samiya als das erscheinen lassen, was sie ist: eine Frau der Tat.

2039 – sechs Jahre später

Im *On Top* ist es immer Tag. Ich muss an Flutlicht auf dem Sportplatz denken. Um 19:00 Uhr jubeln und johlen wir. Die PGR ist stärkste Partei. Samiya sagt später im Interview, dass sie regieren wird. Sie dankt Allah für diesen Sieg. Allah ist groß. Hoch lebe die PGR. Autokorsos ziehen durch die Stadt. Oli und ich sitzen als Letzte morgens um fünf noch im *On Top*. Die Theke ist geputzt. Nur noch zwei Lampen leuchten.

Ein toller Abend, hat Erika gesagt. Sie strahlt. Aber vergesst nicht, abzuschließen, wenn ihr geht.

Sie wirft uns den Schlüssel zu.

Glückwunsch zur eigenen Kanzlei, sagt Oli.

Danke, sage ich. Wird neu und schön und anstrengend. Ich dachte schon, du sagst Glückwunsch zur eigenen Kanzlerin.

Du könntest Justizministerin werden, sagt Oli.

Und du Außenminister, sage ich.

Vielleicht eher Heimat- und Verfassungsschutz. Vertrittst du mich?

Was meinst du?, frage ich.

Wird immer enger für uns Männer, sagt Oli. Wir werden diskriminiert.

Ach, Blödsinn, sage ich. Ist doch nur eine Phase des Übergangs.

Du verwindest den Verlust deiner jahrtausendealten Privilegien nicht.

Ich hoffe mal, du irrst dich nicht.

Wird schon, sage ich. Ich klopfe ihm auf die Schulter.

Aber ich weiß, dass sich immer mehr Männer an mich wenden. Wenn sie gekündigt werden. Wenn sie nicht befördert werden. Wenn ihnen Repressalien drohen. Im Ausland wird beklagt, dass unser Rechtssystem sich nicht zum Guten ändert. Aber Recht ist Recht. Wir leben schließlich nicht in einer Diktatur. Oli schaut auf sein Handy.

Spielt das Reel noch mal ab. Allahu akbar. Aus tausend Mündern. Und noch mal. Und noch mal.

Feminismus und Islam, geht das überhaupt?, fragt Oli nachdenklich.

Klar, sage ich. Politik kann alles verändern. Wir brauchen diesen frischen Wind.

Ich weiß nicht, sagt Oli, ob es hier nur noch um den Glauben an das Gute geht.

2044 – fünf Jahre später

Die Location ist mondän. Wir feiern in Berlin. Wir sind alle extra angereist. Haben uns aufgemotzt. Ich mache eine Woche Urlaub. Die Kanzlei ist zu. Samiya strahlt, als sie mich sieht. Good looking bitch!, sagt sie zu mir.

Happy birthday, du heißes Ding! Wir umarmen uns.

Hey Emil, was geht. Wir umarmen uns etwas unbeholfen.

Er sagt: Ab jetzt kein Englisch mehr. Du weißt, es wird nicht gern gehört.

Ich rolle mit den Augen. Wer kommt noch?, frage ich.

Als Antwort kommt Oli rein.

Samiya kann sich ein Lächeln nicht verkneifen.

Eure Hoheit! Oli überreicht Samiya einen riesigen Strauß Lilien.

Danke, sagt Samiya, meine Lieblingsblumen, hast es nicht vergessen.

Wie könnte ich?, sagt Oli. Glückwunsch, du wirst zwar älter, aber immer schöner.

Arschkriecher, witzelt Samiya.

Und wer ist das?, fragt Emil streng.

Er deutet auf einen echt heißen Typen, der mit Oli reingekommen ist.

Hey, Emil, alter Chefdemagoge, sagt Oli. Bist du aufgestiegen? Ich mag deine schicke schwarze Uniform.

Emil sieht ziemlich angefressen aus.

Darf ich euch vorstellen?, sagt Oli. Das ist Ramon, mein Freund.

Emil zieht scharf die Luft ein.

Samiya schaut jetzt ernst.

Oli wirkt völlig entspannt, nimmt Ramons Hand, zieht ihn zu sich heran, küsst ihn.

Die anderen Gäste fangen an zu starren. Überwiegend Frauen. Es wird merkwürdig still. Sind das die Lilien, die diesen ekelhaften Geruch versprühen? Im Hintergrund sehe ich Samiyas Vater. Normalerweise würde ich ihm winken. Aber jetzt scheint kein guter Moment zu sein. Er sieht wütend aus.

Emil wendet sich ab, geht.

Ich sage: Hi, Ramon.

Samiya sagt: Scheiße, Oli, bist du verrückt?

Hört jetzt mal auf. Kommt, lasst uns feiern, ja?, schlage ich vor.

Die Stimmung ist angespannt. Mir ist klar, dass offen gelebte Homosexualität bei Männern mittlerweile unter Strafe steht.

Oli sagt zu Ramon: Ich liebe dich, aber ich glaube, es ist besser, wenn du gehst. Ramon deutet ein Herz mit seinen Fingern an. Und geht.

Irgendwann bringt ein Kellner Champagner. Wir stoßen an.

Ich verziehe den Mund. Was ist das, frage ich.

Antialkoholisch, sagt Samiya. Ist besser und gesünder.

Mich überzeugen die neuen Gesetze nicht, die Samiya durchgewunken hat. Ich dachte, wenn wir unter uns sind, wenigstens dann könnten wir uns noch gepflegt betrinken.

Erinnert ihr euch noch, als wir die PGR gegründet haben?, fragt Oli.

Samiya lacht. Du meinst das Brainstorming?

Genau. Heiligabend. Ich weiß noch genau, was du gesagt hast.

Für Samiya ein goldener Moment. Ihre Worte, die erinnert werden.

Wir sind frei, sagt Oli. Wir können machen, was wir wollen. Das hast du gesagt.

Oli, hör auf, warne ich ihn.

Mir ist übel. Muss der schwere Geruch der Lilien sein.

Tja, die Zeiten sind vorbei, sagt Oli.

Du kannst jederzeit austreten, sagt Samiya kühl.

Und was dann?, fragt Oli. Ab ins Umerziehungscamp?

Ich bin geschockt. Irgendwie hatte ich geglaubt, dass wir unverwundbar wären. Dass unsere Freundschaft ewig währen würde. Dass wir Narrenfreiheit hätten. Schließlich sind wir die besten Freunde der Kanzlerin. Die, die ihr den Weg geebnet haben. Samiyas Mund ist nur noch ein schmaler Strich. Feiert noch schön, sagt sie säuerlich.

Samiya …, rufe ich ihr hinterher.

Zwei Tage später wird Oli abgeholt.

Ich sitze auf dem Bett meines Hotelzimmers. Der Blick ist ausgezeichnet. Die Spree und der Berliner Dom. Ich bin die beste Freundin der Kanzlerin. Man hat an nichts gespart.

Läuft bei mir.

Samiya, flehe ich sie an. Das kannst du nicht bringen. Oli ist dein bester Freund.

Samiya schweigt durchs Telefon. Es hat zwei Tage gedauert, bis sie zurückgerufen hat. Mein Urlaub ist fast rum.

Ist es das, was du gewollt hast, als wir die PGR gegründet haben? Warum sagst du nichts?, frage ich.

Ich würde gern mit ihr über alles reden. Über die verpflichtenden Koranlesungen, die gestreamt werden, denen alle Bürger morgens beiwohnen sollen. Ehrlich nicht mein Ding. Über die Repressalien, denen Männer ausgesetzt sind. Sie bekommen schlechtere Jobs. Sicherheitsdienste, Hausmeister- und Bauarbeiten. Die meisten Männer werden schlecht bezahlt, sind Willkür ausgesetzt. Ich vertrete sie. Meistens scheitern unsere Klagen. Nur eine Zeit des Übergangs hat Samiya es genannt, bis Frauen sich in allen Berufen etabliert haben. Über die Umerziehungscamps, die – auch wenn nur wenig nach außen dringt – nicht schlimmer als Gefängnisse sind. Über die Sterilisation von straffälligen Männern. Über die Remigration, zu der alle verpflichtet sind, die sich nicht anpassen.

Ich und du. Unschlagbar waren wir, sagt Samiya. Du hättest das Justizressort übernehmen können.

Um den Rechtsstaat für dich weiter umzubauen?, frage ich. Und bereue im gleichen Augenblick meinen Mut.

Samiya sagt: Ich bin endlich da, wo ich immer hinwollte.

Aber was ist mit uns?, frage ich. Was ist mit Freiheit? Und mit Freundschaft? Mit Gerechtigkeit?

Du solltest deine eigene Partei gründen, sagt Samiya. Zweifelst du?

Zweifeln? Ich schreie fast. Wir wollten anders als die Rechten sein.

Wir?, fragt Samiya.

Was? Du hattest die Möglichkeit, etwas Großes, Gutes zu tun. Da wolltest du doch hin, oder?, frage ich.

Macht hat eine ganz eigene Dynamik, sagt Samiya nachdenklich.

Ich bin mir unsicher, ob sie überhaupt noch mit mir spricht.

Es klingelt zweimal, und ich sage: Warte kurz!

Emil steht mit vier Männern vor der Tür. Er trägt diese alberne schwarze Uniform. Er sagt: Komm, meine Liebe, begleite mich.

Ich will die Tür vor ihm zuschlagen, aber er hat schon seinen Fuß davor. Das Telefon knallt auf den Boden, ich rufe Samiyas Namen, dann schreie ich, aber keine der anderen Hoteltüren öffnet sich. Sie schleppen mich ins Treppenhaus.

2045–24.12. – Heiligabend – BERLIN

Der 24.12. ist nur ein Tag im Kalender unter vielen. Schöne neue Welt. Ich höre Gewehrschüsse. Ein Staatsstreich als Symbol. Schreie, der Gestank von Schweiß und Fäkalien. Der Geruch von Angst. Ich verliere den Verstand. Warte auf den Gnadenschuss.

Die könnte es sein, sagt einer. Und dann: Steh auf!

Ich kann nicht, jemand zieht mich hoch. Ich darf den Blick nicht vom Boden heben.

Schau mich an!, sagt eine Stimme, die ich kenne. Emil trägt immer noch die schwarze Uniform.

Allahu akbar, sage ich monoton.

Frohe Weihnachten, sagt Emil. Er lacht. Unter Samiyas Regierung galt Weihnachten als Ketzerei. Einer musste sie stoppen, sagt er.

Was ist mit Oli und Ramon?, frage ich.

Emil schüttelt den Kopf. Er sagt, es muss weitergehen. Und: Ich brauche dich. Und: Das ist mein Geschenk.

Warum?, ich zeige auf die Leichen hinter ihm.

Wer tot ist, kann nicht mehr hassen, sagt Emil.

Doch nicht dumm, nur grausam, denke ich.

Warum ich?, frage ich.

Weil NPCs *die besten Follower sind.*

Hat er das wirklich gesagt, oder bilde ich es mir ein?

Ich denke an die Party in Frankfurt. Wie der Kreis sich hier in Berlin jetzt schließt.

Wir machen alles neu, sagt er. Emil wirkt wie ein Innenausstatter mit Vision. Schau, es schneit!

Die Projektion zeigt weiße Punkte vor einem Flammenmeer.

Ich kann nicht unterscheiden, ob es sich um Schnee oder weißes Rauschen handelt. Vieles ist unklar. Jemand schneidet meine Fesseln durch.

Wir werden die Welt verändern, sagt Emil. Wir fangen heute damit an.

Machst du mit?

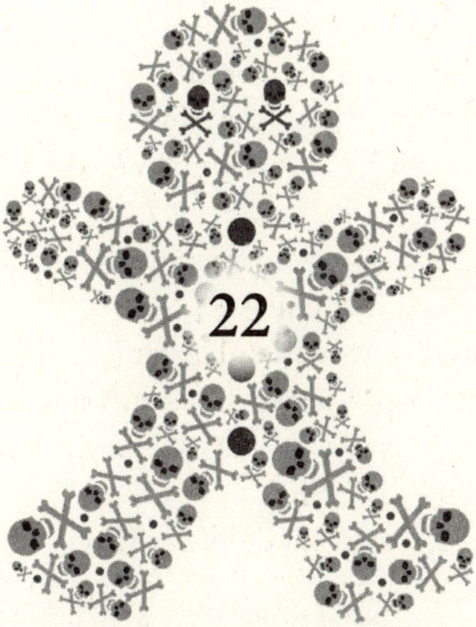

Steffen Weinert

Das Krohmers

Berlin

Über den Autor:

Steffen Weinert, geboren 1975, absolvierte sein Studium an der Filmakademie Baden-Württemberg und ist heute hauptsächlich als Autor und Regisseur tätig. Sein Kurzfilm *Der Aufreißer* lief auf über 60 nationalen und internationalen Filmfestivals und hat mehr als 20 Preise gewonnen. Sein Langfilmdebüt *Finn und der Weg zum Himmel* wurde unter anderem auf den Festivals in Shanghai, Stuttgart und Biberach gezeigt sowie im SWR und BR ausgestrahlt. Sein zweiter Spielfilm, das Drama *Das Leben meiner Tochter,* kam 2019 in die deutschen Kinos. Nach zwei humorvollen Romanen startet er mit der LKA-Ermittlerin Mara Eisfeld seine erste Krimi-Reihe.

Die in dieser Anthologie enthaltene Kurzgeschichte kann als unabhängige Vorgeschichte der Krimireihe *Mara Eisfeld ermittelt* gelesen werden.

Es war der 22. Dezember, der Freitag vor Weihnachten, und Mara Eisfeld, stellvertretende Leiterin der 9. Mordkommission im Berliner Landeskriminalamt, hatte Bereitschaftsdienst. Nachtschicht. Und das ganz und gar freiwillig, denn zeitgleich fand wie jedes Jahr die große Weihnachtsfeier des LKA statt, der viele ihrer Kollegen schon seit Monaten entgegengefiebert hatten. Eisfeld jedoch nicht. Sie hasste Zusammenkünfte dieser Art. Die vielen Menschen, die Schweißausdünstungen, der Alkohol, die ganzen Vertraulichkeiten, kurz: das ganze Chaos. All das überforderte sie einfach, und deshalb hatte sie auch überhaupt kein Problem damit, die längste Nacht des Jahres mehr oder weniger allein auf der Dienststelle zu verbringen. Besonders, wenn die Schicht so ereignisarm verlief wie bisher. Doch als das Telefon klingelte, ahnte sie, dass sich dies nun schlagartig ändern würde.

Einundzwanzig Minuten nach dem Anruf der Leitstelle stand Mara Eisfeld vor einer der inzwischen sehr raren Alt-Berliner Eckkneipen, dem Krohmers in Prenzlauer Berg, betrachtete die weihnachtlich geschmückten Panoramafenster und ließ sich von Polizeiobermeisterin Bayesh Bahta den Stand der Dinge erläutern.

»Der Eigentümer des Hauses hat Blut unter einer Wohnungstür hindurchrinnen sehen. Daraufhin hat er sich gewaltsam Zugang zu der Wohnung verschafft und dort seine Mieterin leblos auf dem Flurboden vorgefunden: Geraldine Hotz, 48. Er wartet da drin, also der Vermieter. Ralf Wölke.«

Eisfeld sah durch die nikotingetrübten Fenster der Eckkneipe. Ein Mann um die sechzig in einer viel zu großen Funktionsjacke saß einsam an einem der Tische. Vor ihm hockte ein junger Cockerspaniel und himmelte sein Herrchen schwanzwedelnd und treu ergeben an. Wölke beachtete den jungen Hund aber kaum, sondern rauchte eine Zigarette und starrte dabei gedankenverloren ins Leere. Auch als die einzige andere Person im Raum – ein Mann Anfang fünfzig mit raspelkurzen grauen Haaren, speckiger Jeans und ebensolchem Jeanshemd – ihm ein Bier und einen Schnaps vor die Nase stellte, blickte er nicht auf.

Eisfeld beschloss, mit dem Zeugen zu sprechen, nachdem sie sich den Tatort angesehen hatte. Also stieg sie zunächst die hölzernen Stufen bis ins zweite Obergeschoss hinauf, wo sich die Wohnung der Toten befand.

Die Leiche lag direkt hinter der geöffneten Tür. Mara ging in die Hocke, um sie aus der Nähe betrachten zu können. Der Körper war unnatürlich verdreht, das schwarze Negligé bis zum Bauch hochgerutscht. Außer des ebenfalls schwarzen Slips trug Geraldine Hotz keine weitere Kleidung. Ihr Gesicht war durch die langen, braunen Haare teilweise verdeckt, dennoch konnte man erkennen, dass es sich um eine überdurchschnittlich attraktive Frau gehandelt hatte. An ihrem Hinterkopf klaffte eine Wunde, aus der eine große Menge Blut ausgetreten war.

Als Eisfeld aufblickte, sah sie ein sehr auffälliges, teuer wirkendes Designregal aus Stahl und Kupfer mit teils recht scharfen Kanten. Die vielen wabenartigen Aussparungen waren voll mit hochpreisigen Bildbänden. An der Kante einer dieser Aussparungen klebte Blut, welches die Kriminaltechnik bereits mit einem kleinen gelben Schild gekennzeichnet hatte. Da sich in Sichtweite keine weiteren Blutspuren fanden, schlussfolgerte Eisfeld, dass Geraldine Hotz durch einen Aufprall mit dem Kopf gegen ebendieses Regal zu Tode gekommen sein musste. Vermutlich infolge eines Kampfes. Darauf deuteten zumindest die auf dem Boden herumliegenden Bücher und die zerbrochene Vase hin.

Im Wohnzimmer standen einige Schubladen offen, doch ansonsten herrschte dort genauso wie im Rest der Wohnung eine beeindruckende Ordnung. Jeder der vielen teuer wirkenden Einrichtungsgegenstände schien seinen festen Platz zu haben. Der kleine Schreibtisch in der Ecke war aufgeräumt, der Bildschirm, der darauf stand, glänzte blitzsauber, eine ebenfalls makellos schimmernde Computermaus lag akkurat ausgerichtet links neben der Tastatur. Harmonie und Klarheit, so weit das Auge reichte. Ein vollendeter Zustand, den Eisfeld in ihrer Wohnung sicher nie erreichen würde, ganz abgesehen davon, dass sie sich die herumstehenden Einrichtungsgegenstände ohnehin nie würde leisten können.

Nach der Begehung des Tatorts ging Eisfeld wieder nach unten. Bahta teilte ihr mit, was sie inzwischen noch herausgefunden hatte.

»Geraldine Hotz lebte allein und arbeitete in leitender Stellung bei einer mittelgroßen Modekette. Finanziell war sie wegen des hohen Arbeitseinkommens und aufgrund einer Erbschaft wohl sehr gut aufgestellt. Mit den Nachbarn gab es aber allerhand Streitigkeiten. Der größte Konflikt war die Lärmbelästigung, die vom Krohmers ausging. Allerdings soll der heute beigelegt worden sein …«

Eisfeld sah ihre Kollegin fragend an.

»Ja, Wölke, Frau Hotz und die Betreiberin des Krohmers, Heidrun Kappitz, hatten anscheinend eine Lösung gefunden und diese wohl auch gleich gefeiert.«

Als Eisfeld kurz darauf die rustikale Kneipe betrat, die im Zentrum der Auseinandersetzung stand, stockte ihr der Atem. Die Luft war so sehr mit Zigarettenrauch angereichert, dass sie im ersten Moment befürchtete, die nächsten Minuten komplett auf Sauerstoff verzichten zu müssen. Bei der Gelegenheit erinnerte sie sich daran, wie selbstverständlich das Rauchen in Innenräumen früher gewesen war, und daran, dass sie einen beträchtlichen Teil ihrer Jugend in ebendiesen Räumen verbracht hatte. Heute kaum mehr nachzuvollziehen.

Nachdem sie sich Wölke vorgestellt und sich zu ihm an den Tisch gesetzt hatte, erzählte dieser, was sich im Vorfeld des heutigen Abends ereignet hatte: »Die gute Frau Hotz hat sich durch die Gäste des Krohmers in ihrer Nachtruhe gestört gefühlt und wollte die Miete mindern. Das habe ich nicht eingesehen, schließlich ist das Krohmers eine Institution mit fast hundertjähriger Geschichte. Frau Hotz wusste also ganz genau, auf was sie sich einließ, als sie hier einzog. Da kann man nicht Jahre später sagen, dass einen der Lärm stört. Meine Meinung. Allerdings nicht die des Gerichts …«

»Und dann hast du dir gedacht, kündige ich halt lieber der Institution, stimmt's, Ralf?«

Eisfeld drehte sich um und sah durch eine Rauchwand hindurch den Mann mit den raspelkurzen grauen Haaren und dem speckigen Jeansensemble. Er stand hinter dem Tresen und blickte herausfordernd zu ihnen herüber.

»Komm, Lutz, spar es dir«, erwiderte Wölke betont ruhig. »Du weißt doch ganz genau, dass ich einer Mieterin nicht einfach so kündigen kann. Sonst hätte ich dich mit deinem Altvertrag schon längst auf die Straße gesetzt.«

»Er macht nur Spaß«, ordnete der Angesprochene die Worte seines Gastes ein.

Wie zur Bestätigung brach der Hauseigentümer daraufhin in schallendes Gelächter aus, was in den Tiefen seiner Lungenflügel ein Geräusch erzeugte, das den Vergleich mit einer herkömmlichen Rumba-Rassel nicht zu scheuen brauchte. Eisfeld hoffte inständig, dass Wölke sich deswegen in Behandlung befand.

»Sie beide kennen sich gut?«, fragte sie, nachdem er sich wieder beruhigt hatte und zur Belohnung eine frische Zigarette anzündete.

»Herr Lohmann wohnt auch hier im Haus. Genau wie ich und Frau Kappitz, die Wirtin.«

Eisfeld zog die Augenbrauen hoch. »Ach? Dann sind Sie ja eine richtig eingeschworene Gemeinschaft.«

»Kann man so sagen, ja.«

»Und trotzdem haben Sie dem Krohmers gekündigt?«

Wölke wand sich. »Um genau zu sein, habe ich Frau Kappitz zunächst keinen neuen Mietvertrag angeboten. Der alte wäre zum Jahresende ausgelaufen.«

»Kein neuer Vertrag, obwohl das Krohmers eine Institution mit einer fast hundertjährigen Geschichte ist?«, wiederholte Eisfeld die Worte des Hauseigentümers.

Wölke, der in seiner überdimensionierten Funktionsjacke trotz seiner beachtlichen Körpergröße recht verloren wirkte, machte den Eindruck, als würde er sich nun am liebsten ganz in diese zurückziehen wollen, wie eine Schildkröte in ihren Panzer, so unangenehm schien ihm das Thema zu sein. Schließlich rang er sich doch noch zu einer Antwort durch.

»Natürlich ist es wichtig, traditionelle Orte wie diesen hier zu bewahren, nur … man muss sich das eben auch leisten können. Und das kann ich leider nicht. Der Kostendruck im Immobiliensektor ist immens …«

»Mir kommen echt gleich die Tränen«, mischte sich Lohmann erneut ein. »Du schwimmst doch im Geld, Ralf. Erzähl hier doch nicht vom Pferd. Allein deine Jacke kostet doch schon so viel wie ein Kleinwagen …«

Wölke setzte einen empörten Gesichtsausdruck auf. »Unsinn.«

»Was hat denn letztlich zur Beilegung des Konflikts geführt?«, fuhr Eisfeld fort, ohne auf den Zwischenruf einzugehen.

Der Hauseigentümer tat einen tiefen Seufzer. »Keine Ahnung, vielleicht die allgemeine Weihnachtsstimmung. Wir hatten auf jeden Fall vereinbart, dass Frau Hotz ihre Klage zurückzieht und dafür dauerhaft fünfzehn Prozent weniger Miete zahlt und dass das Krohmers einen neuen Vertrag bekommt, mit einem neuen Mietzins, der um ebendiesen Betrag höher ist.«

»Scheint eine zufriedenstellende Lösung zu sein«, bemerkte Eisfeld. »Vor allem für Sie.«

Lohmann lachte höhnisch. »Ganz genau! Aber auch wirklich nur für ihn!«

»Jetzt hör doch mal auf, Lutz! Das nervt!« Der anfangs so ausgeglichen wirkende Ralf Wölke war mit einem Mal richtig laut geworden. »Dieses passiv-aggressive Getue muss doch wirklich nicht sein an einem Tag wie heute. Erzähl du doch lieber mal, was du vorhin so lange mit Frau Hotz gemacht hast. Das würde sicher nicht nur mich interessieren. Warst ja 'ne ganze Weile weg.«

Lutz Lohmanns Lust an der Offensive schlug von einem Moment auf den anderen ins Gegenteil um. »Ja, nix hab ich gemacht. Was soll ich denn gemacht haben?«

Eisfeld erhob sich und ging zu ihm an den Tresen. »Dann waren Sie der Letzte, der Frau Hotz lebend gesehen hat?«

»Weiß ich nicht«, erwiderte Lohmann und zündete sich an der Glut seiner aktuellen Zigarette eine neue an. »Ich habe sie einfach nur nach oben zu ihrer Wohnung begleitet, weil sie plötzlich so wackelig auf den Beinen war.«

Eisfeld sah ihn überrascht an. »Wackelig?«

»Ja, ich musste sie sogar stützen.«

»Hatte sie zu viel getrunken?«

Lohmann schüttelte den Kopf. »Bei uns nur eine kleine Weinschorle.«

»Kann ich bestätigen«, bemerkte Wölke. »Frau Hotz war vollständig nüchtern, als wir unsere Vereinbarung unterschrieben haben. Nur als sie aufgestanden ist, plötzlich nicht mehr. Da war sie wie weggetreten.«

Eisfeld sah zwischen den beiden Männern hin und her. »Was

war mit ihr? Irgendwelche Vermutungen? Plötzlicher Grippeausbruch? Drogen? K.-o.-Tropfen?«

Lohmann zuckte mit den Schultern.

Auch der Hauseigentümer schien keine Antwort parat zu haben, zog an seiner Zigarette und blickte ins Leere. Plötzlich schien ihm etwas einzufallen.

»Jetzt, wo Sie es sagen: K.-o.-Tropfen, ja! Das könnte es gewesen sein. Nach allem, was man darüber gelesen hat.« Er wandte sich an Lutz Lohmann. »Sag mal, ihr habt doch kürzlich jemandem so ein Fläschchen abgenommen, oder nicht?«

Eisfeld blickte den Mann hinter dem Tresen eindringlich an, was diesen sichtlich nervös machte.

»Ja, das ist richtig. Vor ein paar Wochen haben wir einen dabei erwischt, wie er seiner Begleitung etwas ins Getränk gemischt hat. Ganz junger Typ, noch völlig grün hinter den Ohren. Der ist dann aber so was von hochkant rausgeflogen. Plus lebenslanges Lokalverbot.«

»Und die K.-o.-Tropfen?«

»Liegen sicher verwahrt im Büro.«

»Warum?«

»Was warum?«

»Warum haben Sie sie nicht vernichtet oder zur Polizei gebracht?«

»Keine Ahnung, dafür hatten wir einfach noch keine Zeit.«

Eisfeld nickte, während sie in Lohmanns Mimik nach verräterischen Anzeichen suchte, aber sie fand keine.

»Dann noch mal zurück. Sie haben Frau Hotz also in den zweiten Stock begleitet. Sind Sie dann noch mit rein in ihre Wohnung?«

Lohmann schüttelte den Kopf. »Nein … na ja, ganz kurz.«

»Also ja.«

»Ich hab sie in ihr Schlafzimmer gebracht.«

»In ihr Schlafzimmer? Okay …«

»Es ging ihr wie gesagt nicht so gut, und sie wollte sich aufs Bett setzen.«

»Aufs Bett, okay …« Eisfeld sah ihr Gegenüber eindringlich an. »Frau Hotz war eine attraktive Frau, oder?«

»Ja. Schon. Aber was tut das jetzt zur Sache?«

»Na ja, ich versuche mich jetzt einfach mal in Sie hineinzuversetzen. Sie begleiten Frau Hotz nach oben, stehen dann plötzlich in ihrer Wohnung, in ihrem Schlafzimmer sogar, sie liegt vor Ihnen auf dem Bett, halb bewusstlos. Da kann man doch schon mal auf die Idee kommen, oder? Ich meine …«

»Nein. Nein, nein, nein, nein, nein, nein«, unterbrach Lohmann sie energisch. »So war es ganz sicher nicht. Ich habe sie auf ihr Bett gesetzt und bin sofort wieder gegangen.«

»Wohin?«

»In meine Wohnung. Zigaretten holen. Und dann in den Keller ein neues Fass anschließen.«

Eisfeld musterte ihn noch eine Weile. Schließlich nickte sie. »In Ordnung, Herr Lohmann. Eine letzte Frage: Wann ist Ihre Chefin gegangen? Soweit ich das verstanden habe, saß sie zuvor ja noch mit Herrn Wölke und Frau Hotz zusammen.«

Herr Lohmann dachte kurz nach. »Halb zwölf ist sie hoch. Wie immer eigentlich.«

Eisfeld bedankte sich und bat die Herren, noch einige Minuten zu warten, verließ dann das Krohmers und sprach draußen erneut mit Polizeiobermeisterin Bayesh Bahta. Die hatte in der internen Polizeidatenbank inzwischen etwas über Lutz Lohmann herausgefunden, was ein nicht ganz so gutes Licht auf ihn warf: In den vergangenen Jahren hatten zwei Frauen unabhängig voneinander Anzeige gegen ihn erstattet. Einmal wegen Beleidigung und einmal wegen Stalking. Zu einer Anklage war es allerdings in keinem der beiden Fälle gekommen.

Nach dem kurzen Gespräch mit Bahta begab sich Eisfeld ins vierte Obergeschoss, wo sich die Wohnung von Frau Kappitz befand. Sie klingelte, wartete einige Sekunden und klingelte erneut. Erst nach dem dritten Mal hörte sie innen schlurfende Schritte. Der Schlüssel im Schloss wurde zweimal umgedreht, die Tür ging auf, und Eisfeld sah in das zerknitterte Gesicht eines geschätzt siebzigjährigen, vom Leben – und vermutlich auch dem Alkohol – gezeichneten Mannes mit langen grauen Haaren. Er trug ein weites schwarzes T-Shirt über seinem korpulenten Oberkörper, dazu schwarze Boxershorts und ebensolche Wollsocken. Seine Augen waren zu kleinen blutunterlaufenen Schlitzen zusammengekniffen, und im Mundwinkel hing eine frisch angezündete Zigarette.

»Rauchen ist hier so euer Ding, was?«, sagte Eisfeld anstatt einer förmlichen Begrüßung.

Der Mann sah sie ratlos an. »Bitte?«

Mara winkte ab und stellte sich vor. »Sicher haben Sie bereits mitbekommen, dass sich hier im Haus ein Tötungsdelikt ereignet hat.«

»Ich hab gar nichts mitbekommen, ich hab gepennt«, sagte der Mann mit Reibeisenstimme. »Und wenn ich was mitbekommen hätte, würde es mich nicht interessieren. Jeder macht hier seins.«

»Klar«, sagte Eisfeld und dachte kurz darüber nach, ob diese Haltung im Zusammenhang mit Kapitalverbrechen jemals zu etwas Gutem geführt hatte.

Dem Mann schienen ihre Überlegungen aber schon nach einer Sekunde zu lange zu dauern, denn er begann, mit den Fingern ungeduldig gegen den Türrahmen zu klopfen. »Sonst noch was? Denn wenn nicht, würde ich ganz gern noch ein Stündchen schlafen. Meine Schicht beginnt um 4:30 Uhr.«

Eisfeld sah ihn mitfühlend an. »Auweia. Darauf könnten Sie in Ihrem Alter auch gut verzichten, was?«

Der Mann sah sie irritiert an. »Was heißt denn hier bitte in meinem Alter? Ich bin neunundfünfzig.«

»Ups.« Eisfeld lächelte verlegen. »Da muss ich mich wohl ein bisschen verschätzt haben. Das Licht hier ist aber auch unvorteilhaft.«

»Ja, was ist denn jetzt?«, sagte der Mann schlecht gelaunt. »Erst klingeln Sie mich aus dem Bett, und dann beschweren Sie sich auch noch über unser Licht. Was haben Sie denn für Licht zu Hause? Beauty-Licht, oder was?«

Eisfeld machte eine beschwichtigende Geste. »Sie haben vollkommen recht, Herr …?«

»Krause.«

»Herr Krause. Ich bitte nochmals um Entschuldigung für die nächtliche Störung und überhaupt für alles, was ich gesagt habe … Ich nehme an, Sie sind der Lebensgefährte von Frau Kappitz?«

»Ehemann.«

»Ist Ihre Frau denn auch zu sprechen?«

»Nee, die pennt auch. Ist ja mitten in der Nacht.«

»Würden Sie sie trotzdem wecken für mich? Ist wichtig.«

Er blickte Eisfeld einige Sekunden lang an, grummelte etwas in seinen Dreitagebart und verschwand in einem der hinteren Räume.

Kurz darauf hörte man leises Getuschel. Was genau besprochen wurde, konnte Eisfeld jedoch nicht verstehen.

Nach zähen Sekunden trat dann eine Frau undefinierbaren Alters, mit blondierter Dauerwelle und gehüllt in einen roten Kimono, auf dem sich allerhand Drachen und Schlangen tummelten, in den Flur.

Trotz des Make-ups bemerkte Eisfeld sofort die bläuliche Schwellung unter ihrem rechten Auge und wollte gerade den Mund öffnen, um sie darauf anzusprechen. Doch die Wirtin des Krohmers kam ihr zuvor.

»Falls Sie wegen dem hier fragen wollen, lassen Sie es. Der Gero hat sich für einen Moment nicht im Griff gehabt. Also mein Mann. Aber das kläre ich selbst mit ihm.«

Eisfeld war erstaunt über Heidrun Kappitz' Entschlossenheit, respektierte ihren Wunsch aber.

»Gut. Dann komme ich gleich zum eigentlichen Grund meines Besuchs. Vielleicht haben Sie es bereits mitbekommen: Ihre Nachbarin Frau Hotz wurde tot in ihrer Wohnung aufgefunden.«

Eisfeld gab Frau Kappitz einen Moment, um die Todesmeldung zu verarbeiten, doch das schien gar nicht nötig zu sein. Im Gesicht der Wirtin regte sich kein Muskel.

»Kannten Sie Frau Hotz gut?«

»Nein, gar nicht. Vom Sehen.«

»Mochten Sie sie?«

»Mochten …? Na ja, was heißt das schon?«

Eisfeld sah ihr Gegenüber prüfend an. »Wenn man jemanden gerne hat, heißt das, man mag sie oder ihn. Wenn man sich freut, die andere Person zu sehen. Traf das auf Sie und Frau Hotz zu? Haben Sie sich gefreut, wenn Sie sich im Treppenhaus begegnet sind?«

»Würde ich jetzt nicht unbedingt sagen«, antwortete Heidrun Kappitz mürrisch.

»Wegen Frau Hotz' Klage gegen den Vermieter, von der Sie ja auch indirekt betroffen waren?«

»Unter anderem. Aber sie war auch sonst eher schwierig.«

»Aber wegen des Lärms gab es doch eine Einigung. Es kann weitergehen mit dem Krohmers, oder nicht?«

»Doch, doch, stimmt schon. Aber halt zu einem sehr hohen Preis.«

Eisfeld sah die Frau im Kimono abwartend an.

»Na ja, was wollen Sie hören? So ein Lokal ist halt keine Diamantenmine. Alles ist knapp kalkuliert, auf Kante genäht sozusagen. Die Bierpreise kann ich auch nicht einfach verdoppeln. Das Krohmers ist ein Bürgertreff, eine Anlaufstation für alle, die hier leben. Sozialer Kitt, wenn Sie verstehen, was ich meine.«

»Ich verstehe, was Sie meinen, Frau Kappitz«, erwiderte Eisfeld. »Aber dem Deal haben Sie doch zugestimmt, oder? Inklusive der Tatsache, dass es für Sie teurer wird. Was war denn Ihr Plan, um diese Mehrkosten aufzufangen?«

»Der Plan, der Plan.« Die Betreiberin des Krohmers fuchtelte aufgeregt mit den Armen. »Sehe ich so aus, als hätte ich ständig einen Plan für alles Mögliche, oder was?«

»Na ja …«

»Ja, nee! Hab ich nicht! Ich hab halt erst mal zugestimmt, weil ein offenes Krohmers besser ist als ein für immer geschlossenes. So, jetzt wissen Sie's. Ich habe keinen Plan!«

Unter Frau Kappitz' Wut spürte Eisfeld ein gehöriges Maß an Verzweiflung, was unmittelbar Mitgefühl in ihr auslöste.

»Ihr Mitarbeiter Herr Lohmann gibt an, Frau Hotz in ihre Wohnung begleitet zu haben, weil sie sich kaum mehr auf den Beinen halten konnte. Können Sie dazu etwas sagen?«

»Was soll ich dazu sagen? Man hilft sich eben unter Nachbarn. Sogar so einer Nachbarin wie der feinen Frau Hotz.«

Eisfeld nickte bedächtig. »Ich habe gehört, Herr Lohmann hat generell eher ein kompliziertes Verhältnis zu Frauen?«

Heidrun Kappitz zuckte mit den Schultern. »Was weiß ich. Klappt halt nicht immer so, wie er sich das vorstellt. Er sucht sich aber auch immer solche, die weit außerhalb seiner Liga sind. Erste und Zweite Bundesliga, wenn Sie wissen, was ich meine.«

»Und Herr Lohmann ist was? Bezirksliga?«

Frau Kappitz lachte kurz auf. »Kreisklasse, würde ich mal sagen. Ohne Aufstiegschance. Und na klar ist er dann ständig unglücklich.«

Eisfeld musterte Frau Kappitz ausgiebig. »Trauen Sie Herrn Lohmann zu, dass er Geraldine Hotz getötet hat?«

Heidrun Kappitz schüttelte entschieden den Kopf. »Nein. Ganz sicher nicht. Lutz ist ein herzensguter Mensch. Auch wenn es auf den ersten Blick vielleicht nicht so scheint.«

»Wer könnte dann für Frau Hotz' Tod verantwortlich sein?«

»Keine Ahnung. Ein Einbrecher vielleicht?«

»Ja, ein Einbrecher, das wäre auch meine Theorie«, erwiderte Eisfeld bedächtig, woraufhin sich beide Frauen zunickten, als wollten sie sich gegenseitig in ihrer Auffassung bestärken.

»Gut«, sagte Eisfeld. »Dann will ich Sie nicht weiter stören und wünsche noch eine angenehme Restnacht.«

»Das wünsche ich Ihnen auch«, erwiderte Heidrun Kappitz, die mit einem Mal seltsam gelöst wirkte. Doch gerade, als sie die Tür schließen wollte, setzte Eisfeld erneut an.

»Eine Sache noch … Wenn ich Ihren Ehemann, Herrn Krause, jetzt ins LKA mitnehme und ihn dort vernehme, denken Sie, er wird mir dann bestätigen, dass er Ihnen die Verletzung am Auge zugefügt hat?«

Frau Kappitz räusperte sich. »Ja, denke schon.«

»Und wenn ich ihn dann darauf hinweise, dass es eher ungewöhnlich ist, dass ein Schlag von einem Rechtshänder wie Herrn Krause eine Verletzung auf der linken Gesichtshälfte des Opfers verursacht – denn in der Regel steht man sich ja gegenüber –, glauben Sie, er würde dann bei seiner Aussage bleiben?«

Frau Kappitz' linkes Augenlid begann leicht zu zittern. »Müssen Sie ihn fragen.«

Eisfeld nickte. »Wenn seine Aussage zutrifft, sollte er das natürlich tun. Keine Frage. Stellt sich später aber heraus, dass die DNA, die an den Knöcheln von Frau Hotz' linker Hand gefunden wurde, Ihnen, Frau Kappitz, zugeordnet werden kann, dann hätte Herr Krause allerdings ein massives Problem.«

Frau Kappitz, deren Nervosität sich während Eisfelds Ausführungen auf ihren ganzen Körper ausgebreitet hatte, rang sich ein dünnes Dankeschön für diese hilfreichen Informationen ab. Sie atmete einmal tief ein und aus, sah Eisfeld dann lange an und begann schließlich in einem Ton tiefster Resignation zu sprechen. »Dann sag ich jetzt, wie es ist: Die Hotz war es. Die ist schuld an meiner Verletzung.«

Und dann redete sich Heidrun Kappitz alles von der Seele. Angefangen bei ihrer Wut auf die reiche Nachbarin, die trotz allem, was sie besaß, nie genug bekam, bis hin zu dem Plan, Geraldine Hotz für die künftigen Mehrkosten des Krohmers bluten zu lassen und ihr so viele Wertsachen wie nur möglich aus der Wohnung zu tragen.

»Und damit Sie dieses Vorhaben ungestört in die Tat umsetzen können, haben Sie Frau Hotz die K.-o.-Tropfen aus Ihrem Büro in die Weinschorle gemischt?«

»Ja, war aber wohl zu wenig. Als ich in der Wohnung war, ist sie plötzlich wie eine Furie auf mich losgegangen und wollte sich gar nicht mehr beruhigen. Ich wäre ja wieder gegangen, wenn sie mich gelassen hätte. Und dann habe ich sie wahrscheinlich etwas zu heftig gestoßen. Sie ist mit dem Kopf gegen ihr komisches Blechregal geknallt – und dann hat sie sich nicht mehr gerührt.«

Herr Krause war in der Zwischenzeit wieder aus dem Schlafzimmer gekommen und legte nun den Arm um seine Frau. Diese Geste hatte den Effekt, dass sich alle Schleusen bei Heidrun Kappitz öffneten und ihr die Tränen übers Gesicht liefen.

»Es war echt keine Absicht, das müssen Sie mir glauben …«

Wenige Minuten später stand Eisfeld wieder vor dem Krohmers und sah zu, wie Polizeiobermeisterin Bayesh Bahta Heidrun Kappitz zu ihrem Streifenwagen geleitete. Lutz Lohmann und Ralf Wölke traten ebenfalls auf die Straße, um dem Schauspiel beizuwohnen. Und auch Gero Krause kam dazu. In der Hand eine anscheinend eilig gepackte Tasche mit den notwendigsten Utensilien, die er seiner Frau reichte. Danach umarmten sich die beiden sehr lange und innig. Sie ahnten wohl, dass es vermutlich die vorerst letzte Gelegenheit dafür sein würde und sie mindestens das bevorstehende Weihnachtsfest getrennt voneinander verbringen würden.

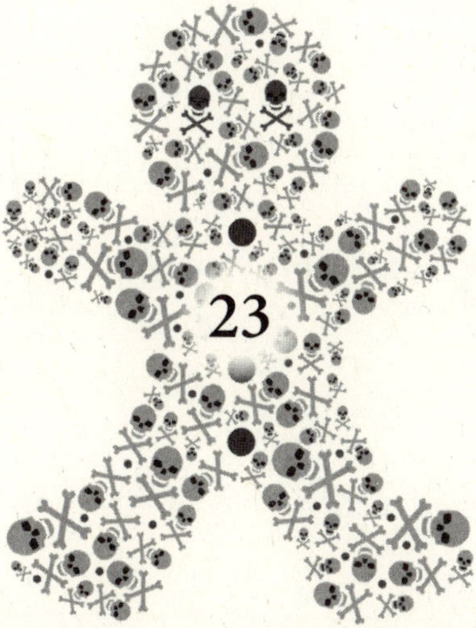

Marc Hofmann

Brown Sugar

Markgräflerland

Über den Autor:

Marc Hofmann, Jahrgang 1972, ist Gymnasiallehrer für Deutsch und Englisch. Er hat sieben Romane veröffentlicht, davon drei Krimis um den ermittelnden Gymnasiallehrer Gregor Horvath.

Es gibt ja Momente, ich weiß nicht, ob Sie das kennen, in denen man denkt, wieso muss das jetzt ausgerechnet mir passieren. Wieso muss ich ausgerechnet hier und jetzt entlangkommen und bin nicht woanders lang und dann wäre wahrscheinlich gar nichts passiert.

So etwa ging es dem Mick, als er diesen Typen auf der Straße sitzen sah. Da wusste er natürlich noch nichts von der gestohlenen Gitarre und den Drogen und dem Versteck unter der Falltür und allem. Das sag ich jetzt nur, damit man gleich weiß, da passiert noch was, das wird noch ganz schön spannend und ist nicht nur einfach so eine nette Geschichte, die so vor sich hinplätschert, nein, im Gegenteil, das wird noch ganz schön aufregend, mein lieber Herr Gesangsverein.

Aber jetzt eins nach dem anderen und erst mal langsam mit den jungen Pferden.

Also. Der Mick, den ja sein Vater so genannt hat, weil er ja Jäger mit Nachnamen heißt und er doch so ein großer Fan von den Stones ist und sich dachte, das wäre doch toll, wenn sein Sohn dann Mick Jäger heißt, weil er selbst heißt ja nur Herbert – aber kein Vorwurf an seine Eltern, als der Herbert auf die Welt kam, da wussten die ja noch nicht mal, wer der Mick Jagger, also der berühmte Sänger, überhaupt war, der wusste das ja noch nicht einmal selbst zu dem Zeitpunkt.

Der Mick, also unserer jetzt, ist so eine Art Landschaftsgärtner, also, der hat jetzt keine Riesenfirma mit Lastwagen und Raupen und Baggern und so, sondern nur seinen Pick-up-Truck und auch keine Mitarbeiter, der macht das einfach so alleine ohne großes Brimborium. Der kommt also gerade vom Grünschnitthof und freut sich auf sein Feierabendbier, morgen ist ja auch Weihnachten, und da sitzt dieser Typ auf der Straße, und der sieht nicht gut aus. Schaut mit glasigen Augen ins Leere und schwankt mit dem Oberkörper hin und her.

Der Mick hält an, seufzt und steigt aus. Er sieht schon gleich, was los ist. Ganz ausgemergelt sieht der Typ aus mit so einem fusseligen Bart im Gesicht. Es ist nicht so ein Bart, wie die Hipster ihn heute so tragen, mit extra Bartbarbieren, die ihnen den Bart dann einölen oder so, sondern eher so ein Bart, wie man ihn halt hat, wenn man sich einfach nicht regelmäßig rasiert. Die Zähne sahen auch nicht so aus, als würde er jeden Tag mit Zahnseide und so einer Zwischenraumbürste hantieren, sondern irgendwie gelb und angefault. Außerdem ist er ganz abgemagert, nur Haut und Knochen, der kleinste Windstoß pustet den um. Drogen, denkt der Mick, das ist einer von diesen Drogentypen, vielleicht wohnt der ja auch in dieser WG in der alten Mühle, wo ja das ganze Dorf weiß, dass da irgendwie Drogen im Spiel sind, wenn das der alte Müller wüsste. Der Mick weiß das ja auch von seiner Freundin, der Marie, zu der hier alle nur *Mä*ri sagen, weil wir sind ja in Süddeutschland, im sogenannten Markgräflerland, und da betont man immer die erste Silbe, so *Bal*kon oder *Mu*sik oder *Chan*tal oder eben *Mä*ri mit kurzem *i* hinten. Die Märi ist ja Polizistin in der Kreisstadt auf so einem kleinen Posten, den sie eigentlich ganz alleine leitet, weil ihr Chef hat immer Rücken und kommt kaum noch aus dem Bett, also ist sie eigentlich ihre eigene Chefin. Freundin muss man auch noch kurz erklären, also die beiden, der Mick und die Märi, sind jetzt kein Paar oder so, sie sind halt befreundet, wobei der Mick schon auf die Märi steht und ganz im Vertrauen, auch die Märi auf den Mick, aber sie stellen sich ein wenig dappig an, wie man hier sagt. Ungeschickt halt. Aber vielleicht wird's ja noch irgendwann was. Hinten kackt die Ente, wie der Bieber, der beste Kumpel vom Mick, gerne sagt, oder besser, gesagt hat, bevor er angefangen hat, so hochgestochen zu reden und fast nur noch mit Zitaten aus Literaturklassikern um sich zu werfen, wegen seines Minderwertigkeitskomplexes, weil er doch nur die Realschule gemacht hat, obwohl er auch aufs Gymnasium gekonnt hätte, wie er immer sagt. Außerdem will er was gegen die eigene Verdummung tun, wie er meint.

»Hallo?«, sagt der Mick und rüttelt den Kerl an der Schulter, aber der ist völlig weggetreten und reagiert gar nicht, den Blick immer so in die Weinberge gerichtet, als gäbe es da Wunder was zu sehen, aber der Mick sieht gleich, da ist nichts. Der Mick seufzt erneut und hievt den Typen hoch. Ihn hier sitzen zu lassen mitten in den Reben, wie man hier sagt, geht ja auch nicht, obwohl es alles einfacher machen würde, aber, denkt der Mick, einfach und richtig sind manchmal zwei ganz verschiedene Paar Schuhe. Außerdem ist ja Weihnachten, und da kann man niemanden auf der Straße sitzen lassen, wenn es dem nicht gut geht.

Er setzt den Typen auf den Beifahrersitz, und das ist ganz schön anstrengend, da kommt nicht viel Unterstützung, der ist wirklich völlig durch, auch die Gliedmaßen wie Gummi.

Hoffentlich kotzt der mir jetzt nicht in den Wagen, denkt der Mick und fährt zurück ins Dorf. Er überlegt, was er mit dem Typen machen soll, und weil ihm nichts Besseres einfällt, fährt er zu sich nach Hause. Er könnte ihn auch in die alte Mühle bringen, dann wäre er das Problem los, aber so tickt der Mick nicht. Dazu ist er zu pflichtbewusst. Wenn das Schicksal ihm ein Problem aufhalst, ihm die Verantwortung *aufbürdet,* wie der Bieber sagen würde, dann muss er das auch zu Ende bringen. So einer ist er, der Mick, ganz oder gar nicht, keine halben Sachen, das war schon immer so.

Er schleppt das magere Bürschchen in die Küche und setzt ihn auf die Eckbank an den Esstisch, wo seine Eltern gerade zu Abend essen. Der Mick wohnt nämlich noch zu Hause oder besser wieder, aber wie das zuging, das ist eine andere Geschichte. Der Herbert starrt mit weit aufgerissenen Augen vom Mick zu dem Typen und wieder zurück.

»Hab ich gefunden«, sagt der Mick.

Die Mutter vom Mick macht kein Galama, wie man hier sagt, sondern steht auf, stellt dem Typen einen Teller Suppe mit Löffel hin und setzt sich wieder.

»Und ich?«, fragt der Mick.

»Du holst dir gefälligst selber«, sagt sie.

Und das macht der Mick.

»Drogen«, sagt der Herbert und nickt wissend. Seine Frau nickt auch, genauso wie der Mick.

Jetzt muss man Verschiedenes wissen.

Der Herbie war in seiner Jugend ein ganz wilder Hund. Hat Gitarre in einer Band gespielt, eine Weile in einer Art Kommune gelebt, man kann schon sagen, dass er eher so der Hippie war. Dann hat er die Brigitte kennengelernt, niemand wusste, wieso die bodenständige, resolute Brigitte sich in diesen Hallodri verliebt hat, aber so war das halt. Die Liebe ist wie ein Floh, sagt ein arabisches Sprichwort, niemand weiß, wo sie hinhüpft. Die Brigitte jedenfalls hat ihm dann die Flausen ausgetrieben, von wegen jede Nacht um die Häuser ziehen und brotlose Kunst machen und vielleicht mehrere Frauen und so, Polyamorie nennt man das ja heute, aber die Brigitte hat gesagt, mein lieber Freund und Kupferstecher, mit mir nicht.

Und der Herbie hat gehorcht. Gut, ein Hippie ist er immer noch im Herzen, aber er hat sich dann doch gefügt. Sie haben nach dem Tod von Brigittes Eltern deren Hof übernommen, mit Hofladen und allem. Aber die Stromgitarre hat er sich nicht nehmen lassen. Er spielt jeden Tag auf einer seiner Gitarren, und das sind einige. Auch ein paar wertvolle Sammlerstücke sind dabei, sogar die Gitarre, die Keith Richards in Altamont gespielt haben soll, bei dem legendären Konzert. Mit Zertifikat und allem. Ist ein Vermögen wert, sagt der Herbie.

Und weil er sich mit Drogen auskennt, und mit Leuten, die zu viele Drogen nehmen, und er auch ein gutes Herz hat, sieht er nun, wie der dünne Typ beim heißhungrigen Löffeln der leckeren Kartoffelsuppe wieder wacher wird. Sein Blick wird klarer.

Irgendwann sieht er sich um und guckt verwundert, als würde er sich fragen, wo bin ich hier eigentlich?

»Willkommen zurück«, sagt der Herbie. »Wie heißt du?«

»Tom«, sagt der Typ und zeigt auf das Rolling-Stones-T-Shirt, das der Herbie trägt. »Stones-Fan?«, fragt er.

»Aber hallo«, sagt der Herbie.

Der dünne Tom krempelt den Ärmel von seinem Hoodie zurück und zeigt auf eine tätowierte Stones-Zunge auf seinem Unterarm.

Der Herbie nickt anerkennend. »Lieblingssong?«

»Gimme Shelter«, sagt der Tom.

Wieder nickt der Herbie.

»Und Ihr Lieblingssong?«, fragt Tom den Herbie.

»Hör bloß auf, mich zu siezen«, sagt der. »Sonst fühl ich mich so alt.«

Wäre auch okay, mit 75, denkt der Mick, sagt aber nichts, sondern wirft seiner Mutter einen Blick zu, die kaum merklich die Augen verdreht.

»Komm mal mit«, sagt der Herbie und führt den dünnen Tom aus der Küche, die Treppe runter in seinen Musikkeller, seinen Man Cave, wie man heute sagt. Ein Raum voller Schallplatten, Gitarren und Postern an den Wänden.

Es dauert nicht lang, dann hört man oben das Anfangsriff von *Brown Sugar*. Während die Musik läuft, hört der Mick, wie die Eingangstür aufgeht und der Bieber eintritt.

»Gott zum Gruße, ihr wackeren Leute«, ruft er.

Die Brigitte lacht.

»Freunde, Römer, Mitbürger, seid ihr bereit zum Aufbruch. Des Abends gesellige Zerstreuungen harren unser.«

»Ich muss los«, sagt der Mick zu seiner Mutter. »Skat-Abend. Was machen wir mit dem Typen?«

»Den legen wir mal ins Gästezimmer, morgen sehen wir weiter«, sagt seine Mutter pragmatisch, wie sie nun mal ist.

Der Mick hat ein etwas mulmiges Gefühl, aber er muss ja jetzt zum Skat.

Als der Mick drei Stunden später heimkommt, ist alles ruhig. Auf dem Weg in sein Zimmer kommt er am Gästezimmer vorbei und lauscht. Nichts zu hören. Leise öffnet er die Tür und leuchtet mit seinem Handy hinein. Der dünne Tom liegt seitlich im Bett und schläft. Kein Grund zur Sorge also, sagt er sich, und dennoch leuchtet das rote Alarmlicht in seinem Hinterkopf, als er in seinem Bett liegt und auf den Schlaf wartet.

Also, am nächsten Morgen frühstücken die Eltern und der Mick noch in aller Ruhe, der Mick schon in seiner grünen Latzhose, weil er gleich losmuss. Es ist zwar Heiligabend, aber der Vormittag ist noch Werktag, und er will noch bei der Kreuzbergerin vorbei, die ihn schon vor Wochen angerufen hat wegen der kaputten Tanne, die da vor ihrem Küchenfenster immer brauner wird und auch wirklich nicht mehr schön anzuschauen ist. Bevor er geht, will er doch noch mal nach dem dünnen Tom schauen, ob mit dem auch alles in Ordnung ist, aber er stellt fest, dass der weg ist und das Bett leer.

Ratlos sehen sie sich an, der Mick und der Herbie und die Brigitte, und der Mick sieht in den Augen der Brigitte, was die denkt, denn er denkt dasselbe, nur der Herbie nicht, der gutmütige Hippie, der immer an das Gute im Menschen glaubt. Der Mick stürzt die Treppe runter in Herbies Keller.

»He!«, ruft der Herbie, er merkt, dass etwas los ist, aber er weiß noch nicht, was, und dann ruft es schon von unten:

»Papa!«

Der Herbie eilt die Stufen runter zu seinem Sohn. An einer Wand hat er seine ganzen Gitarren aufgehängt, schön eine neben der anderen, und die ganz in der Mitte fehlt.

Der Mick sieht seinen Vater fragend an. »Fuck«, sagt der. Die Keith-Richards-Altamont-Gitarre ist nicht mehr an ihrem Platz. Das ist schon ein Schlag für den Herbie. Nicht nur wegen der Gitarre, sondern auch menschlich. Enttäuschend. Da werden die Gutherzigkeit und Güte so schamlos ausgenutzt, das ist nicht okay, denkt er, und dem Mick tut sein Vater echt leid. »Hat er noch was gesagt, wo er eigentlich wohnt?«, fragt der Mick. »In der alten Mühle«, sagt der Herbie kleinlaut. Der Mick geht nach oben und ruft den Bieber an. Die Kreuzbergerin muss warten. »Wer wagt es, Rittersmann oder Knapp?«, meldet der sich. »Bieber, Notfall. Halbe Stunde, alte Mühle«, sagt der Mick. Die beiden kennen sich seit dem Kindergarten, da braucht es nicht viele Worte. Da wird nicht lang nachgefragt.

Eine halbe Stunde später stehen sie vor dem Haus. Man sieht schon von außen, dass man da nicht damit rechnen muss, dass jetzt jeden Moment jemand von *Landlust* oder *Schöner Wohnen* auftaucht, weil das Haus so toll und gepflegt aussieht. Der Mick erzählt dem Bieber kurz, was passiert ist. »Und das zur Heiligen Nacht«, sagt der. »Unschön.«

Und dann klopfen sie an die Tür. Niemand macht auf. Der Mick drückt dagegen, es ist nicht verschlossen. »Hallo?«, ruft der Mick. Nichts zu hören. Sie schleichen durch die Gänge. Drinnen sieht es nicht besser aus als draußen. In der Küche stapelweise dreckiges Geschirr, Spinnweben an der Decke, Staub auf den Ablagen, gesaugt wurde auch länger nicht. An einer Tür hängt ein

Stones-Poster. Der Mick öffnet die Tür. Auf dem Bett liegt der dünne Tom. Er blutet am Kopf.

Spätestens jetzt müssten sie eigentlich die Polizei rufen, denkt der Mick und zückt sein Handy. »Haltet ein, ich spüre Odem«, sagt der Bieber, der bereits neben dem Kerl kniet und seinen Kopf unter dessen Nase hält. Gott sei Dank, denkt der Mick. Ist er also nicht tot. Das macht die Sache durchaus weniger nervenaufreibend. Und außerdem lässt sich so auch leichter herausfinden, wo die Altamont-Gitarre hingekommen ist. »Meinst du, wir müssen den Notruf wählen?«, fragt der Mick. Der Bieber zuckt mit den Schultern.

»Hey!«, ruft er dem Tom ins Ohr und rüttelt ein wenig an ihm, und siehe da, schon öffnet er die wässrigen Äuglein. Orientierungslos blickt er sich um, starrt dann von Bieber zu Mick und wieder zurück. »Lasst mich in Ruhe«, blafft er sofort, »ich hab kein Geld, ich hab keinen Stoff, ich weiß nix.«

Er denkt offenbar, Bieber und Mick sind auch irgendwelche Drogentypen. Der Mick stellt sich vor ihn hin. »Die Gitarre. Die du meinem Vater geklaut hast. Wo ist die?«

Der Typ sieht ihn ausdruckslos an, dann nickt er.

»Ach, du bist es. Ja, die Gitarre, Mann, sorry, war ein Versehen, ich wollte die zurückbringen, echt …« Er legt die Stirn in Falten wie einer, der scharf nachdenkt. »Ja?«, sagt der Mick, dem ein wenig die Geduld ausgeht.

»Da war dieser Typ«, sagt der Tom dann, »als ich heimkam. Irgendein Freund von meinem Mitbewohner Karli.«

»Ja?«

»Der hat sich irgendwie für die Gitarre interessiert.«

»Und wo ist der jetzt?«

»Ja, das weiß ich nicht, ich weiß irgendwie gar nix mehr. Blackout. Mein Kopf tut abartig weh.«

»Sieht aber auch wirklich gar nicht gut aus«, sagt der Mick. »Ich schau mir das gleich mal an.« Und er betastet mit dem Finger die Wunde.

»Aua«, schreit der Tom, »pass doch auf, vielleicht muss man das nähen lassen.«

»Ja, vielleicht«, sagt der Mick bedächtig. »Aber noch mal, wo ist der Karli jetzt?«

»Ja, das weiß ich doch nicht«, regt sich der Tom auf. »Der war heute Morgen gar nicht da. Nur dieser Kumpel von ihm. Ich weiß nicht mal, wie der heißt. Ich glaube, der hat mich niedergeschlagen und die Gitarre genommen.«

Der Mick seufzt schwer, dann steht er auf. »Mann, Mann, Mann.«

Der Bieber zuckt mit den Achseln. »Okay«, sagt der Mick. »Ich komm nachher noch mal, das bringt jetzt hier nichts mehr.«

Und damit verlassen sie das Haus. Der Mick hat immer noch Blut am Finger und riecht daran, dann nimmt er den Finger in den Mund und schleckt ihn ab.

Der Bieber starrt ihn fassungslos an.

»Ketchup«, sagt der Mick. »Die beiden Experten haben sich was besonders Pfiffiges überlegt.«

»Teufelsbrut«, sagt der Bieber. »Und nun?«

»Mal überlegen«, sagt der Mick, und sie steigen in den Pick-up. Der Bieber hat heute nichts zu tun, er hat frei, seine pubertierenden Kinder schlafen mittlerweile gerne bis mittags, den Christbaum schmücken kann er auch noch am Nachmittag. Sie fahren die Straße runter bis zum Haus der Kreuzbergerin. Die steht bereits am Gartenzaun.

»Das wird auch Zeit«, ruft sie dem Mick zu. Der sieht auf die Uhr und wundert sich. »Wieso?«, fragt er. »Wenn man schon seit fünf Uhr wach ist«, sagt der Bieber, »dann zieht sich so ein Vormittag ganz schön in die Länge.«

Der Mick sieht den Bieber verwundert an. »Kein Zitat zu diesem Thema?«, fragt er. »Just wollte mir keins einfallen«, sagt der. »Wir eilen herbei«, ruft der Mick, er hat Lust, den Bieber nachzumachen, und die Kreuzbergerin sieht ihn misstrauisch an. »Was redest du denn so geschwollen?«

»Verzeihung, gnä' Frau«, sagt der Mick und grinst. »Hört mal, ihr zwei«, sagt die Kreuzbergerin. »Ich habe etwas beobachtet. Hinter meinem Haus ist doch dieses Grundstück, das dem alten Kallschmitt gehört hat.«

Mick und Bieber nicken. Es ist eine der letzten unbebauten Flächen innerhalb der Ortschaft. Ansonsten wurde die letzten Jahre alles zugebaut, wo sich noch ein paar Grashalme gereckt haben. Nachverdichtung nennt man das. Wenn sie auch das Grundstück vom Kallschmitt bebauen, dann können da sicher drei Familien ihre kleinen Häuschen mit so einem Witzgarten drum rum hinstellen. Für ein Schweinegeld natürlich. Aber so einen großen Garten, wie die Kreuzbergerin ihn hat, den will ja heute eh keiner mehr. Haben ja keine Zeit mehr für so was, die Leute.

»Ich war ja schon früh wach«, sagt die Kreuzbergerin, »und da sehe ich, wie da einer rumschleicht auf dem Grundstück. Und da steht doch diese Hütte. Und der Kerl geht in die Hütte rein. Hatte was in der Hand, ich weiß aber nicht, was. Und als er aus der Hütte rauskommt, sind seine Hände leer.«

»Aha«, sagt der Mick und weiß nicht, was er davon halten soll.

»Ich glaube, das war einer von den Gammlern aus der alten Mühle.«

Und da horchen der Mick und der Bieber plötzlich auf. »Wir schauen mal nach«, sagen die beiden und stapfen los.

»Und meine Tanne?«, ruft die Kreuzbergerin. »Machen wir gleich«, sagt der Mick.

Sie gehen ums Haus herum auf das Grundstück zu der Hütte und sehen das Vorhängeschloss. Der Mick seufzt, geht zurück zu seinem Pick-up, holt den Bolzenschneider, und gleich, zack, ist das Schloss auf. Sie betreten die Hütte und sehen sich um. Da ist nicht viel drin, ein alter Balkenmäher, ein paar Sensen an der Wand, Kirschkörbe, Kartoffelsäcke. Der Bieber läuft durch die Hütte und zuckt die Achseln. Der Mick läuft hin und her. Kein Schrank, kein Zwischenboden, nichts, wo man etwas verstecken könnte, oder? Was ist das? Der Boden fühlt sich an einer Stelle anders an. Klingt auch anders. Sie wischen den Lehm zur Seite und, sapperlot, das ist doch eine Falltür. Sie suchen einen Griff, aber da ist nur so ein kleines Loch für ein oder zwei Finger, und damit zieht der Mick die Tür auf.

Und da unten liegen: mehrere Plastikbeutel mit einem hellbraunen Pulver und ein Gitarrenkoffer. Halleluja, singt der Engelein Chor.

»Brown Sugar«, sagt der Mick.

Und dann hat der Mick eine Idee. Es ist so eine Idee, wie man sie nicht oft hat, aber wenn, dann weiß man gleich, das ist eine Spitzenidee. Die ist so spitze, dass sie einfach funktionieren muss. Ich weiß nicht, ob der Mick wirklich so sicher war, dass das alles so klappt, als er es dem Bieber erzählt, aber wie das dann am Ende ausging, das war vielleicht was, ich sag's Ihnen.

Also, als Erstes ruft der Mick die Märi an. Er sagt ihr, sie soll schnell kommen, Uniform und Dienstwagen und alles, Heiligabend hin oder her. Sie soll, bevor sie losfährt, noch der Drogenfahndung in Freiburg Bescheid sagen, die sollen auch kommen, aber es ist wichtig, dass die Märi vorher da ist. Dann holt der Mick die Gitarre aus der Grube und lässt die Drogenbeutel drin liegen.

Sie gehen zur Kreuzbergerin, die alles von ihrem Zaun aus beobachtet hat, und stellen sich zu ihr, gehen aber so ein wenig seitlich hinter die Tannen, damit man sie nicht sehen kann. Und was jetzt passiert, ist wirklich so, als hätten der Bieber und der Mick ein Drehbuch geschrieben und nun erscheinen die Schauspieler und spielen das genauso, wie die zwei Autoren sich das ausgedacht haben.

»Durch diese hohle Gasse müssen sie kommen«, sagt der Bieber – und schon kommen sie.

Der Tom und der ominöse Kumpel vom Karli. Nur, dass das bei genauem Hinsehen gar kein Kumpel ist, sondern der Karli selber. Der Karli und der Tom. Diese beiden Spitzbuben. Der Tom wusste natürlich, dass der Mick oder sein Vater wegen der Gitarre morgens bei ihm auf der Matte stehen würden. Und da haben der Karli und er sich diese Geschichte mit dem Kumpel ausgedacht. Und wahrscheinlich, wenn die Kreuzbergerin nicht alles gesehen hätte, wäre es sogar genauso gekommen, wie die beiden Experten sich das vorgestellt haben. Zufall halt. Vielleicht.

Also. Die zwei Vögel laufen zur Hütte und sehen sich immer so um, dass sie auch ja von niemandem beobachtet werden, und gehen ganz vorsichtig, halb auf Zehenspitzen, was natürlich albern ist, denn dass sie wirklich beobachtet werden, merken sie gar nicht.

Aber dann sehen sie, dass das Schloss auf ist, und jetzt kommt schon Unruhe in die Sache, man sieht es genau an der Körpersprache und so. Sie drehen sich, sie gucken, sie befingern das Schloss. Sie flüstern aufgeregt miteinander. Dann reißen sie die Tür auf und gehen hinein.

»Zwanzig, neunzehn …«, zählt der Mick grinsend, und als er bei »eins« angekommen ist, kommen sie wieder raus. Man muss schon sagen, der Keith Richards könnte vom Mick durchaus noch was lernen, also von wegen »Wie cool kann man eigentlich sein« und so.

Jetzt sind die zwei Hallodris ganz aufgeregt, das sieht man. Der Tom gibt dem Karli die Schuld, er denkt, der hat ihn versäckelt, wie man hier sagt, und die Gitarre woanders hingebracht, damit er das Geld vom Verkauf nicht teilen muss. Sie schubsen sich ein wenig hin und her, und dann beruhigen sie sich und denken nach, auch das sieht man ganz klar. Und jetzt fällt ihnen ein, dass, wenn der Karli nicht schuld ist, was er beteuert, das kann man an seinen Händen sehen, dann weiß jemand anders, dass da Drogen sind, und das heißt, die müssen jetzt ganz schnell weg von da. Die sind in Gefahr. Da gibt es einen unbekannten Mitwisser.

Die zwei Kerle gehen zurück in die Hütte. Zwei Minuten später kommen sie wieder raus, und weil die zwei Blockflöten natürlich keinen Koffer und keine Reisetasche dabeihaben, tragen sie jetzt die Drogenbeutel so aufgestapelt mit ihren Händen. Und damit laufen sie jetzt los, und dabei schauen sie sich wieder so um wie vorhin.

Und genau in dem Moment kommt die Märi und hält genau an der Stelle, wo die beiden neben dem Grundstück der Kreuzbergerin auf die Straße gelaufen kommen.

Die drei Beobachter folgen ihnen und stehen jetzt auch schon an der Berberitzenhecke, zur Straße raus, damit sie ja nichts verpassen. So eine Berberitze mit ihren Dornen ist praktisch, wenn man nicht will, dass einem dauernd Hunde auf den Rasen machen, aber das ist ein anderes Thema.

»Hallo«, sagt die Märi zum Tom und zum Karli. »Was haben Sie denn da?«

Die zwei Vögel schauen sich an, und man sieht, wie sie alle Möglichkeiten durchspielen. Fallen lassen und weglaufen. Nicht fallen lassen und weglaufen. So tun, als sei das alles ein Mordsirrtum, als würden sie biologischen Rohrzucker durch die Gegend tragen auf dem Weg zum Reformhaus. Aber innerhalb von drei Sekunden erkennen sie deutlich: Das Spiel ist aus, denn die Märi hat schon ihre Dienstwaffe gezückt.

»Oh, fuck«, ruft der Karli, als er nun auch den Mick, den Bieber und die Kreuzbergerin dastehen sieht.

»Was für eine Scheißidee, Karli, also echt mal«, sagt der Tom jammernd. »Ich hab's dir gleich gesagt.«

»Du hast doch die verdammte Gitarre angeschleppt«, mault der Karli zurück, und in dem Moment kommt noch ein Auto, und das sind jetzt die Vollprofis aus Freiburg, und die übernehmen das dann gleich vollprofimäßig, wie das halt ihre Art ist.

Natürlich wird die Märi jetzt allerhand Lob kriegen und vielleicht auch bald die lang verdiente Beförderung, aber fürs Erste war das einfach Micks Weihnachtsgeschenk an sie.

Sie zwinkert ihm zu, als sie in ihr Auto steigt. Der Mick will sie noch fragen, ob sie nicht am Abend vorbeikommen will, mit ihm Weihnachten feiern. Also, mit ihm und seinen Eltern genau genommen, aber weg ist sie, schneller, als die Polizei erlaubt.

»Und was ist jetzt mit meiner Tanne?«, fragt die Kreuzbergerin.

Seufzend holt der Mick die Motorsäge vom Pick-up und macht sich an die Arbeit.

Und gegen Abend, als die Tanne gefällt und fachgerecht entsorgt ist, betritt der Mick die elterliche Küche, und da sitzt sein geknickter Vater und trinkt traurig seinen Tee.

»Ich hab was für dich«, sagt der Mick.

Der Herbie blickt auf, und sein graues Gesicht bekommt Farbe.

»Ja, is' denn heut scho Weihnachten?«, fragt er wie einst der Kaiser Franz, schnappt sich den Koffer und nimmt vorsichtig seine geliebte Keith-Richards-Gitarre heraus, streichelt und begutachtet sie, ja, er redet sogar ein wenig mit ihr, fragt, ob es ihr gut gehe und ihr auch nichts passiert sei.

»Danke«, sagt er irgendwann zu seinem Sohn. Die Brigitte ist mittlerweile auch eingetroffen, und Arm in Arm stehen Mutter und Sohn da und sehen dem Vater zu, wie er sich freut.

»Jetzt mach halt schon«, sagt der Mick irgendwann, und das lässt sich der Herbie nicht zweimal sagen, er geht kurz in den Keller, holt einen kleinen Verstärker und ein Kabel hoch, schaltet an, stöpselt das Instrument ein und spielt sein Lieblingslied von seiner Lieblingsband.

Ba-Ba-BaBaBaBaaBa. Ba-Ba-BaBaBaBaaBa.

Wenn man jetzt nicht weiß, dass das Lied so klingt, dann wird es vielleicht Zeit, sich das mal wieder anzuhören. Schadet nix.

Und für die Familie Jäger ist es dieses Jahr ihr Weihnachtslied, und ein schöneres Geschenk hätte der Herbie sich gar nicht wünschen können.

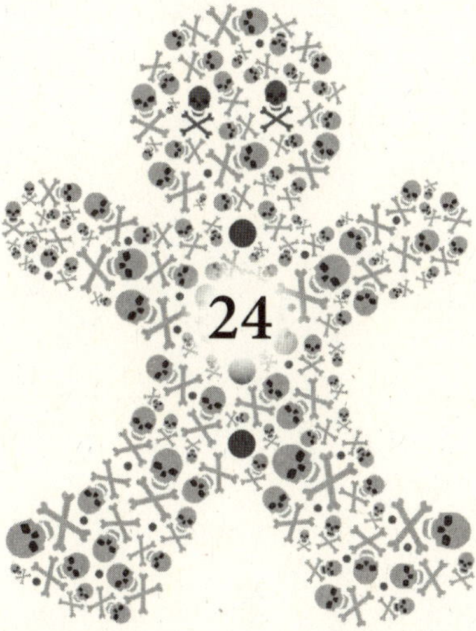

Su Turhan

Rot wie Blut

München

Über den Autor:

Su Turhan wurde 1966 in Istanbul geboren, wuchs als Kind türkischer Gastarbeiter in Niederbayern auf und studierte an der LMU München Germanistik. Er ist als Hörspiel- und Drehbuchautor und Schriftsteller tätig. In der *Kommissar Pascha*-Reihe sind bislang acht Bände erschienen; mit den Romanen *Frau Habersak und die Sache mit den leuchtenden Dämonen* und *FC Bayern Team Campus* widmet er sich dem jüngeren Publikum. Su Turhan lebt mit seiner Familie in München.

Basierend auf einem Wunder, das dem Autor widerfahren ist.

Guten Morgen, Herr Streich.«

»Guten Morgen, Liselotte. Was hast denn für Schuhe an, Kind?«

»Hab den anderen Stiefel nicht gefunden.«

»Ist wenigstens der eine Fuß warm?«

»Ja, der schon.«

»Mit Turnschuh in der Saukälte ist aber schlecht, Liselotte.«

»War nichts anderes da, meine Ma war schon weg, arbeiten.«

»Jetzt flott, Kleines, die Ampel ist gleich rot.«

Herr Streich sah dem Schulkind lächelnd hinterher, das mit unterschiedlichen Schuhen im Schneetreiben über die Straße schritt. Es war eiskalt an dem frühen Morgen. Der Winter hatte sich über Nacht zur Weihnachtszeit zurückgemeldet.

»Sülo! Du bist spät!«, rief Herr Streich Augenblicke später dem Jungen zu, der sich über den Nockherberg der Fußgängerampel näherte.

»A wo!«, schrie Sülo, ohne vom Handy aufzublicken, zurück. »Habe die erste Stunde frei.«

»Was bist dann so zeitig da?«

»Filiz braucht das Kinderzimmer für TikTok, die nervt total.«

Herr Streich schüttelte den Kopf und traute seinen Augen nicht. Sülo auf der gegenüberliegenden Seite war drauf und dran, bei Rot über die Ampel zu gehen. »Bleibst du wohl stehen!«, plärrte er rechtzeitig und wedelte mit der Kelle.

»Ja, sorry«, erwiderte der Junge kaum hörbar. Er blieb stehen und widmete sich in Winterjacke und Wollmütze weiter seinem Handy.

Herr Streich nickte dem Autofahrer dankend zu, der die brenzlige Situation an der Fußgängerampel erkannt und abgewartet hatte.

»Bleib schön stehen, Sülo, ja!«, rief Herr Streich abermals gegen den Verkehrslärm an und stellte sich beim Wechsel auf Grün mit der Kelle auf die Fahrbahn. Schüler aus der Grundschule und der Mädchenrealschule am Mariahilfplatz liefen über die Straße. Als die Ampel wieder auf Rot schaltete, stellte sich Herr Streich zu Sülo, der keine Anstalten gemacht hatte, die Straßenseite zu wechseln. »Und, geht was?«, fragte er und schielte dabei auf das Display, auf dem lautlos Schneeflocken Platz nahmen. »Hast noch vierzig Sekunden, Bub.«

»Das Level kassier ich noch.«

»Dann stör ich nicht weiter.«

Aus dem Augenwinkel sah Herr Streich die Gruppe, die an jedem Schultag gemeinsam aus der Trambahn stieg. Die drei kamen normalerweise eine Fahrt früher an. Er mahnte sie mit der Kelle zur Eile. Die Schulkinder ignorierten ihn, was Herrn Streich nicht sonderlich störte. Sülo blieb in sein Handy vertieft. Herr Streich, der selbst ein ehrgeiziger Sportler gewesen war, lächelte ihn verständnisvoll an. »Spiel fertig, Sülo, geh aber etwas zurück, nicht, dass die Autofahrer glauben, du rennst gleich rüber.«

Ohne zu antworten, folgte der Schüler Herrn Streichs Anweisung. Die frierenden Finger tänzelten in Hochgeschwindigkeit über das Display. Herr Streich war beeindruckt, wie selbstvergessen und konzentriert er sich seiner Aufgabe widmete. Bei minus drei Grad.

Einige Sekunden später stellte sich Herr Streich wieder in die Straßenmitte und hielt die Kelle hoch, damit die Neuankömmlinge aus der Trambahn sicher über die Straße gelangten. Auf sein freundliches »Guten Morgen« vernahm er Gemurmel, das im Rattern der stehenden Benziner unterging. Die Fahrerin auf der Linksabbiegerspur beachtete den Schülerlotsen in oranger Warnweste nicht. Wie Sülo konzentrierte sie sich auf ein Display, das offenbar auf ihrem Schoß lag. Herr Streich behielt gleichzeitig die Frau und den Jungen im Blick, dem ein Grinsen über das Gesicht huschte.

»Beim nächsten Grün geht's rüber, ja, Sülo?«, rief er ihm zu. »Erfrierst mir ja noch!«

»Sowieso, Herr Streich«, gab der Junge glücklich zurück.

»Hast das geschafft, oder?«

»Highscore, das allererste Mal.«

»Gratuliere, Bub.«

»Danke, Herr Streich.«

Das Hupen der Fahrerin riss Herrn Streich aus der Freude über Sülos Erfolg. Die Fußgängerampel war auf Rot gesprungen. Die Berufstätigen hatten es in den Morgenstunden eilig. Rote Ampeln kosteten Zeit. Herrn Streich war der Moment der Unachtsamkeit peinlich. Er entschuldigte sich mit einer Geste bei der entnervten Frau und ging zurück zu Sülo, der das Handy weggesteckt hatte und sich in die Hände pustete.

»Morgen nimmst du Handschuhe mit, Sülo, ja?«

»Geht klar, Herr Streich.«

Nachdem er bei der nächsten Grünphase den Jungen über die Straße geführt hatte, blickte Herr Streich zur Mariahilfkirche. Das Schneegestöber erschwerte die Sicht. Doch er konnte erkennen, dass die Zeiger knapp vor der vollen Stunde standen. Schulbeginn war um acht Uhr. Er kontrollierte die Gehwege, zwickte die Augen zusammen, um niemanden zu übersehen, der sich der stark befahrenen Kreuzung näherte. Doch da war niemand mit Schulranzen. Er wartete trotzdem einige Minuten, verpasste keinen Nachzügler und beendete den Einsatz für den heutigen Morgen. Stolz auf seine Schülerinnen und Schüler, die trotz des Wintereinbruchs pünktlich das Schulgebäude erreicht hatten, begab er sich mit der Trambahn zu seiner Arbeitsstelle im Münchner Polizeipräsidium.

Tage später sorgten Dauerschneefall und spiegelglatte Fahrbahnen für Chaos auf Münchens Straßen. Die Nerven bei den Menschen lagen blank. Vorfreude auf die Weihnachtstage war trotz der winterlichen Stimmung kaum auszumachen.

Auch an diesem verschneiten und kalten Morgen stand Herr Streich mit Warnweste an der Kreuzung und verrichtete sein Ehrenamt. Dass er trotz Wärmeunterwäsche fror, nahm er gerne in Kauf. Er beobachtete alles aufmerksam, kontrollierte die Schaltphasen der Ampel und erkannte von Weitem, welcher Schulgänger mit dem Kopf woanders war. Das waren gegen Ende des Jahres viele. Herr Streich sah den Kleinen und Großen an, wie müde sie sich fühlten und wie schwer es ihnen bei der Kälte fiel, die letzten Tage bis zu den Weihnachtsferien durchzuhalten. Bei den kurzen Gesprächen erfuhr er von den Schülern manches, das ihn aufheiterte, er erhielt aber auch wichtige Informationen, wie dass Liselottes verschwundener Winterstiefel in der Waschmaschine aufgetaucht war und Sülo damit rechnete, zu Weihnachten das alte Handy seines *babas* zu bekommen.

Herr Streich selbst feierte kein Weihnachten. Beim letzten Weihnachtsfest mit seiner Frau war ein Streit um das Zimmer entbrannt, das sie für ihr ungeborenes Kind vorgesehen hatten. Der Streit endete damit, dass seine Frau gestand, einen seiner Kollegen zu lieben und von einem Krüppel wie ihm kein Kind wollte. Nach der Scheidung beschloss Herr Streich, dem Fest der Liebe keine große Bedeutung mehr beizumessen. Er freute sich auf ruhige Tage, die er mit einem guten Buch und ungelesenen Zeitungen verbringen würde.

»Achtung, Filiz, da ist es glatt!«, rief Herr Streich kurz darauf dem Mädchen zu, als es den Berg heruntergelaufen kam. Herrn Streichs Stimme klang streng, wenn er laut wurde. Doch nur so konnte er den Straßenlärm übertönen. Filiz hörte die Warnung, wich der vereisten Stelle aus und sauste halb rennend, halb schlitternd weiter. Voller Vorahnung postierte er sich so, dass er Filiz mit dem Fellkopftuch, das ihre Mutter für die Wintertage genäht hatte, aufhalten konnte. Prompt als die Fußgängerampel auf Rot schaltete, rumpelte das Mädchen in seine Arme.

»Wow, war arschknapp, Herr Streich. Fuck, war ich schnell!«

»Arg schnell warst, Filiz!«

»Bin voll spät.«

»Und wo ist dein Bruder?«

»Sülo sucht was zu Hause, ist safe gleich da oder nicht.«

»Richt dir das Fell, hast noch Zeit, bis es grün wird.«

Filiz zog das Kopftuch in die Stirn. »Passt?«

»So passt's, steht dir gut.«

»*Anne* will die verkaufen, bin ich ihr Model, aber *para* krieg ich keins.«

»Von der Mama Geld nehmen, ja, sag mal, Filiz!«

»Bin auf TikTok das volle Star, mach super Werbung für die kranken Scheiß.«

»Pass auf dein Deutsch auf, junge Dame! Deine Mama sorgt für einen warmen Kopf, mit dem denkt es sich leichter in der Schule.«

»Ist grün.«

»Warte schnell, ich gehe vor.«

»Wie geht schnell warten, Herr Streich?«

»Schnell warten heißt so viel wie Geduld haben.«

»Ach so.«

Als Filiz wohlbehalten auf der anderen Straßenseite angekommen war, spürte Herr Streich die Beinprothese, die er einem Einsatz auf einer Großbaustelle verdankte. Damals war er als Zielfahnder einem gesuchten Bankräuber hinterhergerannt, der mit falschen Papieren auf dem Bau arbeitete. Bei der Jagd war er ausgerutscht und in die Tiefe gestürzt. Ein Eisengitter durchbohrte seinerzeit

Knochen und Muskeln seines linken Beines. Herr Streich hatte Glück gehabt. Er hätte genauso gut tot sein können. Inzwischen hatte er sich mit dem Leben ohne Ehefrau und Kind und mit Beinprothese arrangiert. Manchmal, wenn die Tage zu heiß oder zu kalt waren, machte sich das Material jedoch bemerkbar. Herr Streich überlegte, ob er zu Hause die Prothese abnehmen und sich aufwärmen sollte, ehe er zur Arbeit ging. Auf eigenen Wunsch hatte er sich in die Pressestelle des Polizeipräsidiums versetzen lassen. Er arbeitete halbtags und war zufrieden mit dem, was er tat.

In Gedanken bei dem Wasserkocher, den er für eine Tasse Earl Grey anstellen wollte, sah Herr Streich eine Gestalt auf der gegenüberliegenden Straßenseite vor der Stadtsparkasse. Der junge Mann konnte kaum auf den Beinen stehen, er war betrunken, schrie wütend, schrie und schrie und hämmerte mit den Fäusten gegen den Geldautomaten und trat immer und immer wieder mit dem Fuß dagegen, bis er zu Boden fiel, sich aufrappelte und schreiend und krakeelend weitermachte, als kämpfe er gegen ein Ungetüm.

Herr Streich war von dem bizarren Schauspiel abgelenkt, behielt aber seine Schützlinge fest im Blick. Er trieb die Schülerinnen und Schüler an, die zu dem Mann sahen und dabei vergaßen, einen Fuß vor den anderen zu setzen. Autos hupten, und Passanten sprachen den wütenden Mann an, der ohne Unterlass unverständliche Worte plärrte. Der Mann war zu weit weg, Herr Streich und die anderen an der Kreuzung verstanden ihn nicht. Inmitten der Schimpftirade trat eine Frau aus der Sparkasse. Die Mitarbeiterin redete auf den Mann ein, doch der war nicht zu beruhigen. Er stieß sie zu Boden und marschierte torkelnd in die Falkenstraße.

Zu diesem Zeitpunkt lief Sülo, der mit der Suche nach seinem Deutschbuch Zeit verloren hatte, den abschüssigen Gehweg zur Fußgängerampel hinunter. Herr Streich verfolgte erleichtert, wie Passanten der Frau auf die Beine halfen, und übersah Sülo, der wie seine Schwester Filiz rannte und schlitterte. Der Junge war spät dran, viel zu spät. Die Glocke der Mariahilfkirche läutete zur achten Stunde.

Nicht das vertraute Glockenläuten holte Herrn Streich aus den Gedanken zurück. Es war das ungewohnte Quietschen bremsender Reifen und ein dumpfes Poltern, wie wenn ein Wagen über etwas rumpelt. Was Herr Streich sodann wahrnahm, war schlimmer als der Sturz von dem Baugerüst, schlimmer, als sich ein Bein amputieren zu lassen, schlimmer, als von seiner Frau als Krüppel beschimpft und verlassen zu werden, schlimmer als die Sehnsucht, selbst ein Kind zu haben: Unter dem Transporter, der mit laufendem Motor auf dem Fußgängerübergang stand, lugte ein Kinderarm hervor. Finger umklammerten ein Handy. Eine Blutlache bildete sich auf dem Asphalt an der Stelle, wo er mit seiner Kelle hätte stehen sollen, um Sülo sicher über die Straße zu führen.

Bei dem Anblick des niedergefahrenen Jungen glitt Herrn Streich die Kelle aus der Hand. Er zog die Warnweste aus, legte sie zur Kelle auf die Straße und ging dem Mann hinterher, der ihn abgelenkt hatte.

Die Unfallstelle war innerhalb kürzester Zeit von Krankenwagen und Polizeistreifen umringt. Schnell hatte sich herumgesprochen, welche Tragödie geschehen war. Lehrerinnen und Lehrer erreichten ohne Mäntel die Kreuzung und brachten die Kinder, die unter den Schaulustigen standen, in die Klassenzimmer. Es dauerte eine Weile, bis die Beamten die Augenzeugen zum Unfallgeschehen befragt hatten. Ausnahmslos gaben Kinder wie Erwachsene das Gleiche zu Protokoll: Das Unfallopfer sei bei Rot über die Ampel gelaufen, den Fahrer des Transporters treffe keine Schuld; Schülerlotse Streich habe Sülo unter dem Auto entdeckt, Kelle und Warnweste zurückgelassen und sei dem Mann nachgegangen.

Herr Streich hatte alles versucht, war Wege und Straßen abgegangen, um den Mann zu stellen. Doch er konnte ihn nirgends finden. Nach vergeblicher Suche war er in die Trambahn gestiegen und hatte mit etwas Verspätung im Polizeipräsidium seinen Dienst angetreten. Er setzte sich an den Schreibtisch und schaltete den Computer ein. Der Kollege am Tisch gegenüber richtete ihm aus, dass der Leiter der Dienststelle am Mariahilfplatz ihn als Zeugen wegen des Unfalls sprechen wollte. Herr Streich nickte, verstanden zu haben, und verfasste den Pressebericht zu der Strafanzeige der Sparkasse gegen den Kunden, der den Geldautomaten hatte demolieren wollen. Danach machte er eine Personenabfrage zu dem Täter namens Michael Vogt, holte seine Dienstwaffe aus dem Tresor und meldete sich für den Rest des Tages krank.

Während Herr Streich in die Trambahn stieg, rief erneut der Leiter der Dienststelle Mariahilfplatz an. Streichs Kollege nahm den Anruf an.

»Streich ist vor zehn Minuten los, hat sich freigenommen, das Bein zickt. Warum fragst?«

»Hat er irgendwas zu dem Unfall gesagt?«

»Nein, habe ihm ausgerichtet, dass er sich bei euch melden soll.«

»Hat er aber nicht.«

»Dafür kann ich doch nichts!«

»Laut Augenzeugen ist er nach dem Unfall auf und davon, schien etwas verwirrt gewesen zu sein, hat er nicht darüber gesprochen?«

»Nein, hat er nicht, aber geschrieben hat er was. Kurzen Text für die Website wegen des Geldautomaten.«

»Die am Mariahilfplatz?«

»Ja, genau. Ich habe den Text aber umgeschrieben, Streich hat den vollen Namen des Täters in der Mitteilung verwendet, geht ja nicht.«

»Warum umgeschrieben? Was war denn unklar?«

»Der Unfall mit dem Kind wäre nie und nimmer passiert, wenn der besoffene Depp nicht wegen der eingezogenen Karte auf den Automaten eingedroschen und herumgeplärrt hätte.«

»Hat Streich das so dargestellt?«

»Natürlich nicht, aber darauf lief's hinaus. War viel zu emotional, habe den Text in ein anständiges Protokolldeutsch geändert. Wenn ein Kind derart tragisch ums Leben kommt, hat unsereins erst recht bei den Fakten zu bleiben.«

Die Dienstwaffe in Herrn Streichs Wintermantel war kalt, das Metall fühlte sich wie seine Prothese an. Seit geraumer Zeit beobachtete er das Wohngebäude von Michael Vogt, der laut Personenabfrage alleine lebte. Unvermittelt zuckte Herr Streich zusammen. Eine Polizeisirene tönte durch die Perlacher Straße. Er zog sich zurück, machte sich wie zu seinen besten Zeiten als Fahnder unsichtbar. Das Blaulicht des parkenden Einsatzwagens reflektierte sich im Schneegestöber, während sich die Beamten Zugang zum Haus verschafften. Herr Streich fragte sich nicht, aus welchem Grund die Kollegen Vogt sprechen wollten. Er fragte sich, warum sie ihn nicht längst hinter Schloss und Riegel gebracht hatten. Herr Streich wusste, dass Vogt nicht zu Hause war. Er hatte sich selbst davon überzeugt und wartete seitdem darauf, dass er heimkam. Doch jetzt konnte er nicht mehr. Der Stumpf juckte, sein schlechtes Gewissen nagte an ihm. Er war am Ende seiner Kräfte und fror elendig.

Herr Streich machte sich über die Tegernseer Landstraße auf den Heimweg und wollte noch eine Sache erledigen, bevor er sich zu Hause aufwärmte und am Abend zu Vogt zurückkehrte.

Die letzten Schritte zum Bergsteig fielen Herrn Streich schwer. Mit jedem Schritt schreckte ihn Sülo mit einem Lächeln auf, und er schloss die Augen, um das Bild des toten Jungen in der Blutlache zu verscheuchen. Als er sein Ziel erreicht hatte, entdeckte er einen Streifenpolizisten, der sich mit einer Frau am offenen Erdgeschossfenster unterhielt. Die Frau sah Filiz ähnlich, nicht nur wegen des Felltuchs auf ihrem Kopf.

Herr Streich wartete, bis der Beamte in den Wagen gestiegen und weggefahren war, und humpelte, das schmerzende Bein mit der Prothese nachziehend, auf die Frau zu. Er hatte sich an die Adresse erinnert, die Sülo ihm einmal genannt hatte, nicht aber an den Nachnamen seiner Familie. Er behalf sich anders.

»Sülo Mama! Warten Sie.«

»Ja? Wer sind Sie?«

»Ich … ich wollte mich entschuldigen.«

»Wofür entschuldigen? Und woher kennen Sie Sülo?«

»Also, ich, Sülo und Filiz, sie …«

»Filiz kennen Sie auch?«

»Ja, ich … Es tut mir leid.«

Mit einem Mal wurde Herrn Streich bewusst, dass er bei der trauernden Familie nichts zu suchen hatte, dass er in seiner Verfassung keinen Trost spenden sollte und ihr sagen konnte, dass er hinter dem Schuldigen her war, um für Gerechtigkeit zu sorgen. Er ließ die Mutter von Filiz und Sülo zurück und ging Richtung Nockherberg weiter.

Unbemerkt erreichte er seine eigene Wohnstraße und traf vor dem Gebäude auf einen Streifenwagen. Zwei Beamte sprachen vor dem Hauseingang mit seiner Nachbarin aus dem dritten

Stock. Herr Streich wartete. Die Trambahn tuckerte den Nockherberg hoch. Es war laut, der Schneefall nahm zu. Er dachte daran, dass er den Dienststellenleiter zurückrufen und zu dem Unfallhergang mit Todesfolge seine Aussage machen musste. Ohne seine Angaben war das Protokoll unvollständig. Doch ihm fehlte die Kraft, sich den Kollegen zu stellen und mit ihnen zu reden. Wieder versteckte er sich, bis die Luft rein war, und schlich wie ein Dieb in das Wohnhaus in der St.-Bonifatius-Straße.

In der Wohnung angekommen, ging er direkt in die Küche. Er füllte den Wasserkocher auf und bereitete die Teekanne vor. Danach zog er in der Diele den Mantel aus, setzte sich auf das Wohnzimmersofa, krempelte das Hosenbein hoch und entfernte die Prothese. Während er sich am Stumpf kratzte, kehrte nach und nach das Gefühl zurück, wieder vernünftig denken zu können. Ein schmerzhafter Gedanke ermächtigte sich seiner. Er spürte mit einem Mal, dass er sich selbst anlog und die ganze Zeit verdrängt hatte, dass nicht Vogt schuld war. Er alleine war am Tod des Jungen schuld. Er war für seine Sicherheit verantwortlich gewesen. An seiner Kreuzung war er unter die Räder gekommen.

Beim Brodeln des Teewassers wurde Herrn Streich klar, dass er sich den Fehler niemals würde verzeihen können. Er hatte den Tod eines Kindes auf dem Gewissen, und die Schuld würde ihn den Rest seines Lebens verfolgen. Dass er es überhaupt gewagt hatte, unter die Augen der armen Mutter zu treten, wunderte ihn. Sein Entschluss reifte von einer Sekunde zur nächsten. Er ließ die Prothese zurück und humpelte in die Küche. Dort legte er die Dienstwaffe auf den Tisch, goss den Earl Grey auf und ließ ihn ziehen. Dann trank er die Tasse leer und griff die Dienstwaffe. Das Entsichern war ihm als Zielfahnder in Fleisch und Blut übergegangen. Er erwartete den vertrauten Ton, doch stattdessen erschrak er über das Läuten an der Wohnungstür. Gleich darauf drang eine Stimme durch die Diele bis zu ihm in die Küche.

»Ist Licht in Bude! Bin ich Filiz! Ma gesagt, Mann mit ohne Bein war uns.«

Herr Streich rührte sich nicht vom Fleck. Die Waffe in der Hand klapperte gegen die Teetasse. Er zog sie weg.

»Herr Streich! Machen Sie bitte auf!«

Herr Streich erstarrte. Das war nicht Filiz' Stimme. Das war die Stimme eines Jungen. Herrn Streich flossen Tränen über die Wangen. Er war dankbar und erleichtert. Es dauerte einige Sekunden, bis er wieder Herr über seine Gefühle war. Ohne Prothese eilte er durch die Diele. An der Tür wischte er sich das Gesicht trocken und drückte die Klinke herunter.

Filiz und Sülo standen im Hausflur, beide rissen vor Schreck die Augen auf. Sülo fand als Erster die Sprache wieder. Jedes seiner Worte nahm Tonnen an Gewicht von Herrn Streichs schlechtem Gewissen.

»Herr Streich, ist die Knarre echt?«

»Ist billige Plastik, Sülo.«

»Nein, Filiz, das ist meine Dienstwaffe, sie ist echt.«

»Was willst du mit Knarre, Herr Streich! Machst du Headshot auf Arschloch von Automat?«

»Darf ich die Waffe mal halten, Herr Streich?«

»Nein, Sülo. Kommt rein, ihr zwei, ich habe gerade Tee gemacht.«

Filiz und Sülo holten in der Küche Tassen aus dem Schrank und warteten am Tisch auf Herrn Streich. Er beeilte sich, die Waffe zu versorgen und die Prothese anzuschnallen. Im Grunde war ihm egal, wie der Junge den Autounfall überleben konnte, Hauptsache, es ging ihm gut. Als er sich zu den Geschwistern setzte, war Filiz nicht mehr zu bremsen. Sie erzählte ohne Punkt und Komma, dass sie mit Liselotte wie blöd nach ihm gesucht habe, plapperte darüber, wie der Transporter an der Kreuzung abgebremst und wie sich Sülo zu Boden geworfen habe.

»Hat Sülo voll mit Reaktion flach gemacht. Kennst du Flunder, Herr Streich? Genau wie diese!«

Herr Streich erfuhr auch, dass Sülo an Ort und Stelle das Bewusstsein verloren hatte und im Krankenwagen in die Harlachinger Klinik gebracht worden war. Zusammen mit dem Fahrer des Transporters, der unter Schock gestanden hatte.

»War wie scheiß geile Wunder, safe, Herr Streich, voll die Weihnachtsding.«

»Lass mich reden, Filiz! Mir fehlt nichts, Herr Streich. Die haben mich untersucht, ist alles okay.«

»Aber da war Blut unter dem Wagen, eine Menge Blut, Sülo. Ich dachte, du bist tot.«

»Der Transporter hat meinen Ranzen platt gemacht. Da war Kinderpunsch für die Weihnachtsfeier in der Schule drin.«

»Rot wie Blut, Herr Streich. Fett rot.«

Anmerkung des Autors: Sülo ist der gängige Spitzname für Süleyman, so lautet mein voller Name. Mit etwa sieben Jahren flog mein Flugdrachen über die Straße. Ich lief hinterher, den Kopf nach oben gereckt, sah ich das Auto nicht auf mich zurasen. Nach dem Unfall stellten die Ärzte in der Klinik keinerlei Verletzungen bei mir fest. Wie durch ein Wunder war der Wagen über mich gefahren.